FEMME SUR TOUS LES FRONTS

Du même auteur
aux Éditions Stock

Terrorisme, 1986.

Barbara Victor

Femme
sur tous les fronts

Roman

<small>Traduit de l'américain
par
Bernard Mocquot</small>

Stock

Titre original :

ABSENCE OF PAIN
(Harper and Row, New York)

Si vous souhaitez être tenu au courant de la publication de nos ouvrages, il vous
suffira d'en faire la demande aux Éditions STOCK, 103, boulevard Saint-Michel,
75005 Paris. Vous recevrez alors, sans aucun engagement de votre part, le bulletin
où sont régulièrement présentées nos nouveautés que vous trouverez chez votre
libraire.

A la mémoire d'un Tat Alouf.

Prologue

1982. Après deux mois de combats acharnés entre Palestiniens, Libanais et Israéliens, les plaies et les souffrances sont devenues telles que je ne comprends plus. Je suis assise par terre quelque part près du camp de Sabra, occupée à lire la garantie qui accompagne le walkman de Joe Valeri. Les cris des femmes et des enfants ne sont interrompus que par les gémissements des malades et des blessés ou par le ronronnement monotone des bulldozers qui dégagent les cadavres. Un an que je suis correspondante au Moyen-Orient pour une chaîne de télévision américaine. Et je suis toujours incapable de saisir les raisons de cette guerre aussi brutale qu'impitoyable. Pourtant, je suis censée expliquer ce carnage, ces camps de réfugiés jonchés de ruines; je suis là pour « couvrir » l'histoire de ce qui fut une société et qui est devenue un chaos. Pour montrer le drame de ces êtres humains qui, il n'y a pas si longtemps, vaquaient à leurs occupations. Tous les jours, je fais mon « papier » devant la caméra. En arrière-plan, des enfants palestiniens aux yeux écarquillés fouillent dans les décombres à la recherche d'objets qui leur ont autrefois appartenu, dans ce qui fut leur maison et qui n'est plus que ruines.

Joe Valeri, c'est mon preneur de son, un jeune homme doux qu'un rien effraie. Il enregistre chacune de mes « prestations » dans ce Liban déchiré par la guerre. Il m'écoute énumérer d'une voix monocorde les différentes clauses qu'offre la garantie concernant l'appareil. Il me demande de continuer, de parler plus fort. Il a besoin de ma voix, de mes mots pour conjurer les cris de souffrance, le chagrin, le désespoir omniprésents. Je commence à énumérer les conditions de cette garantie à vie – son walkman est garanti à vie! Je lève les yeux : la tête de Joe Valeri n'est plus sur ses épaules. Garantie à vie : ces mots ont à peine franchi mes lèvres que mon preneur de son est mort. Des fragments de ce qui furent son crâne et son cerveau sont répandus partout sur le sol. Il y en a même sur mon T-shirt blanc. Je suis incapable de crier. Je n'arrive même pas à saisir ce qui a pu se passer.

Garantie à vie – garantie à vie, je répète ces mots qui ne s'adressent à personne jusqu'à ce que, finalement, quelqu'un m'emporte. Des bras sous les miens me soulèvent. Vaguement, un uniforme s'interpose entre Joe Valeri et moi. Je baisse les yeux. Il est là, Joe : sur mon T-shirt. L'uniforme se précise, le visage aussi. C'est Avi Herzog, un général israélien qui me soutient et me caresse les cheveux. Brusquement, je pense à ma correspondance, celle que je dois assurer ce soir. Je passerai à l'écran, telle quelle. Couverte de sang, du sang de Joe. « Regardez ce que vous avez fait de mon preneur de son, vous, les Américains qui exigez des reportages saignants, des comptes rendus réalistes, vous qui voulez des *images*, qui réclamez du vécu! Vous vous fichez pas mal de comprendre les raisons de ce conflit absurde! » Le walkman de Joe Valeri est garanti à vie. Quelle vie? Joe avait-il rédigé son testament? « Je, soussigné, Joe Valeri, lègue ma garantie à vie à mon amie, Maggie Sommers, considérant que la mienne – de vie – a pris fin d'une manière plutôt violente, un beau matin près du camp de Sabra et que la susdite, garantie a encore une bonne quarantaine d'années à courir. »

Quelques heures plus tard, dans le bar de l'hôtel Commodore à Beyrouth. Je me rappelle ma dernière séance chez mon psy. Séance de quarante-cinq minutes. Mon mariage s'était soldé par un échec. Depuis une demi-heure, je ne fais qu'étouffer mes sanglots.

« Maggie, interroge l'homme de l'art, que demandez-vous à la vie?

– Je voudrais être heureuse. »

Le psy n'hésite pas un instant. Il se penche vers moi :

« Le bonheur, Maggie, je ne peux pas vous le promettre. Mais, à condition que vous sachiez garder votre dignité, je peux vous garantir que vous ne souffrirez plus. »

1

L'habituel groupe de journalistes est installé à sa table au bar du Commodore. Ils s'arrosent copieusement pour essayer d'oublier cette journée, une de plus, passée dans la zone des combats. Le général israélien est toujours à mes côtés – depuis le début du conflit, je ne l'ai rencontré qu'à deux ou trois reprises – sa main reste posée sur mon épaule et si je n'ai que vaguement conscience de ce contact, j'ai la sensation aiguë d'une douleur interne difficile à localiser. J'essaie de m'imaginer assise en compagnie de ces gens qui me sont familiers dans un club des environs de New York, en train de siroter des cocktails, bavardant entre une partie de golf et un set de tennis. La guerre n'est peut-être qu'une excuse pour cette forme d'alcoolisme si répandue à Beyrouth – une façon comme une autre de noyer nos chagrins et nos angoisses. Mais de quel droit juger ? Mes angoisses et mes chagrins ne datent pas d'hier. C'est mon incapacité à les assumer qui m'a propulsée dans ce champ d'horreurs et de ruines que je traverse sans trop d'appréhension parce que je ne les saisis que de façon abstraite. Aujourd'hui, tout a basculé.

« Valeri n'a pas trop souffert. Il a été décapité. Il a pris la grenade en pleine tête. Plus de Joe Valeri ! » commente quelqu'un.

Avi me serre l'épaule. « C'est un accident. On ne l'a pas tué délibérément », conclut la même voix.

Je jette un coup d'œil à celui qui parle. Est-ce que j'ai couché avec lui ? Difficile de me rappeler. Ce qui ne signifie pas pour autant qu'il m'ait mal fait l'amour. Peut-être est-ce avec lui que ça a duré une nuit entière dans une chambre d'hôtel minable de Jérusalem ? Et dans un lit d'une place rien moins que confortable ? Celui qui visait le prix Pulitzer? Quand il a eu fini, il a remis son pantalon, tirant d'abord sur une jambe avant d'enfiler l'autre, et m'a avoué qu'il avait été en analyse pendant quinze ans avec le même « gourou ». Restée seule, je me suis rongé les ongles en regardant le plafond qui s'écaillait, éclairé par une ampoule faiblarde. Je me suis demandé comment un médecin pouvait conserver le même patient quinze années durant. C'est ce qu'on appelle l'acharnement thérapeutique, sans doute! Sans prévenir, je lui lance : « C'est bien toi qui as été en analyse pendant quinze ans avec le même toubib?

— Oui. J'avais horreur des femmes, mais il m'a guéri. Pourquoi cette question? » Mon ex, à présent identifié, me dévisage. Comment lui expliquer qu'il me fallait savoir si c'était bien lui qui m'avait soumise à ses assauts pendant six heures d'horloge? Je me sens déconnectée, incapable de distinguer la réalité de l'imaginaire.

J'ai l'impression qu'une vie entière s'est écoulée depuis l'époque où maman a solennellement rangé mon manteau rose de chez Dior avec d'autres toilettes, venant de maisons de haute couture. La malle devait traverser l'Atlantique par bateau et me rejoindre dans ma pension suisse. Maman me répétait toujours que si je prenais le moindre poids, ma garde-robe ne m'irait plus. « Ne te mets pas à grossir, Marguerite, disait-elle. Si tu n'as pas inventé la poudre, au moins, tu es mignonne. Alors, reste comme tu es. » Maman aimait raconter que les gens l'arrêtaient dans la rue et s'extasiaient sur mes yeux verts et mes longs cheveux bruns.

« Tu as une jolie petite frimousse, Marguerite, me disait-elle encore. Si tu te dépêches, tu feras un beau mariage. Mais pour l'amour de Dieu ne tarde pas parce que tu as tendance à grossir. »

Si c'était vrai qui donc voudrait de moi? Personne. C'était la frustation assurée. Frustration qui me conduirait infailliblement à des accès de boulimie de plus en plus fréquents. Sans cesse, je faisais le même cauchemar : mon corps éclatait quelque part près du lac Léman.

    Chers Monsieur et Madame Sommers,

    Nous sommes au regret de vous informer que Marguerite a explosé sur les rives du lac Léman. A qui faut-il renvoyer le manteau de fourrure, les robes haute couture et les étuis de Toblerone qui farcissaient le matelas de Marguerite dans sa splendide chambre située dans le château qui surplombe le lac entouré par les Alpes enneigées émergeant de la brume ?

Brume anormalement basse d'ailleurs le matin où Marguerite a explosé.

Je n'explosai pas. Je restais sur le balcon de ma chambre dorée et je poussais des cris d'orfraie qui faisaient accourir M. Gay, le directeur, à l'étage.

« Tu es folle ou quoi de hurler comme ça ?

– Oui, oui, je suis folle, monsieur Gay », hurlais-je de plus belle.

A l'époque, le mot « gay » n'évoquait pas encore l'image de jeunes éphèbes au poignet flexible, encore moins la vision de faciès ravagés par le sida. Le terme était encore symbole d'insouciance et de bonheur. Le mot a-t-il pris le sens d'homosexuel pour désigner le Plaisir avec un grand pied par opposition à celui des couples hétérosexuels que les enfants finissent toujours par gâter ? Je ne pouvais guère expliquer à M. Gay que je souffrais d'un mal qui s'apparentait à la claustrophobie, quelque chose que je définirais comme le syndrome de la carte postale. On m'avait confinée dans la splendeur, exilée dans la perfection. Cela parce que ma sœur aînée faisait ses études et que mon père et ma mère entendaient profiter de leurs soirées gatsbyennes sans leur fille de seize ans qui risquait de gâcher leurs petits jeux scabreux.

La Suisse n'avait rien à voir avec la réalité. Où étaient la saleté, la violence, la souffrance ? Est-ce à ce moment-là que j'ai pris la décision de devenir journaliste, de ne m'intéresser qu'à la guerre et à la mort ? Est-ce alors que j'ai compris que, même si je faisais un beau mariage, il me manquerait toujours quelque chose ? Impossible de dire exactement quand ça s'est produit.

Ma mère fut convoquée dans la petite ville suisse bien propre où je vivais. Il fallait qu'elle ait un entretien urgent avec M. Gay. Elle débarqua emmitouflée dans ses fourrures, perchée sur ses talons aiguilles, le visage disparaissant derrière de gigantesque lunettes noires. Plus tard, j'appris que c'était « afin d'échapper à la honte que sa fille lui causait et au déshonneur qui risquait de rejaillir sur elle. » Il fut décidé qu'un week-end passé hors de la pension m'aiderait à m'adapter aux sempiternels cours de cuisine, au cacao et aux inévitables pendules à coucou. Sitôt dit, sitôt fait, ma mère me fit monter dans une voiture de location et m'entraîna à sa suite dans un luxueux hôtel de Genève. La conversation fut réduite au minimum. Ma mère se borna à me dire qu'elle était très déçue par ma conduite et chagrinée par mon ingratitude.

Maman, bobo, fais-moi un câlin!

Ma mère me fit savoir qu'elle n'avait pas le temps de s'attendrir.

« Nous sommes invitées ce soir dans une villa sur les bords du lac. Sois prête à 8 heures. » Le voyage l'avait éreintée. « Tu me compliques la vie. Je vais faire une petite sieste. »

J'allai me pelotonner dans un fauteuil de la chambre voisine. Et pendant qu'elle dormait, par la grande baie vitrée je contemplai d'un œil morose ce lac suisse, aussi paisible que tous ceux que j'avais vus. Un contact furtif – un seul – quand je pris la paire de gants blancs qu'elle me tendit peu de temps avant de partir pour la soirée. Je portais une robe noire bordée de soie couleur chair et j'avais noué mes cheveux en arrière avec un ruban rose assorti.

« Tu peux m'aider à attacher mon collier de perles, maman? »

Je voulais sentir sa main sur mon cou.

« Ecoute, Marguerite, il faut que tu apprennes à te débrouiller toute seule. Tu n'es plus une enfant. »

Pourtant j'*étais* une enfant – son enfant – et j'avais de la peine. Elle était belle : le rose vif de sa robe-fourreau faisait ressortir la blancheur immaculée de son teint et l'ébène de ses cheveux. Je guettai sur son visage un petit signe de compréhension. Mais rien : pas la moindre trace d'émotion ou de reconnaissance ne vint adoucir ses traits délicats, troubler son masque parfait. Elle ne me jeta qu'un bref coup d'œil, du style inspection, avant de passer la porte.

La villa au bord du lac est un château à courants d'air. Immense, impersonnel, avec des tapisseries sur les murs, du marbre et de l'or dans l'entrée. Un gigantesque lustre en cristal accroché au plafond mouluré jette des éclairs roses sur les bijoux qui dégoulinent sur les bras et le cou des femmes que les hommes escortent avec des airs satisfaits de propriétaires. Le ton est feutré. Parfois un éclat de rire et le tintement des glaçons dans les verres à cocktail. Ma mère disparaît immédiatement dans la foule. Moi, je me dirige vers le buffet. Je suis occupée à dévorer des canapés aux crevettes, j'examine attentivement les innombrables petits fours quand je remarque un homme âgé d'une quarantaine d'années qui ne me quitte pas des yeux. Tout en avalant une grosse bouchée, je le sens qui s'approche de moi et se presse contre mon dos. « J'ai envie de vous faire l'amour », me chuchote-t-il à l'oreille.

Je fais demi-tour et toise l'élégant étranger avec un sourire arrogant. Je suis choquée. Où est ma mère ? Que dirait-elle ? Elle qui vient de faire ce long voyage pour me soustraire aux mauvais penchants qui m'assaillent dans l'enceinte pourtant rassurante d'une pension suisse. Elle n'imagine sûrement pas qu'on puisse me déflorer à quelques kilomètres seulement de Genève. Les mots de ma mère me reviennent en mémoire. Ses éternelles recommandations sur la façon dont on doit se conduire dans l'existence. Je lève le menton et fixe mon soi-disant séducteur dans les yeux. « Je n'ai pas l'intention de gâcher mon existence pour un quart d'heure de plaisir.

– Un quart d'heure ! »

Il sourit.

« Décidément, vous êtes bien jeune. »

Si je me souviens de cette brève rencontre, c'est pour cette seule et unique raison. Il m'a fallu des années pour comprendre le sens de ce quart d'heure. Pour découvrir si c'était trop ou pas assez. Je m'acharnais à excuser mes parents du peu d'amour qu'ils m'avaient témoigné. Longtemps, cette volonté de les innocenter m'empêcha d'apprendre quoi que ce soit d'autre. Et plus tard encore, j'ai compris qu'il s'agissait d'une blessure dont je ne guérirais jamais.

Ce fut par un après-midi de juin 1969 que dix-sept colombes s'échappèrent de leur cage dorée dans la grande salle de bal de l'hôtel Pierre à New York. Mon mariage avec Eric Ornstein de la compagnie d'agents de change « Ornstein Père et Fils » – l'une des plus prestigieuses de Wall Street – ne fut pas seulement un moyen de me garantir contre mes tendances à l'obésité. Mon avocat de père y trouvait également l'assurance de garder des clients précieux.

Il y avait des fleurs partout, ce jour-là, quand j'ai traversé les lieux au bras de mon père.

« Souris, Maggie, m'a-t-il glissé. Ça m'a coûté douze briques. » Il ne décolérait pas. Il ne m'a jamais pardonné mes mauvaises notes, le rouge à lèvres que j'avais fauché dans un Prisunic, ma grossesse qui m'avait obligée à filer à San Juan (Puerto Rico), mes lunettes noires et ma veste militaire kaki quand je manifestais contre la guerre au

Viêt-nam – en fait, je protestais contre la guerre qui faisait rage à l'intérieur de moi. Contre la clinique pour femmes dans les faubourgs de San Turce, son boucher de médecin et son examen à la sauvette.

« Huit semaines : huit cents dollars », m'avait froidement déclaré le faiseur d'anges patenté.

Il m'écœurait. Je lui avais demandé si c'était toujours son tarif : cent dollars par semaine de fœtus non désiré. Pour toute réponse, il se contenta de me jeter un regard assassin. Je compris que je risquais une perforation de l'utérus. Tout en glissant cent dollars de plus dans un tronc posé sur son bureau, portant la mention : « Pour notre foyer de filles-mères », je me demandais s'il s'agissait là des femmes qu'il refusait d'« aider ». Peut-être était-ce grâce à elles que des filles comme moi pouvaient venir se faire avorter à San Turce ? Les pauvres mouraient au Viêt-nam, les riches travaillaient comme agents de change.

Nous étions à mi-parcours de la synagogue quand mon père chuchota : « Tu es bien sûre de vouloir aller jusqu'au bout, Maggie ? » Une fraction de seconde, j'espérai qu'il me ferait faire demi-tour, que nous sortirions ensemble de l'édifice et que nous ferions comme si rien ne s'était passé. Hélas, mon père ajouta presque aussitôt que la passion c'était bien beau mais que ça ne durait pas et qu'il valait mieux me trouver un bon parti, d'autant plus que j'avais tendance à faire du lard. L'homme qui m'avait donné la vie sans passion me livrait sous la *rippé* à un individu dont j'étais persuadé qu'il me volerait mon âme. Je fixai mon attention sur la *rippé*. Il y avait de quoi être déboussolée : mon père juif, ma mère russe orthodoxe m'avaient fait baptiser selon le rite anglican. Et voilà qu'à présent, on m'amenait sous la *rippé*. Quand je fus sous ce dais compliqué, je remarquai qu'il s'agissait moins d'un toit symbolique que de l'un des baldaquins les plus luxueux que j'avais jamais vus. Des mètres et des mètres de guipure blanche brodée de ramages et de délicats boutons de rose. Les fleurs étaient placées sur une tapisserie au petit point du XVIIᵉ siècle qui représentait des chérubins versant l'eau de vasques en or dans la bouche ouverte de vierges voluptueuses. Voilà qui n'était pas très représentatif de l'appartement de M. et de Mme Ornstein Junior : un quatre-pièces, cuisine, salle à manger, exposition à l'est près de Gracie Mansion : mon nouveau domicile.

Eric Ornstein me prend le bras. Une pression rassurante que j'interprète à ma façon : tout ira bien. Même s'il a projeté de nous emmener faire la visite éclair des camps de concentration en guise de voyages de noces. L'étranger qui se tient à côté de moi – l'homme dont le nom figure déjà sur mon passeport – a les mains moites. Je le regarde et je me dis : pourvu que nous n'ayons pas de fille. Du moins, si nous en avons, pourvu qu'elle n'ait pas son nez. J'ai envie de crier : « Maman, bobo, où es-tu ? » parce que je me rends compte qu'il s'agit d'une terrible erreur. Mais le rabbin parle déjà, en hébreu. Au fond, je pourrais toujours prétendre que je n'ai pas compris ce qu'il a dit – clause de rupture de contrat. « Si j'avais su, monsieur le juge, si j'avais compris que c'était *pour toujours*, je ne serais jamais restée là tandis que les colombes voletaient alentour dans leurs cages, manquant arroser de leurs fientes le couvre-chef de ma belle-mère. D'ailleurs, monsieur le juge, je suis anglicane. »

Peut-être ai-je perdu conscience un moment car, soudain, je m'aperçois que c'est fini. Que le rabbin vient de dire quelque chose au sujet de l'époux et de son épouse. Quelques secondes auparavant, j'aurais encore pu partir en faisant mes excuses à tout le monde. J'aurais encore eu le choix. Maintenant c'est trop tard. Mariée, je suis et j'en suis fort marrie. Je ne grossirai peut-être pas mais je devrai rendre compte du moindre de mes mouvements à un certain Eric Ornstein. Me voici vouée à une existence sans passion.

La bouche humide d'Eric se presse contre la mienne résolument fermée. Je ne le laisse pas insinuer sa langue entre mes lèvres. D'une main, il me tient fermement la taille, de l'autre il se dépatouille avec mon diadème et mon voile. Cara, ma sœur, s'empare de ma traîne – complice d'Eric ! – et s'efforce d'écarter les mètres de taffetas qui lui font obstacle pour pouvoir m'embrasser convenablement. Ma propre sœur : une traîtresse, mariée, un enfant et un autre en route ! Un malheur ne vient jamais seul, dit-on. C'est à quoi je songe en essayant d'échapper à ses doigts qui s'agrippent à mon épaule.

« Maggie, siffle-t-elle, tout le monde attend que tu l'embrasses. Remue-toi ! »

Tout le monde attendait, effectivement. Soudain, j'étais une actrice à la remise de son premier Oscar. Ma carrière entière dépendait de la façon dont j'allais me tirer de cette scène-là. Le diadème et le voile tombent à terre. Je secoue la tête légèrement. Mon chignon se défait et ma chevelure se déroule en cascadant jusqu'au creux de mes reins.

Ils en veulent ? Ils en auront! C'est ce que je me dis en embrassant Eric, mon époux depuis trente-cinq secondes. Passionnément. Sur la bouche. Hourra de la foule. « Encore! Encore! » Je m'imagine, ôtant, avec quelles ondulations, ma robe de mariée de chez Balmain, tout doux, tout doucement, jusqu'à ce que je me retrouve complètement nue ou presque : je n'ai plus sur moi qu'un porte-jarretelles et des bas résille blancs, des chaussures à hauts talons en shantung assorti. Je m'étends, je lève les jambes, j'écarte les genoux et je regarde les colombes s'ébattre joyeusement dans la salle de bal. Copulation sous la *rippé*. Les invités sont en transe, ils frappent dans leurs mains, suivant le rythme des secousses qu'Eric m'inflige tandis que – symbole! symbole! – la pièce montée glacée dégouline sur le *tsiebaleh*, foie de volaille haché menu-menu aux petits oignons.

Fin du fantasme. Appuyée au bras d'Eric, je remonte l'allée, les cheveux en désordre. C'est la petite fille de Cara qui tient ma traîne. Elle et un enfant non identifié, probablement côté Ornstein. De l'autre côté du cordon de velours pourpre, en tout cas. Un sinistre craquement : l'un des enfants a dû s'empêtrer dans le tissu. Ça m'est égal. C'est le genre de robe qu'on ne met qu'une fois.

Pour ma mère, c'est mission accomplie. Je parle de celle qu'elle s'est donnée dans la vie. Maman a réussi à marier ses deux filles à deux juifs qui ont du bien et qui ne se doutent de rien. La famille Sommers s'est évidemment gardée de faire mention de notre baptême à St. Andrews et de dire que, du côté de ma mère, nos ancêtres se livraient à des pogroms contre les aïeux des Ornstein dans la Russie tsariste. Inutile de préciser que ma chère famille n'a jamais pris la peine de me demander si je voulais vraiment épouser cet homme.

Peter Durchin et son orchestre jouent *Fascination* lorsque nous parvenons enfin à échapper à la corvée des félicitations-remerciements. Eric me serre étroitement et me souffle très fort dans le cou : c'est la première danse que nous dansons en tant que mari et femme. « Ce soir, me chuchote Eric, je vais te baiser à t'en faire perdre la tête! Tu vas voir! »

Tout était si incongru : ces colombes blanches, le foie haché menu, ma mère et ses diamants, mon père et son cigare qui sent mauvais, la mère d'Eric et son chagrin, son père avec son sourire salace et tous les amis! Les piliers de la communauté juive, réunis pour fêter ce qui m'apparaissait comme un cauchemar. Mon père avait même invité son partenaire au tennis, l'ambassadeur de Thaïlande qui a voté contre Israël aux Nations unies : quel éclectisme chez la famille Sommers! Autre décision éminemment démocratique : on a fait asseoir Jonesie, notre chère domestique noire, au premier rang, face à la salle du banquet. Et moi, Maggie Sommers, vingt et un ans, diplômée, rêvant de devenir journaliste, je suis là, je danse avec un homme qui non seulement me désire physiquement, mais qui en outre se déclare bien décidé à me faire perdre la tête! Proposition qui me rappela aussitôt certain jour où j'avais pris le métro, je n'avais alors que quatorze ans. La rame allait quitter la station lorsqu'un homme m'exhiba ses parties. Debout au bord du quai, il écrasa son pénis contre la vitre derrière laquelle j'étais assise. Je me trouvai nez à nez, si je puis dire, avec un étrange appendice violacé qui sécrétait un liquide d'un blanc laiteux. Tandis que la rame prenait rapidement de la vitesse en s'enfonçant sous le tunnel, je me sentis dépassée, ridicule et d'une certaine façon responsable mais sans bien savoir de quoi. Voilà comment je fus initiée au mystère du sexe dans la station de la 86e Rue. La phrase d'Eric me plonge dans des abîmes de perplexité encore plus désagréables. J'ai la vision de draps sanguinolents qu'on agite à la fenêtre de l'hôtel Pierre. Ce qui fait dire à quelqu'un : « Elle était bel et bien vierge jusqu'à ce qu'Eric Ornstein lui fasse perdre la tête. »

« Quelle surprise! ajoute ma mère. Moi qui croyais que Marguerite n'avait pas de tête! Si j'avais su, elle n'aurait même pas eu besoin de l'épouser! »

Deux jours plus tard, Eric et moi débarquions à Munich, point de départ de notre tour express des camps de concentration. Assise dans notre chambre d'hôtel, ce matin-là, je mangeai des gâteaux et sirotai mon café *mit schlag* tout en réfléchissant à l'insensibilité de l'homme avec lequel, désormais, je partageais ma salle de bains. Eric ne m'avait pas encore fait perdre la tête puisque j'étais toujours capable de raisonner. Le fait qu'il ait pénétré mon corps ne m'avait rien fait. Ou plutôt si, j'avais éprouvé des sensations désagréables, à peu près les mêmes que celles ressenties chez le Dr Drysdale lorsqu'il m'avait examinée avant de me poser un diaphragme, quelques semaines auparavant. Devant mes cris de douleur, le médecin avait utilisé un spéculum pour vierge. Geste hypocrite puisque mon avortement figurait dans mon dossier médical. En entendant mes hurlements de souffrance, Eric, lui, se mit à haleter encore plus fort et produisit un

curieux son guttural avant-coureur de l'explosion qui allait survenir.
Qu'importe! Ses spermatozoïdes iraient s'estourbir contre la paroi de
caoutchouc édifiée par le bon Dr Drysdale. « C'était bon, ma
chérie? » interrogea-t-il six fois de suite. Car six fois, il déposa son
liquide à l'intérieur de moi. Que dire?

« Comment pourrais-je savoir ce qui est bon quand ma seule
expérience sexuelle – pour ne rien dire de celle du métro – c'est celle
que j'ai eue à l'université avec Skip Hollingworth?

– Que s'est-il passé avec Skip?

– C'était après une manif contre la guerre au Viêt-nam. On avait
mis un disque des Platters...

– Pourquoi? interrompit Eric.

– Parce qu'ils chantaient *I am the Great Pretender*.

– Non! Je te demande ce qui t'avait prise d'aller manifester contre
la guerre au Viêt-nam! »

Notre conversation en resta là. Je n'ai pas pu lui expliquer
combien cette guerre nous révoltait. Autant que l'attitude des
universitaires. Nous avions bu de la mauvaise sangria servie dans un
saladier à moitié fendu à la surface duquel flottaient des fruits
pourris. C'était couru d'avance. Il m'avait semblé presque naturel de
suivre Skip et de grimper trois étages pour échouer dans sa chambre
– située dans l'un des dortoirs de Harvard. Une chambre où régnait
un fourbi épouvantable. J'avais fini dans son lit douteux sur lequel il
m'avait gentiment placée. Je mentirais si je prétendais que je n'avais
pas la moindre idée de ce qui allait se passer, mais ce que je ne savais
pas, c'était qu'il suffisait d'une fois – même d'une toute petite fois –
pour que ce soit la bonne. Deux mois plus tard, j'étais à Puerto Rico
pendant que Skip sortait diplômé de Harvard. L'année suivante j'eus
du mal à le reconnaître quand il m'attrapa par le bras au rayon
mercerie de chez Bloomingdale. Je me souvenais à peine que c'était
son enfant que j'avais « fait passer » par une matinée pluvieuse à
Puerto Rico.

Eric émergea de la salle de bains où il venait de prendre sa douche.
Il avait le torse et les épaules couverts de poils bruns frisés; sa peau
mate luisait encore d'humidité et son visage était parsemé de plaques
rouges. En observant attentivement mon mari, j'en vins à la
conclusion suivante qui me parut objective : à condition d'avoir
davantage de menton et un nez plus court, il ne serait pas trop
moche. Il aurait fallu aussi qu'il soit moins velu. Eric se frotta les

mains vigoureusement et entreprit de dévorer son petit déjeuner. Ma robe de chambre de soie rose découvrait légèrement mon sein gauche chaque fois que je me penchais pour attraper quelque chose sur le plateau. J'étais assise, les jambes repliées sous moi.

« Ne force pas trop sur les gâteaux, sinon tu vas grossir », observa-t-il, la bouche pleine.

C'est à cet instant précis que j'eus la vision de ce qui m'attendrait tout le temps que durerait notre mariage. Et de ce qui me guettait pour finir. Ma tombe, avec ces mots en lettres d'or : « Ci-gît Maggie Sommers, l'épouse bien-aimée d'Eric Ornstein. » Fin du générique. Rideau. Il est vrai que le terme de générique n'entra dans mon vocabulaire qu'un peu plus tard. A l'époque, c'était simplement la fin. Une chose est sûre : la mention « épouse bien-aimée » ne me suffisait pas.

« Tu seras bientôt prête ? interrogea-t-il en se levant. Je voudrais voir Dachau pendant qu'il fait jour. » Je le regardai, interloquée. Je m'efforçai de comprendre pourquoi Dachau signifiait plus pour moi – une demi-juive, renégate de surcroît – que pour mon mari qui était juif et pratiquant. Si Eric avait compris qu'il était indécent de « faire » Dachau comme on « fait » la Costa Brava, nous serions sûrement encore mariés à l'heure qu'il est. Inutile d'aborder ce genre de discussion avec Eric, celle-là ou une autre d'ailleurs. Je m'en sentais incapable. Mais ça ne m'empêchait pas d'y réfléchir.

« Je vais prendre un bain. »

Eric me lorgnait avec un drôle d'air. Un air qui, je le savais maintenant, signifiait : « Toi, ma cocotte, tu vas bientôt contempler le plafond. » On aurait dit un poisson hors de l'eau, un gosse pris la main dans le sac. Je me redressai tant bien que mal, tâchant de lui dissimuler la vue de mes seins – pour lesquels il avait un grand faible, il me l'avait avoué. Mais la manœuvre échoua. Il m'attrapa le poignet, me poussa sur le lit et me força à m'étendre. Tout en marmonnant des bouts de phrase que je ne comprenais pas, il se mit à me caresser les seins, goba l'un des bouts et m'enjoignit de prendre dans ma main son appendice turgescent. Je ne protestai pas. Protester m'aurait demandé plus d'énergie que de participer aux assauts qu'Eric me livrait. Je sentais sa « chose » – comme il m'avait dit de l'appeler – qui palpitait dès que je la serrais.

« Lâche-la, sinon je vais jouir trop vite. »

Mais je ne relâchai pas mon étreinte. Plus vite il jouirait, plus vite ce serait fini. Au moment où il s'apprêtait à me pénétrer, je me rappelai que je n'avais pas mis mon diaphragme.

« Arrête, hurlai-je, attends, je risque d'être enceinte!

– Aucune importance! parvint-il à dire entre deux halètements. On aura un bébé. Et alors? On peut se le permettre. »

Là-dessus, il énuméra en quelques secondes – le temps que dura son orgasme – les divers frais qu'un bébé occasionnerait : robes de grossesse pour moi, hôpital, assurance, nounou pendant les six premières semaines, frais de scolarité dans des établissements convenables. J'eus des visions d'aiguilles à tricoter souillées de sang. Elles remplaçaient les images de poupon angélique qui m'avaient autrefois fait rêver. J'avais pourtant tenté de lui échapper en prenant une position que je jugeai peu propice mais Eric se débrouilla pour m'engrosser à l'hôtel des Trois Autruches à Munich. Comme je me précipitais dans la salle de bains, je sentis son liquide tiède couler le long de mes cuisses : je sus que cette fois, je n'y couperais pas. Je me *sentais* enceinte. Une fois dans la baignoire, cela ne fit pas le moindre doute dans mon esprit, j'étais déjà *deux*. Inutile d'espérer que ses milliers de spermatozoïdes se soient égarés en route. J'avais beau me laver avec la dernière énergie, ils nageaient déjà frénétiquement à la rencontre de mes ovules. La perspective de devoir obéir aux paroles du rabbin me désespérait encore plus que celle d'avoir à contempler éternellement les Alpes enneigées dans la bonne ville de Montreux.

Quand je revins dans la chambre, Eric sifflait une mélodie curieusement atonale. Il était entièrement nu. Il s'en fichait : de toute façon, c'était trop tard. Il passa derrière moi, j'aperçus son reflet dans la glace. Il me sourit et me lança : « Vite, Maggie, dépêche-toi. La voiture nous attend pour aller à Dachau. »

Pour la première fois, je lui résistai. Ce ne fut pas la dernière.

« Non, je n'y vais pas.

– Comment ça? J'ai tout organisé!

– Ça me dégoûte d'aller là-bas comme on va s'amuser. Et pour notre voyage de noces, en plus! Non, je ne peux pas!

– Tu feras exactement ce que je te dis de faire. Désormais nous ne faisons plus qu'un. »

Il ne croyait pas si bien dire. Si lui et moi ne faisions qu'un, c'est parce que moi, j'étais toujours zéro.

« Maggie, reprit-il en pleurnichant, je veux faire des photos de toi là-bas, pour me souvenir. »

Et qui garderait ces photos quand nous aurions divorcé ? C'est ce que je me demandais.

« Elles ont été prises avec *mon* appareil, soutiendrait Eric.

— Oui, mais c'est bien *mon* sourire figé devant ce monument du souvenir. »

Et ainsi de suite pour tous les objets, jusqu'au dernier verre de la cuisine. Je me rendis compte que j'avais beau être sûre d'être enceinte, j'étais cependant persuadée que jamais nous ne nous battrions pour la garde de l'enfant. Il faut croire que je savais qu'il n'y en aurait pas.

Ce jour-là, il est allé seul à Dachau tandis que je restais dans ma chambre à essayer de démêler cette énigme. Comment cela avait-il bien pu m'arriver ? Je me rappelai la grande maison à Long Island où je passais les vacances. Tout était si facile, alors. Ma mère faisait imprimer des cartons d'invitation ainsi rédigés : « Sommes au plaisir de vous convier à une réunion au sommet chez les Sommers. » C'étaient de somptueuses garden-parties. Quelques heures avant l'un de leurs raouts, mon père et ma mère s'étaient disputés. Tout n'était peut être pas aussi facile que ça en avait l'air.

Cara et moi, nous mangions des sandwichs sous un grand parasol rayé dans le patio à côté de la cuisine, tandis que mon père et ma mère s'envoyaient des amabilités quelque part à l'intérieur de la maison. Les sandwichs soigneusement empilés avaient été placés sur un plateau au centre de la table d'acajou. En réalité, il s'agissait de pain de campagne dont on avait enlevé la croûte et qu'on avait farci de beurre de cacahuète et de confiture, de cheddar et de thon. Un buffet plus raffiné aurait fait trop petit-bourgeois. Cara ne paraissait rien remarquer : elle s'appliquait à lécher la confiture qui dépassait du bord de son sandwich. Moi, je tendais l'oreille, tâchant de saisir des bribes de leur dispute. Je parvins à comprendre l'essentiel : il était question d'une secrétaire qui travaillait dans le cabinet de mon père. Ma mère était folle de rage. Si ça continuait, elle menaçait de le quitter. Pas un mot à notre sujet. Et nous alors ? eus-je envie de crier. Qui s'occupera de nous ? Cette mystérieuse intruse qui semblait soudain prendre une importance capitale dans ma vie, me terrifiait. Je me tournai vers Cara : elle mordillait toujours son sandwich en commençant par l'extérieur de sorte qu'il n'en resta bientôt plus que le centre, moins tartiné que le pourtour.

« Cara, murmurai-je, tu as entendu ?

– Oui. Et après ? » se contenta-t-elle de dire. D'une pichenette, elle goba ce qui restait de son sandwich et plongea son index dans sa bouche pour décoller le beurre de cacahuète resté sur son appareil dentaire luisant. Je ne me rendais pas compte que Cara était aussi bouleversée que moi, qu'elle avait aussi peur, mais qu'elle avait sa façon à elle de résister. Ni l'une ni l'autre ne savions comment faire pour nous rassurer, nous consoler mutuellement, parce que personne ne nous avait jamais montré l'exemple. J'avançais la main vers un sandwich au thon quand ma mère fit irruption dans la cuisine, suivie de mon père.

« Espèce de *Shikse* ! lança-t-il.

– Maman, je t'aime », m'écriai-je sans réfléchir.

Les yeux noyés de larmes, elle s'élança vers le court de tennis sans jeter un regard en arrière. Mon père s'assit près de nous et j'admirai l'aisance avec laquelle Cara engagea la conversation. Comme si de rien n'était, elle lui fit part de ses projets pour la fin de l'été. Pourtant, je le savais bien, chez les Sommers, si l'on voulait s'en tirer, c'était chacun pour soi.

« Je pourrai prendre des leçons de tennis au club ? »

Mon père acquiesça distraitement.

Je crus bon de mettre mon grain de sel. A neuf ans, on n'est pas encore très au fait des subtilités qui régissent les relations conjugales.

« Pourquoi vous vous attrapiez avec maman ?

– On ne s'attrapait pas, répliqua mon père. Les adultes ont parfois des désaccords. Ce n'est pas pour autant qu'on se dispute.

– Mais, insistai-je, qu'est-ce que c'est, une *Shikse* ?

– Une *Shikse*, répondit-il sans l'ombre d'une hésitation, c'est une personne stupide. »

A neuf ans, je n'acceptai ni l'une ni l'autre de ces deux explications. Plus tard, j'appris que j'avais tort : les adultes ont souvent des désaccords et pour des hommes comme mon père, *Shikse* signifie bien stupide.

Lorsque je vis qu'Eric ne rentrait pas pour dîner à l'hôtel ce soir-là, j'éprouvais la même sensation de panique au creux de l'estomac que lorsque j'étais enfant, chaque fois que mon père laissait sa clé sur la porte d'entrée. Le soir venu, je pénétrai dans l'appartement sans savoir ce qui allait se passer, si les disputes de mes parents allaient recommencer. Avec mon père, j'en avais vu de toutes les couleurs. Il était juif quand ça l'arrangeait. Il ne l'était plus lorsqu'il évoluait dans le milieu que ma mère fréquentait, essentiellement composé d'aristocrates russes émigrés mais authentiques. En revanche, il redevenait juif quand il assistait à des galas de bienfaisance où ses collègues new-yorkais lui réservaient des places à dix mille dollars. Il l'oubliait de nouveau lorsque ses clients, des milliardaires texans enrichis dans le pétrole, lui tapaient sur le dos en lançant une bonne blague antisémite.

Il y avait sans doute un lien entre cela et l'enfance que j'avais vécue dans cet appartement trop bien gardé de la Cinquième Avenue. J'étais entourée de portiers et de garçons d'ascenseur que je ne reconnaissais pas quand je les croisais dans la rue sans leur uniforme. J'avais un peu honte lorsqu'ils me saluaient dans Madison Avenue. En les considérant comme des domestiques, uniquement destinés à servir les riches (les gens de ma famille et d'autres personnes du même « rang » que nous), je ne faisais qu'obéir aux préjugés. Pourtant, Dieu sait que je passais plus d'heures en leur compagnie que la plupart des propriétaires de l'immeuble. En particulier, lorsque mon père me refusait l'accès de notre appartement chaque fois que je rentrai chez nous sans respecter l'heure du sacro-saint « couvre-feu ». Honte et déchéance d'avoir à m'asseoir sur le divan fatigué de l'entrée. Honte et déchéance de me trouver assoupie quand le soleil se levait au-dessus des bâtiments qui font face à Central Park. Peut-être aurais-je dû expliquer à Otis, le portier, que, pour une jeune fille bien, rien n'est plus naturel que de passer la nuit entière dans l'entrée de l'immeuble ou lui faire croire qu'il s'agissait d'une expérience destinée à l'édifier : voilà comment les gens riches traitent leur progéniture. Ce n'étaient pas les prétextes qui manquaient : « Au collège on nous a demandé de faire un travail sur les habitudes professionnelles d'un portier de nuit. » Ou, mieux encore : « Les copropriétaires ont décidé qu'il leur fallait resserrer les liens avec le personnel. Il a été convenu de commencer par le portier de nuit et cette tâche a été confiée à un représentant de la famille Sommers. »

De toute façon, Otis ne m'aurait jamais crue. Il avait l'air peiné de me voir recroquevillée dans un coin du canapé douteux. Il se serait probablement contenté de hocher la tête en pelant l'orange qu'il sortait tous les soirs d'un sac en papier marron que Mme Otis lui avait préparé. Otis partageait volontiers son fruit ou son casse-croûte avec moi. Nous bavardions tous les deux jusqu'à ce que mon père l'appelle au téléphone et lui donne l'ordre de me faire monter à l'appartement. Il s'agissait que je sois rentrée avant que le facteur ne dépose sa grande sacoche en cuir sur le comptoir et ne m'aperçoive affalée sur le divan. Avant que le portier de jour ne prenne son service : il se serait fait un malin plaisir d'aller raconter la chose à tout l'immeuble. La cruauté de mon père me donnait parfois à réfléchir : qu'y avait-il de pire ? Le fait de considérer le portier de nuit comme quantité négligeable ou de refuser à sa plus jeune fille l'accès de son appartement sous prétexte qu'elle était rentrée avec dix minutes de retard sur l'horaire prévu parce que son cours de danse n'avait pas commencé à l'heure ?

Ce soir-là, en attendant le retour d'Eric à Munich, j'en vins à la conclusion que l'attitude de mon père à mon égard avait quelque chose à voir avec sa propre angoisse. Il m'avait fallu attendre de devenir adulte, de devenir Mme Eric Ornstein pour le comprendre. Mais comment aurais-je pu l'expliquer à Eric, lui qui s'était laissé prendre aux apparences de ma famille – des gens riches, bien-sous-tous-rapports ? Comment lui avouer que la jeune fille dorée sur tranche qu'il avait épousée souffrait à n'en plus pouvoir de ce conflit qui n'était toujours pas réglé ? Il m'aurait considérée comme une comédienne, une mythomane, une toquée. Il s'était bien rendu à Dachau uniquement pour y prendre des photos ! Pour lui, il ne s'agissait que d'un fait que l'histoire avait enregistré : tant de crânes, de dents, de corps mutilés, tant de camps de concentration disséminés comme des ossuaires un peu partout à travers l'Europe. Cette nuit-là, je hurlai en silence et me torturai mentalement. Pourquoi eux et pas moi ? Pourquoi ces gens s'étaient-ils laissé faire ? Même s'ils n'avaient pas demandé à naître ? Je me sentais pour ma part assez humiliée de m'être laissé manipuler, avant même qu'on m'exile dans ma cage dorée au bord du lac Léman. En fait, entre les mains des deux personnes que j'aimais le plus et dont je dépendais totalement, j'avais été incapable de me défendre, incapable de protester contre ce qui m'arrivait. Alors...

Je m'étais conduite comme l'enfant battu qui défend ses parents coûte que coûte et nie farouchement que ce soit eux qui l'aient roué de coups. Il me suffisait de penser à la lutte que je menais contre mon père : je lui trouvais toutes sortes d'excuses, j'étais prête à réécrire l'histoire parce que je n'avais pas d'autre choix. Quant à ma mère qui analysait ce que la vie lui avait apporté en partage, elle n'avait jamais caché l'indifférence ou l'antipathie que je lui inspirais. Pauvre Eric Ornstein! C'est ce que je lui ai dit ce soir-là quand il s'est enfin décidé à rentrer.

« Pauvre Eric! »

Il m'a regardée, perplexe, la main sur la poignée de la porte.

« Ce n'est pas juste, tu ne trouves pas? ai-je ajouté.

– Tu sais, Maggie, il y a beaucoup de choses qui sont injustes, a-t-il fini par répondre. Mais je trouve que de me laisser seul pendant notre voyage de noces, c'est une attitude absolument inacceptable. » Il n'a jamais compris.

Le voyage de noces en question tirait à sa fin. Eric s'acharnait à visiter les vestiges d'une des plus sinistres périodes de l'histoire. Moi, je m'entêtais à passer en revue les souvenirs d'une enfance malheureuse. Nous avons atterri à Londres, à l'hôtel Connaught. La première impression que me fit cette ville, je n'ai jamais pu m'en défaire complètement par la suite. J'avais la sensation d'être une intruse dans un univers exclusivement masculin : je forçais les portes d'un monde où l'on respirait l'âcre odeur du cigare, des effluves de cognac et où les rubriques boursières et financières occupaient l'essentiel des journaux. Bref, je me sentais encore davantage exclue de la vie qu'Eric menait. Il était venu rencontrer des investisseurs; il n'avait pas de temps à me consacrer. Il me fit comprendre que, pendant la journée, c'était à moi de me prendre en charge. Un après-midi, j'entrai à Scotch House avec l'intention d'acheter un kilt. C'est là que je fis la connaissance de Quincy Reynolds.

Quincy gérait les intérêts des gens de télévision, l'équivalent de l'imprésario pour les gens de théâtre ou de cinéma. Petite, rousse, le visage semé de taches de son, des yeux d'un vert éblouissant, elle était la preuve même que, dans l'existence, on peut survivre à tout. Quincy avait perdu un enfant atteint d'un mal incurable. C'est elle qui avait pris la décision de « débrancher » son enfant sous assistance respiratoire, alors qu'il était plongé dans un coma profond depuis douze semaines. Et comme si cette épreuve n'avait pas suffi, quelques mois plus tard, alors qu'elle en attendait un autre qui devait remplacer celui qu'elle avait perdu, son mari lui avait annoncé qu'il la quittait pour une femme qu'il avait rencontrée en avion.

Pour Quincy, la vie était une sorte de course d'obstacles. Elle était peu à peu devenue l'un des plus importants agents de télévision ; elle avait fini par se remarier avec Dan Perry, un conseiller fiscal qui avait une grosse clientèle. Ils travaillaient dans le même cabinet. Dan avait compris que le chagrin a parfois sur les gens des effets inattendus. Quincy avait soif de réussite, et cette ambition s'exerçait souvent au détriment du reste. Sur la porte de leur cabinet, il y avait une plaque où figuraient leurs deux noms réunis : « Reynolds et Perry ». Quelqu'un avait ajouté au-dessous « Pour toujours » avec un bâton de rouge à lèvres. Quincy n'avait jamais effacé l'inscription.

Quincy affirmait qu'on pouvait supporter les pires malheurs si l'on avait le sens de l'humour. C'est sans doute cette disposition d'esprit qui nous a permis de faire connaissance devant des piles de pulls en shetland et de cardigans en cachemire. Tandis que je farfouillais dans les corbeilles d'articles soldés, je songeais à mon mariage. Eric s'était déjà lassé de mon manque d'enthousiasme devant tout ce qu'il m'offrait pour me récompenser d'être sa femme. Je pleurais à chaudes larmes en me disant que mon mariage était fichu. Eric ne me demandait même plus si c'était bon quand il m'avait fait l'amour. Il avait fini par comprendre que je subissais ses ardeurs plus que je ne les recherchais. Quincy me repéra immédiatement. « Ils feutrent », déclara-t-elle sans paraître remarquer mes larmes.

Je la regardai et jetai un coup d'œil sur son annulaire gauche. Je constatai avec soulagement qu'elle portait une alliance en or. Pour moi, un mari, c'était la preuve qu'elle avait réussi en tant que femme. Comme je ne répondais rien, elle ajouta : « Il ne mérite sûrement pas que vous pleuriez à cause de lui.

— Comment savez-vous qu'il s'agit d'un homme ?

— Parce que seul un de ces olibrius peut faire pleurer une femme quand tous ces cachemires sont soldés à moitié prix.

— Qu'est-ce qui feutre ? »

Elle me regarda un instant sans comprendre.

« Les cachemires. Mieux vaut acheter de la laine mélangée. »

Nous avons ri toutes les deux et nous sommes parties voir les pulls en acrylique. Finalement, nous avons décidé d'aller prendre un verre.

Une fois assises dans un petit café à côté du magasin, nous avons bavardé.

« Qu'est-ce que vous faites à Londres ? m'a-t-elle demandé.

– Je suis en voyage de noces. Nous venons d'arriver de... »

Je m'arrêtai pile. Comment pouvais-je lui avouer le parcours qu'Eric nous avait choisi en guise de lune de miel ?

« Et c'est à cause de votre mari que vous pleuriez ? Ou bien est-ce parce que tout cela est trop nouveau pour vous ?

– Je crois que je pleurais parce que je ne m'attendais pas à ça. Dire que dorénavant je serai coincée, que je ne pourrai jamais être autre chose que ce que je suis ! J'imagine déjà mon épitaphe !

– Votre épithalame, vous voulez dire : le poème qu'on compose en l'honneur des jeunes mariés.

– Non, non, mon épitaphe, celle qui figurera sur ma tombe. »

Quincy a dû saisir. Elle ne m'a pas demandé d'explications supplémentaires.

« Moi, je suis à Londres, m'informa-t-elle en remuant le contenu de son verre avec une paille, pour le compte d'un client. Il désire réaliser un documentaire sur le château de Windsor. Pour la télévision. Tout le monde m'a dit que c'était impossible. Depuis des années, on essaie d'obtenir l'autorisation de tourner. »

Je l'écoutais, fascinée. C'était la première fois que je rencontrais une femme qui portait une alliance et qui exerçait un métier.

« Je crois que c'est l'une des pires affaires que j'aie jamais traitées, poursuivit-elle. J'ai réussi à avoir l'autorisation de la famille royale. J'ai donc fait venir mon client dans les studios de l'American Broadcast Network ici, à Londres. Mais il m'a fallu supporter les insultes et la mauvaise humeur du vice-président de la chaîne, un abruti comme on en fait peu !

– Je ne comprends pas.

– C'est pourtant simple. Il était jaloux. Furieux que j'aie eu la permission de tourner. Ça fait deux ans qu'il essaie de l'obtenir sans succès.

– Pourquoi ?

– Mais parce que ! s'écria-t-elle impatiemment. Voilà ce que les femmes sont obligées de supporter dans ce monde où les hommes règnent en maîtres absolus. Il n'y a pas plus machistes que les gens de télévision. Qu'est-ce que vous faites, vous ?

– Je suis mariée.

– Ça, je le sais déjà, fit-elle avec un petit sourire ironique. Si ma mémoire est bonne, c'est moi qui vous ai trouvée tout à l'heure en train d'arroser les cachemires de vos larmes. Qu'est-ce que vous faites comme *travail*?

– Rien.

– C'est ridicule! Etre mariée ne suffit pas. Surtout quand on n'est pas heureuse. Votre mariage n'a pas quinze jours d'existence et déjà, vous vous demandez à quoi ça rime de vivre avec quelqu'un.

– Si je savais à quoi ça rime, vous croyez que ça rendrait les choses plus faciles?

– Sans doute que non. Vous devriez sérieusement songer à avoir une activité. Y a-t-il quelque chose qui vous intéresse? »

J'ai commencé à lui expliquer ce que j'aurais voulu faire. Avec beaucoup d'hésitation au début et puis j'ai fini par lâcher le morceau.

« Je voudrais faire du journalisme... des reportages à l'étranger. Je crois que j'aimerais m'occuper de politique internationale. Je suis prête à couvrir des guerres s'il le faut. »

Elle m'écoutait attentivement, sans perdre un mot de ce que je disais.

« Vous préféreriez la presse ou la télévision? »

Comment savoir? Tout était si nouveau.

« La télévision », ai-je fini par dire.

Le plus drôle, c'est que c'était vrai. Confusément, c'est ce que j'avais toujours rêvé de faire.

« Et vous vous en sentez capable? C'est loin d'être facile.

– Je ne sais pas », répondis-je sur la défensive.

Voilà que je me sentais prête à me battre pour une carrière à laquelle je ne songeais pas deux minutes auparavant.

« Mais je suis sûre que, si on me donne ma chance, je pourrai apprendre. »

Quincy eut à nouveau son petit sourire.

« C'est un métier ardu. Probablement celui où il est le plus difficile de se faire un nom. Je parle en connaissance de cause : c'est précisément de ça que je m'occupe. Même si moi, je suis de l'autre côté de la barrière. »

Nous étions revenues au point de départ. Nous avions lié conversation en parlant qualité de laine et nous nous sommes quittées sur le même sujet. Il avait suffi d'une heure pour que j'avoue à

Quincy ce que j'avais toujours secrètement rêvé de faire dans la vie.

« Il faut que j'y aille maintenant. J'ai promis à Eric de le retrouver à 5 heures. Il est déjà 5 heures. »

Je me suis gardée de dire qu'Eric Ornstein n'aimait pas attendre. J'étais tout de même assez maligne pour m'en être rendu compte : si je lui accordais peu de ce qu'il était en droit d'attendre *horizontalement* de la part d'une épouse, le moins que je pouvais faire, c'était de ne pas trop gâcher *verticalement* son existence avec moi.

« Faites-le attendre un peu, fit Quincy. Il tiendra bien cinq minutes. Même un quart d'heure. Je vous le promets.

– Non, non. »

Je me suis levée, j'ai soigneusement rangé sa carte de visite dans mon portefeuille.

« Je vous appellerai dès que je serai rentrée à New York. »

Je me sentais toute légère en rentrant à l'hôtel Connaught, presque grisée, comme si je venais de commettre un adultère. Ce que j'avais fait était peut-être pire dans la mesure où cette rencontre pouvait irréversiblement modifier mon destin. Et puis, à l'inverse de l'adultère, elle se solderait peut-être par un résultat plus inattendu. Eric m'attendait dans les salons de l'hôtel, assis à une table en train de boire du thé. De toute évidence, il avait l'air inquiet : à chaque instant, il se dévissait le cou pour surveiller la porte d'entrée, guettant mon arrivée, espérant me voir la mine bien contrite. Quand j'apparus enfin, j'avais près d'un quart d'heure de retard.

« Marguerite, déclara-t-il lugubre, ne me fais plus jamais attendre. Au cas où tu l'aurais oublié, c'est moi qui paie. »

Au bout de quinze jours et de quatre camps de concentration, mon mari avait déjà appris les règles du jeu. Je n'en eus alors que vaguement conscience. Ce qu'Eric Ornstein ignorait et ce que je ne comprenais pas encore, c'était que ces mots allaient causer la chute de beaucoup de ses semblables et catalyseraient les ambitions de plus d'une Maggie Sommers. Mais nous n'en étions encore qu'aux prémisses.

2

L'avion cargo s'est arrêté dans un endroit bien à l'écart sur l'aéroport Ben Gourion de Tel-Aviv. J'ai la main posée sur la poignée du cercueil en métal gris qu'on va charger dans la trappe béante sous le ventre de l'appareil. J'ai fait une autre correspondance hier sous un nouveau bombardement du camp de Sabra, bombardement qui a fait de nombreuses victimes. Face à la caméra, j'ai raconté la guerre telle qu'elle est, une guerre qui touche les Israéliens, les Palestiniens, les Libanais et d'innombrables factions qui sont partie prenante dans la tragédie des otages. Je doute que les téléspectateurs comprennent que c'est un pays tout entier qui est pris en otage par un groupe de combattants désespérés qui, eux, se battent pour survivre.

Durant l'émission, quand j'ai raconté les circonstances de la mort de Joe Valeri – la tête soufflée par un tube lance-roquettes RPG 7, il y a quelques heures, j'avais les larmes aux yeux et ma voix s'est brisée. Le réalisateur m'a fait signe de poursuivre. Il a refusé d'arrêter la prise quand je lui ai fait comprendre que j'avais besoin d'une pause, le temps de me remettre. Il ne regrettait qu'une chose, c'est qu'on n'ait pas pu filmer la mort de Joe en direct : à tous les coups, ça nous aurait valu un Emmy[1]. Mais il m'a juré que j'avais été formidable et que ça valait presque l'enregistrement *live* de ce triste épisode. Joe Valeri n'est déjà plus qu'un épisode.

Avi Herzog est toujours à mes côtés, le même Tat Alouf (général israélien deux étoiles) qui était avec moi quand Joe a été tué. Il me

---

1. Emmy, équivalent de l'Oscar pour la télévision. (*N.d.T.*)

soutient par le bras car mes jambes vacillent. Des fonctionnaires de l'armée vérifient les formulaires qui accompagneront Joe jusqu'aux Etats-Unis. Peut-être faudrait-il que j'essaie à nouveau de joindre les parents de Joe dans leur maison de Long Island. Même si ABN à New York m'a déjà fait savoir qu'on leur a annoncé la mort de leur fils. Ils aimeraient sans doute entendre la voix de quelqu'un qui partage leur chagrin. J'adorais écouter Joe raconter sa vie quand il était jeune. Joe était le fils de l'agent de police du quartier. Joe le dur dont le père arrêtait parfois les copains quand ils avaient fait des bêtises, il y a de cela un bon moment. Mme Valeri serait peut-être heureuse d'apprendre que son fils regrettait encore il y a deux jours de lui avoir dit autrefois qu'elle lui cassait les pieds avec *son* Dieu et que d'ailleurs, il n'existait pas. Joe imitait l'expression de sa mère horrifiée, les yeux ronds, la main sur la bouche, incapable de croire que son fils pouvait dire des choses pareilles chez eux, dans un foyer on ne peut plus catholique. Non, mieux valait sans doute ne pas remuer ces souvenirs et laisser croire que son fils était à présent au Paradis avec *son* Dieu. Sans doute lui poserait-elle des questions : elle voudrait savoir pourquoi dans Son infinie sagesse Il avait jugé bon de la priver de son unique enfant.

Je ne peux plus m'empêcher de pleurer maintenant que je me souviens que Joe m'avait invitée à venir chez eux pour *Thanksgiving*, dans moins d'une semaine.

« Je ne vous connais pas mais je connaissais votre fils et je l'aimais beaucoup. » Voilà peut-être ce que je devrais dire à Mme Valeri.

« Il m'avait invitée chez vous pour *Thanksgiving*. Il m'avait dit que ce qui vous importait, à vous, c'était de savoir si votre fils était heureux plutôt que d'aborder des sujets susceptibles de lui enrichir l'esprit. Parce que, voyez-vous, madame Valeri, chez nous, chez les Sommers, l'enrichissement de l'esprit, c'était le plat unique. La nourriture de l'âme n'était pas comprise au menu. »

Sans rien dire, Tat Alouf Herzog me tend un mouchoir tout froissé qu'il a tiré de sa poche de pantalon. Je pleure de plus en plus bruyamment. Sans même le regarder, je m'essuie les yeux et le nez. Trop tard pour faire quoi que ce soit maintenant. Quatre hommes soulèvent le cercueil en métal gris et le hissent sur un élévateur qui le déposera dans les entrailles de l'avion. Joe Valeri rentre chez lui pour *Thanksgiving*. Je me demande si ça lui ferait du bien de savoir qu'il y a des gens qui ont du chagrin, des gens qui l'aiment et qui ont hâte de réceptionner le peu qui reste de lui. Aujourd'hui, trente-sept Palestiniens sont morts au camp de Sabra. Six d'entre eux étaient de la même famille. Plus personne pour les pleurer. Huit soldats israéliens ont trouvé la mort ce matin dans le secteur sud du Liban. Cette perte afflige la nation d'Israël tout entière. Ce soir, je dois faire une interview du ministre israélien de la Défense : je l'interrogerai sur les dernières positions des forces armées israéliennes et sur les répercussions que peut avoir la résistance des Palestiniens dans le camp de réfugiés de Chatila.

En plongeant la main dans la poche de mon blazer bleu, je sens un papier que je roule en boule : la garantie à vie du walkman de Joe. A présent, tout est fini : on ferme les portes de l'avion. Les gens commencent à se disperser. Tout doucement, je reviens sur mes pas, bien décidée à graver dans ma mémoire l'image de cette boîte qui vient de disparaître pour toujours. Mon réalisateur se dirige vers moi en courant.

« Maggie, hurle-t-il pour couvrir le fracas de l'avion qui roule lentement vers la piste d'envol, Maggie, c'est pour les infos du soir! Tu passes en direct à 1 heure du matin avec le ministre. »

Je passe en direct. Je me surpasse et les autres trépassent. De quoi se sentir dépassée! M'autorise-t-on à expliquer qu'aucune guerre n'épargne quiconque? Pas même ceux qui ne sont ici que pour témoigner de la violence et de la folie de ce carnage. « Notre acharnement à survivre fait partie de notre routine quotidienne. » Incapable de me rappeler qui m'a dit ça. Un Israélien, un Palestinien ou Quincy? En songeant à elle, je ne peux m'empêcher de sourire : elle aurait sûrement lancé une remarque drôle, un commentaire absurde qui m'aurait fait rire malgré mon chagrin, malgré ma douleur. Quincy! A quand remonte notre dernier dîner au Russian Tea Room? On avait tellement ri qu'on en pleurait. Quincy a toujours été là, à mes côtés. Y compris la nuit – la fameuse nuit – où j'ai quitté Eric. Elle m'avait écoutée, je m'en souviens, lui déballer toutes mes rancœurs, lui avouer la vérité sur mon mariage avec un homme qu'elle ne tolérait que parce qu'il était mon mari. Elle m'avait confié les clés de son loft en me disant que je pourrais toujours y loger jusqu'à ce que j'aie trouvé le moyen de m'organiser. Et pour finir, à 5 heures du matin, quand je lui avais déclaré : « Ma place est auprès d'Eric. Je rentre chez nous. J'avais besoin de vider mon sac et de pleurer un bon coup », elle n'avait rien fait pour me dissuader de partir. Une demi-heure plus tard, j'étais de retour devant sa porte. Eric avait déjà changé les verrous. « Assez fait de sentiment comme ça, s'était-elle écriée gaiement. Il doit y avoir un verre propre quelque part. Bois un truc bien raide et mets-toi au lit. »

« Je vais vous raccompagner à votre hôtel, déclare Avi en me prenant le bras.

— Ce n'est pas nécessaire. Les gens d'ABN s'en chargeront.

— Je sais que ce n'est pas nécessaire, dit-il en me conduisant vers le parking, mais ça me ferait plaisir. Vraiment. »

En le regardant, je comprends pourquoi j'ai soigneusement choisi de l'ignorer depuis ces six derniers mois. Dieu sait combien de fois j'ai aperçu sa haute et robuste silhouette dans les parages du ministère de la Défense! J'ai toujours fait semblant de ne pas le remarquer. Chaque fois qu'il essayait de m'adresser la parole avec son accent étranger un peu hésitant, j'ai fait comme si je ne l'entendais pas. J'ai fini par apprendre à le repérer de loin : ses cheveux un peu hirsutes, sa démarche particulière – épaules en avant, mains enfoncées dans les poches –, de sorte que je pouvais m'éclipser avant même qu'il ait une chance de m'apercevoir. Un jour, nous nous étions trouvés face à face au détour d'un couloir. J'avais dû lutter pour ne pas lui rendre le sourire qui faisait pétiller ses yeux bruns. Sa beauté, son charme m'avaient laissée sans voix. Bredouillant une phrase inepte, j'avais fait trois pas de côté pour m'esquiver. Il était si séduisant. Beaucoup trop dangereux pour ne pas l'ignorer.

« Vous êtes à l'hôtel Golan à Tel-Aviv, c'est bien ça ?

— Oui, comment le savez-vous ?

— Je le sais, voilà tout », répond-il doucement.

Sa voiture n'a rien d'extraordinaire : quatre roues, deux portes, un volant. Normal : les voitures devraient toutes être ainsi, de même que tous les Tat Alouf devraient porter des bottes noires et des pantalons kaki. Je m'assois à droite. J'ai appris depuis un certain temps qu'il n'entre pas dans les habitudes des Israéliens d'aider les femmes à monter en voiture, de leur tendre du feu pour allumer leurs cigarettes ni même de laisser s'écouler un certain laps de temps entre le moment où ils ont fait l'amour et celui où ils se carapatent autour du lit à la recherche de leurs chaussettes, de leurs sous-vêtements et autres oripeaux. Tandis qu'il fait démarrer sa voiture, je coule un œil vers Avi : je lui donne quarante ans. Rapide calcul mental : six ans de différence entre nous. Mais ce soir, Maggie Sommers, correspondante au Moyen-Orient de l'American Broadcast Network ne se sent pas trente-quatre ans. Elle en a assez vu pour se sentir très vieille. Pourtant, elle en comprend si peu qu'elle se fait l'effet d'être encore une enfant. Je suis vannée.

Avi prend la route qui relie Jérusalem à Tel-Aviv et m'indique en passant divers emplacements où les soldats jordaniens tenaient des positions stratégiques avant la guerre des Six Jours. Il me montre un endroit d'où les Jordaniens auraient pu surveiller les fenêtres de la Knesset et vérifier si le Premier ministre israélien se rasait à heure fixe. Cette explication en forme d'excuse je l'ai entendue dix mille fois : elle est censée justifier les camps de réfugiés dans lesquels des milliers de Palestiniens pourrissent dans des conditions révoltantes. Je me laisse aller en arrière contre le siège et ferme les yeux. J'ai les tempes qui battent et tout mon corps me fait mal. Je souffre comme jamais je n'ai souffert.

« Pourquoi m'avoir sciemment ignoré depuis six mois ? Je vous ai vue pratiquement tous les jours et vous avez refusé de me parler. »

Avi garde les yeux fixés droit devant lui sur la route. J'ai rouvert les miens et la première chose que je remarque, ce sont ses mains posées sur le volant. Il me suffirait de voir ces mains – seulement ces mains – pour savoir qu'elles ne peuvent être qu'à lui.

« Pour tout vous avouer, je suis terriblement myope. Je ne vous ai probablement pas vu. »

Il tourne la tête pour me regarder. Automatiquement, je détourne les yeux et fixe le paysage.

« Je vous ai adressé la parole à plusieurs reprises et vous m'avez laissé en plan, parfois au beau milieu d'une phrase.

– Je suis vraiment désolée. Je ne vous avais sans doute pas entendu.

– Si je comprends bien, non seulement vous avez la vue basse mais vous êtes dure d'oreille ! »

J'essaie de ne pas rire. En vain.

« C'était très impoli de ma part. Je vous demande pardon. On pourrait faire comme si on se rencontrait aujourd'hui pour la première fois. Tout recommencer à zéro. »

Il me prend la main gauche.

« Comme si on s'était rencontrés *hier* plutôt. Je doute fort que vous ou moi nous puissions oublier ce qui s'est passé aujourd'hui. »

Je ferme les yeux pour refouler la vague de chagrin que je sens monter. Il a raison.

Nous poursuivons notre route en silence. La voiture s'engage dans la contre-allée qui mène à l'hôtel Golan.

« Je vous accompagne à l'étage. Je ne veux pas vous laisser seule.

— Mais, non, je vous en prie. Je me sens très bien. D'ailleurs...

— Il n'en est pas question. Je tiens à m'assurer que vous êtes convenablement installée et que rien ne vous manque. »

Du bout des doigts, il m'effleure la joue.

« Je ne veux pas que vous vous retrouviez seule dans l'ascenseur. »

Ça doit faire partie des nouvelles coutumes en vigueur chez les Israéliens. En aucun cas, sous aucun prétexte, ne laisser une femme monter sans escorte dans un ascenseur! Dans d'autres circonstances, cela ne pose pas de problèmes, on peut la laisser seule sur un champ de bataille, au lit, évidemment, dans le *mikveh*, cela ne fait aucun doute, mais dans un ascenseur, jamais.

Dans le hall de l'hôtel, Gila, la directrice, ma meilleure amie en Israël, m'arrête au passage.

« Attends, Maggie. Il y a un message pour toi. De New York. » Elle sort de la réception. Elle a sanglé ses formes opulentes dans une robe de jersey bleu électrique. Ses cheveux blonds sont soigneusement tirés en arrière, dégageant son joli visage. Elle me tend un papier rose.

« Merci. C'est le troisième en une semaine. Tu te rends compte ? »

Elle sourit et coule un regard vers Avi qui discute avec quelqu'un qu'il a croisé dans le couloir.

« Il est encore avec toi ?

— Je suppose.

— Avec un homme comme lui, tu ne devrais pas supposer. Tu devrais être sûre. Moi, je te dis qu'il ne te quittera plus. Si tu as besoin de moi, n'hésite pas : je suis de service ce soir.

— Ne t'inquiète pas. Ça ira très bien.

— J'en suis sûre », susurre Gila en jetant un nouveau coup d'œil sur Avi.

« Viens-tu pour *Thanksgiving*, oui ou non ? » Tel est le contenu du message. « C'est ma mère qui essaie de me joindre. Elle veut savoir si j'ai l'intention de rentrer pour les vacances. » J'aurais presque envie de lui répondre : oui, ma chère mère, certes, il y a *Thanksgiving*, mais j'ai dû assister à des obsèques sans cérémonie. Une mort qui n'était pas prévue au programme. Ce sont des choses qui arrivent parfois ici, sans prévenir. Dans ces cas-là, on fait un petit laïus devant le micro – rien de bien solennel parce qu'en temps de guerre, la mort est un événement banal.

« Tu rentres aux Etats-Unis ? me demande Gila.

– J'espère que non. J'aimerais autant pas. »

En 1961, quelques semaines avant *Thanksgiving*, j'avais récolté des notes catastrophiques en math. On m'avait punie. Chez les Sommers, ça avait fait tout un drame parce que Héloïse Litwin, ma meilleure amie, avait eu 20 sur 20. Avec Héloïse, on se connaissait depuis le jardin d'enfants : le jour de la rentrée, elle m'avait vomi dessus. Héloïse, elle, ne se battait jamais avec sa sœur Pénélope qui avait le même âge que Cara : deux ans de plus que nous. Mais j'avais fait ma petite enquête auprès d'Héloïse : Pénélope ne lui tirait jamais les cheveux. Jamais elle ne lui avait juré qu'elle était une enfant adoptée, comme Cara l'avait fait : « Ecoute, Maggie, puisque je te dis que j'étais là. Un jour, en ouvrant la porte, ils t'ont trouvée. Maman ne voulait pas de toi. Papa n'arrivait pas à se décider. Il était en retard pour partir à son travail. S'ils t'ont fait entrer, c'est grâce à moi. Je les ai suppliés parce que je voulais avoir une petite sœur. Et regarde ce que tu as fait. Tu m'as cassé tous mes crayons rouges et bleus. Ma boîte de crayons de couleur ! Voilà comment tu me remercies ! Je te déteste, Maggie Sommers ! Je te hais ! »

Cara et moi étions installées chacune à un bout de la table et nous nous faisions des grimaces en pouffant par-dessus les cornes d'abondance chargées de maïs séché, de raisins et de figues posées sur la nappe décorée de branches de houx. Grand-père était assis à côté de moi. Il rayonnait, car il venait de remporter le championnat d'échecs organisé par son club d'émigrés russes. Il me tapotait le genou pour essayer de me calmer. Grand-mère, elle, ne décolérait pas. Elle se lança dans une grande tirade contre le Metropolitan Museum of Art. On lui avait fait subir un affront qu'elle n'était pas près d'oublier.

Elle avait voulu aller voir une exposition d'objets d'art datant de la Russie tsariste. « Ils ont voulu me faire payer pour voir ce que ces crapules ont volé à notre famille! Vous vous rendez compte! » Grand-mère ne parvenait pas à oublier sa Russie-qui-jamais-plus-ne-serait-comme-avant. Jonesie, la bonne, apporta la dinde, parfaitement rôtie, qui fumait sur son plat bleu cobalt. Jonesie était mon amie et mon mentor. Un jour, elle m'avait aidée à finir un exercice dans mon livre de vocabulaire (rubrique « S'instruire en s'amusant »). Mot de plus de six lettres, commençant par un F, se terminant par un M : désigne une personne chargée de diverses tâches. Ce fut elle qui me donna la clé de l'énigme. « Facteur Tom! » s'écria-t-elle triomphalement.

Rose, l'aide de Jonesie (dans la cuisine des Sommers régnait un ordre parfait), vint ensuite déposer sur la table deux plats – également bleus – chargés de riz sauvage et de petits pois achetés chez Gristede, l'épicerie de luxe du quartier.

Papa s'apprêtait à découper la dinde lorsque maman s'éclaircit la gorge à plusieurs reprises. « Les grâces, voyons, Alan! » souffla-t-elle. Mon père regarda la volaille sans comprendre. Trop grasse, peut-être? Puis il se souvint aussitôt : c'était le jour de *Thanksgiving*, il fallait rendre hommage aux pèlerins, aux pères fondateurs de notre pays, remercier Dieu de leur avoir permis de survivre. Ce soir, la famille Sommers était d'obédience anglicane. Et père récita les grâces, lui qui, une vingtaine d'années plus tôt, s'entourait encore de *tephillim*, ces bandelettes contenant des versets de la Torah. A présent, il arborait une large cravate de soie gris perle et un costume en alpaga. Il inclina la tête et psalmodia : « Merci, mon Père, pour tous les bienfaits dont vous comblez généreusement notre famille, au nom de Jésus-Christ, Notre Seigneur, Amen. » Chez les Sommers, c'était la nuit du Nouveau Testament.

Mon père s'empara du couteau à découper à manche de nacre. Il allait opérer la bête lorsqu'il suspendit son geste, me considéra gravement et dit : « Maggie, je t'amnistie. A l'occasion de *Thanksgiving*, je suis prêt à t'amnistier.

– Merci, père », balbutiai-je, sans trop savoir quel père je remerciais. Puis, laissant s'écouler le temps qui me parut convenable, je demandai : « Qu'est-ce que ça veut dire, " amnistie ", père? » En réalité, si j'ignorais tout des propriétés du triangle isocèle je connaissais le sens de ce mot, mais je savais aussi qu'à treize ans, on pouvait encore jouer les idiotes avec un certain succès. Feindre l'ignorance, c'était accroître mes chances. Je risquais de mieux profiter du pardon qui m'était offert.

Ma mère souriait, fière de son époux, du père de ses deux enfants, de ce généreux dictateur qui consentait à amnistier sa fille cadette. Maggie Sommers allait pouvoir jouir de ses droits et privilèges bien qu'elle se fût honteusement distinguée en obtenant la pire note de mathématiques que Mlle Harkness eût jamais donné dans ses classes.

« Va chercher le dictionnaire, Maggie », décréta mon père sans même le demi-sourire qui eût pu laisser entendre que l'amnistie n'avait pas sa place dans ce dîner de *Thanksgiving* chez les Sommers et dans une Amérique qu'aucun conflit ne tourmentait.

Aller chercher le dictionnaire, c'était une façon de parler ; il s'agissait d'un énorme volume placé sur un vieux lutrin anglais à côté du secrétaire Chippendale qui se trouvait dans le salon. Je me levai en faisant attention de ne pas racler les pieds de ma chaise sur le sol en marbre ciré de frais. Solennellement, je m'approchai du gros dictionnaire dont je me mis à tourner les pages de papier bible à la recherche du mot amnistie. J'avais horriblement peur de ne pas le trouver parce que j'étais nulle en orthographe. Si je n'y parvenais pas, je n'aurais plus le droit de répondre au téléphone, de regarder la télévision, d'écouter mes disques sur mon électrophone ni de me mettre un soupçon de rouge à lèvres le week-end et les jours fériés. Dieu, qui que vous soyez, priai-je intérieurement, Père, Fils ou juif barbu, faites que je trouve le mot amnistie! L'une des trois divinités que j'invoquai dut m'entendre car je tombai sur le terme en question.

Amnistie, nom féminin : acte du pouvoir législatif prescrivant l'oubli officiel d'une ou plusieurs catégories d'infractions et annulant leurs conséquences pénales.

En revenant dans la salle à manger, je récitai mentalement la définition plusieurs fois et je réintégrai ma place à table. Cara s'était mise à pleurer. Grand-père s'efforçait de la faire rire en bougeant son dentier dans tous les sens. Grand-mère branlait du chef et ma mère était assise tout au bord de sa chaise ; son immense collier de perles à la Madame Butterfly cliquetait contre son assiette.

« Alors, Maggie, demanda mon père, tu as trouvé la définition du mot amnistie? »

Je récitai la définition, en ayant soin de préciser qu'il s'agissait d'un nom commun du genre féminin. J'achevai par un « merci-papa-de-la-peine-que-tu-te-donnes-pour-m'élever » débité sur le même ton que la définition trouvée dans le dictionnaire.

Mon père eut l'air satisfait car il se préoccupa immédiatement de la dinde – celle qui se trouvait sur le plat bleu cobalt. Mais brusquement, Cara s'excusa et se leva de table. Elle sanglotait sans pouvoir s'arrêter. Ma mère la suivit.

« Pourquoi prends-tu un malin plaisir à l'humilier de cette façon ? » hurla Cara à l'adresse de mon père. Elle était déjà dans la pièce voisine. « Pourquoi traites-tu ma sœur comme ça ? »

Il y eut un silence un peu gêné dans la salle à manger des Sommers. La famille essaya de faire comme si de rien n'était; sans trop d'enthousiasme, le repas de fête se poursuivit. Quand Cara revint s'asseoir, je lui adressai un regard de gratitude. Pourtant, je ne pouvais m'empêcher de me sentir personnellement responsable de l'atmosphère tendue qui régnait dans la pièce.

Est-ce à cause de cela que je n'ai aucune envie de quitter le Moyen-Orient pour aller fêter *Thanksgiving* avec eux ?

Avi Herzog est sur la terrasse de ma chambre, face à la mer, d'où l'on a une vue panoramique sur la côte de Tel-Aviv. Je suis en face de lui, recroquevillée sur le divan. Il m'a posé toutes sortes de questions sur ma vie – avec beaucoup d'habileté car il a l'expérience des interrogatoires. Il en a suffisamment pratiqué sur les prisonniers arabes que l'armée israélienne a capturés au cours des trois dernières guerres, ces guerres qui ont fait de lui un Tat Alouf.

« Vous êtes un curieux mélange de tristesse et d'humour, dit-il. Comment expliquez-vous que vous me donniez cette impression ? »

Je n'ai pas tellement envie de lui répondre. Dans l'immédiat, je préférerais qu'on évite de parler de Maggie Sommers. Comment lui dire que je veux bien qu'il pénètre mon corps à condition toutefois de m'épargner les habituels préliminaires qui consistent à me sonder l'esprit ? Les mots m'échappent. Il faudrait trouver une explication satisfaisante qui puisse le convaincre que je ne suis rien de plus que ce qu'il voit. Une réponse spirituelle me tirerait d'affaire : elle satisferait ce qui n'est peut-être que de la curiosité polie et il pourrait sans plus tarder passer aux travaux pratiques.

« J'imagine que je ne peux pas être heureuse tout le temps,

dis-je, regrettant aussitôt de lui avoir fait une réponse aussi sotte.

– Non, Maggie, vous me cachez quelque chose. Voilà des mois que je vous observe et que j'ai envie de vous connaître mais vous êtes plus difficile à approcher que Yasser Arafat. Pourtant, je vous ai vue rire et plaisanter avec les autres correspondants et même avec certains de mes collègues au ministère. Pourquoi aviez-vous si peur de me parler ? »

A présent, j'ai du mal à le regarder en face parce qu'il a déjà presque tout compris. Avec les autres, je ne risquais rien. Depuis le début, j'ai toujours eu l'intuition qu'avec lui, ce serait différent. Je change de position pour pouvoir appuyer ma tête sur mon bras.

« Je vous en prie, Avi, parlez-moi plutôt de vous, de votre vie. »

Et comme il a une grosse habitude des interrogatoires, c'est exactement ce qu'il fait parce que c'est ainsi qu'on parvient à faire parler les gens : en les mettant à l'aise.

« Je suis né en Russie et je suis venu ici – à l'époque, c'était la Palestine – à l'âge de quatre ans. »

Encore une victime de la famille de ma mère et de leur sport favori : le pogrom, considéré comme hygiénique et salutaire.

« Je suis extrêmement fier de mon pays parce que je l'ai vu se faire à partir de rien. C'était un rêve auquel personne ne croyait sérieusement. Ce qui ne m'empêche pas d'avoir gardé un côté très russe. Je continue à parler la langue de Pouchkine, j'adore la musique russe et les chansons que mes parents chantaient quand j'étais petit.

– Vous avez toujours voulu faire carrière dans l'armée ?

– Non, répond-il en souriant imperceptiblement. En réalité je voulais être médecin, mais les circonstances en ont décidé autrement.

– Quelles circonstances ? Comment avez-vous pu changer ainsi du tout au tout ? Faire un métier qui consiste à tuer au lieu de soigner, de guérir les gens ? Je ne comprends pas.

– Pour vous, c'est difficile à comprendre. »

Il a l'air peiné.

« Mais je vais essayer de vous expliquer. J'ai grandi dans un kibboutz dans la région d'Emek Ha Sharon. Je me souviens que nous vivions en paix avec les Palestiniens. A l'époque, personne ne s'entre-tuait. J'avais douze ans lorsque notre kibboutz fut attaqué de nuit. Mon père fut tué. Je suppose que cela m'a forcé à réviser mes idées sur la coexistence pacifique. »

J'ai soudain très envie de le serrer dans mes bras.

« Durant la guerre du Sinaï, en 1956, mon frère aîné a trouvé la mort. J'avais quatorze ans. C'est à ce moment-là que j'ai abandonné mon projet d'aller faire mes études de médecine aux Etats-Unis. Je me sentais trop attaché à cette terre. Je n'avais plus que ma mère. Je ne pouvais pas la laisser seule. »

C'est donc bien un enchaînement de circonstances qui ont poussé Avi à entrer dans l'armée. La mort de son frère l'a bouleversé, et il s'est dit qu'en Israël le métier des armes est une profession à la fois vitale et sûre. Sûre parce qu'il ne risque pas de se retrouver au chômage, vitale parce que le sort de l'Etat d'Israël dépend directement de ses soldats.

« Vous avez des regrets ?

— Si j'en avais, mon père et mon frère seraient morts en vain.

— C'est un métier qui vous prend tout votre temps. C'est plus qu'un métier d'ailleurs, c'est une vocation. Ça ne doit pas vous laisser le loisir de faire grand-chose d'autre ? »

Doucement, il secoue la tête. Assez parlé de lui.

« Maintenant, Maggie, racontez-moi un peu. Je sais que vous êtes belle et que vous réussissez brillamment dans votre métier. »

Cela ne fait aucun doute. Il me touche profondément. Si je me laissais aller, je pourrais bien lui raconter ma vie et lui livrer mes secrets. Mais il n'est pas question de craquer aussi vite sans me défendre, moi aussi.

« L'armée vous réussit. Vous avez la forme. »

Une fois encore, une expression amusée éclaire son visage.

« Je nage tous les matins. Du moins, j'essaie. Quand je ne suis pas sur le terrain des opérations. »

Il feint d'entrer dans mon jeu mais il se paie ma tête.

« Et vous ? ajoute-t-il. Comment gardez-vous cette forme éblouissante ? »

Je m'imagine en train de passer une sorte d'examen pour travailler dans un cirque. La piste est entièrement plongée dans l'obscurité. Seul un projecteur braque son faisceau sur moi, toute de blanc vêtue dans mon costume de ballerine brodé de sequins. Mes cheveux bruns me descendent jusqu'aux reins, retenus de chaque côté par des barrettes en strass. Devant moi, le trapèze se balance doucement. J'empoigne la barre et me hisse dessus, jambes croisées, de telle sorte que je peux saluer de la main un océan de fauteuils vides. Après m'être retournée plusieurs fois, je me balance la tête en bas, suspendue par mes mollets musclés, et, quand j'ai pris assez d'élan, je lâche le trapèze – double saut périlleux –, je retombe. A la dernière seconde, j'attrape la barre du trapèze et, grâce à mes bras hyperdéveloppés, je me laisse légèrement glisser sur le sol. Quelques applaudissements éclatent. Le directeur du cirque, le fouet à la main, s'avance vers moi. Hors d'haleine, je lui demande si je suis engagée.

Avi Herzog ne se soucie pas vraiment de mon tonus musculaire. Ce qui l'intéresse davantage, c'est de savoir pourquoi, à trente-quatre ans, je n'ai pas eu d'enfants.

« Mon mariage a capoté en 1975, il y a sept ans. Depuis je n'ai pas rencontré d'homme auquel je tienne assez pour avoir un enfant.

– Et quand vous étiez mariée, vous n'avez pas eu envie d'en avoir ?

– Non, jamais. Parce que c'était une erreur depuis le début. »

Les détails de ma grossesse et de mon accouchement (mon bébé avait le cordon ombilical étroitement enroulé autour du cou), c'est quelque chose dont je ne veux pas parler. Impossible de lui dire que si cet accident ne s'était pas produit, ç'aurait été une véritable catastrophe. Dès l'instant où j'avais senti le sperme d'Eric Ornstein pénétrer en moi, je m'étais sentie piégée.

« Vous avez des enfants ?

– Non », répond-il.

Avant que je puisse essayer de savoir pourquoi, il m'interrompt : « Vous voyez souvent vos parents ?

– Le moins possible, dis-je en riant. J'ai eu une enfance suffisamment atroce. Chacun de son côté. Mais j'ai une sœur que je vais voir quand je rentre.

– Vous voilà de nouveau triste, commente-t-il en allumant un petit cigare noir. Ça doit être le revers du formidable humour dont vous savez faire preuve. »

Il me regarde tendrement.

« Je me rappelle la première fois que je vous ai vu », dis-je tranquillement.

Il me regarde, surpris.

« C'est vrai ? Mais alors...

– C'était le premier jour de la guerre, le 15 juin, et nous étions à Marjaoun...

– Vous étiez avec votre équipe d'ABN. Vous cherchiez à obtenir une interview d'Haddad, le commandant en chef de l'armée du Sud-Liban...

– Que je n'ai jamais pu joindre, d'ailleurs, dis-je en riant.

– Non, mais si vous ne m'aviez pas ignoré, j'aurais sans doute trouvé le moyen de vous le faire rencontrer.

– Je m'en souviendrai pour la prochaine fois. »

Ça y est. Ça vient tout doucement. Ça devait arriver. Je ne peux pas faire grand-chose pour retarder l'inévitable.

Je ne suis même pas sûre d'en avoir toujours envie.

« Vous aviez l'air tellement pro, ce jour-là ! Tout le monde vous regardait comme une bête curieuse : une femme correspondant de guerre !

– Je ne me sentais pas vraiment dans mon assiette. J'avais une frousse de tous les diables. Mais j'imagine que la première fois, c'est toujours comme ça. »

En levant les yeux, je le vois qui m'observe très sérieusement.

« J'ai eu envie de vous protéger. Ça paraît complètement idiot. Non ?

– Si. »

Mais ça me parait également... attendrissant.

Avi me tend la main et m'invite à venir près de lui pour admirer la vue qu'on a sur la côte. Je suis sur le point de me lever bien que je me sente tellement épuisée que je ne sais même pas si mes jambes me permettront de franchir les deux mètres qui me séparent du balcon. J'ai dû vaguement me décoller du divan quand, brusquement, il me dit : « Si tu te lèves, Maggie, je t'embrasserai. Et si je t'embrasse, je te ferai l'amour. Ensuite, je ne te laisserai plus quitter Tel-Aviv. »

Très vite et toujours à mi-chemin entre la position debout et la position assise, je fais mes calculs. Nous sommes déjà le 22 novembre. *Thanksgiving*, c'est dans quatre jours. A la demande de Quincy, mon chef de service m'a accordé un congé de quelques jours pour pouvoir passer cette fête en famille aux Etats-Unis. *Thanksgiving*, pour les Américains, c'est un jour qui évoque un bon feu dans la cheminée, des rires, des gourmandises, des histoires oubliées, des souvenirs d'enfance. On pleure, on s'embrasse. C'est une occasion de resserrer les liens qui nous unissent. Je n'ai pas encore pris de décision. J'imagine le télégramme que je pourrais envoyer :

CHERS PARENTS – STOP – J'AURAIS TANT VOULU PASSER *THANKSGI-VING* AVEC VOUS TOUS, CARA, STEVEN, LISETTE, MUFFIN ET BRAD – STOP – MALHEUREUSEMENT, TAT ALOUF AVI HERZOG, COMMANDANT EN CHEF SUR LE FRONT NORD ET CONSEILLER DU PREMIER MINISTRE POUR LES AFFAIRES LIBANAISES, A DÉCIDÉ DE ME RETENIR EN ISRAËL INDÉFINIMENT – STOP – VOUS FERAI SIGNE DÈS QUE J'AURAI FINI D'INSPECTER LES RIVAGES DE TEL-AVIV – STOP – MAGGIE.

Avi m'a embrassée encore et encore avant de me prendre la main et de me conduire vers la chambre. Tout en m'étendant sur le lit, il me tient encore dans ses bras.

« J'ai envie de toi, Maggie. J'ai eu envie de toi dès l'instant où je t'ai vue. »

Avi se penche au-dessus de moi et attrape les coussins qu'il envoie sur la moquette. Seule lumière : le reflet des phares de voitures sur la baie vitrée et les lampadaires dehors, le long de la côte de Tel-Aviv. Je me souviens de lui à Marjaoun, à Metullah, à Tel-Aviv, à Beyrouth et aujourd'hui à l'aéroport. Il me tient dans ses bras. Il s'est allongé sur le divan étroit et il se presse contre moi.

« Je crois que j'ai pris un peu de poids », dis-je sur la défensive.

Comme s'il pouvait juger de la différence, comme si ça pouvait lui faire quelque chose!

Sans prendre la peine de me répondre, Avi me serre encore davantage contre lui, comme s'il voulait m'empêcher de trembler, comme s'il voulait faire siens mes frissons pour pouvoir mieux les maîtriser. Soudain, je me rends compte que c'est exactement la raison pour laquelle je l'ai ignoré depuis tout ce temps. Je savais que ça se passerait précisément de cette façon si cela se produisait. Et je savais que ça finirait par arriver.

« C'est ce jour-là, à Marjaoun, que je suis tombé amoureux de toi », murmure-t-il.

Que dirait Quincy si je lui racontais mon histoire? Un homme qui tombe amoureux de moi la première fois qu'il me voit, au beau milieu du champ de bataille sur la frontière libanaise. Elle ne le croirait sans doute jamais. Pourquoi, au fait? Je le crois bien, moi!

Je presse mes doigts sur ses lèvres, j'effleure son visage. Il ne s'est pas rasé. Au moins, il ne s'agit pas d'une manœuvre trop complètement préméditée. Il écarte ma main de sa bouche, m'attire de nouveau contre lui et me couvre de baisers.

« Laisse-moi te faire l'amour, chuchote-t-il. Viens. »

Avec sa langue, Avi me caresse de la tête aux pieds. Je résiste tout d'abord, puis je m'abandonne. Au lit, j'ai tout fait. Je le croyais du moins. J'ai couché pour en acheter certains, pour me vendre à d'autres. Il m'est même arrivé de discuter tarifs. Mais jamais je ne me suis fait *avoir*. Jamais, jusqu'à ce soir. Et que ça m'arrive, je ferme les yeux, je me mords les lèvres et je fais mon deuil de cette *virginité-là*. Avi s'agenouille à mes côtés pour éteindre la lampe qui nous éblouit. Puis il recommence ses manœuvres au cas sans doute où j'aurais déjà oublié le plaisir que ça fait. Il m'embrasse et me caresse d'une façon qui m'est maintenant familière. Mais sans cesse, il vient plonger ses yeux dans les miens comme pour me rassurer, me faire savoir que c'est bien lui qui est là.

Avant même qu'il me pénètre, je savais qu'il serait le meilleur. L'amant parfait, celui qui m'a toujours échappé, celui que je n'ai jamais eu, celui que je n'ai cessé d'attendre depuis que je suis en âge d'y songer. Je participe pleinement à l'acte – en tant que partenaire à part entière, les yeux grands ouverts. J'ai une conscience aiguë de l'être qui est en moi, dans mon corps. Finie la sensation de recevoir un organe plus ou moins déconnecté censé remplir une ouverture qui demande à être comblée.

Avi me prend le visage entre ses deux mains, des mains grandes et douces.

« Ouvre les yeux et regarde-moi, Maggie. Je t'aime. »

Et en même temps que je sens mon corps basculer dans un mystérieux précipice, je me dis que notre liaison risque de me causer beaucoup de chagrin quand – inévitablement – elle prendra fin. Je dis bien *quand* et non *au cas où*. Au fil des années, mon optimisme en a pris un sérieux coup. Mais tandis qu'il me serre dans ses bras, *ça* m'arrive encore et encore. Alors quelque part dans ma tête, je songe à Joe Valeri. J'espère que je ne gamberge pas pour effacer mon chagrin. Je ne voudrais pas que ce soit simplement une façon de me prouver que je vis, face à la mort d'autrui.

« Arrête, je t'en prie, je n'en peux plus, dis-je.

– Je t'aime », répète-t-il en essuyant mes larmes dont je ne sais trop qui les a versées. Pour le moment, ce sont les nôtres, puisqu'il fait partie de moi. Pour le moment, du moins.

C'est fini mais nous n'avons pas bougé. Je caresse les cheveux d'Avi et j'hésite à lui poser la fatale question. Celle qui me trotte dans la tête depuis quelques heures. Je n'ai pas voulu lui demander. J'avais peur de gâcher ce qui vient de se passer. Je sentais très bien qu'Avi évitait d'aborder le sujet. Je m'en veux brusquement : n'ai-je pas droit, moi aussi, à un peu de plaisir de temps en temps ? La vie passe si vite ! Je me souviens de cet homme que j'avais rencontré au cours d'un cocktail organisé par ABN à New York, il y a quelques mois. Il avait bavardé de choses et d'autres. Soudain, je l'avais interrompu pour lui demander des nouvelles de sa femme. « La pauvre, avait-il soupiré en gobant une olive, elle est morte il y a quinze jours. Au fait, Maggie, avait-il enchaîné aussitôt, tu serais libre pour dîner avec moi un soir de la semaine prochaine ? » Au bout de vingt ans de mariage ! C'est tout ce qu'il trouvait à dire ! La pauvre était morte il y a quinze jours ! Tant pis, la vie continue. Je ne peux pas ressusciter Joe. Il est parti pour toujours.

« Tu es marié ? »

Ça y est. La question est posée.

« C'est très compliqué », répond-il en s'écartant soudain de moi.

Je n'ai pourtant pas l'impression de lui avoir posé une question à choix multiples. Oui ou non suffirait amplement. D'ailleurs, c'est trop tard puisque nous avons fait l'amour. J'ai posé la question parce que je rêve encore que je reste à Tel-Aviv, que je ne rentre pas pour *Thanksgiving*. Tu comprends, Avi ? Ce n'est pas si grave que ça. Ce que j'ai été bête de te croire quand tu m'as dit que tu m'aimais. Mais je t'ai cru. J'ai cru tout ce que tu m'as dit tout à l'heure sur le balcon. Que tu me garderais à Tel-Aviv pour l'éternité, à des millions d'années-lumière de la réalité. Celle qui consiste à passer *Thanksgiving* en compagnie de la famille Sommers. Mais toi, Avi, tu ne comprends pas ça parce qu'en Israël tout le monde appartient à une même famille. Exception faite cependant pour tes cousins palestiniens. Au fait, il faut que je te dise : moi aussi, je suis tombée amoureuse de toi à Marjaoun, le jour où ton armée a franchi la frontière pour pénétrer au Liban.

« Voilà des années que nous ne vivons plus comme des gens mariés.

— Alors pourquoi restez-vous mariés ?

– Parce que si je la quittais, j'aurais peur que Ruth ne le supporte pas. Elle est trop vulnérable. »

Retour au cirque. J'ai été engagée comme trapéziste et je suis devenue copine avec Ruth, la lutteuse. Une forte femme qui a trois gros poils tout raides au menton et qui sèche son demi-litre de bourbon au petit déjeuner. Elle brise des pommes en deux et m'amuse en gobant des clous de tapissier qu'elle mange avant de s'entraîner au karaté quatre heures durant et tous les jours. Ruth, c'est pas une mauviette : l'hiver, quand le cirque ne tourne pas, elle part en Floride à Tampa. Là-bas, son passe-temps favori consiste à se mesurer avec des bébés crocodiles.

Je crois comprendre toute l'histoire d'Avi et de Ruth Herzog, celle dont Avi ne parle pas. Ruth est une femme fragile et vulnérable qui n'est que trop heureuse d'accepter la double vie de son époux. Si Avi assumait, elle sombrerait dans l'oubli. Merci bien! S'il allait égarer son linge sale dans le placard de quelqu'un d'autre ou perdre ses cheveux le matin dans un lavabo qui n'est pas le sien! Voilà ce qu'il veut croire.

D'un autre côté, Ruth Herzog essaie probablement de trouver les mots qui conviendraient pour expliquer à Avi qu'elle vivrait beaucoup mieux s'il se décidait à aller faire ses petites affaires ailleurs, ce qu'il est précisément en train d'accomplir. Ça, c'est ce que je veux croire, moi.

« Tu sais, Maggie, les choses changent. A présent que je t'ai, tout est différent. »

Et depuis quand m'*as-tu*, Avi Herzog? Coucher une fois avec Maggie Sommers, ce n'est en soi ni un motif suffisant ni une raison nécessaire pour reconsidérer toute son existence. Je jette un coup d'œil à ma montre pour constater qu'il est presque 11 heures. Avi est étendu sur le côté, le menton appuyé sur le coude, il me regarde. Notons qu'il n'a pas l'air de vouloir fouiller dans le tas d'affaires éparpillées au hasard dans la fièvre des premiers assauts. Avi ne semble pas pressé de partir où que ce soit. C'est moi qui suis à la bourre.

« Avi, il faut que je prenne un bain et que je m'habille. J'ai une interview qui m'attend au ministère.

– Je sais, répond-il sans bouger d'un pouce. Je vais t'y conduire.

Je t'attendrai et je reviendrai avec toi, comme ça nous pourrons prendre le petit déjeuner ensemble demain matin. »

Et la fragile Ruth, alors ? Celle qui ne survivrait pas à leur séparation ? Cette question, je ne la pose pas car j'ai appris que de prolonger le bonheur, ne serait-ce que de quelques heures, est un bienfait trop précieux pour risquer de le gâcher.

Quand je suis dans mon bain, Avi vient me rejoindre et s'appuie contre le lavabo.

« Parle-moi de ton mariage. Quand as-tu divorcé ? »

Expliquer six ans en quelques minutes, c'est trop compliqué.

« J'ai tout mon temps pour t'écouter.

– Moi pas. »

Avi Herzog est soudain devenu l'ennemi. Si j'étais prête à approuver tacitement quelque chose que je ne condamne pas absolument – à savoir coucher avec un homme marié – je ne suis pas prête pour autant à dévoiler toute ma vie privée à l'ennemi. Je me sens une inexplicable parenté avec Ruth Herzog. Un peu coupable de contribuer, si peu que ce soit, à prolonger sa relation torturante avec Avi. Lui qui était en moi, lui que je croyais aimer m'a déjà causé du chagrin.

« Ne monte pas sur tes grands chevaux, Maggie. Tu débarques à l'instant. Il me faut du temps pour changer ma vie. »

Il ne comprend pas. Il croit que mon silence signifie que je suis déçue de constater qu'il ne peut pas faire sa vie avec moi. Et même si je sens derrière ses mots une volonté de modifier son existence à cause de moi, je ne suis pas sûre d'être prête à changer la mienne pour qui que ce soit.

Voilà qu'il m'embrasse de nouveau. Mon visage plein de mousse contre le sien.

« Je t'aime, Maggie. Je n'ai pas l'intention de te laisser partir. »

Il me suit quand je quitte la salle de bains, enfile ses chaussettes, lace ses bottes noires étincelantes. Quand il est habillé, il s'assoit dans un fauteuil et m'observe tandis qu'à l'aide d'un pinceau, je m'applique à me mettre du rouge à lèvres. J'inspecte mes yeux : un peu d'ombre vert sombre. Il ne faut pas que le maquillage soit trop brillant devant la caméra. Je baisse la tête en avant pour me brosser les cheveux. Je me redresse. Le résultat est impressionnant. Je me fais l'effet d'avoir une crinière. Ma peau a un éclat naturel que je ne lui avais plus vu depuis des mois. Pour finir, je chausse mes lunettes à monture d'écaille et j'examine le résultat final dans la glace.

« Tu portes des lunettes ? me demande Avi, fine mouche.

— Non. Ce sont des verres plats. Mais quand je passe à l'antenne, on m'oblige à en porter. Ça me donne l'air plus intelligent, plus crédible si tu vois ce que je veux dire. » Et soudain, je me rappelle ce que je lui ai dit : « Pour tout vous avouer, je suis terriblement myope. »

Avi se lève et vient m'enlacer.

« Pourquoi as-tu attendu si longtemps ? Voilà six mois que nous pourrions être ensemble ! »

Je me redresse de toute la hauteur de mon mètre soixante-cinq et fixe Avi Herzog droit dans les yeux. « Pourquoi ? » Je serre les poings.

« Pourquoi ? Parce que c'est ce que j'ai dû faire de plus intelligent depuis longtemps. Je me suis épargné six mois de souffrances supplémentaires que n'aurait pas manqué de me causer une liaison avec un homme marié. Voilà pourquoi, si tu veux savoir !

— Tu ne me donnes pas la moindre chance, constate Avi calmement.

— Ce n'est pas à moi de t'en donner. J'ai pris mes risques, moi.

— Qu'est-ce que tu essaies de prouver, Maggie ? »

« Qu'est-ce que tu essaies de prouver, Marguerite ? » C'est également la question que ma mère m'avait posée un matin d'août 1971 où la chaleur était accablante. L'appareil à air conditionné pompait laborieusement un peu d'air frais dans notre chambre bleu Wedge-wood. Affalée sur le grand lit, je contemplais le visage inquiet de ma mère qui, à 9 heures et demie du matin, ressemblait déjà à une réclame de produit de beauté. Vêtue d'un ensemble en lin blanc immaculé, frais, sans un pli, elle s'était jeté un foulard Hermès sur les épaules. Maquillage impeccable, cheveux ramenés en chignon sur la nuque, elle poussait le raffinement jusqu'à porter des bas. Par cette canicule ! J'avoue que sa capacité à souffrir m'épatait.

Elle s'était assise sur le bord de mon lit, le front barré d'un pli soucieux, et me regardait avec effarement sangloter sans pouvoir m'arrêter. J'avais l'impression que ce qui l'épouvantait, plus que mes larmes, c'était que je sois parvenue à déclencher une crise suffisamment grave pour qu'Eric l'appelle illico à la rescousse.

« Vera, pourriez-vous venir à la maison pour raisonner un peu votre fille ? »

Quand Eric jugeait que je ne me conduisais pas correctement en tant qu'épouse, je devenais la fille de Vera, de même que je devenais la fille de mon père quand j'avais déplu à ma mère.

Voyant que mes larmes ne cessaient pas, ma mère changea aussitôt d'attitude et déploya des trésors de gentillesse. Nul doute qu'elle suivait là les conseils qu'elle avait dû lire dans un manuel sur la psychologie de l'enfant (l'enfant de vingt à trente ans), la suite indispensable que personne n'a songé à écrire. « Entre vingt et trente ans, l'enfant souffre parfois de confusion mentale. Il ne fait pas bien la distinction entre mort et divinité. Tantôt il accepte la mort comme un bienfait qui met un terme à sa misérable existence, tantôt il considère Dieu comme un traître coupable de l'avoir profondément déçu. »

« Maman, je n'ai plus envie de vivre, j'en ai assez !

— Voyons, Maggie, tu as une vie très agréable. Regarde la belle vue que vous avez sur l'East River. Tu crois que c'est donné à tout le monde ?

— Mais, maman, je veux travailler, moi. Lui me l'interdit. Je me sens complètement inutile.

— Eric a des problèmes d'argent ? » Maman est horrifiée. Se serait-elle trompée — non, c'est impossible ! — en évaluant les possibilités financières d'Eric Ornstein ? Aurait-elle vendu sa fille à un incapable ?

« Non, maman, dis-je avec lassitude. C'est pour moi que je veux travailler. Je veux exercer un métier. A quoi bon m'avoir envoyée à l'université ? »

Ma mère me considère tristement. Elle a l'air de penser que je ne comprends rien.

« Nous t'avons envoyée à l'université pour que tu profites de la vie et que tu puisses rencontrer un homme merveilleux. Comme Eric. »

Ce n'était pas tout à fait consciemment que je m'étais mise à dévorer au point d'être devenue obèse — je pesais alors aux alentours de quatre-vingts kilos — mais je suppose que c'était une façon de crier au secours. Désespérément, j'avais essayé de faire comprendre que ma vie n'était pas absolument idyllique. Ce matin-là, en tout cas, avec mon visage soufflé, mon corps comme un sac, mes doigts boudinés qui s'épataient sur mon verre en cristal rempli de jus d'orange, j'étais la preuve vivante que les choses n'allaient pas tout à fait comme elles auraient dû. De ces verres en cristal, il y en avait encore douze la veille. Le matin même, j'en avais cassé huit, l'un après l'autre, sur le carrelage de la cuisine durant l'une de nos habituelles « discussions ».

« Eric, je t'en prie, tu veux bien m'écouter une minute ? Je te promets que je ne pleurerai pas. Je ne crierai pas. S'il te plaît, Eric ! Je voudrais juste te demander quelque chose. Lâche ton journal, une seconde, Errrric ! »

Ma voix montait crescendo. On devait m'entendre hurler trois étages au-dessus et au-dessous dans notre luxueuse résidence grand style d'East End Avenue.

« Maggie, je refuse de t'écouter si tu pleures et si tu cries, répondit Eric, retranché derrière son *Wall Street Journal*.

— D'accord, Eric. Tu vois, dis-je en baissant la voix, je ne pleure plus, je ne crie plus. Alors, tu veux bien me répondre ?

— Qu'est-ce qu'il y a, Maggie ? » Eric me contemplait de la tête aux pieds avec une moue dégoûtée. « Tu as encore faim ?

— Je t'en prie, Eric, je veux avoir un métier. Laisse-moi travailler. »

Les femmes se battaient pour l'égalité des salaires, pour l'égalité devant l'emploi. Moi, j'en étais encore à l'âge de pierre, celui de l'émancipation. Je devais mendier la permission de bosser.

« Je gagne suffisamment d'argent, Maggie. Je ne veux pas que ma femme travaille. Il y a bien assez de choses à faire ici. Ne serait-ce que de s'occuper convenablement de moi. »

J'entendais ce qu'il me disait sans comprendre le pourquoi de ce qu'il disait. J'étais diplômée de l'université, j'avais même suivi des cours de dactylographie en Suisse. Ma mère avait eu du nez : elle m'avait fait entrer dans une école dirigée par la princesse Ragda, la fille de l'ex-roi de Libye. Maman disait toujours : « On ne sait jamais ce qui risque d'arriver dans la vie. Avec ça, tu pourras toujours voir venir. » Elle avait gardé de la révolution russe une mentalité de victime : les riches (sauvagement) dépouillés de leurs terres et de leurs biens par le lumpenprolétariat. C'est d'ailleurs une question que je me suis toujours posée : si du temps de la Russie impériale, toutes les aristocrates qui faisaient partie de la cour du tsar avaient su taper à la machine, l'histoire en aurait-elle été changée ? Les bolcheviks n'auraient peut-être pas eu la moindre chance. Tout en apprenant les rudiments de la dactylographie, je me sentais des affinités avec la princesse Ragda : je me disais que sa mère avait dû lui donner – à peu de chose près – les mêmes conseils qu'à moi.

Mes affrontements quotidiens avec Eric se soldaient – pour ma part – par des débauches de bouffe devant la télévision. Ces agapes duraient en général une bonne partie de la journée. Je dévorais des gâteaux écœurants. Pas des portions, non, le modèle familial. Des plats de macaronis que je faisais passer en me jetant sur toutes sortes de fromages. Après quoi, je revenais aux douceurs avec une préférence pour le très crémeux et le supersucré. Bref, tout ce que je pouvais ingurgiter, engouffrer, entasser dans ma bouche.

Vers 4 heures, je me traînai devant ma penderie et m'infligeai quotidiennement le supplice d'avoir à trouver une tenue dans laquelle je me boudinais avant de sortir comme tous les jours faire mon pèlerinage à l'épicerie du coin. Il fallait songer au dîner. Ce dîner, Eric exigeait qu'il soit servi à 7 heures précises de sorte qu'en mangeant, il puisse regarder le journal du soir, ce qui le dispensait d'avoir à contempler sa lamentable épouse et surtout d'avoir à lui parler.

Ma mère m'avait pourtant mise en garde contre l'obésité. Elle tenait à ce que je me marie jeune, ce que j'avais fait. Ça ne m'avait pas empêché de grossir. Aussi ne savait-elle plus à quel saint se vouer.

« Maggie, ma chérie. » Ma mère s'adressait à moi comme si j'étais folle. C'est ainsi que je m'imaginais les psychiatres parlant aux maniaco-dépressifs, périlleusement juchés sur un rebord de fenêtre, ou les policiers tâchant de dissuader les psychopathes de débiter leur famille en rondelles d'une bonne giclée de mitraillette.

« Maggie, ma chérie, ce n'est pas pour te critiquer, mais est-ce que tu t'es regardée dans la glace récemment ? »

Me suis-je bien regardée ? Ai-je remarqué que mes grands yeux verts de jadis disparaissent à présent derrière des plis de chair bouffie, qu'on ne distingue plus mon nez, englouti par mes joues qui ballonnent comme des outres ? Pour ne rien dire de mes pommettes autrefois saillantes – les origines slaves de ma mère. Ai-je remarqué que mes seins pendent et que mon tour de taille est égal en proportion à mon monstrueux tour de hanches? Ai-je regardé mes jambes? Elles qui naguère encore étaient bien dessinées avec des chevilles fines sont aujourd'hui si gonflées que je ne peux plus mettre que des collants extralarges. Quant à mes copains, les éboueurs, ils ne me sifflent même plus quand ils m'aperçoivent dans la rue. C'est l'insulte finale, la preuve définitive que j'ai sombré dans la déchéance. Je ne suis plus qu'un objet de répulsion. Pourtant, de toutes mes heures passées devant le petit écran, je retire au moins une conviction. Je veux devenir journaliste à la télévision. Je suis sûre à présent que c'est la seule profession qui m'intéresse. Il ne me reste plus désormais qu'à vaincre mon penchant pour l'autodestruction et à me lancer dans cette carrière.

« Maggie, ma chérie, voyons, dis-moi ce qui te tracasse. Je pourrais peut-être t'aider? » me dit ma mère en s'approchant du miroir. Elle remet en place une mèche qui s'est échappée de son chignon soigneusement roulé et retire à petits coups de mouchoir un surplus de rouge à lèvres qu'elle tamponne sur ses joues.

« Pauvre Maggie, répète-t-elle distraitement, dis-moi ce qui t'ennuie, je pourrai peut-être t'aider. »

Un jour, j'avais six ans, mon visage s'est couvert de vilains boutons et d'éruptions. J'avais la rougeole. Je dus garder le lit pendant plusieurs semaines. Ma mère avait pris soin de baisser les rideaux de ma chambre car le médecin lui avait dit que la lumière du soleil risquait de me rendre aveugle. A 3 heures du matin, je me mis à hurler; la peau me démangeait. Pour m'empêcher de me gratter et de me faire des cicatrices, on m'avait mis des gants de coton blanc et on m'avait attaché les mains. Ma mère se précipita dans ma chambre, son peignoir rose à moitié enfilé. Mon père la suivait, tenant à deux mains le cordon de son pyjama.

« Pauvre Maggie, répétait ma mère en caressant mon front brûlant. Ma pauvre Maggie! »

Elle prit un flacon de lotion à côté de mon lit qu'elle appliqua sur ma peau rouge et gonflée. Mon père allait et venait dans la pièce.

« Ne t'inquiète pas, Maggie. Papa est là. Ne crie pas. »

Il se curait le nez tout en me rassurant d'un air distrait et regardait le bout de ses pantoufles. Le drame que vivait sa fille cadette semblait lui échapper complètement.

« Qu'est ce qui ne va pas, Maggie ? demandait-il, songeant visiblement à autre chose tandis qu'à grands coups d'index, il se fouillait la narine gauche. Si tu me le disais, je pourrais peut-être t'aider ? »

Comment aurais-je pu expliquer à ma mère qui avait repris sa position au pied de mon lit que ma vie me faisait horreur ? Je ne pouvais pas faire le moindre mouvement sans l'autorisation d'un homme persuadé qu'il n'y avait qu'une solution et une seule à tous mes problèmes : me faire baiser un bon coup. Quand je disais à Eric qu'il me manquait quelque chose pour être heureuse, que j'avais besoin de faire davantage que de m'occuper de lui, il me répétait à chaque fois la même phrase : « Je sais bien de quoi tu as besoin, Maggie. Quand je t'aurai baisée un bon coup, tu me lâcheras le coude, tu verras. »

« A Carnegie Hall, ils organisent de merveilleux cours de danse, tu sais, ajouta ma mère. Tu pourrais t'assouplir et te muscler les jambes. Ça te ferait un bien fou. Mais avant tout, je veux que tu ailles voir le Dr Feldman. Il va te donner des petites pilules qui te couperont l'appétit. Je te garantis que tu vas perdre vingt-cinq kilos en moins de trois semaines. »

Ma mère avait beau garder un calme apparent, il y avait dans sa voix des inflexions à la fois métalliques et suraiguës qui me firent penser qu'elle frisait la crise d'hystérie. Lui faudrait-il subir l'ultime outrage : Eric Ornstein répudiant Maggie Sommers parce qu'elle était devenue grasse, désobéissante et laide ? A cet instant, la sonnette retentit. Ma mère se leva pour aller ouvrir. C'était Cara. Je reconnus le bruit familier du véhicule qui toujours la précédait – la poussette des mères émérites – raclant la porte d'entrée et écaillant pour la millionième fois la peinture du couloir. Son aîné était déjà à l'école ; elle n'avait à s'occuper que du numéro deux tandis que le numéro trois poussait tranquillement dans son ventre. Elle entra en chaloupant dans ma chambre et m'adressa un sourire timide, visiblement gênée d'être le témoin de ma faiblesse et de ma décrépitude. Maggie, qu'on avait toujours considérée comme la forte tête, la dure à cuire de la famille, était bien près de toucher le fond tandis que Cara qu'on jugeait fragile et vulnérable avait trompé son monde. Elle s'occupait parfaitement de sa maison, de son mari, de ses deux enfants et attendait le troisième avec sérénité. Evidemment j'aurais préféré qu'elle me montre l'exemple et qu'elle m'aide à réaliser mes ambitions. La vérité, c'est que son mérite m'échappait. Dieu sait pourtant qu'elle en avait! D'elle j'aurais pu apprendre des tas de choses, mais nous étions toutes les deux beaucoup trop occupées à nous protéger des mêmes personnes – nos parents – pour avoir le temps de nous connaître vraiment.

« C'est une grossesse nerveuse, proclama Cara. Steven et moi avons passé la moitié de la nuit plongés dans Krafft-Ebing. Son diagnostic est formel. Il s'agit d'un cas de grossesse nerveuse. » Je voyais d'ici Steven, mon psychiatre de beau-frère, assisté de Cara, feuilletant *Psychopatia sexualis* jusqu'à une heure avancée, tâchant désespérément de coller une étiquette sur ma conduite suicidaire, de définir les causes de mon syndrome ravageur.

« Steven se fait beaucoup de souci pour toi, ajouta ma sœur. Il se trouve d'ailleurs qu'en ce moment il a une patiente qui souffre du même problème.

– Il se trompe, lui dis-je en lui prenant la main. C'est un métier que je veux. Pas un bébé.

– Mais, alors, pourquoi ne travailles-tu pas? fit Cara, légèrement surprise. Si c'est ton problème, il est facile à résoudre. Tu es tout à fait capable de te trouver un emploi.

– Eric ne me laissera jamais faire », pleurnichai-je.

Cara lança un regard interrogateur à ma mère.

« Eric gagne suffisamment d'argent à lui tout seul. Il ne veut pas que Maggie travaille.

– Mais c'est ridicule, déclara Cara en s'asseyant à côté de moi. Les deux choses n'ont aucun rapport.

– Si. Parce que la tâche de Maggie consiste à s'occuper de son mari puisqu'il l'entretient », rectifia ma mère comme s'il s'agissait d'une évidence, ajoutant à l'adresse de Cara : « Regarde; toi, tu es parfaitement heureuse; tu t'occupes de Steven et de tes enfants. Pourquoi faut-il qu'elle fasse toutes ces histoires? »

Cara m'adressa un grand sourire.

« Parce que moi, c'est moi et que Maggie, c'est Maggie. Si elle a envie de travailler, elle devrait pouvoir le faire. Moi, si j'avais décidé d'avoir une profession, Steven serait ravi du moment que ça me rend heureuse.

– Tu vois, pleurnichai-je de plus belle, tu vois, c'est pas juste!

– Cara, coupa ma mère sans aménité, si tu es venue ici pour semer la pagaille, tu peux reprendre ta poussette et aller voir ailleurs si j'y suis.

— Je n'irai nulle part si Maggie ne me dit pas de partir, répliqua Cara avec un sourire désarmant.

— Reste, lui dis-je en me cramponnant à sa main.

— Alors, au moins, dis-lui qu'il faut qu'elle perde du poids.

— C'est vrai : il faut que tu maigrisses. Mais tu n'avais pas besoin de moi pour le savoir. »

Je me contentai d'acquiescer.

Ma mère empoigna le téléphone et appela le bon Dr Feldman. Irving Feldman, le diététicien chic, la providence des obèses au portefeuille bien garni, l'ange gardien des célébrités qui s'empâtent. Le Dr Feldman et ses pilules multicolores dans leur petite boîte grise – deux roses le matin, trois vertes l'après-midi, quatre orange le soir – allait me redonner ma taille de guêpe en deux temps trois mouvements.

« Ma fille est dans un état pitoyable, commença ma mère, étouffant le son de sa voix en mettant sa main sur le combiné. Mon gendre qui est psychiatre pense qu'il s'agit d'un cas de grossesse nerveuse. Oui, c'est parfait, docteur Feldman, 14 heures précises demain. Je vous remercie infiniment. »

Ma mère raccrocha et joignit les mains dans un geste de profonde satisfaction.

« Demain après-midi, c'est une nouvelle vie qui commence, annonça-t-elle triomphalement.

— Tu iras, Maggie ? » me demanda gentiment Cara.

Je me retournai dans mon lit pour étouffer mes sanglots dans les oreillers et m'écriai : « C'est un emplâtre sur une jambe de bois ! Mon corps retrouvera peut-être un aspect normal, mais qui va me soigner la tête ?

— Franchement, Maggie, déclara ma mère en se penchant pour attraper son sac, tu es trop exigeante ! Et d'une ingratitude !

— Qu'est-ce que tu veux dire, Maggie ? chuchota Cara.

— Tout simplement ceci, dis-je en me retournant péniblement pour lui faire face. Qui va bien pouvoir convaincre Eric Ornstein que j'ai le droit de travailler ?

— Toi, répliqua-t-elle tranquillement. Tu vas trouver un emploi. Et tant pis pour Eric Ornstein !

— Si c'est comme ça, déclara ma mère avant de claquer la porte de l'appartement, c'est toi qui t'occuperas de ta sœur quand elle sera à la rue!»

Trois semaines plus tard, après six visites chez Feldman et quinze séances de gymnastique j'avais déjà perdu cinq kilos et j'avais rédigé mon curriculum vitae.

Dès que je fus en mesure de m'habiller décemment, je décidai de me mettre en chasse et d'obtenir des rendez-vous pour des entrevues. Lorsque Eric rentra du bureau ce soir-là, je lui donnais mon CV à lire. Tandis qu'il accrochait son manteau sur la patère (ornée de ses initiales en or) dans le penderie de l'entrée, je le vis jeter un coup d'œil à la feuille dactylographiée que je lui tendais. Soudain, il devint blanc comme un linge, porta la main à sa poitrine et se mit à suffoquer.

« Qu'est-ce qu'il y a? Qu'est-ce qui te prend?

— Je ne sais pas très bien, balbutia-t-il. Je me sens mal. Donne-moi un verre d'eau. »

Je me précipitai dans la cuisine et revins avec un verre d'eau tiède que je tendis à mon époux moribond, tout en lui attrapant le poignet dans l'intention de lui tâter le pouls. Résultat : je fis tomber le verre de sa main et son contenu se répandit sur son costume gris à rayures.

« Bon Dieu, Maggie, regarde ce que tu as fait! »

Ce n'était pas un infarctus.

« Ne t'en fais pas, déclara finalement Eric. Ça va mieux, c'était juste une crise d'angoisse. »

Je n'ai jamais bien su ce qu'il entendait par là mais au cours des quatre années que notre mariage devait encore durer, j'eus tout le temps de constater que ces « crises » pouvaient prendre des formes très diverses. Miraculeusement, elles survenaient toujours lorsque j'annonçais à Eric une nouvelle dont il estimait qu'elle menaçait notre « existence » conjugale. Mais ce jour-là, celui où je fus initiée à sa méthode d'intimidation, j'eus très envie d'appeler Mildred, la mère d'Eric, pour lui annoncer que son fiston venait d'avoir une attaque.

En entendant ma voix au téléphone, Mildred demanderait automatiquement : « Comment va mon fils?

— Il y a du bon et du moins bon, dirais-je alors sur un ton enjoué. Le bon côté de l'affaire, c'est que votre fils chéri restera éternellement votre petit garçon – stoppé dans sa croissance, figé dans son développement, incapable d'échapper à vos griffes et de devenir adulte... » Là-dessus, une pause. « Le moins bon, enchaînerais-je, c'est qu'Eric est mort. »

Après cette première crise d'angoisse, Eric se mit à vadrouiller dans le salon, finit par se planter devant la fenêtre et contempla la vue d'un air morose.

« Pourquoi perds-tu ton temps à rédiger des curriculums? Pour me mettre en colère? Tu ne te rends même pas compte qu'à force de me perturber, moi, je ne peux plus travailler. Et que si je ne travaille plus, je ne pourrai plus t'entretenir!

— Je ne t'ai jamais demandé de m'entretenir. Je veux travailler et participer aux dépenses.

— Tu ne connais rien à la vie! Tu veux que je te dise? Tu n'es même pas capable d'assumer ton rôle d'épouse : non seulement tu t'es laissée aller au point de devenir un vrai tas de graisse – j'aurais honte de t'emmener au restaurant! – mais encore tu m'as privé de mes droits conjugaux. »

En réalité, l'expression « droits conjugaux » ne fut pas celle qu'Eric employa. Pour être tout à fait exacte, il s'écria : « Tu es devenue si répugnante que je ne te toucherais même pas avec la *chose* de mon frère! » Et comme Eric Ornstein n'avait pas de frère, la gravité de ce jugement me fut encore plus sensible.

« Non seulement tu t'avères incapable de me donner satisfaction sur ce plan-là, poursuivit-il, mais tu t'es également révélée incapable de mettre au monde un enfant bien portant.

— Je ne suis peut-être pas seule en cause », m'écriai-je, les larmes aux yeux.

Il ignora mon interruption.

« Après ce fiasco... »

Mon bébé mort-né était un fiasco! Joe Valeri n'est bien qu'un épisode!

« Après ce fiasco, tu t'es laissée aller complètement. Tu es tellement moche, tellement grotesque que ça me dégoûterait de te faire un autre enfant!

— Tu crois peut-être que ça me plaît d'être comme je suis?

— Tu vas la boucler et m'écouter, Maggie. Figure-toi que je me fiche pas mal de ce qui te plaît ou non. Ce n'est pas du tout ce qui était prévu dans le contrat. Moi, j'étais prêt à t'offrir une vie de rêve. Et crois-moi, il y a des milliers de femmes qui se prostitueraient devant moi pour avoir la chance de devenir Mme Eric Ornstein!

— Qui se *prosterneraient*, tu veux dire...

— Qui seraient trop contentes, hurla-t-il. Voilà ce que je veux dire! »

Cette dispute se poursuivit fort avant dans la nuit. Et mon bébé mort-né revint une fois de plus sur le tapis. Mais cette fois j'eus l'audace de poser la question défendue.

« C'était un garçon ou une fille ? Je t'en supplie, Eric, dis-le-moi : un garçon ou une fille ? » Eric me toisa, l'air à la fois dégoûté et furieux. Il avait toujours refusé de me préciser le sexe de mon enfant. La famille lui avait emboîté le pas. Mon médecin avait collaboré; chacun s'accordant pour affirmer que, si l'on m'informait, je ne ferais qu'« humaniser l'incident ». Mais cet excès de discrétion m'irritait. Je ne croyais pas à leur explication. On m'empêchait de porter le deuil d'un être vivant que j'avais abrité neuf mois, un enfant dont je ne voulais pas mais que j'étais cependant prête à élever. En outre, je me sentais responsable de sa mort. Je l'avais tellement refusé avant sa naissance que j'avais dû lui communiquer mon rejet à travers le placenta. Mais toutes ces manœuvres étaient destinées à me protéger; si l'on agissait ainsi, c'était évidemment pour mon bien.

« Qu'est-ce que c'était, Eric ? insistai-je.

— Si tu me promets de maigrir, déclara-t-il enfin, si tu fais un effort pour me rendre heureux et si tu me donnes ta parole que plus jamais tu ne parleras de travailler, je te le dirai. »

Pour lui, c'était si logique, si raisonnable, si simple que j'aurais été folle de ne pas accepter son marché. Mais sa proposition ne fit que me renforcer dans ma résolution.

Je le regardai froidement et je lui répondis sur un ton que jamais je n'avais employé avec lui : « Je ne marche pas, Eric. Pas question! »

Ma réaction dut le choquer car il observa un silence indigné. Ce soir-là, il n'ouvrit plus la bouche et jamais je ne sus si mon bébé était un garçon ou une fille.

3

Dans la maison de Rose et Tony Valeri, une maison aux boiseries blanches située sur Highland Boulevard à Long Island, la salle de séjour a été transformée en chapelle ardente. Plusieurs photographies ont été disposées sur le papier peint à motifs blancs et or, entourées de fleurs. Le tout veillé par un immense crucifix en bois. Joe Valeri est là aux différentes étapes de sa brève existence – un cliché pris à l'université le représente souriant avec sa toge et sa casquette noires, un autre le montre un peu plus âgé, le regard farouchement tourné vers l'extérieur, serrant une cartouche de cigarettes sous son bras, en T-shirt blanc, manches retroussées. Sur une troisième, prise récemment sans doute, il caresse un jeune berger allemand.

Rose pleure dans mes bras; la respiration lui manque. Son corps rondouillard est secoué de spasmes. Tony est juste à côté, le torse sanglé dans une chemise de flanelle à carreaux rouges qu'il a boutonnée jusqu'au cou. Sa grosse brioche retombe sur son pantalon bleu brillant. Il se dandine d'un pied sur l'autre; son visage ruisselle de larmes. Rose s'écarte de moi pour s'essuyer les yeux avec un grand mouchoir chiffonné qu'elle fourre dans la poche de son tablier à fleurs en secouant la tête.

« Je vous demande pardon de pleurer comme ça », dit-elle doucement.

Tony s'approche de moi et me prend la main dans les siennes, des grandes mains calleuses.

« Merci d'être venue nous voir, fait-il simplement. Joe était notre seul enfant. »

Ils s'assoient l'un contre l'autre sur le canapé en velours recouvert d'une housse en plastique claire. Le fait d'être l'un près de l'autre adoucit un peu leur chagrin.

« C'était un gentil garçon, déclare Tony en refoulant ses sanglots. Il n'a jamais fait de mal à personne. »

Je me mords les lèvres pour ne pas pleurer moi aussi, pour ne pas obliger Rose et Tony à me consoler. Ils ont besoin de tout leur temps pour pouvoir exprimer ce qu'ils ressentent.

« C'était notre fils unique, répète Tony en se mouchant. Rose n'a pas pu en avoir d'autres. On a bien essayé mais elle en a perdu deux. »

Il se remet à pleurer. Rose lui tapote le genou. Je voudrais dire quelque chose mais les mots restent coincés dans ma gorge.

« Vous avez de la famille à New York ? demande Rose. Vous êtes venue passer les fêtes de Noël en famille ? »

Comment expliquer à cette mère affectueuse et simple qui vient de perdre son fils que je suis arrivée à New York hier et que je n'ai encore prévenu aucun membre de ma famille ? Comment dire à ces deux innocents écrasés de chagrin qui ont reçu un cercueil de métal gris en guise de cadeau de Noël que j'ai passé la journée du 25 décembre dans un jumbo-jet d'El Al (classe affaires) et que dans l'avion, je me disais que je fonçais vers la vacuité et le désespoir ? La souffrance, la tristesse que j'éprouvais en songeant à Avi – si loin de moi à présent – leur paraîtraient bien futiles en comparaison de la douleur qui les accable. J'ai beau partager leur chagrin, ils ne sont pas en mesure de comprendre que, moi aussi, à un moindre degré, je souffre d'une sensation d'arrachement.

« Joe nous avait dit que vous viendriez fêter *Thanksgiving* avec nous, déclare Tony timidement. Si nous avions su que vous étiez là pour Noël, vous auriez pu venir chez nous. On est tout seuls. »

Il pleure de nouveau.

« Mais Joe c'est fini », sanglote-t-il.

Rose lui prend la tête et le berce sur sa poitrine. Les Valeri ont une sorte de système. Dès que Tony s'écroule, Rose est là pour lui redonner courage. Et quand Rose craque, Tony se charge de la consoler tendrement. S'il y a des gens qui n'auraient jamais dû perdre leur enfant, c'est bien eux. En les voyant tous les deux s'efforcer de surmonter leur terrible chagrin, l'idée me vient d'une lettre qu'ils adresseraient à Vera et Alan Sommers, une lettre demandant l'autorisation d'adopter leur fille cadette, Marguerite.

Cher Madame et Monsieur Sommers,

Notre fils Joe a été tué par une grenade quelque part au Liban. Maggie est venue nous rendre visite dans notre maison de Staten Island – maison qui, soit dit en passant, est à présent libre de toute hypothèque. L'an dernier, Tony a réglé le solde du crédit lorsqu'il a touché le montant de sa prime d'assurance. La maison nous appartient donc en toute propriété. Quoi qu'il en soit, lorsque Maggie est venue, nous avons beaucoup pleuré, nous avons parlé de choses et d'autres et Maggie nous a proposé de prendre la place de Joe auprès de nous. Elle a pensé que ça nous consolerait. Nous, nous sommes d'accord. Ça nous réconforterait. Nous nous sentons si seuls et si affreusement tristes. Nous pourrions l'adopter. De toute façon, vous êtes des gens tellement occupés. Vous comprenez, notre fils Joe a été tué juste avant *Thanksgiving*.

J'imagine mon père ouvrant la porte de l'appartement des Sommers et se baissant pour ramasser le courrier du samedi bien proprement empilé sur le paillasson qui porte les initiales V.A.S. Il ouvre une curieuse enveloppe bleue sans mention d'expéditeur et la lit avant de la passer à Vera qui se tartine le visage et le cou de crème Nivéa en prenant bien soin de se masser de bas en haut.

« A mon avis, Alan, ces gens n'ont aucune éducation. Regarde-moi ce papier bon marché!

– C'est vrai, ma chère, mais ils ont l'air sincère, répond Alan en se replongeant dans les pages financières du *New York Times*. Je trouve que c'est une bonne idée.

– Ma foi, finit par dire Vera, si tu es d'accord, moi, je le suis aussi. »

Rose revient de la cuisine avec un plateau à la main. Elle pose une théière décorée de feuilles de houx, remplit trois tasses et m'offre des petits gâteaux qu'elle a faits elle-même et disposés sur une assiette où sont peints des pères Noël souriants.

« On vous regarde toujours à la télévision, dit-elle timidement. Tony et moi, on ne rate aucune de vos émissions.

– Vous êtes rentrée définitivement? interroge Tony.

– Non. J'ai pris quelques jours. Mon agent et mon chef de service ont pensé que j'avais besoin d'un congé. » Un peu plus, j'ajoutais qu'à force de « couvrir » tous les jours des massacres et des carnages, ça finit par vous taper sur le système, mais je m'arrête à temps. En réalité, si j'ai accepté de rentrer, si je ne pensais plus qu'à revenir à

New York, c'est surtout à cause d'Avi Herzog, à cause des problèmes que notre relation me posait. Le fait de vivre ensemble m'a forcée à me regarder en face. A cause de l'amour que j'éprouve pour lui, je ne peux plus me cacher derrière l'horreur que je côtoie quotidiennement, une horreur dont je supporte le spectacle beaucoup plus facilement que celui de ma propre réalité.

Je voudrais pouvoir dire à Rose et à Tony ce que j'avais préparé, mais c'est encore au-dessus de mes forces.

« Je voulais que vous sachiez que j'aimais beaucoup Joe... » Tous deux redressent le dos et s'assoient au bord du canapé car ces paroles, ils les attendent. Et je me dis que c'est bien normal.

« Joe n'a rien senti, je vous assure. » J'arrive tout de même à leur dire ça.

« C'est arrivé si brutalement qu'il n'a pas eu le temps de souffrir. » Je lève les yeux au plafond, espérant que la force de gravité refoulera mes larmes dans leurs conduits respectifs.

« Il portait son gilet pare-balles ? interroge Tony d'une voix faible.

— Oui, c'est le règlement. On le met toujours sur le terrain mais...

— Mais cette saloperie de grenade l'a atteint à la tête », conclut-il amèrement.

Il ne reste plus grand-chose à dire.

« Merci de vous être dérangée, me glisse Rose en me raccompagnant à la porte. Ça nous a beaucoup touchés, vous savez. » Elle s'essuie les yeux.

« Donnez-nous de vos nouvelles », ajoute Tony en me serrant la main.

Tandis que nous nous embrassons, que nous nous promettons de nous tenir au courant, nous savons tous les trois que les liens qui nous unissent se briseront assez vite. Le temps finira par atténuer le choc de la mort de Joe. Petit à petit, nous nous oublierons.

Sur le pont inférieur du ferry de Staten Island, le vent me fouette les cheveux. Adossée contre le bastingage, je boutonne mon manteau en poil de chameau. L'air glacé de l'hiver new-yorkais me fait frissonner. Au loin, on distingue Manhattan tandis que le vieux bateau se rapproche en gémissant de l'île où j'ai passé mon enfance. Une femme accompagnée d'une petite fille qui se cramponne à sa main s'arrête devant moi.

« Vous ne seriez pas Maggie Sommers d'ABN ?

– Non, dis-je tranquillement. Qui est-ce, Maggie Sommers ? »

Le fait est que – vraiment – je ne sais plus qui elle est car la Maggie Sommers qui a quitté brutalement Avi Herzog en Israël n'a plus rien à voir avec la femme qui se trouve sur le pont inférieur du ferry de Staten Island accablée par un sentiment de perte irréparable.

Le dernier soir, nous avions dîné dans un restaurant prétendument français de Tel-Aviv. Ni l'un ni l'autre nous n'avions très faim. Intriguée, je regardai mon assiette dans laquelle une tranche de foie gras qu'on avait fait frire nageait dans un océan de graisse jaune.

« Pourquoi avez-vous fait frire le foie gras ? demandai-je au maître d'hôtel. Je n'ai jamais vu faire ça à Paris.

– Qu'est-ce qu'ils y connaissent au foie gras, à Paris, hein ? » me répondit-il avec un geste méprisant de la main.

Depuis le 22 novembre, le jour du cercueil en métal gris, comme nous l'appelons, Avi et moi ne nous étions plus quittés. Et ce soir-là tandis que nous étions assis face à face au restaurant, les mots de Vera me revenaient en mémoire : « On ne construit pas son bonheur sur le malheur d'autrui.

– Mais, maman, avais-je protesté, Eric est en train de me détruire.

– Mieux vaut que ce soit lui que toi. C'est lui qui n'aura pas la conscience tranquille. Bien fait pour lui. »

Je refusais de me rappeler les jours passés avec Avi à marcher sans fin sur la plage de Tel-Aviv. Chacun racontant sa vie, se livrant à l'autre au point qu'au bout d'un certain temps chacun aurait pu achever la phrase que l'autre venait de commencer. Pas plus que je ne voulais me rappeler nos nuits. Nous faisions l'amour jusqu'à ce que nous ne puissions plus bouger. Nous ne nous endormions épuisés et trempés que pour nous réveiller quelques heures plus tard et recommencer de plus belle. Je ne lui avais pas dit que je quittais Israël le lendemain pour une durée indéterminée. Il ne savait pas qu'en réalité j'avais l'intention de le quitter pour toujours. Les larmes que j'avais versées depuis un mois sur la mort de Joe, je les avais également versées sur moi. Je ne savais plus où j'en étais. Avi envahissait mon existence, phagocytait mes pensées à tel point que je devenais incapable de m'occuper de ce que j'avais toujours considéré comme le plus important : mon métier.

« Tu condamnes peut-être ton mariage un peu trop vite », dis-je, épongeant la graisse de mon assiette avec un morceau de pain de seigle.

Voilà que soudain, je m'improvisais conseillère conjugale. Après avoir redonné confiance à mon client, après l'avoir rassuré sur ses capacités sexuelles, je le renvoyais chez lui un peu plus affectueux, un peu plus attentionné. Puisque Maggie Sommers, grande spécialiste du raccommodage entre époux, ne pouvait pas appliquer ses bonnes recettes sur elle-même, c'était la moindre des choses qu'elle en fasse profiter les autres.

Je m'imaginais en train de dire à la femme d'Avi : « Ruth, vous permettez que je vous appelle Ruth ? Il n'y a strictement rien entre Avi et moi. Et cela pour une bonne raison : votre mari m'enlace si étroitement que rien ne pourrait se glisser entre nous deux. N'imaginez surtout pas qu'il éprouve pour moi le moindre sentiment même s'il me répète à l'envi qu'il m'aime et m'aimera toujours. En réalité, ne voyez là qu'un exercice, une manière de brouillon qui prefigure ce que ça pourrait donner entre vous. Ne vous affolez pas, Ruth. Il est toujours à vous, même s'il ne vous a pas touchée depuis cinq ans. Il demeure votre mari. Je n'ai aucunement l'intention de vous le prendre. Moi, c'est ma carrière qui m'importe – c'est même la seule chose qui compte. Votre époux, je n'ai fait que le réconforter un peu. »

Avi me considérait avec beaucoup d'attention. Visiblement, il se demandait ce qui me prenait de mettre son mariage sur le tapis.

« Ecoute, me dit-il en me prenant la main, tu n'y es pas du tout : je n'ai pas condamné mon mariage. Voilà quinze ans que je m'y accroche, alors que, depuis le début, j'ai su que c'était une erreur.

– Pourquoi l'as-tu épousée ?

– Je te l'ai déjà dit, Maggie. C'était en 1967, en pleine guerre. On sortait ensemble depuis plusieurs mois déjà. J'avais besoin de savoir qu'elle m'attendrait quand je reviendrais. Surtout, si on perdait la guerre. Mais tout s'est terminé si vite que je n'ai même pas eu le temps de penser à ce que j'avais fait. Je me suis réfugié dans mon travail. Je me suis entièrement consacré à la défense – on craignait une nouvelle guerre – au point que je ne me souciais même plus de ma vie personnelle. D'ailleurs ici, tu le sais très bien, la guerre ou la menace d'un conflit nous préoccupent constamment.

– Tu devais l'aimer tout de même ? insistai-je.

– J'avais vingt-cinq ans. Qu'est-ce que je savais de l'amour ? J'imagine que ce qui m'attirait chez elle, c'était son côté exotique : elle venait d'Afrique du Sud. Elle avait des cheveux blonds et des yeux bleus. Elle était différente des filles que j'avais pu connaître au kibboutz. Mais qu'est-ce que je savais de l'amour ? »

C'est toujours pareil : quand c'est fini, ils ne savent plus jamais rien de l'amour. Ils renient farouchement tous les sentiments qu'ils ont pu éprouver pour une femme, lorsque ces sentiments sont morts. Comme si le caractère éphémère de cet amour les avait marqués à jamais, leur interdisait de l'éprouver à nouveau. Ou comme si j'allais m'offusquer de ce qu'il ait pu commettre une erreur de bonne foi : il l'avait aimée ou avait cru l'aimer et ne l'aimait plus.

« Ça ne me paraît pas être une raison suffisante, dis-je.

– Les raisons n'ont plus aucune importance, répliqua-t-il impatiemment. Je ne me sens pas tenu de défendre une erreur. La vérité, c'est que depuis le début, elle était froide et parlait peu. Et puis la guerre s'est terminée si vite : en six jours ! Je n'ai pas eu le temps de m'habituer à quoi que ce soit, encore moins à mon mariage.

– Que veux-tu dire ?

– Brusquement, Israël disposait de territoires nouveaux. Il a fallu absorber des milliers d'Arabes. Nous ne vivions plus un rêve. Nous nous trouvions dans la situation d'une petite équipe qui d'un seul coup doit jouer en première division.

– Qu'est-ce que ça a à voir avec ton mariage ?

– Mais tout, précisément. J'étais tellement débordé de travail que je n'avais pas le temps de penser à autre chose. J'étais jeune marié mais je ne me passionnais que pour la sécurité de nos frontières et l'entraînement de mes parachutistes. La vie personnelle c'était du luxe. Moi, je m'occupais de questions sérieuses, de questions vitales, même. Israël n'avait plus rien d'une abstraction.

– Tu as donc péché par excès de patriotisme, alors. Ou bien est-ce le sionisme qui explique que toutes ces femmes aient débarqué dans ta vie ?

– Je crois que je satisfaisais un besoin physique, du moins au début. Ensuite, c'est devenu autre chose. Il fallait que je me sente proche de quelqu'un, je cherchais une intimité que je n'avais jamais connue avec Ruth. Et je m'en voulais de lui mentir avant de lui en vouloir de m'obliger à lui mentir.

— Pourquoi devrais-je croire que je suis différente ? dis-je doucement. Pourquoi devrais-je être persuadée que je suis la seule qui te
plaise vraiment ? »

Il me prit le bout des doigts et les porta à ses lèvres. Aussitôt, je
ressentis cette faiblesse au creux de l'estomac, cette impression de
chavirer qui me fait perdre toute faculté de raisonnement.

« Maggie, je ne veux personne d'autre que toi. Tu m'as tout
donné. J'ai quarante ans et j'en ai assez de mener une double vie... Je
voudrais bâtir quelque chose avec toi. »

Maggie Sommers, la grande experte en affaires conjugales, crut
bien détecter les signes avant-coureurs de la fameuse crise de la
quarantaine, de ces assauts amoureux qui ne font pas des victimes
sur les champs de bataille mais plutôt dans les cuisines et les
chambres à coucher. Je me sentis soudain investie d'une mission :
protéger ces victimes, y compris celles dont les maris avaient réussi à
pénétrer mon âme. Je pris la décision de réparer ce mariage de
quinze ans avant de mettre un terme à ce que mon amant appelait le
plus beau mois de sa vie, un mois durant lequel il s'était senti vivre à
nouveau.

« Avi, lui dis-je tranquillement, je ne suis pas pour toi. Il te faut
quelqu'un qui soit prêt à te consacrer tout son temps et cela m'est
impossible.

— Tu es pour moi, répondit-il en me caressant le visage, parce que
c'est toi que je veux. »

J'avais eu beau rejeter mon enfant qui avait eu la bonne idée de
mourir à la naissance, détester un père qui m'envoyait dans des
écoles chic, me battre contre ma mère qui rêvait tout simplement de
faire de moi une maîtresse de maison accomplie, me révolter contre
mon cambiste de mari qui m'offrait une existence dorée, j'avais beau
me conduire en véritable mégère, Avi voulait encore de moi ! Il faut
croire que lorsqu'ils vous veulent, c'est vous et pas une autre.
J'aurais pu être à moi toute seule Méduse, Lucrèce Borgia et Marie
Besnard, cela n'aurait pas fait la moindre différence. Quand ils vous
veulent, c'est vous et pas une autre.

« Ta vie consiste à faire la guerre, la mienne à faire carrière, dis-je
écartant sa main de mon visage.

— Toute ta vie, tu t'es fait la guerre, Maggie. Une guerre qui te
déchire.

— Je respecte ta position, poursuivis-je, ignorant son interruption.

Se consacrer tout entier à la défense de son pays est une attitude très noble, mais je ne crois pas que tu sois prêt à respecter le temps que je consacre à ma profession.

— Ce que je ressens pour toi n'a rien à voir avec mon pays ni avec mon travail. Ça n'a rien à voir avec la guerre au Liban. Tu fais partie de moi, voilà tout. »

Parce que, lorsqu'ils vous veulent, c'est vous et pas une autre. C'est un désir qui les consume entièrement. Tout ce qui jadis leur paraissait capital n'existe plus. Ça se déclare très innocemment : à peine un petit pincement dans le bas-ventre quand ils songent à vous, mais cette infime démangeaison prend rapidement des proportions catastrophiques. Songez à tous les cadavres, à tous les rêves brisés qui jonchent la route de Cléopâtre, d'Hélène de Troie, ou de Manon Lescaut. Mais quelle importance ? Lorsqu'ils vous veulent, c'est vous et pas une autre. Tout le reste n'existe plus.

« Comprends-moi bien, dis-je très sérieusement. Je respecte les motifs qui ont poussé ton armée à entrer au Liban, bien qu'un de ces jours tu risques d'être obligé d'envisager d'autres solutions pour les Palestiniens. Disons que je respecte ta position.

— C'est ta position à toi qu'il te faut comprendre, répondit Avi tristement. La guerre qui fait rage à l'intérieur de toi. »

Mais c'était trop tôt. On n'était qu'en décembre. Les Israéliens se battaient encore au Liban comme Maggie se battait encore contre elle-même.

« Avi, je rentre chez moi demain, dis-je finalement. Je quitte Israël quelque temps.

— Je sais, répondit-il en me caressant la joue tendrement, je le sais depuis la semaine dernière. »

Tat Alouf Avi Herzog n'est pas un expert du renseignement — et quel expert! — pour rien. Que pourrait-il ignorer des mouvements d'une femme qui lui a permis de laisser traîner chez elle plusieurs paires de pantalons, des chemises et des chaussures dans un hôtel de Tel-Aviv? Seulement, moi aussi j'ai été formée à bonne école — celle de Vera Sommers — moi aussi, on m'a appris la manipulation. Je suis tout à fait capable de déformer les faits.

« Avi, n'essaie pas de m'empêcher de partir, dis-je avec le secret espoir qu'il le ferait. Je ne peux pas te donner ce dont tu as besoin, ce que tu mérites. »

Il n'a pas répondu. Il s'est contenté de jouer avec le cendrier, la bouche crispée. Il m'a écoutée lui dresser la liste de tout ce que je ne pourrais pas faire pour lui. Si je réagissais ainsi, c'était peut-être parce que si j'avais admis que j'en étais capable, j'aurais été heureuse et ça aurait tout gâché – tout, c'est-à-dire ma vie dont j'avais décidé qu'elle serait vouée au malheur.

« Mais tu sais, Avi, ai-je ajouté, me sentant obligée de meubler le silence, ce n'est pas parce que ma profession m'accapare que je suis incapable de réagir en tant que femme. Seulement, ça ne marcherait pas. Tu finirais par te lasser de moi. Imagine qu'il y ait de nouveau la guerre et tu aurais une bonne excuse pour me jouer le même tour qu'à Ruth.

– Ça y est ? Tu as fini ? » m'a-t-il demandé. Ses yeux bruns m'observaient avec sympathie.

J'aurais bien voulu lui dire que oui.

« Non, ai-je explosé, je n'ai pas fini. D'ailleurs, comment se fait-il que tu n'aies pas eu d'enfants avec elle ? Je suppose que c'est encore sa faute ?

– Non, ce n'est pas uniquement sa faute. C'est dur d'avoir des enfants avec une femme à qui on ne parle pratiquement pas. Mais c'est un chapitre que tu connais, je crois.

– Ce que je sais en tout cas, c'est que je ne veux pas recommencer. Je refuse de faire des choix, d'essayer d'être ce que je ne peux pas être pour quelqu'un qui ne me comprend pas.

– Je te comprends beaucoup mieux que tu ne le penses. »

Je voulus l'interrompre à nouveau mais cette fois, c'est lui qui m'arrêta.

« A moi de parler, maintenant. Je t'ai écoutée. » Il posa sa main sur la mienne et tout en parlant, il effleurait mes doigts.

« J'en ai compris assez pour ne jamais mentionner le fait que nous vivions ensemble parce que ça t'aurait fait fuir. Je savais que toute intrusion dans ta vie devait rester pour toi un secret.

– Et je n'ai pas l'intention de changer. Par conséquent tu ferais peut-être mieux de te dépêcher d'aller retrouver Ruth. » Mais je sentais déjà les larmes me monter aux yeux.

« Je ne me suis jamais plaint quand tu travaillais jusqu'à 2 ou 3 heures du matin. J'ai accepté tes horaires très particuliers parce que je sais que ça fait partie de ta vie, de ton travail.

– Ne t'imagine pas une seconde que j'ai l'intention de changer mes habitudes, dis-je en m'essuyant les joues.

– Je me contentais de me retourner dans notre lit pour pouvoir te prendre dans mes bras quand tu rentrais et je te tenais jusqu'à ce que tu t'endormes. »

Je savais trop pourquoi il avait ajouté cela. C'était un coup bas de sa part. Il voulait que je sache bien qu'il allait me manquer après mon départ.

« Si tu en avais fait autant pour Ruth, elle ne serait peut-être pas aussi froide ni aussi peu causante. »

Il a pris mon visage sillonné de pleurs dans ses mains.

« Arrête de plaider sa cause, tu veux bien, Maggie? Je connais mieux ses mérites que toi. Elle ne m'a jamais compliqué la vie parce que je savais toujours comment elle réagirait.

– Et moi, je suppose que je te complique la vie? »

Il a gardé le silence un instant, le temps d'allumer l'un de ses petits cigares noirs dont il a aspiré la fumée profondément.

« Il est évident que tu ne me donnes pas la même impression de train-train sécurisant, a-t-il fini par déclarer en soufflant un mince nuage de fumée.

– Alors pourquoi est-ce que tu me veux? »

Ses lèvres touchaient presque les miennes.

« Parce que tu es la femme la plus excitante que j'ai connue. Parce que j'espère que tu finiras par t'habituer à l'idée que tu es amoureuse de moi.

– Qu'est-ce qui te fait croire que je suis amoureuse de toi? »

Question inutile : les choses étaient déjà allées trop loin. Il plissait les yeux en me regardant à travers la fumée.

« Si tu ne m'aimes pas et si tu n'as pas l'intention de vivre un semblant de vie normale avec moi, il vaut peut-être mieux que tu partes. Je ne t'en empêcherai pas.

– Ben voyons! Si une femme mène un semblant de vie normale avec toi, elle finit par t'ennuyer. Et si elle ne s'adapte pas exactement au moule, tu t'en débarrasses; ce n'est pas un placement sûr.

– Mais, bon sang, qu'est-ce qu'il te faut pour être heureuse? a-t-il explosé.

– Tu ne peux pas comprendre. J'avais à peine résolu mes problèmes. Tout s'arrangeait. Il a fallu que tu arrives pour tout gâcher.

– Arrête de t'en prendre à moi, Maggie. Je t'aime.

– Raccompagne-moi chez moi, Avi. Il faut que je fasse mes bagages.

– Tu veux que je te dise, Maggie Sommers ? Le problème, c'est que chez toi, tu ne sais pas où c'est. »

Ce soir-là, nous avons dormi ensemble sans nous toucher. Le lendemain, nous avons roulé jusqu'à l'aéroport Ben Gourion en silence. Avi m'a aidée machinalement à transporter mes valises. Il a attendu que j'aie passé tous les contrôles de sécurité. Quand le vol a été annoncé, nous nous sommes lentement dirigés vers la porte d'embarquement. Ce n'est qu'alors, quelques secondes avant que je ne disparaisse de sa vie, qu'il m'a prise dans ses bras et m'a dit : « Ce n'est pas la fin, Maggie. On se reverra. »

Je me suis éloignée sans regarder en arrière parce que, ce faisant, j'avais peur de découvrir qu'Avi Herzog était parti et que je voulais toujours me souvenir de lui comme je l'avais vu pour la dernière fois : debout, fixant sur moi des yeux pleins d'amour.

La traversée s'achève. Le ferry s'amarre au quai de Battery Park et soudain je n'ai plus très envie de rentrer seule dans mon appartement de Greenwich Village. Je décide de remonter la Sixième Avenue pour me réaccoutumer à cette ville qui me fait l'effet d'une ville étrangère. Dans la rue, la foule est dense, il faut jouer des coudes. J'avance parmi les vagabonds étalés dans les caniveaux, les marchands à la sauvette qui proposent leur camelote sur le trottoir, qui préparent des repas sur des réchauds de fortune ou qui vendent des sandwichs. Je ne me reconnais plus. Comment se fait-il que les choses aient changé à ce point ?

Est-ce moi qui ai changé ?

Il y a une époque de ma vie où tout a basculé. En marchant dans la Sixième Avenue, je me souviens de cet après-midi dans le bureau de Quincy. C'est là que tout a commencé. Et ça me paraît diablement loin !

Le Dr Feldman ne m'avait jamais juré que ses pilules multicolores me garantiraient une carrière éblouissante. En revanche, il me promit un mariage satisfaisant et un manteau de vison à la fin du traitement.

« Je vous prédis, me déclara-t-il avec un clin d'œil appuyé, qu'on vous offrira un superbe manteau de vison – pas une veste, non, un manteau long – dès que vous aurez retrouvé votre poids normal ou bien pour fêter la naissance de votre premier enfant. Tout dépend de l'ordre dans lequel se produiront ces deux événements. »

Comme je me contentais de me regarder dans son miroir d'un air morose, il ajouta en clignant de l'œil de nouveau : « Je crois que vous aurez votre vison avant d'avoir un enfant. »

Pas la peine de te fatiguer les méninges, Feldman, pensai-je. Il faudrait vraiment être vicieux pour avoir l'idée de m'engrosser dans l'état où je me trouve!

L'année précédente, j'avais continué à voir Quincy régulièrement. On déjeunait toutes les deux sur le pouce pendant la semaine où on passait ensemble le samedi après-midi dans son loft de Soho. C'étaient de véritables bouffées d'oxygène qui me lavaient de l'ennui d'être Mme Ornstein. J'hésitais beaucoup à inviter Eric parce que je savais instinctivement que Quincy ne lui plairait pas. Elle était tout le contraire des femmes qu'il admirait. Agressive, intelligente, Quincy réussissait très bien dans sa profession. Le fait même qu'elle soit heureuse en mariage l'aurait gêné et désorienté : il n'aurait même pas pu lui coller l'étiquette féministe. Quincy avait compris que je n'étais pas encore prête à me lancer dans une nouvelle vie.

« Maggie, m'avait-elle dit à plusieurs reprises en me jetant un regard malicieux, je sais que tu es assez maligne pour t'en rendre compte : je suis prête à te donner un coup de main le jour où tu auras décidé de voir les choses en face.

– Le jour où j'aurai pris conscience de la réalité, tu en seras la première informée. Merci, Quincy. »

Le problème, c'est que je n'avais pas eu besoin d'en prendre conscience. La réalité – et la plus moche qui soit – s'était manifestée très vite. Et en même temps, je m'étais appliquée à détruire systématiquement la Maggie Sommers que Quincy connaissait. Plus les choses empiraient, plus j'avais honte de la revoir.

« Voilà des semaines qu'on ne se parle plus qu'au téléphone, se plaignait-elle. Je ne te vois plus jamais.

– Tu sais, il faut que je m'occupe de la maison, des rangements, des placards, de la décoration. Je t'avoue que je ne m'en sors pas, en ce moment. »

Mais le silence qui suivait mes mensonges à l'autre bout de la ligne me disait qu'elle n'était pas dupe, même si elle avait la gentillesse de ne pas trop insister. Finalement, dès que j'eus perdu mes dix premiers kilos, je pris mon courage à deux mains et me rendis à son bureau à l'heure du déjeuner, persuadée qu'elle ne serait pas trop choquée. Je me trompais.

Pour l'occasion, j'avais revêtu une robe vague et noire mais chic qui m'arrivait bien au-dessous du genou. Je me dirigeai vers son immeuble art déco dans Rockefeller Center. Dans l'ascenseur, le temps de monter au quarante-troisième étage, je n'eus pas trop le temps de m'angoisser. Ses fenêtres donnaient sur la patinoire – l'un des rares bons souvenirs d'enfance que j'aie – ce fut une bonne surprise, mais dès que sa secrétaire m'introduisit dans son bureau, je me dis que j'aurais mieux fait de ne pas venir.

« Je crois qu'on se passera de déjeuner, déclara-t-elle simplement en se cramponnant à son bureau. Grand Dieu, mais qu'est-ce qui t'arrive ?

— Et encore ! Ça a été pire, répondis-je en m'affalant dans un de ses fauteuils. J'ai déjà perdu dix kilos.

— Maggie ! s'écria-t-elle en faisant signe à sa secrétaire de nous laisser, je comprends maintenant pourquoi tu ne voulais plus venir me voir ! Qu'est-ce qui t'a prise ? » Il m'était impossible de croiser les jambes : mes cuisses frottaient l'une contre l'autre. Je me contentai de croiser les chevilles avant de lui répondre aussi calmement que je pus : « Je suppose que j'étais encore plus malheureuse que je ne croyais. J'avais trop peur de regarder la réalité en face : je savais qu'il me faudrait prendre une décision. Résultat : j'ai saboté toutes mes chances. Je me suis mise à manger, à manger jusqu'à ce que je ne puisse plus rien faire du tout.

— Ma foi, si ça peut te consoler, tu as bien réussi. »

Quincy appuya sur le bouton de l'intercom et demanda à sa secrétaire de nous apporter deux cocas régime, des fruits et du fromage blanc.

« On va manger ici, annonça-t-elle. Tu pourras tout me raconter et personne ne te verra. C'est plein de gens de télévision par ici ! »

Le fait qu'elle veuille bien m'écouter me donna le courage de rester. J'avais tellement honte de moi !

« Tu seras sûrement contente d'apprendre que j'ai enfin décidé ce que je voulais faire », annonçai-je, espérant lui faire plaisir.

Mais elle ne répondit rien. Elle se contenta de me fixer, l'air incrédule.

« Je veux faire des documentaires sur le Viêt-nam ou sur la

faim dans les Appalaches. Enfin, je voudrais traiter des sujets sérieux.

— Il faudrait vraiment être fou pour te confier un documentaire sur la faim! Oublie tes projets grandioses et applique-toi à redevenir aussi belle qu'avant. Qu'est-ce que tu fais pour perdre du poids?

— Je suis allée voir un diététicien qui m'a ordonné des coupe-faim. Et je fais de la gymnastique tous les jours à Carnegie Hall pour me muscler en même temps que je mincis.

— Ça fait combien de temps que ça dure? Je veux dire, ton régime et ta gymnastique?

— Un mois à peu près et j'ai déjà perdu dix kilos. Il faut que j'en perde encore quinze.

— Je ne te le fais pas dire. Qu'est-ce que tu manges? » Sa secrétaire apportait le déjeuner. Tandis que Quincy faisait un peu de place sur son bureau, je lui décrivis mon ordinaire.

« Au petit déjeuner, comme je m'engueule avec Eric, ça se limite en général à la moitié d'une tasse de café noir.

— Je ne vois pas le rapport, fit-elle en me tendant une assiette.

— Le temps que la dispute se termine, je suis si furieuse et déprimée que je n'ai plus aucun appétit.

— Parfait, s'esclaffa Quincy. Et au déjeuner, quand il n'est pas là?

— Le déjeuner, ce n'est jamais un problème parce que je ne mange qu'après ma gymnastique. Ça se passe toujours avec d'autres gens qui sont aussi au régime ou qui font très attention. Je me contente d'un yogourth et d'un fruit.

— Et le soir, tu prépares le dîner pour Eric?

— Oui, sauf le dimanche. Je me limite au poisson et à la viande bouillie. Cara m'a donné une Cocotte-Minute pour préparer les légumes. Ça me rend beaucoup service. Ou bien je fais de la salade assaisonnée au citron. Ni dessert, ni pain, ni vin. C'est triste.

— Ce que je vois devant moi l'est encore plus, répliqua Quincy très sérieuse. Et la nuit, si tu as un petit creux avant d'aller te coucher, j'imagine que tu cherches un bon prétexte pour te disputer à nouveau avec Eric?

— En général, je n'ai pas besoin de me forcer. Ça vient tout seul. Il est fou furieux de me voir dans cet état.

— Tu devrais l'être encore plus que lui. Et tes vêtements, Maggie ? Rien ne doit plus t'aller ?

— Non, rien. Sauf les vieilles robes de grossesse que Cara m'a données.

— Ecoute-moi bien, Maggie : si jamais quelqu'un te dit que ça te va bien d'être un peu potelée, ne le crois pas. Tu es affreuse comme ça. Surtout ne l'oublie pas ! »

Nous avons fini notre salade en parlant de choses et d'autres avant que je me décide à lui demander ce qui me trottait par la tête depuis deux ans.

« Quincy, est-ce que tu peux m'aider ? Je veux travailler à la télévision. Ne parlons plus des documentaires. Je suis prête à faire ce qu'il faut pour entrer dans le circuit. »

Quincy se leva, contourna son bureau et alla se planter devant la grande baie vitrée. Quand elle se retourna enfin, elle avait un air plutôt sombre.

« J'ai beaucoup de relations à la télé. Mais je n'ai pas l'intention de t'introduire dans ce milieu tout de suite. Pas dans l'état où tu t'es mise. »

Je baissai la tête. Je savais qu'elle avait raison. Mais cela ne changeait rien à mon humiliation. Heureusement, Quincy n'est pas du genre à retourner le couteau dans la plaie, une fois qu'elle a dit ce qu'elle pense. Elle se rassit à son bureau et se mit à feuilleter son énorme fichier. Elle en tira la fiche qu'elle cherchait, empoigna le téléphone et composa un numéro.

« Chris ? C'est Quincy. Bien, merci et toi ? J'ai réfléchi à ce que tu m'as dit l'autre jour et je crois avoir trouvé la personne qu'il te faut. Le seul problème, c'est qu'elle est occupée en ce moment. Tu ne pourras pas la voir avant... » Elle me jeta un coup d'œil par-dessus ses lunettes. « Pas avant deux mois environ. Elle est en train d'achever un boulot mais elle tient absolument à travailler aux infos. Tu crois que tu pourras attendre ? Parfait, Chris. Au fait, je te donne son nom. Elle s'appelle Maggie Sommers. »

Quincy n'avait pas vraiment menti à Chris Sprig, directeur adjoint du service des informations locales à ABN. J'avais effectivement un boulot à terminer : perdre les quinze kilos que j'avais en trop. Pas une mince affaire, c'était le cas de le dire.

« Voici comment nous allons procéder, m'annonça Quincy. D'ici deux mois environ, à condition que tu aies tenu tes engagements, je téléphonerai à Chris et je t'obtiendrai un rendez-vous avec lui. D'ici là, tu me donneras ton curriculum vitae que je me chargerai de leur faire parvenir.

— Il est prêt, dis-je en le lui glissant dans la main. J'ai même précisé que je savais taper à la machine. Soixante mots à la minute.

— Malheureuse! Si tu mets ça, c'est exactement ce qu'on te fera faire. » Elle appuya sur l'intercom. « Hélène, venez prendre un curriculum. Vous effacerez la mention dactylographie et vous m'en ferez trois photocopies. »

« Au fait, quel genre de travail on va me donner?

— Probablement un peu de tout, le temps que tu apprennes ce que c'est que la télévision.

— Et ensuite?

— A condition de ne jamais leur dire que tu sais taper à la machine — parce que, sinon, tu te feras pigeonner —, ils engageront quelqu'un d'autre à ta place et tu ne pourras jamais faire ce que tu veux.

— Qu'est-ce que je veux? »

Quincy me dévisagea.

« Il me semble que tu voulais être à l'écran? »

Je me mordais les lèvres, pensivement.

« Non? Je me suis trompée?

— Si, si. Je crois que c'est ça. »

Mais Quincy ne se souciait guère de mes ambitions. Ce qui l'intéressait pour le moment, c'était que je retrouve ma ligne.

« Voilà ce que je te propose. Tu vas venir me voir toutes les semaines afin que je puisse vérifier les progrès que tu fais. A présent, j'ai investi sur toi, Maggie. Tu es devenue l'une de mes clientes. »

Mais c'était également une amie.

« Quoi qu'il t'arrive par la suite, me dit-elle gentiment en venant s'agenouiller à côté de mon fauteuil, même si tu redeviens très jolie, si tu te sens en pleine forme, je veux que tu n'oublies jamais que maintenant tu as fait le bon choix. Je veux que tu te rappelles que tu étais si laide que j'ai refusé de te présenter à qui que ce soit. Promets-moi de ne plus jamais tenter de te détruire.

— Pourquoi te donnes-tu toute cette peine pour moi? » demandai-je, les larmes aux yeux.

Elle fit entendre son petit rire de gorge en se relevant.

« Parce que tu es intelligente, drôle et que tu as une tendance évidente à l'autodestruction. C'est exactement le genre de femmes qu'il nous faut dans ce métier. »

Consciencieusement, chaque semaine, j'allai la voir. Parfois, elle était trop occupée pour me parler. Cela n'avait guère d'importance car nous avions mis notre petit numéro au point. J'entrebâillai la porte de son bureau et je passai la tête. Elle me faisait signe d'entrer. J'ouvrais mon manteau, je tournai sur place, je relevai ma jupe jusqu'à mi-cuisse et j'attendais qu'elle lève le pouce en signe de satisfaction. Nombreux furent les directeurs, les producteurs ou les chefs de service d'ABN qui assistèrent à mon curieux petit manège et qui remarquèrent l'expression satisfaite de Quincy sans rien y comprendre. Pour finir, deux mois plus tard, je me retrouvai dans son bureau, assise dans un fauteuil, un carnet de rendez-vous en équilibre sur mes genoux qui avaient repris leur forme de jadis. Quincy téléphonait à Chris.

« Entendu. Demain à 10 heures. Elle y sera. Merci.

– Je te suis si reconnaissante, lui dis-je lorsqu'elle eut raccroché.

– Il n'y a pas de quoi, répondit Quincy. Ce que je voudrais surtout, c'est que plus jamais tu ne fasses des bêtises pareilles. »

Le hall d'entrée de l'American Broadcast Network était cité dans les revues d'architecture comme exemple d'« environnement créatif ». Bureaux en altuglas, chromes étincelants, plantes exubérantes disposées dans des cache-pots en céramique de couleurs vives posés sur la moquette gris souris. Murs tendus de tissus aux tons bleus sourds sur lesquels on avait accroché des œuvres d'art – les plus récentes créations des artistes à la mode. De jeunes hommes qui ressemblaient aux mannequins, rayon hommes des grands magasins, arborant des blazers rouge sang aux poches ornées du sigle ABN, se tenaient droits comme des piquets, les mains derrière le dos, et ne s'animaient que pour faire faire le tour des lieux aux groupes de curieux.

Un planton me tendit une carte en plastique qui portait la mention « visiteur » imprimée en grosses lettres noires. « Tout droit », ajouta-t-il.

Je m'enfonçai dans un long couloir. Rapidement la moquette s'interrompit et je foulai un infâme linoléum jaune tout taché. Je me trouvai devant un vieil ascenseur bringuebalant dont j'eus du mal à croire qu'il pourrait me hisser jusqu'à la rédaction située au troisième étage. Plus tard, je devais apprendre qu'il en était ainsi dans toutes les télévisions : l'espace consacré à la réception était toujours luxueux. C'était une façade destinée à en jeter plein la vue aux annonceurs qui finançaient les programmes ou à faire croire au public que la télévision, c'était aussi beau dans la réalité que ce qu'ils voyaient sur leur petit écran.

L'ascenseur eut un soubresaut et s'arrêta. Je me trouvai devant un autre long couloir flanqué de portes de part et d'autre avec des plaques indiquant le nom et la fonction des occupants. Je devais apprendre par la suite qu'au niveau des cadres, les changements étaient si fréquents qu'on ne gravait jamais leurs noms sur ces plaques. Finalement, après avoir eu l'impression de parcourir des kilomètres de corridor moquetté, j'arrivai devant une porte vitrée coulissante portant un écriteau : INTERDIT AU PERSONNEL NON AUTO-RISÉ. En pénétrant dans la salle de rédaction, j'aperçus sur les murs les photos des stars de la chaîne, ceux et celles qui présentaient le journal, la météo, les sports et dont le salaire annuel eût suffi à nourrir un pays d'Afrique pendant cinq ans. J'allais demander Chris Sprig quand j'aperçus un Noir d'une trentaine d'années, l'air exténué, qui sortait d'un box : il avait les yeux profondément creusés de cernes violets ; une cigarette éteinte lui pendait aux lèvres.

« Chris Sprig, me dit-il en me tendant la main. Vous devez être Maggie Sommers. Suivez-moi. » Il était grand, musclé, la démarche athlétique. La salle de rédaction était encombrée de bureaux disposés en rang, les uns derrière les autres. C'était un vrai parcours d'obstacles pour ceux qui n'étaient pas familiers des lieux car il y avait tout juste la place de circuler. Sur chaque bureau, un téléphone et un petit poste de télévision allumé, son éteint. Sur tout un mur, un grand tableau indiquait l'ordre des infos du soir avec l'heure et le minutage précis pour chacune des nouvelles, telles qu'elles appa-raîtraient sur l'écran, le tout manuscrit au feutre vert.

« Rien n'est définitif. Tout est susceptible de changer, s'il y a une info de dernière minute », me précisa Chris. Juste au-dessous de ce tableau, on avait installé une longue table qui semblait être le point focal où se concentrait l'hystérie qui régnait dans la salle. Huit personnes s'y trouvaient assises, chargées du contrôle du desk. Elles étaient en contact permanent avec toutes les équipes d'actualité, les ambulances muni-cipales, les pompiers et la police. Elles hurlaient les informations dans leurs téléphones puis dans des micros destinés à alerter les reporters et à les renseigner sur les dernières catastrophes ou drames qui se produisaient pendant et après le journal.

Chris avançait rapidement, ne s'arrêtant que de temps à autre pour répondre au vol à quelqu'un qui lui posait une question et reprenant aussitôt sa progression au milieu d'une cohue indescriptible. Je ne le quittai pas d'une semelle et parvins à ne trébucher qu'une seule fois parce qu'il avait omis de m'avertir d'un brusque changement de direction. Finalement, il s'arrêta devant un bureau, ouvrit la porte et me fit signe d'entrer.

« Les gens qui ont une porte à leur bureau appartiennent à deux catégories : ou bien ils passent à l'écran, ou bien ils sont responsables de la programmation. A eux de s'assurer que le minutage est respecté et qu'il n'y a pas d'erreurs. Ceux-là souffrent tous d'un ulcère. C'est mon cas. »

Il m'indiqua un siège avant de passer derrière son bureau de métal gris couvert de papiers et se laissa tomber dans un fauteuil pivotant recouvert de cuir noir. Il se versa un verre d'eau au distributeur qui se trouvait à côté de lui, goba deux aspirines et vida son verre pour les faire passer.

« Alors comme ça vous voulez travailler au journal télévisé ?

— Oui », répondis-je faiblement.

Chris prit mon curriculum posé sur une pile de dossiers et y jeta un bref coup d'œil.

« J'ai besoin d'une assistante : cent vingt-cinq dollars par semaine, plus les primes, partage des bénéfices au bout de deux ans et une semaine de salaire supplémentaire à la fin de la première année. »

Je n'avais pas la moindre idée de ce qu'il exigerait de moi mais j'étais persuadée de pouvoir y arriver.

« Mariée ? »

Je fis oui de la tête.

« Des enfants ? »

Signe que non.

« Z'en voulez ?

— Jamais, m'écriai-je, espérant qu'Eric Ornstein n'avait pas planqué de micro dans mon porte-documents.

— Pas la peine de me dire que vous ne savez pas taper à la machine, ajouta-t-il en se frottant les yeux, je connais la chanson. »

Je souris, soudain intimidée par son regard qui ne me quittait pas.

« Tournez-vous, voir. »

Je pivotais sur moi-même.

« Non! Juste la tête! » s'écria-t-il avec impatience.

Instinctivement, je lui offris mon meilleur profil – le gauche.

« Vous avez jamais envisagé de passer à l'écran? Vous êtes jolie fille. »

Plus tard dans mon existence et dans ma carrière, je devais me formaliser quand on emploierait le mot « fille » pour me désigner. J'en arriverais même à dire aux hommes avec lesquels je travaillais que le mot « femme » était celui qu'il convenait d'utiliser. « Essayez, leur disais-je, vous verrez, ce n'est pas si difficile que ça. »

Mais on n'en était pas encore là. Pour l'instant, j'avais la tête qui tournait et pas seulement pour mon profil gauche : à moi, Maggie Sommers – à une *fille* – on venait de proposer un emploi! D'ailleurs, j'étais tellement contente que j'en oubliai de demander en quoi mon travail consistait.

« Vous avez de la veine, Sommers », ajouta Chris.

Je me rendis compte qu'il m'appelait par mon nom de jeune fille. J'avais bien fait de ne mentionner que celui-là. Les deux auraient pris trop de place au générique de fin.

« Pourquoi est-ce que j'ai de la chance? » demandai-je d'une toute petite voix.

Chris farfouillait dans son tiroir.

« Parce que, répondit-il, sans lever la tête, je suis le meilleur et que je vais tout vous apprendre de ce foutu métier. » Il rota discrètement, sortit deux comprimés de leur emballage et les fourra dans sa bouche.

« Vous irez au service du personnel au sixième étage remplir les formulaires. A lundi, alors?

– Entendu. A lundi », répondis-je sans trop savoir où j'en étais.

J'avais déjà la main sur le bouton de la porte et je m'apprêtais à foncer au sixième étage quand il se mit à rire.

« Vous ne me demandez même pas en quoi va consister votre travail, Sommers?

– J'allais le faire, bredouillai-je en rougissant, mais...

– Vous collectez les infos qui arrivent au desk, expliqua-t-il. Vous les tapez soigneusement à la machine, navré-désolé, et vous me les apportez ici. Je choisis celles qu'on couvrira et je les confie à un reporter qui part sur place avec son équipe. Pigé ?

— Je crois que oui, dis-je avec un sourire.

— A lundi matin, 9 heures. » Il s'interrompit un instant avant d'ajouter : « J'aime le café léger et sans sucre. » Taper à la machine et servir le café ne me dérangeait pas trop. J'étais beaucoup trop occupée à imaginer mon nom au générique. Voilà qui me changeait de mon fantasme habituel : mon nom d'épouse gravé sur ma tombe. Je travaillais pour la télévision !

Trois jours plus tard, le dimanche matin, je me suis dit que, si je n'informais pas Eric de mon entrevue avec Chris Sprig, j'allais au-devant d'un gros problème. J'avais bien pensé lui raconter une histoire mais ç'aurait été reculer pour mieux sauter. Or, c'était précisément ce saut qui me faisait peur.

A présent, Eric m'écoutait poliment, non pas que ce que je disais l'intéressât, mais plutôt parce que j'avais retrouvé mon poids normal de cinquante-six kilos. Cependant il m'était défendu de faire allusion à quoi que ce soit qui puisse le contrarier ou qui risque de faire obstacle aux progrès qu'il faisait avec son psy.

« Tout ce qui provoque chez moi une réaction brutale se traduit par une crise d'angoisse et m'empêche de gravir normalement les échelons dans les affaires. Ce n'est pas parce que je travaille dans les bureaux de mon père qu'il faut que j'en fasse moins qu'un autre.

— C'est ce que t'a dit ton thérapeute ?

— Justement. En ce moment, il s'efforce de m'aider à maîtriser mon flux émotionnel qui ne fluctue qu'en cas de rupture d'équilibre, rupture qui ne se produit que lorsque ma capacité de travail diminue, ce qui me rend angoissé. C'est un cercle vicieux. »

Ma vie était un véritable enfer.

Ce genre d'explication concernant ses angoisses et sa promotion professionnelle, c'était celle qu'il donnait lorsqu'il se fourrait au lit avec une érection. Il m'en donnait une tout autre en sortant sa « chose » de mon « truc ».

« Mais enfin, qu'est-ce qui t'a prise de mettre un diaphragme ? Je veux un enfant, moi ! Nous sommes déjà en retard sur les autres couples de notre âge. Ça m'angoisse horriblement et ça diminue mes capacités de travail. »

Ce dimanche matin-là, j'étais assise dans mon lit et je regardais Eric exécuter ses mouvements de gymnastique sur le plancher.

« Si tu étais enceinte maintenant, Maggie », assis-couché, « on n'est qu'en octobre », pff, pff, « l'enfant naîtrait en juillet », han-han. « Autrement dit, il ne perdrait pas une année de scolarité comme ceux qui naissent en fin d'année. »

« Pan, pan, t'es mort! » fis-je entre mes dents.

La journée passa. Le soir vint. Nous nous préparions à sortir pour aller dîner au chinois comme tous les dimanches. Sauf que ce soir-là, j'avais bien spécifié que je voulais être seule avec lui. Quand on dînait avec les parents d'Eric, Mildred en profitait toujours pour me critiquer et Harry pour faire des reproches à son fils. C'était également une occasion pour mes beaux-parents de nous demander à l'un et à l'autre comment il se faisait que je ne sois pas encore enceinte.

« Dites donc, lançait Harry chaque dimanche, les lèvres luisantes de graisse tandis qu'il dévorait son bœuf aux champignons, vous allez bientôt cesser de faire les imbéciles tous les deux ? Quand est-ce que vous vous mettez à l'œuvre sérieusement ? J'ai envie d'être grand-père, moi! »

Durant ce genre de harangue, Mildred me lorgnait d'un œil soupçonneux. Invariablement, Eric répondait : « Demande-lui, papa. Ce n'est pas ma faute à moi. » Ce à quoi Harry répondait : « Si elle était ma femme, je ne lui demanderais pas son avis. Je passerais à l'acte, un point c'est tout. » Réponse qui me valait une nouvelle œillade assassine de Mildred rebroussant les cheveux de son fils chéri de sa dextre embijoutée.

Ce soir-là, nous étions donc seuls. Eric avait déjà nettoyé une assiette de poulet shop-suey et s'apprêtait à engloutir son dernier rouleau de printemps. Il remarqua que je n'avais touché à aucun des plats disposés tout autour de nous.

« Tu n'as pas faim, Maggie ? Ou bien tu suis encore ton régime ? »

Je me décidai enfin : « Eric, il faut que je te parle. »

Il leva les yeux de son assiette et acquiesça, voulant sans doute me faire comprendre qu'il pouvait manger et écouter en même temps.

« Eric, j'ai trouvé un emploi à l'American Broadcast Network. Je commence demain comme assistante. Je gagnerai cent vingt-cinq dollars par semaine et je suis rudement contente. »

Si je lui débitai tout d'un bloc sans reprendre haleine, c'était plus par peur que par satisfaction. J'avais hâte d'en avoir fini. Plus tôt ce serait, mieux ce serait. Ainsi soit-il! Passons à autre chose ou, comme aurait dit Harry Ornstein s'il avait été là (à supposer qu'il ait lui aussi trouvé que de travailler était une bonne idée) : « Grand bien vous fasse! Tous mes vœux! »

Eric reposa sa fourchette, se tamponna la bouche avec sa serviette blanche, mâcha le reste de viande qu'il n'avait pas encore dégluti et me regarda avec de tout petits yeux. Il avala lentement, but une longue rasade d'eau, s'essuya de nouveau les lèvres et me dit : « Tu as fait cela sans me consulter? »

Je battis plusieurs fois des paupières sans répondre. J'avais la main sur mon verre d'eau au cas où Eric aurait été pris d'une de ses crises d'angoisse, mais de crise il n'y en eut point ce soir-là, au restaurant de Mister Tong dans la 57ᵉ Est. Nous gardâmes le silence tandis que le serveur apportait la note. Et toujours en silence, nous quittâmes les lieux et regagnâmes notre appartement de la Troisième Avenue. L'atmosphère était plutôt tendue, mais je n'avais pas peur parce que je savais que, quoi qu'il arrivât, le lendemain, je serais à ABN.

En réalité, j'étais plus triste que triomphante car je me rendais bien compte qu'Eric avait perdu la bataille et que, tel qu'il était parti, il risquait fort de perdre la guerre. Notre mariage tirait à sa fin. Une fin qui serait bien triste pour chacun de nous. Chez Mister Tong, il y avait eu une petite transition, une petite brèche qui m'avait presque donné envie de consoler Eric. Mais jamais il n'aurait accepté un mot gentil de la part d'une femme qui lui avait plongé un poignard dans le bas-ventre. Je me souviens bien d'avoir pensé « bas-ventre » et non « cœur » parce que ce qui se passa cette nuit-là n'avait rien à voir avec le cœur.

Nous pénétrâmes dans l'appartement toujours en silence. Eric alluma la lumière sans un mot et accrocha son manteau dans la penderie, signe que j'étais déjà dispensée de cette menue tâche, privée de ce petit honneur. Il passa dans la chambre, s'assit sur le lit et entreprit de délacer ses souliers. De mon côté, je me déshabillai lentement, pliai mes affaires et enfilai ma chemise de nuit. Eric sortit de la salle de bains vêtu de sa robe de chambre en soie beige et s'avança résolument vers le lit. Il m'arracha le journal que j'avais dans les mains et le lança par terre.

« J'ai décidé de ne pas t'interdire d'y aller parce que je suis convaincu que ce qui te manque, dans la vie, c'est une bonne leçon. Tu verras si c'est si facile de gagner sa croûte! Tu n'es qu'une enfant gâtée, mais je suis curieux de voir comment tu vas t'en tirer, à condition bien sûr que tu te souviennes que ma patience a des limites! »

Cette nuit-là, je sus que Maggie Sommers et Eric Ornstein ne feraient pas de vieux os ensemble. Je ressentis soudain une immense affection pour cet homme : pour la première fois depuis que nous étions mariés, lui témoigner un peu de tendresse ne me coûtait rien. J'aurais voulu lui dire qu'il nous restait peut-être une chance de sauver quelque chose, mais il n'aurait pas compris et j'aurais été incapable de le lui expliquer. Eric Ornstein était victime d'un piège, tout comme Maggie Sommers. Un piège social censé nous dicter les sentiments que nous devions éprouver l'un pour l'autre.

Je le laissai grimper dans le lit et éteindre la lumière sans protester. Je ne résistai même pas quand il s'approcha dans l'obscurité et vint s'enfouir en moi, me faisant l'amour par colère et par dépit. Situation nouvelle pour nous deux. Dans l'appartement Ornstein, nous étions enfin à égalité : aussi terrorisés l'un que l'autre.

4

Le trajet de Battery Park jusqu'à Greenwich Village m'a épuisée. Debout dans l'entrée, j'ai du mal à reconnaître l'image qui me regarde dans le miroir. Cette femme aux yeux profondément cernés, aux pommettes qui saillent exagérément et creusent les joues, aux cheveux ternes qui retombent en désordre sur les épaules, c'est moi. J'ai un regard d'animal traqué, ma robe noire est fripée, mes bas plissent et mes chaussures sont maculées de boue – celle de la petite cour de Rose et Tony Valeri où nous avons piétiné tous les trois.

Je me dis qu'il faudrait prendre un bain, me changer, me maquiller un peu avant l'arrivée de Quincy et de Dan qui doivent passer me voir ce soir. Ne serait-ce que pour masquer l'angoisse qui m'habite. Sans cesse, je repense à Avi : tantôt, je l'imagine resté seul à l'aéroport Ben Gourion, songeant à moi qui viens de disparaître de sa vie, à la fois désespéré d'aller déjà retrouver Ruth et reconnaissant de l'ennui rassurant qu'elle lui apporte. Je me souviens du voyage en voiture que nous avions fait, Avi et moi, entre Jéricho et Tel-Aviv : durant deux heures, nous avions suivi une route magnifique et pittoresque que j'avais à peine remarquée. Je ne pouvais pas m'empêcher de le toucher, de m'accrocher à lui qui s'efforçait tant bien que mal de ne pas verser dans le fossé.

« On ne devrait jamais être à plus d'un quart d'heure de son lit », avait-il dit en riant. Il s'était arrêté sur le bas-côté et m'avait prise dans ses bras. Il m'avait embrassée et caressée. Et pour finir, nous nous étions retrouvés sur le siège arrière. Il m'avait fait grimper sur lui avant de reprendre le chemin de notre lit.

Le séjour a un air abandonné, avec ses housses pleines de poussière qui recouvrent les meubles et les tableaux. Je les arrache et j'examine les objets disposés sur les tables, souvenirs de l'époque où je voyageais dans le monde entier. Même les photos des membres de ma famille – ces étrangers qui me sourient tendrement dans leurs cadres d'argent terni – me rassurent. C'est un peu comme s'ils me souhaitaient la bienvenue à la maison, tout en gardant pour eux le secret de mon retour chez moi, veillant à ce que les modèles, eux, ne soient jamais au courant. Comme m'a demandé Rose tout à l'heure : « Vous avez de la famille à New York ? »

Les plantes sont toutes mortes; elles pendent lamentablement dans leurs pots. Je m'étais pourtant donné un mal fou pour les placer toutes près des fenêtres et les faire profiter du soleil matinal. Mais le soleil ne nourrit que les vivants. Les morts sont enfants des ténèbres. Pauvre Joe qui détestait les nuits libanaises éclairées seulement par les lueurs de l'artillerie, déchirées par les explosions!

Le tapis persan placé dans le coin salle à manger me paraît triste et tout râpé. Sept ans déjà qu'Eric et moi nous sommes battus pour le garder au moment de notre divorce, sept ans qu'il a finalement accepté de me le laisser à condition que je lui rende tous les bijoux que sa mère m'avait donnés.

« Les femmes qui choisissent d'être indépendantes s'achètent elles-mêmes leurs bijoux. »

Pendant des années, j'ai cru que seule la solitude viendrait récompenser cette indépendance chèrement acquise.

« Mon mariage est une expérience ruineuse », disais-je alors.

Il m'a fallu des années pour découvrir que l'expérience, c'est simplement ce qui vous échoit quand on n'a pas obtenu ce qu'on voulait. Avant la mort de Joe Valeri, j'en avais pris mon parti et brusquement tout a changé. J'ai appris quelque chose de beaucoup plus important. « C'était un gentil garçon. Il n'a jamais fait de mal à personne. » Joe a sûrement trouvé mieux que cette vie où seuls les décorations ou autres colifichets sont censés récompenser la bonne conduite. Joe a l'éternité en partage. Plusieurs heures après sa mort, alors qu'il ne restait plus de lui qu'une grande tache brune sur le sol quelque part près du camp de Sabra au Liban, j'ai appris la dignité. Non que cela change tout, non. Mais ça rend certaines choses plus faciles à supporter.

Lorsque j'ai fait ma correspondance à l'endroit exact où Joe avait trouvé la mort, j'ai remarqué Avi qui se tenait derrière la caméra, crispé, les poings serrés, observant chacun de mes mouvements. Je venais de refuser de lire le texte qu'on m'avait préparé, la petite introduction qui devait précéder l'annonce de la mort brutale de Joe.

« Bonsoir, mesdames, bonsoir, messieurs. Ici Maggie Sommers qui vous parle de Beyrouth où la nuit vient de tomber. Une nuit épaisse et moite. » Pas question, je n'en voulais pas. « Pas de nuit épaisse et moite, ce soir ! » me suis-je écriée en jetant mon papier par terre.

Larry Frank, mon réalisateur, s'est précipité vers moi et s'est efforcé de me calmer. Il s'est fait conciliant.

« D'accord Maggie, tu es épuisée, tu es bouleversée, tu n'en peux plus. Alors, fais-moi plaisir, ma fille. Lis ton texte et finissons-en, comme ça on pourra tous aller dormir un peu.

— Je ne suis pas une fille, dis-je, les dents serrées. Je suis une femme. Et toi, tu n'es qu'un pauvre abruti sans cœur, Larry. Un peu que je suis bouleversée ! Mais si tu crois que je vais lire ce texte, tu te goures.

— Ecoute-moi, ma petite Maggie, si tu ne veux pas d'"épaisse et moite", tu peux dire "froide et pluvieuse", ou "sombre et lugubre", pourquoi pas ? Choisis ce que tu veux, ma chérie. »

Mais ce n'était pas une question de choix. Ce que je refusais, c'était de réduire cette tragique disparition à la dimension d'un bulletin météo, de donner la mesure de notre chagrin en évoquant le mauvais temps qu'il faisait ce soir-là à Beyrouth. Je voulais raconter comment un jeune Américain de vingt-sept ans d'origine italienne, preneur de son travaillant pour la chaîne ABN, envoyé spécial au Liban, s'était assis au mauvais endroit au mauvais moment alors que moi, j'avais eu la chance de me trouver à un mètre cinquante à sa gauche.

L'équipe m'avait aussitôt entourée. Tous les gars buvaient du café chaud, ils avaient l'air terrorisé. Je les avais regardés, quêtant un réconfort et je leur avais tous vu la même expression – soulagés que ce ne soit pas eux, effrayés à l'idée qu'une autre grenade pouvait nous tomber dessus n'importe quand.

« Voyons, coco », reprit Larry en s'appliquant à rester calme mais dont la voix, malgré lui, montait peu à peu jusqu'à atteindre un fortissimo assourdissant : « Je te signale que dans deux minutes, on passe en direct, alors si ça ne te dérange pas trop d'approcher ce micro de ta jolie bouche et de raconter à tous ces braves gens ce qui est arrivé à Joe Valeri, c'est le moment ou jamais. Parce que si tu ne te décides pas, la même chose pourrait se reproduire. J'imagine que tu le sais, mais au cas où tu l'aurais oublié, je veux bien te rafraîchir la mémoire : on est sur un champ de bataille, alors, par pitié, allons-y! Je te donne une minute et je commence à compter. Merci d'avance! »

La plupart des gens qui assistaient à la prise l'applaudirent doucement. Il était arrivé à dire tout ça pratiquement sans reprendre sa respiration. Impressionnant. Mais pour ce qui était de sa nuit « épaisse-et-moite, froide-et-pluvieuse, sombre-et-lugubre », il pouvait toujours repasser, c'était une question de dignité. Celle de Joe et la mienne. Dommage tout de même que Joe n'ait pas pu être là pour assister à cette sinistre farce. Ça l'aurait sûrement amusé. Il aurait été d'accord avec moi. Aucun doute là-dessus. Il aurait refusé de contribuer à ce spectacle superficiel qu'est la télévision, ce média dangereux qui permet aux gens de se former une « opinion politique » en regardant les infos du soir.

« Bonsoir. Ici Maggie Sommers dans les parages immédiats du camp de Sabra au Liban. Là, quelqu'un que nous aimions tous beaucoup a trouvé la mort ce soir. Joe Valeri... »

Avi vint me rejoindre ce soir-là à Beyrouth. Et sans un mot, il me jeta son vieux blouson de cuir tout râpé sur les épaules car je frissonnais et me conduisis vers la Jeep qui attendait.

« A présent, je sais pourquoi c'est toi que je veux », me glissa-t-il dans le creux de l'oreille.

Mes valises sont restées appuyées contre le mur de ma chambre, là où je les ai laissées tomber en toute hâte la nuit dernière avant de sombrer dans un sommeil sans rêve. Cette chambre n'a jamais été conçue pour accueillir d'éventuels visiteurs dans un écrin aux lumières douces et aux teintes pastel avant qu'ils ne s'abandonnent dans les bras de Maggie Sommers. Quand j'ai pris possession de cet appartement peu de temps après mon divorce d'avec Eric Ornstein, je n'étais pas d'humeur à songer à la bagatelle. Mon père avait d'ailleurs résumé la chose quand il était venu chez moi : « Rien qu'à voir ta chambre, on sent bien que, pour toi, ça ne compte pas. »

Je me plante devant mon armoire à glace et, en me déshabillant, j'examine à nouveau mon visage. Si j'ai l'air épuisée et vidée de toute énergie, c'est peut-être parce que je me retrouve brutalement dans un environnement qui ne m'est plus familier, privée de mon décor habituel, celui de la guerre et de la dévastation. Avi ne m'a-t-il pas dit : « Je suis tombé amoureux de toi à Marjaoun, le jour où la guerre a commencé » ?

Je m'apprête à dégrafer mon soutien-gorge et à passer un vieux T-shirt tout déchiré quand j'aperçois un visage familier qui m'épie de l'immeuble d'en face. Ce visage-là me connaît mieux que quiconque car voilà six ans qu'il m'observe. « Six ans que tu es dans cet appartement et tu n'as même pas encore fait mettre de rideaux », répétait ma mère scandalisée.

Si j'étais incapable de mettre un nom sur ce visage puisque nous n'avions pas été présentés, je me sentais et je me sens toujours très proche de cet ami dont je n'ai jamais vu le corps. Il m'a vue m'habiller, me déshabiller, parler au téléphone, lire, pleurer, rire et faire l'amour. Et bien que nous ne nous soyons jamais adressé la parole, bien que nous ne nous soyons jamais rencontrés dans le voisinage, quand je l'aperçois, j'imagine volontiers la scène que voici : lors d'un cocktail, quelque part à New York, il s'approche de moi, me prend la main et m'entraîne à l'écart de la foule. Il me pousse contre un mur à l'abri des regards indiscrets et m'offre un verre de vin blanc frais. « Voilà assez longtemps que ça dure. Nous sommes enfin prêts à saisir la perfection qui nous attend. La passion qui couve entre nous au septième étage entre la 10ᵉ Rue et University Place peut enfin s'assouvir. » A peine si je rougis lorsqu'il m'avoue qu'il m'a observée en train de faire l'amour grâce à ses jumelles surpuissantes. Ce qu'il voudrait simplement, c'est mieux comprendre ce que je ressens quand un partenaire inconnu me laboure le ventre. Non qu'il ressente une quelconque jalousie : dans ces moments-là mon visage est trop dissimulé pour s'émouvoir de quoi que ce soit. Il est tellement sûr de notre mutuelle attirance qu'à son avis, ce serait perdre son temps que de sacrifier à ces préliminaires imbéciles qui consistent à boire, à aller dîner quelque part, à s'« échauffer ». Ce visage sans nom me propose une vie merveilleuse. Peu importe mon emploi du temps impossible et mes petites manies : étaler mes papiers par terre, boire de l'eau d'Evian à la bouteille! Le lien qui nous unit est trop particulier.

Tout en me prenant la main, l'homme au visage sans nom m'assure qu'il se suffit à lui-même. Le fait de m'épier par la fenêtre le satisfait pleinement. Il peut tenir des semaines et même des mois pendant lesquels je suis en mission. Mais au moment où je suis sur le point d'accepter sa proposition, où je me dis qu'enfin je vais vivre heureuse avec quelqu'un qui me comprend, une idée terrifiante me traverse l'esprit. Ce visage qui m'observe de l'autre côté de la rue n'est rien d'autre qu'un torse qu'on a appuyé contre la fenêtre, ignoré et abandonné par ceux qui lui témoignent un amour peu sincère.

« Mais cette saloperie de grenade l'a atteint à la tête! » C'est Tony qui l'a dit.

A ce moment précis, j'ignore qui est le plus en manque : ce visage ou moi. Pour l'instant, je n'en sais rien.

Je passe ma tenue de jogging, m'attache les cheveux et me mets à ranger l'appartement. Ouvrir les valises, faire deux piles, une pour le linge sale, l'autre pour les affaires que je dois ranger dans la penderie et dans l'armoire. Quand j'en ai fini avec les vêtements, je remplis un grand seau d'eau que je traîne jusqu'à la salle de bains. Je m'agenouille pour nettoyer le carrelage quand le téléphone se met à sonner. Je me précipite dans la chambre pour répondre. J'hésite un instant car je ne me sens pas vraiment prête à supporter les crachouillis d'une communication internationale. Pas encore...

« Maggie? J'ai essayé de te joindre toute la journée, je commençais à m'inquiéter. »

Immédiatement, je reconnais cette voix.

« Quincy! Je suis contente de t'entendre.

— Où étais-tu? »

Je prends une profonde inspiration.

« Je suis allée à Long Island, voir les parents de Joe.

— C'est gentil, Maggie. Ça a dû leur faire plaisir.

— Ça m'a fait plaisir à moi. J'aimais beaucoup Joe.

— Ecoute, on est ravis que tu sois là. On sera chez toi vers 8 heures. Tu as besoin de quelque chose?

— Non, je te remercie. J'essaie de remettre mon appartement en état. C'est un vrai chantier.

— Pourquoi ne te reposes-tu pas? Tu auras le temps de faire tout ça demain. Vas-y doucement, Maggie. Tu dois être épuisée. Tu débarques à peine de l'avion.

— Ça va, Quincy, dis-je sans trop de conviction. Je me sens aussi bien que d'habitude.

— Justement, ma chérie. C'est ce qui m'inquiète. » Quand j'ai fini de nettoyer le sol de la salle de bains, je sors mes plantes pour les jeter dans l'incinérateur. Pourquoi ne me suis-je pas arrangée pour que quelqu'un les arrose durant mon absence ?

« Maggie, m'a dit mon rédacteur en chef, les Israéliens vont envahir le Sud-Liban, il va falloir que tu y retournes. » La preuve qu'il n'est pas possible de penser à tout : ce genre d'invitations – celles où l'on vous invite à assister à une guerre – ne portent pas la mention RSVP.

Pourquoi n'ai-je pas prévenu Joe ? Pourquoi n'ai-je pas vu la grenade arriver ? Pourquoi avoir choisi cet endroit pour s'installer plutôt qu'ailleurs ? Pourquoi lui et non pas moi ?

« Dieu merci, vous, vous n'avez rien ! » s'est écrié Avi après l'explosion. Sur le moment, je n'ai pas fait attention, mais par la suite, je me suis dit que si moi je n'avais rien, pourquoi fallait-il que quelqu'un « ait » quelque chose ?

Les mains un peu tremblantes, je me mets du fond de teint sur le visage, en insistant particulièrement sur les cernes violets qui me creusent les yeux. Un peu de rouge et d'ombre sur de la poudre. Coup d'œil au résultat : carrément hideux. La femme radieuse que je découvrais tous les matins avec Avi a fait place à une petite vieille toute fripée avec des cheveux bleutés et des joues de père Noël, à une créature dont l'identité a été irrémédiablement brouillée par de longues années de solitude. Celle que je vois, en fait, c'est celle que j'ai peur de devenir : une femme qui achève une existence vide et sans amour, serrant dans ses mains un sac en papier rempli de miettes de pain qu'elle jette aux pigeons dans un parc désert.

Quincy est dans l'entrée de mon appartement. Elle ôte son écharpe de laine blanche et rebrousse sa courte chevelure rousse que la pluie et la neige fondue ont aplatie.

« Tu as l'air fatiguée, ma petite Maggie. Je suis tellement contente que tu sois de retour ! »

Dan Perry me prend le menton et me dévisage.

« Toujours aussi belle, Mag, mais tu as l'air à bout.

– Merci, dis-je en prenant le bras de Quincy. Je savais qu'avec moi, vous seriez francs. Mais c'est ce voyage qui m'a crevée, c'est tout. »

Dan manœuvre autour de nous et sa silhouette massive disparaît dans la cuisine. « Je mets le champagne au freezer, dit-il, il devrait être frais d'ici un quart d'heure. »

« Tu m'as manqué, s'exclame Quincy en s'asseyant sur l'un des canapés en chintz du séjour. Je ne savais pas trop quoi te dire quand je t'ai appelée. J'aurais bien voulu faire davantage que de téléphoner mais j'étais coincée ici. Comment te sens-tu maintenant ?

— De toute façon, tu n'aurais rien pu faire. C'était atroce, et je crois que, depuis que le premier choc est passé, ça n'a fait qu'empirer. Je revis la scène sans arrêt. »

Dan fait irruption dans la pièce. Ses yeux pétillent de malice. Il regarde Quincy.

« Tu lui as dit ?

— Pas encore. J'allais le faire. Maggie, on veut te confier la direction d'une nouvelle émission, style magazine, qui doit démarrer au printemps prochain et qui sera tournée entièrement à l'étranger.

— C'est formidable, non ? renchérit Dan. Tu gagneras davantage et tu auras la haute main sur le programme. Tu pourras te balader dans le monde entier, choisir des villes agréables. T'amuser tout en travaillant. »

Ils guettent ma réaction, ils s'attendent à ce que je saute de joie ou à la rigueur à ce que je fasse la fine bouche, mais sûrement pas à ce que je reste assise comme je le fais, à les fixer d'un air incrédule.

« Alors ? interroge Quincy en regardant Dan du coin de l'œil.

— Alors quoi ?

— Ben, ça ne t'enthousiasme pas ? s'étonne Dan.

— Non, ça ne m'excite pas du tout. En fait, votre façon de débarquer ici pour me proposer je ne sais quelle émission débile, ça m'embêterait plutôt. J'ai mon mot à dire dans l'affaire, moi aussi. Il s'agit de ma vie, je vous signale, même si vous touchez 10 pour cent dessus.

— Mais bien entendu, intervient gentiment Quincy. C'est toi qui décides, tu le sais. Non, vois-tu, on pensait que tu serais soulagée d'apprendre que tu n'étais pas obligée de retourner au Moyen-Orient pour couvrir la guerre. On s'est dit que tu serais contente de savoir que, finalement, tu avais obtenu ce que tu désirais.

— J'ai déjà obtenu ce que je voulais, dis-je furieuse.

— Si ce que tu veux, c'est faire des reportages à Marjaoun, alors tant mieux. Mais tu ne peux tout de même pas comparer ce petit bled pourri avec Rome, Londres, Athènes ou Paris. Tu te rends compte ? Là-bas, tu pourrais choisir tes sujets, faire tes émissions entièrement toi-même. »

Je me suis levée et j'arpente la pièce comme un lion en cage. J'ai du mal à me faire à l'idée qu'on va me piquer ma place, qu'on veut me séparer d'Avi Herzog.

« Ecoutez, je vous remercie beaucoup tous les deux mais je suis très bien là où je suis, j'aime ce que j'y fais et j'ai l'intention d'y retourner. »

Dan a l'air déçu ; il se frotte les yeux.

« Je vais chercher le champagne.

— Maggie, ajoute Quincy, je sais que tu as du mal à accepter la mort de Joe, mais tu ne vas pas te laisser dépérir. Il faut que tu décompresses un peu maintenant. Voilà pourquoi je pensais qu'un changement de décor te ferait le plus grand bien.

— Je n'ai accepté de rentrer ici que parce qu'il y avait un cessez-le-feu provisoire. Mais les Syriens vont finir par infiltrer les Palestiniens, ce n'est qu'une question de temps. Les combats reprendront et le jour où ça recommencera, il faudra bien quelqu'un pour couvrir l'événement.

— Arrête, Maggie. Tu n'es pas le seul reporter que la chaîne peut envoyer là-bas.

— Je suis la seule qui comprenne un peu ce qui s'y passe. Les autres se contentent de lire un papier qu'ils n'ont pas écrit. Ils pourraient aussi bien présenter une émission de variétés. »

Dan est de retour avec un plateau, le champagne et trois verres.

« Il faut que tu saches une chose, Maggie. C'est qu'ici, les téléspectateurs ne feraient pas la différence, ils s'en fichent. Pour eux, Israélien, shi'ite, c'est la même chose. Amal, Palestinien, c'est du pareil au même. Les seules choses qui les intéressent c'est de savoir s'ils peuvent se rendre en Europe sans que leur avion soit détourné, si l'on risque de manquer de pétrole et si les communistes vont oui ou non s'emparer de la planète, ce qui ferait chuter le prix des terrains. Voyons, Mag, la télévision, c'est la machine à abrutir l'Amérique.

— Très bien. Dans ce cas-là, vous n'avez qu'à vous trouver une cliente mieux disposée, une jolie gourde fera l'affaire ! Elle sera trop contente de présenter votre émission absurde.

— Mais enfin, qu'est-ce qui te prend ? fait Quincy abasourdie.

— Comment peux-tu dire ça ? s'exclame Dan en me tendant un verre de champagne.

– Tu n'es pas seulement une cliente, tu es aussi notre amie. »

Je suis incapable de leur répondre. J'ai la tête enfouie dans les mains et je pleure. Quincy s'approche de moi. Juste à ce moment-là, le téléphone se met à sonner.

« Je t'en supplie, lui dis-je entre deux sanglots, réponds à ma place. C'est au-dessus de mes forces. »

Et quand Quincy revient quelques minutes plus tard, elle me prend dans ses bras.

« Tu aurais dû me le dire », s'exclame-t-elle en dégageant les cheveux qui me barrent la figure. Je bois une gorgée de champagne et secoue la tête.

« Excuse-moi, Quincy.

– Te dire quoi ? » interroge Dan.

Quincy incline la tête sur le côté.

« Je peux ? »

Je regarde Dan et j'acquiesce.

« Eh bien, il semble qu'un homme à la voix merveilleuse soit amoureux de Maggie. » Quincy se tourne vers moi. « Avi te fait savoir que tu lui manques et qu'il part sur le terrain pour quelques jours. Il m'a dit qu'il te rappellerait demain à minuit, heure de New York. Pourquoi ne m'as-tu pas dit que c'était à cause de lui que tu voulais rester en Israël ? Au fait, quand il parle de terrain, il s'agit bien de...

– Je ferais peut-être mieux d'accepter l'émission que vous me proposiez, finalement.

– Tu as vraiment l'esprit de contradiction, s'exclame Dan en riant. Nous sommes ravis d'apprendre qu'il y a quelqu'un dans ta vie. Il suffit que Quincy se rende à ABN et qu'elle renégocie ton ancien contrat. Ce n'est pas sorcier.

– Il est marié, dis-je d'un ton accablé.

– Oh, merde ! lâche Quincy.

– Ce n'est pas une situation irréversible, remarque Dan, toujours pratique. Je ne vois pas de difficulté insurmontable sinon que le terrain en question, si j'ai bien compris, c'est le champ de bataille et que tu as une liaison avec un militaire.

– C'est bien ça ? interroge Quincy qui ne me quitte pas des yeux.

– Oui, non, je ne sais pas. Il est général, mais là-bas, ce n'est pas comme ici.

– Maggie, ne me dis pas que là-bas, c'est l'élite qu'on envoie en première ligne alors qu'ici ce sont les pauvres gars qu'on expédie se faire massacrer au front. C'est sans doute très estimable mais je me demande si tu ne devrais pas reconsidérer notre proposition de tout à l'heure.

– Elle n'en voudra pas, intervient Dan. Elle est amoureuse de lui. Ce qui l'ennuie, c'est qu'il est marié.

– Mais non, ce n'est pas le problème, corrige Quincy.

– Bien sûr que si, voyons, tu n'as qu'à lui demander.

– Quand vous aurez fini de décider de mes états d'âme à ma place, vous pourrez peut-être vous adresser à moi directement.

– Alors ? Qu'est-ce que tu veux ? demandent-ils à l'unisson.

– Je ne veux pas être responsable de l'échec de son mariage.

– Ne te fais pas trop d'illusions, rétorque Dan sans s'émouvoir. Si son mariage capote, ce ne sera pas à cause de toi. Ça ne se produit jamais comme ça. Il est probable qu'il bat de l'aile depuis des années.

– Maggie, on a rendez-vous avec Grayson demain. Dans une semaine. Tu as le temps de réfléchir. Ne prends pas de décision à la légère.

– Tu as raison, Quincy. D'ici là, je saurai sans doute si Avi veut toujours de moi.

– Depuis quand ta carrière est-elle suspendue au bon vouloir d'un homme, Maggie Sommers ?

– Depuis qu'elle est tombée amoureuse de lui, répond Dan avec un sourire. Pas vrai, ma cocotte ?

– Si on changeait de sujet ? » dis-je. Quincy, je l'ai remarqué, est trop choquée pour dire quoi que ce soit. « Comment va Grayson ? Ça fait des mois que je ne l'ai pas vu.

– Il reste égal à lui-même. Il n'a pas changé d'un poil », commente Dan en resservant du champagne. Quincy semble avoir recouvré ses esprits : un souvenir la fait brusquement éclater de rire.

« Tu te rappelles ce fameux rendez-vous que tu as eu avec lui ? me dit-elle.

– Comment pourrais-je l'oublier ? C'est comme ça que cette folie a commencé.

« C'était au printemps 1973. Voilà deux ans que je travaillais comme assistante de Sprig. Un soir que j'étais venue chercher un document urgent dans la salle de rédaction, je remarquai un homme très distingué qui me lorgnait discrètement de son bureau dont la porte était restée entrouverte. Il me fit un sourire. Que je lui rendis. Sept secondes plus tard, je me retrouvai assise dans le bureau de Grayson Daniel, directeur général des stations ABN situées dans la plupart des grandes villes des Etats-Unis.

« Grayson était grand et maigre, décontracté d'allure. Il avait tout du cadre anglo-saxon de bonne famille : juste ce qu'il fallait d'argent sur les tempes et l'inévitable trois-pièces de flanelle rayée. Une vraie caricature. Un visage éternellement bronzé, le sourire facile. Mais je remarquai que ses yeux restaient froids et inexpressifs. Ce qui me fascinait, c'était sa bouche qu'il remuait à peine en parlant. Pourtant, il articulait parfaitement. Son débit et le choix des termes qu'il employait sentaient son collégien à la fois chic et prolongé. " Epatante, votre présentation des faits, disait-il à quelqu'un. Un bulletin net et sans bavures. C'est ce que j'appelle de la télévision ", concluait-il après avoir regardé le spécialiste de la météo. Ou encore : " Je devine chez vous des capacités hors du commun ", me confiait-il en regardant fixement mes seins.

« Je rougis, je souris, je triturai mon rang de perles. N'avais-je pas lu des histoires sur les starlettes que les producteurs découvrent dans des drugstores ? Il me paraissait très logique qu'on puisse découvrir des journalistes ou des présentatrices dans les bureaux de rédaction d'une chaîne de télévision. L'intérêt qu'il me témoignait me transportait d'aise. A présent, il avait l'air hypnotisé par mon alliance en or.

« " Dites-moi un peu, Maggie, quelles sont vos ambitions dans la vie ? " fit-il en posant ses longues jambes sur le bureau.

« Face à face avec les semelles convenablement usées des mocassins Gucci de Grayson, je m'efforçai de lui faire part de mes ambitions.

« " Eh bien, voilà, j'aimerais passer devant la caméra, couvrir des événements qui aient un impact à la fois international et politique. J'aimerais être capable de changer un peu le système en proposant aux téléspectateurs de réfléchir sur des sujets controversés, par exemple, la guerre, les assurances chômage, la faim dans le monde... " J'aurais volontiers continué si Grayson ne s'était éclairci bruyamment la gorge à plusieurs reprises.

« " Cet idéalisme est tout à votre honneur, ma chère, m'interrompit-il. Mais vos ambitions manquent un peu de réalisme. Voyez-vous, Maggie, nous vivons dans un monde de riches. Et sans les riches, les pauvres ne pourraient pas se permettre d'être oisifs. La conclusion de tout cela, c'est que personne ne veut changer le système parce que ça ne ferait que rompre l'équilibre entre ceux qui possèdent et ceux qui ne possèdent pas. "

« Je souris, faute de pouvoir faire mieux car il était évident après tout que mes ambitions n'intéressaient guère Grayson.

« Il redressa son grand corps, fit disparaître ses Gucci de ma vue et se dirigea vers la fenêtre, les mains derrière son dos qu'il tenait très droit.

« " Ici, à ABN, nous avons le projet de confier les faits divers à une femme. Ce qui pourrait présenter deux avantages : améliorer l'audience de la chaîne qui en a bien besoin et proposer à nos téléspectateurs un joli minois à regarder. " Il me fit un clin d'œil et se mit à aller et venir dans le bureau. Soudain, il s'arrêta, pivota et pointa un index soigné sur mon visage éberlué. " Quand je travaille, Maggie, je travaille et quand je m'amuse, je m'amuse ! "

« Devant cette sortie inattendue, je ne pus m'empêcher d'éclater de rire mais je me hâtai de m'excuser.

« " Vous savez travailler en équipe, Maggie Sommers ?

« — Oui, monsieur, dis-je me demandant aussitôt ce qui me prenait de lui donner du " Monsieur ".

« — Parfait, répondit-il en se frottant les mains. Pour l'instant, vous montez un docu avec Sprig. Ensuite, j'imagine que vous allez vous dépêcher de rentrer chez vous pour retrouver votre mari. " Il s'agissait davantage d'une question que d'une remarque et Maggie Sommers qui savait travailler en équipe n'était tout de même pas née de la dernière pluie. Je regardai Grayson Daniel dans les yeux – ses yeux dénués d'humour et lui dis :

« " Pas nécessairement.

« — Mais dans ce cas, s'écria-t-il, rayonnant, on pourrait peut-être aller manger un morceau ensemble, hein, qu'est-ce que vous en dites ? On en profiterait pour discuter de cette possibilité.

« — Quelle possibilité, monsieur Daniel ? demandai-je, tant il est vrai que si l'on veut travailler en équipe, mieux vaut connaître les règles du jeu.

« — La possibilité d'engager une femme pour couvrir les faits divers ”, répondit-il visiblement satisfait de constater que le jeu avait d’ores et déjà commencé.

« Et je continuai à fixer sans ciller ses yeux qui ne souriaient jamais.

« “ Sprig et vous, vous êtes dans la salle de montage numéro 3, ajouta-t-il brièvement. Je viendrai vous prendre quand vous aurez fini. Enchanté d’avoir fait votre connaissance, Maggie Sommers. ”

« Chris et moi étions encore dans la salle de montage numéro 3 à 9 heures et demie à passer et repasser une bande qui faisait partie d’un reportage en trois épisodes. Il s’agissait d’un document sur les soins donnés aux plus démunis, tourné dans le service des urgences d’un hôpital municipal. Il fallait absolument couper huit minutes : l’ordre du journal de la nuit avait été changé au dernier moment. Le premier épisode devait passer au journal de 11 heures. Mais chaque image, chaque mot nous paraissaient capitaux de sorte que nous avions un mal fou à couper quoi que ce soit.

« “ Il faut enlever la femme avec son gosse, déclara Chris en avalant la dernière goutte de son café froid.

« – Mais l’enfant délire et la mère le tient dans ses bras depuis deux heures.

« – Ouais, ouais, mais ça, les téléspectateurs ne le savent pas, fit remarquer Chris froidement. Et le blessé qui s’est fait poignarder passera mieux à l’image.

« – Mais on en a déjà un qui s’est fait poignarder.

« – Ses blessures à lui sont plus saignantes, dit-il en allumant une cigarette.

« – Dans ce cas, coupons l’autre.

« – Pas possible. L’autre avale son bulletin de naissance sur la table d’op. Faut le garder, c’est trop bon.

« – Alors laissons tomber celui-ci, dis-je, essayant d’être logique.

« – Pas question. Ce poignardé-là illustre parfaitement le sujet. Les toubibs arrivent aussi sec et l’équipe de réa fait du bon boulot.

« – D’accord, dis-je d’un ton las. Si on enlève le gosse qui délire et une partie de l’enquête qui suit dans le South Bronx, on gagne à peu près deux minutes trente.

« – Peut-être, répondit Chris en se frottant le menton. Ça n’empêche qu’on se retrouve encore avec au moins cinq minutes de trop sur les bras. ”

« Un coup d’œil à ma montre. Brusquement je me rappelai.

« " J'ai oublié d'appeler Eric. Il est 10 heures, il doit être dingue! Je ne suis jamais en retard. "

« Chris poussa le téléphone dans ma direction en levant les yeux au ciel.

« " Fais vite. Dans une heure, ça doit passer à l'antenne. "

« Je composai mon numéro de téléphone et j'attendis anxieusement qu'Eric décroche. Ce qu'il fit après avoir laissé sonner quatre fois.

« " Eric? C'est toi, Eric? "

« Rien. Juste le bruit d'une respiration.

« " Eric! C'est moi! "

« Toujours rien. Respiration de plus en plus précipitée.

« " Eric, je t'en supplie, je ne peux pas te parler longtemps. Je voulais juste que tu saches qu'il ne m'est rien arrivé. Je suis désolée mais je n'ai pas vu le temps passer. Je suis encore en salle de montage... Eric? Tu m'entends?

« – Maggie, s'écria-t-il joyeusement, comme c'est gentil d'appeler! je viens juste de me trancher le doigt en voulant me couper des rondelles de saucisson pour le dîner.

« – Je suis vraiment désolée Eric, je ne sais pas quoi te dire, moi, essaie de le mettre sous l'eau froide!

« – Quoi donc, Maggie? Mon doigt ou le saucisson?

« – Eric, je t'en prie, chuchotai-je dans le combiné, je ne peux pas discuter maintenant, je suis navrée, je te l'ai dit.

« – Très bien, très bien, madame l'assistante-à-cent-vingt-cinq-dollars-par-semaine-plus-les-primes est navrée! Dites-moi, madame l'assistante, vous croyez peut-être que ça vous suffirait pour vivre? "

« Fini le ton sarcastique et voilé! A présent, il hurlait dans l'appareil de toute la force de ses poumons.

« " Au fait, madame l'assistante, qui est censée s'occuper de moi pendant que tu t'occupes des pauvres, des malades et des déshérités pour cette saloperie de journal télévisé? "

« Chris arpentait le bureau exigu où nous nous trouvions en ronchonnant à mi-voix. C'était maintenant ou jamais.

« " Qui? Tu me le demandes, Eric? Mais ta mère, voyons! Voilà qui! " Là-dessus, je raccrochai si violemment que le cendrier fit un bond et répandit des mégots sur toute la moquette grise déjà passablement tachée.

« " Mesdames, mesdemoiselles, messieurs, bonsoir, commenta Chris en s'adressant à son gobelet à présent vide de café. Ce que vous venez de voir, c'est un mariage, un de plus, qui mord la poussière et cela en direct, comme si vous y étiez, c'est une exclusivité, un scoop d'ABN! "

« Une fois assise dans une gargote mal éclairée située non loin des studios d'ABN, boui-boui que Grayson avait dépeint tout à l'heure comme un " chouette bistro avec un bon cuisinier ", j'eus beaucoup de mal à avaler mon double cheese burger. Grayson n'arrêtait pas de me toucher le visage tout en parlant.

« " Voici ce qui s'est passé. Nous avons fait appel à des experts en communication qui ont mis au point un plan infaillible pour améliorer nos scores d'audience et satisfaire les goûts de la nouvelle génération. " Ici, pause pour engloutir un double Martini. " Or, il se trouve que ce que les téléspectateurs souhaitent ou croient souhaiter c'est une femme reporter. Ceci s'expliquerait par la révolution féministe qui prend de l'ampleur dans tout le pays. Vous me suivez jusque-là ? " J'étais tellement occupée à essayer de déglutir que je ne pus qu'opiner.

« " Parfait, s'écria-t-il en me tapotant le genou. Ce qui signifie qu'ABN va être obligé d'engager une femme. Parce que nous voulons toujours avoir plusieurs longueurs d'avance sur les chaînes concurrentes et satisfaire en les anticipant les goûts de la nouvelle génération, nous avons décidé de faire quelque chose de vraiment extraordinaire. " Nouvelle pause pour me toucher le nez, cette fois. " Vous avez des yeux couleur d'émeraude, Maggie, on vous l'a déjà dit ?

« — Non, répondis-je, une expression d'intérêt passionné figée sur le visage depuis un moment. Continuez, Grayson, c'est fascinant.

« — Nous avons donc décidé de faire quelque chose d'extraordinaire, poursuivit-il. Nous avons décidé d'engager une femme pour couvrir les faits divers – finie la défense des consommateurs, la convivialité dans le New Jersey, la météo, bref tout ce qui est habituellement confié aux femmes! Non, ABN a décidé de sauter le pas, de faire fort et de mettre une femme là où il n'y en a jamais eu : de la faire aller dans les taudis, dans les bouges, chez les dealers, dans les commissariats avec les gros bonnets de la mafia, les tueurs, les violeurs, bref, de la mettre dans un environnement très spécial, celui que nos téléspectateurs adorent. ABN tient à être la première chaîne à sortir la femme de la cuisine et du supermarché, à lui retirer les hautes et les basses pressions et la pantomime devant la carte météo. Elle lui interdit la cuisson du quatre-quarts et l'art d'accommoder le ris de veau. ABN la plonge dans un milieu pouilleux-dégueulasse, dans des bouges sordides où il faudra qu'elle fasse preuve de cran, d'ingéniosité et d'un vrai talent de journaliste. " Sourire. "Mais puisqu'il s'agit de télévision, il faut qu'elle soit belle, qu'elle soit appétissante, sinon, ça ne marchera pas. Vrai ou faux ?

« – Vrai, parvins-je à articuler, encore épuisée par mon voyage dans les bouges sordides et les taudis pouilleux-dégueulasses.

« – Et comme je vous observe depuis plusieurs mois maintenant, non, en fait, ça fait même plus longtemps que ça que je vous ai remarquée... Vous êtes très jolie, Maggie. Or à ABN, il n'y a que deux filles qui sachent à peu près ce qui peut ou ce qui ne peut pas passer à la télé. Malheureusement comme votre collègue, elle, *passe* le plus clair de son temps à distribuer des tracts féministes, elle ne sait pas ce que c'est que le travail d'équipe. Elle est incapable de jouer le jeu. Je suis clair ?

« – Très clair.

« – Ma position sur les femmes est très simple, dit-il en faisant signe au garçon de renouveler les consommations – son troisième double Martini, mon second Coca basses calories (je n'avais pas d'excuse). Je suis pour l'égalité en ce qui concerne les droits fondamentaux. "

« Je me gardai de lui demander si ces droits fondamentaux se limitaient à respirer, manger et dormir.

« " Autrement dit, je crois qu'il ne faut pas encourager les femmes à occuper la place des hommes. Ce sont eux qui sont faits pour subvenir aux besoins, qui sont chargés de nourrir la famille. Confier ce rôle à une femme, c'est trop injuste. Non seulement elle gagnerait son bifteck mais en plus, il faudrait qu'elle le fasse cuire! C'est contre nature. Mais c'est toujours la même histoire : que peut la majorité silencieuse contre une poignée de pauvres frustrées qui ruent dans les brancards ? Tout ce dont elles ont besoin, c'est d'un bon mari pour être heureuses. Je dois reconnaître malheureusement que c'est grâce à nous – les médias – que ces excitées peuvent se faire entendre, mais c'est comme ça. ".

« Quand il se tut, Grayson avait pratiquement sifflé son troisième double Martini et posé sa main au bord de ma jupe.

« " Non, la vérité, la voici, reprit-il en se penchant vers moi avec des airs de conspirateur. C'est que les femmes sont très heureuses comme elles sont : chouchoutées, adorées, chéries en tant que bonnes épouses et mères pleines d'affection. Ce sont elles qui forment l'épine dorsale de ce grand pays. Mais il faut savoir jouer le jeu, autrement dit augmenter l'audience. Et à ABN, quand on doit faire quelque chose, on le fait, ce qui nous ramène directement à vous, Maggie. " Grand sourire qui est très loin de se communiquer à ses yeux.

« " Ça vous dirait d'essayer ce rôle de reporter chargée des faits divers ? Vous semblez remplir toutes les conditions dont nous avons parlé. " Il s'interrompit, pris d'une crise de hoquet. Au bout du compte, c'était toujours la même histoire : ça se réduisait à savoir taper à la machine et à faire le tapin. La machine vous valait de franchir la porte, le tapin vous propulsait jusqu'au studio. Et tandis que Grayson dissertait sur les mâles chargés de subvenir aux besoins et sur les mères méritantes, sur les courbes d'audience et sur le mouvement féministe, moi je l'imaginais renversé par une voiture, un filet de sang à la bouche, ses yeux de poisson froid devenus vitreux et fixes. Parce que si je n'avais pas fantasmé, j'aurais été obligée de regarder en face la dure et sinistre vérité telle qu'elle m'apparaissait dans ce " chouette bistro avec un bon cuisinier ".

« " Qu'est-ce que vous diriez de jeter un coup d'œil aux nouveaux locaux de la direction d'ABN, hein, Maggie-les-yeux-verts ? proposa Grayson, la main déjà posée sur mes reins tandis qu'il me pilotait hors de son chouette bistro.

« – Ça me plairait beaucoup ", mentis-je. Et je le suivis en me demandant ce qui allait se passer. En traversant la Neuvième Avenue, je cherchai désespérément une voiture susceptible de lui passer sur le corps. Je n'en vis point.

« Les locaux destinés à protéger le repos de la haute direction d'ABN ressemblaient davantage à un club de chasse réservé à l'aristocratie britannique qu'à un lieu de rendez-vous pour cadres supérieurs. Le salon s'agrémentait d'une épaisse moquette verte sur laquelle on avait méticuleusement disposé des meubles anciens, tous d'origine anglaise, chacun luisant de patine compassée. Génération après génération, ils avaient orné des salons ennuyeux et ternes. Les tableaux accrochés aux murs vert pâle représentaient diverses scènes de chasse – chevaux et cavaliers franchissant des haies soignées comme des moustaches, épagneuls et braques tirant sur leur laisse, langues pendantes, à la poursuite de petits lapins sans défense. Au milieu de la pièce trônait, complètement incongru, un bar moderne en Formica noir et or derrière lequel Grayson Daniel officiait, tout à fait à son aise, secouant vigoureusement une boisson rose et moussante au fond de laquelle valsaient des cerises. Quand il eut ajouté systématiquement un peu de toutes les bouteilles qui se trouvaient à sa portée, il eut l'air satisfait, leva son verre et lança d'une voix pâteuse : " Vive l'Amérique libre et à bas les cocos ! " Quand il le leva une seconde fois, il était déjà assis à côté de moi et me mordillait l'oreille. " A ma spécialiste du crime, à ma nouvelle reporter ! Si on tirait un petit coup ? "

« Le papier peint de la chambre à coucher reproduisait dans son intégralité le discours prononcé par Lincoln en 1863 sur le champ de bataille de Gettysburg, à l'occasion de l'inauguration solennelle d'un cimetière militaire. Quelque part entre deux paragraphes, Grayson s'efforçait de se débarrasser de ses vêtements. Moi, je gisais dans une pose alanguie sur des draps bleu, blanc, rouge, décidée à écarter tout sentiment de culpabilité. Pas question qu'un remords de conscience m'empêche de saisir la chance qui s'offrait à moi : celle de faire ce dont j'avais toujours rêvé. Tout à coup, sans prévenir, Grayson se dirigea vers moi en zigzaguant, son caleçon roulé en boule coincé sous le bras. " Droit au but ! " cria-t-il en plongeant sur le lit. Il s'installa sur moi et se mit à me tâter les seins. Il m'érafla le téton gauche avec sa grosse chevalière en murmurant des choses que je ne saisissais pas. Je crus comprendre : " Sens comme je suis dur. "

« Docilement, j'obtempérai et glissai ma main entre ses cuisses. Rien. Je me dis que j'avais probablement mal entendu, mais de nouveau, il répéta : " Sens comme je suis dur ! " J'avais sans doute cherché où il ne fallait pas. Je poussai mon investigation un peu plus à droite, je me hasardai un peu plus à gauche. Rien décidément qui ressemble à quelque chose de dur. Mais je me gardai de lui faire remarquer qu'il s'était trompé. " Erreur, Grayson, aurais-je pu lui dire, ce n'est pas dur, c'est si gluant et si mou que j'ai du mal à l'attraper. " Il était déjà en train de baver sur ma bouche, sa façon à lui de rouler un patin sans doute. Circonstance atténuante, du moins je l'espérais pour lui, il était complètement saoul, ce qui expliquait probablement la flaccidité de son organe. " Vas-y, à toi ! bredouilla-t-il. A toi de jouer ! "

« Grayson n'alla pas plus loin et je n'eus pas besoin de lui faire une démonstration de mes talents ludiques car il sombra brutalement dans l'inconscience. Le front moite, le visage en sueur, je réalisai qu'il n'y avait eu ni pénétration ni intromission. Maggie Sommers avait eu beau jouer le jeu, elle demeurait techniquement monogame, elle n'avait pas même vraiment trompé son époux. Tout en ramassant mes vêtements, je me demandais si Grayson se rendrait compte qu'on n'avait rien fait. C'était la seule pensée qui m'inquiétait un peu. Je m'habillai à la hâte et courus trouver un taxi. J'espérais que Grayson s'imaginerait qu'il m'avait eue. Durant le trajet je me dis que s'il pouvait le croire, il pouvait également se rappeler que, dans l'état où il était, il ne s'était pas montré très brillant. En pénétrant dans notre appartement, je découvris que, s'il y avait bien une chose qui ne m'avait pas tourmentée, c'était ce qu'Eric Ornstein avait pu penser en ne me voyant pas rentrée à 2 heures du matin.

« Le lendemain, je fus convoquée dans le bureau de Grayson Daniel dans la grande tour qui abrite le siège social et les studios d'ABN. Il m'accueillit sur le seuil en me serrant contre lui avec un clin d'œil complice. "Voilà la reporter la plus sexy de toute la télévision !

« – Oh, Grayson, m'écriai-je en lui passant mes bras autour du cou, vous parlez sincèrement ?

« – Audition demain matin dans le studio ", répondit-il doucement.

« Je mentirai si je prétendais que j'accueillis cette nouvelle sans sourciller.

« "Vous feriez bien de vous trouver un agent, Sexy Maggie. "

« S'il fallait savoir taper pour passer la porte, tapiner pour entrer dans le studio, mieux valait se trouver un agent comme Quincy Reynolds si l'on voulait être sûre de décrocher un contrat qui vous garantisse que, désormais, on n'aurait plus jamais ni à taper ni à tapiner.

« " Ils ne se sont même pas inquiétés de savoir si j'étais une bonne journaliste ! " dis-je à Quincy le lendemain matin dans la cabine de maquillage.

« Quincy me regarda comme si j'avais perdu l'esprit.

« " Qu'est-ce que tu racontes ? Tu n'es pas journaliste !

« – Alors, c'est comme ça que ça marche à la télévision ? demandai-je en renversant la tête en arrière pour que le maquilleur puisse me faire les cils et les paupières.

« – C'est comme ça, un point c'est tout. Parfois, du moins. Mais rira bien qui rira le dernier.

« – Comment ça ? dis-je, m'efforçant de ne pas ciller.

« – Quand tu seras très connue et quand tu gagneras beaucoup d'argent, tout le monde sera persuadé que tu es née avec un micro à la main.

« – Et s'ils ne me trouvent pas bonne ?

« – On essaiera une autre chaîne. Ne t'inquiète pas. »

« Avec un geste théâtral, Quincy s'enveloppa dans son châle vert et sortit de la cabine. " Je serai au-dessus de toi, dans la cabine de contrôle. Bonne chance, Maggie. Tu vas faire des étincelles ! "

« Dans le studio, les trois caméras étaient dirigées vers moi. On m'avait dit de ne regarder que celle qui avait un voyant rouge allumé. Quelqu'un m'avait accroché un petit micro au revers de mon chemisier de soie blanche avec un col bouffant et quelqu'un d'autre m'en avait accroché un second derrière l'oreille. Le chef de plateau me fit signe.

« " Prête, Maggie ? Je compte à rebours : dix, neuf, huit... "

« Lorsqu'il arriva à zéro, j'entendis la voix de Grayson qui s'adressait à moi de la cabine de contrôle par l'intermédiaire du micro. " Vas-y, Maggie ! A toi de jouer ! " Et je fus prise d'un tel fou rire qu'on dut tout recommencer.

« Je lus le texte qu'on m'avait donné. Je commençai lentement. Il s'agissait d'un incendie qui s'était produit à Manhattan. Un homme avait réussi à se réfugier sur le rebord d'une fenêtre avant de sauter dans un filet tendu par les pompiers sous les acclamations des badauds et au grand soulagement de ses sauveteurs. En fait, il me fallut bien relire mon texte cinq fois avant de sourire au bon moment. Quand je disais : " Grâce au ciel, Angelo Tarluzzi est sain et sauf " et non quand " l'incendie faisait rage. "

« Lorsque tout fut terminé, Grayson, Quincy et Chris descendirent de la cabine de contrôle.

« " Bravo, Maggie ! s'écria Quincy en me serrant dans ses bras.

« – C'est du bon boulot, fit Chris. Chapeau !

« – Parfait, Maggie, commenta Grayson. Vous êtes épatante.

« – Merci, Angelo Tarluzzi, merci au corps des sapeurs-pompiers de la ville de New York ", fut la seule réponse qui me vint à l'esprit. »

Au-dessous de chez moi, la rue a retrouvé son calme à présent. Les restaurants ont fermé et les voitures ne klaxonnent plus. De la pizza que nous avons commandée, il y a quelques heures, il ne reste plus rien que des bouts de fromage qui ont séché sur le papier sulfurisé taché de graisse. Quincy est assise par terre, la tête appuyée au canapé, Dan s'est étendu de tout son long, la tête sur le giron de Quincy. Nous avons bavardé pendant des heures, nous rappelant toutes sortes de petits événements qui nous amusent beaucoup maintenant, mais qui nous paraissaient très graves quand ils se sont produits – il y a si longtemps! Et tandis que je retrouve peu à peu mon passé, l'avenir m'apparaît incertain. Quant au présent, je ne sais trop qu'en penser.

« On dirait que tout ça s'est passé il y a cent ans, constate Quincy en s'étirant.

– Moi, j'ai l'impression de ne pas avoir dormi depuis cent ans, déclare Dan en se relevant. Je suis vanné! »

Je sens la panique m'envahir à l'idée que je vais me retrouver seule cette nuit.

« Ne pars pas. Reste avec moi, dis-je.

– Il faut que j'aille donner à manger à mes chats, répond Quincy. A moins que tu t'en charges, ajoute-t-elle à l'adresse de Dan.

– Je nourrirai les chats. Je te confie ma femme. Tâchez de dormir un peu, vous deux, au moins!

– Je vais m'étendre sur le canapé et Quincy pourra dormir sur l'autre divan. On s'arrangera très bien. »

Quincy acquiesce et embrasse Dan.

« Merci, mon cœur. A demain matin, c'est-à-dire dans quelques heures puisqu'il est déjà 4 heures du matin. »

Dan parti, je vais chercher des coussins et des couvertures dans ma chambre. Et nous nous installons confortablement dans le salon.

« C'est tout de même curieux, dis-je, quand tout a commencé à bien marcher pour moi à ABN, ma vie privée s'est complètement écroulée.

– A partir de ce moment-là, tu as eu d'autres possibilités, tu avais moins peur. Je me souviens de toi quand je t'ai rencontrée. Tu as été malheureuse dès le premier jour de ton mariage. »

La veille du jour de l'an, en 1974. J'étais chargée des faits divers depuis deux ans. Je passais mes journées à grimper des escaliers dans des taudis infestés de rats pour interviewer des victimes d'agression, de vol ou de viol. Je me frayais un chemin dans des rues encombrées d'ordures et de détritus pour aller dialoguer avec les représentants d'une génération perdue : des jeunes dont les bras zébrés de piqûres disaient la bataille perdue contre la drogue et qui me regardaient comme une bête curieuse. Parfois, je ne pouvais faire autre chose que de pleurer avec les mères qui vivaient dans les ghettos et leurs enfants qui crevaient de faim. Ces enfants que les médias exploitaient (que j'exploitais, moi aussi) pour illustrer les horreurs du système, pour donner aux faits une allure sensationnelle, pour accrocher le public, pour le fidéliser et lui faire regarder le reste du journal. Il m'arrivait d'être furieuse quand la caméra s'approchait pour prendre en gros plan Maggie Sommers tenant la main d'une fille de treize ans qui s'était fait violer, tandis que la victime expliquait la honte qu'elle ressentait et le choc que lui avait causé cette agression. « Vas-y, tu la serres de près, disait mon réalisateur au cameraman, profil gauche ! » Et l'on voyait Maggie Sommers assise sur le plancher sale d'un minuscule appartement écoutant la même fille raconter qu'elle se faisait souvent battre par son père qui abusait d'elle ensuite. Si je ne savais trop qui il fallait blâmer pour toute cette misère, quand je voyais la caméra et les projecteurs je me sentais coupable. Et d'autant plus coupable lorsque je m'aperçus que toutes ces victimes désiraient participer au « spectacle » avec la même force que les spectateurs voulaient le regarder. Il leur fallait communiquer. Ils souhaitaient qu'on vienne et qu'on voie comment c'était. Ils criaient au secours. Grayson ne s'était pas trompé : ces histoires sordides racontées-vécues par une femme satisfaisaient tout le monde : elles offraient un subtil mélange de souffrance et de sexe. Mais il se passait quelque chose en moi, quelque chose qui m'éloignait de ma vie personnelle. Je ne ressentais plus d'émotion que pour eux. Tout ce qui me concernait moi m'était devenu étranger. Ce qui, il faut bien le dire, me rendait la vie plus facile.

Chris Sprig avait tenu la promesse qu'il m'avait faite quatre ans plus tôt. Il continuait à m'apprendre tout ce qu'il fallait savoir sur ce « sale boulot ». Je ne devais jamais hocher la tête avec l'air de comprendre ce que les gens que j'interviewais me disaient. Au

contraire, prendre l'air constamment perplexe les obligeait à raconter
leurs histoires plusieurs fois. « Les gens adorent parler, me répétait
Chris, plus tu les laisses causer, plus tu en apprends. Laisse-les dire,
Mag. Et toi, contente-toi de prendre ton air adorablement intrigué. »

Côté carrière, c'était bien parti. Côté mariage, c'était une autre
affaire. Ce jour de la Saint-Sylvestre de 1974, Eric et moi étions
attendus au réveillon de nouvel an chez les Sommers, grande
cérémonie rituelle à laquelle étaient conviés Harry et Mildred
Ornstein ainsi que Cara et Steven Blattsberg. Eric s'efforçait de
nouer son nœud papillon noir sur sa chemise blanche à plastron.
J'étais assise devant ma coiffeuse, redoutant par avance la soirée qui
s'annonçait.

Eric refusait d'entendre parler de ce que je faisais de mes journées.
Lorsqu'il arrivait que les gens me reconnaissent au restaurant ou
dans la rue parce que mon visage avait fini par faire partie de leur
paysage familier, Eric se chargeait de régler la situation : « Vous ne
vous en êtes peut-être pas aperçus mais nous sommes en train de
dîner, ça vous ennuierait de nous laisser ? » Ou bien : « Auriez-vous
l'obligeance de nous laisser traverser ? Nous payons, nous aussi, nos
impôts comme tout le monde. »

Chez les Ornstein, il existait une règle tacite : Maggie ne devait en
aucun cas, selon l'expression d'Eric, « trimbaler avec elle les rues de
New York pour les amener à la maison ». Mais il était une règle qui
avait des conséquences plus graves. Selon les directives d'Eric,
Maggie Sommers avait fait virer depuis quatre ans l'intégralité de
son salaire sur le compte de son mari. Maggie s'était vu attribuer une
certaine somme par mois, censée couvrir ses déjeuners, ses menus
frais et autres dépenses, le tout n'excédant pas vingt-cinq dollars par
semaine à condition d'apporter des factures justificatives. « Il est
capital de pouvoir en déduire une partie de nos impôts. Tu
comprends, nous sommes deux à payer les indemnités de chômage »,
aimait à répéter Eric.

Cette façon de procéder et de répartir les revenus était profondément injuste, mais je n'étais pas encore prête à la remettre en cause et
quand je le fus, c'était trop tard.

« Maggie, dépêche-toi, on va être en retard ! » Eric arpentait la
chambre, cambrant la plante de ses pieds et recroquevillant ses orteils
à chaque pas pour essayer d'assouplir le cuir de ses chaussures noires
toutes neuves.

« Si c'est pas malheureux! marmonna-t-il en s'asseyant dans le fauteuil coquille d'œuf.

– Quoi donc? demandai-je en cherchant ma robe dans le placard.

– Avec les jambes que tu as et la tête que j'ai, on pourrait faire des gosses formidables! »

Je fis demi-tour et lui décochai un large sourire.

« Et de bonnes dents, Eric! Tu oublies les dents! Je n'ai jamais porté d'appareil. J'ai calculé que ça nous économiserait environ trois mille dollars par enfant. Imagine qu'on ait trois gosses comme Cara ça nous ferait neuf mille dollars en moins à payer! »

Ce soir-là, je m'étais juré de ne pas réagir à ce qu'Eric dirait ou ferait, à tout ce qui d'ordinaire me vexait ou me mettait en rage. A la seule pensée de la soirée qui m'attendait, j'avais déjà mal à la tête : une soirée entière! Culpabilité en hors-d'œuvre, critiques tous azimuts en plat de résistance, douloureux souvenirs d'enfance servis à volonté. Chaque fois que je mettais les pieds chez eux, je le regrettais.

J'enfilai ma robe-fourreau en jersey qui avait déjà servi lors de plusieurs réjouissances familiales ces dernières années, entre autres pour le dixième anniversaire de mariage de Cara et de Steven, il y avait de ça quinze jours. Ce soir-là, Steven avait dû jouer les praticiens sur Mildred qui s'était étouffée avec une boulette de viande avalée de travers. Eric était resté figé sur place, hurlant : « Avale, maman! Montre-nous comme tu sais bien avaler. » Par la suite, il prétendit que l'incident lui avait fait prendre conscience du fait que lui aussi, un jour, il devrait y passer.

« C'est la robe que tu portais quand maman a failli s'étouffer. Mets-en une autre, celle-là me donne des angoisses. »

Avec un sourire, je me dirigeai vers la penderie et choisis une autre tenue, un ensemble pantalon en soie beige qui n'avait vu s'étouffer personne.

« Mets la broche que maman t'a donnée, Maggie. »

En femme obéissante, je sortis ladite broche du coffret à bijoux : une grenouille en or qui ressemble vaguement à Mildred, exception faite des yeux qui sont en émeraude. Mildred a les yeux bruns.

« De l'autre côté, voyons. »

Sans rien dire, j'accroche la grenouille à gauche.

« Ce soir, tu devrais porter les cheveux longs. »

J'acquiesce. J'enlève mes épingles et mes cheveux retombent sur mes épaules.

« Et tu devrais mettre un peu plus de rouge à lèvres. »

Je me rassois devant la coiffeuse et je me remets du rouge, je presse fortement mes lèvres et j'essuie un peu avec un Kleenex. Ce soir-là, je n'aurais pratiquement rien refusé à Eric, si ce n'est de ne pas me servir de mon diaphragme qui repose dans sa boîte en plastique rose sur son lit de poudre.

« Il va y avoir de grands changements ici au cours de l'année qui vient, annonça brusquement Eric. Et des changements que tu n'apprécieras sans doute pas beaucoup.

— Quel genre de changements ? demandai-je en me brossant les cheveux.

— Entre autres, j'ai décidé de ne plus sacrifier mon bonheur à tes caprices.

— Quels caprices ? » J'étais toujours décidée à ne pas m'emballer, à ne pas laisser dégénérer cette discussion en scène de ménage.

« Ta carrière par exemple. Au cours de l'année qui vient, j'entends bien ne plus me laisser humilier à cause de toi quand mon père me demande si un jour enfin nous aurons des enfants.

— Tu n'as qu'à lui dire que ça ne le regarde pas.

— Ça le regarde autant que nous !

— Eh bien, tu n'as qu'à le charger de nous faire un enfant. »

Et voilà ! Toutes mes bonnes intentions avaient soudain disparu !

« Si c'est comme ça, je n'y vais pas ! » hurla Eric, arrachant son nœud papillon et jetant sa veste par terre. « Je refuse d'y aller pour me laisser humilier une fois de plus ! A moins que tu ne me fasses une promesse solennelle. »

De toutes mes forces j'abattis la brosse à cheveux sur le dessus de la coiffeuse, y creusant une entaille. Cette fois, je hurlai : « Je ne t'intéresse pas ! Rien de ce que je fais ne t'intéresse ! Tout ce que tu veux, c'est un enfant. Or, il se trouve que pour le faire, je te suis indispensable.

— Ah ! Quand même, tu as fini par le comprendre. Alors, si tu le sais, pourquoi est-ce que tu prends un malin plaisir à me contrarier tout le temps ?

— Parce que je ne veux pas d'enfant maintenant. »

Eric s'approcha de moi, se pencha et me regarda dans les yeux. Sans doute parce qu'à cette époque-là je demandai si peu à la vie, je répondis aussitôt à sa requête.

« J'ai besoin de toi. »

Les mots magiques. Ça aurait pu être pire.

Eric se mit à me caresser, oubliant que nous avions déjà une heure de retard. Pour la première fois depuis très longtemps, je me sentais vraiment réceptive. J'avais envie qu'il me pénètre, qu'il me fasse l'amour et je le lui dis.

Mais soudain sans prévenir, il m'empoigna brutalement la tête et l'abaissa entre ses jambes.

« Prends-la dans ta bouche, Maggie. Dans ta bouche. »

J'étais à genoux entre les jambes d'Eric et ma langue frétillait sur la tête cramoisie de son appendice parcouru de soubresauts. De nouveau, l'incantation : « Prends-la dans ta bouche, Maggie! Dans ta bouche! »

J'inspirai profondément avant de l'insérer dans ma bouche sur environ un quart de sa longueur. Je faisais de gros bruits de succion en la tétant, ne reprenant ma respiration que pour en faire coulisser davantage.

« Non, Maggie. Pas comme ça! Fais attention! Tes dents! »

J'ouvris la bouche un peu plus grand et j'en avalai encore un ou deux centimètres – je devais bien être au tiers – je m'efforçais de la tenir fermement entre mes joues, prenant bien garde de ne pas l'effleurer avec mes prémolaires.

« Non, Maggie », répéta Eric. Il me serra étroitement la tête dans ses mains « Comme ça! » Il me guida la tête de haut en bas jusqu'au moment où j'eus un haut-le-cœur : le haut de son outil me grattait l'arrière-gorge. Je devais avoir dépassé les trois quarts et je progressais encore. Je suffoquai tandis qu'Eric gémissait, soupirait, râlait et que ses mains faisaient monter et descendre ma tête à un rythme précipité. Soudain, je sentis une explosion liquide à l'intérieur de ma bouche. D'un furieux coup de nuque, je me libérais de l'emprise d'Eric. Je fis surface, échappant à ces flots qui m'envahissaient et m'étouffaient. Je haletai, cherchant ma respiration, noyée dans le sperme d'Eric Ornstein quand je me dis tout à coup que ça aurait pu être bien pire. Mon diaphragme était toujours dans sa petite boîte de plastique rose sur son lit de poudre. Bonne et heureuse année!

5

Quincy dort encore profondément sur le divan du salon, emmi-touflée dans sa couverture, quand les camions à ordures font entendre leur vacarme matinal sous mes fenêtres. Sur la pointe des pieds, je vais dans ma chambre et me glisse dans les draps glacés. Il est 10 heures lorsqu'un bruit me réveille de nouveau, cette fois de la douche.

« C'est toi ? dis-je en frappant à la porte.

— Qui crois-tu que ça peut être ?

— J'ai beaucoup réfléchi, Quincy.

— Est-ce à dire que tu as changé d'avis pour la nouvelle émission ? demande-t-elle en fermant le robinet.

— Je crois que j'ai changé d'avis sur beaucoup de choses. »

Quincy apparaît sur le seuil de la salle de bains. Elle a enfilé à la hâte un peignoir qui paraît immense sur son corps tout menu.

« Sur quoi, par exemple ?

— Je ne veux plus être à la merci des producteurs, des réalisateurs ou des auteurs. C'est fini, j'en ai assez.

— Aussi longtemps que tu travailleras, répond Quincy, tu seras à la merci de quelqu'un.

— Pas quand on possède sa propre affaire, dis-je versant un paquet de café dans le moulin.

— Je suis à la merci de mes clients, s'exclame Quincy en riant. De même que les directeurs de chaîne avec qui j'ai affaire. Ça me paraît difficile à éviter.

— Si je te comprends bien, on a beau en faire toujours plus, ça ne change rien à rien.

– Ce n'est pas vrai. Tu as beaucoup changé depuis que tu as commencé. Je me souviens encore du jour où tu as fait un reportage sur l'enterrement d'un policier. Ce jour-là, tu as bien failli te faire virer, tu te souviens ? A cette époque, effectivement, tu étais à la merci du premier producteur venu ! »

Quincy a raison. Ma situation professionnelle a considérablement évolué depuis le jour où, sur la Cinquième Avenue, je suivais pour la télévision le convoi funèbre d'un jeune policier. Mais tout compte fait, ce reportage n'a pas eu une grosse incidence sur ma carrière. Si je m'en souviens c'est surtout parce que, ce jour-là, j'ai rencontré l'inspecteur de première classe Brian Flaherty, une rencontre qui a bouleversé mon existence.

La Cinquième Avenue avait été interdite à la circulation. Un cordon de police maintenait à distance la foule de curieux qui s'était massée de chaque côté de la grande artère. Un groupe de personnalités parmi lesquelles figuraient le maire, le chef de la police, plusieurs députés et quelques hauts dignitaires de la police, médailles et décorations étincelant sur leurs uniformes bleus, se tenait sur le parvis de la cathédrale Saint-Patrick. Le cardinal de New York était au centre du groupe, tenant d'une main sa barrette rouge, tandis que le vent glacé de novembre s'engouffrait dans les plis de sa soutane pourpre. On avait installé des caméras et des micros devant l'église et les marches étaient encombrées de câbles noirs. Reporters et techniciens se rassemblaient par affinités ou faisaient les cent pas en attendant l'événement médiatique. Les autorités municipales avaient choisi de faire de ces funérailles une cérémonie exemplaire, afin de bien montrer que ces assassinats de policiers devaient cesser coûte que coûte. Le meurtre d'un membre de la police en tenue, froidement abattu alors qu'il était en service, avait suffi pour que la presse new-yorkaise se lance dans une grande campagne contre la pègre et le grand banditisme. Pourtant (cela n'ôtait rien à son mérite), Richard Steven Tomaski n'était pas tout à fait tombé en service. Disons qu'il s'était trouvé au mauvais endroit, au mauvais moment. En outre, il avait commis deux erreurs qui lui furent fatales. Il avait gardé son uniforme pour aller boire une bière au Silver Star Tavern, à Brooklyn : à deux pas de son appartement. Et il avait fait mine de dégainer son revolver quand deux jeunes gens de dix-sept ans avaient fait irruption dans l'établissement pour braquer le patron. Cette seconde erreur ne pardonna pas. Bien avant d'avoir pu mettre la main sur son arme, Tomaski s'était effondré sur le plancher. Quelques heures plus tard, après l'autopsie, on apprit qu'il avait été touché au torse, à l'aine et à la cuisse gauche. Le visage de Tomaski avait conservé dans la mort l'expression étonnée qu'il avait dû avoir en tombant – un visage qui ne vieillirait jamais au-delà de vingt-cinq ans.

Mon équipe se rapprocha du trottoir; mon cameraman suivit, caméra à l'épaule. Le réalisateur se dévissait le cou pour voir arriver les deux motards qui précédaient trois limousines noires. Derrière venait le fourgon mortuaire chargé de fleurs. Brusquement toutes les équipes de télé se précipitèrent en avant pour pouvoir filmer les six policiers en grande tenue qui devaient porter le cercueil à l'intérieur de la cathédrale. Le fourgon venait de s'immobiliser. Je pris soudain la décision de contourner la foule par la gauche pour parvenir devant la limousine noire dans laquelle je pensais trouver la veuve de Richard Steven Tomaski. Plusieurs secondes s'écoulèrent avant que ne s'ouvre la portière arrière gauche de la voiture. Puis une femme pâle et blonde en descendit, soutenue par un officiel. Elle resta immobile sur le trottoir, semblant attendre. Enfin la portière avant droite s'ouvrit. Un homme sortit de la limousine et lui tendit l'enfant qu'il tenait dans ses bras. Je m'approchai de cette femme accablée de chagrin, micro discrètement pendu au côté. « Madame Tomaski, je suis sincèrement navrée de ce qui est arrivé à votre mari. »

Chris Sprig m'avait appris que la meilleure façon d'obtenir une interview dans les moments délicats, c'était d'aborder franchement le problème et de le prendre, comme il disait, « par les sentiments ». C'est ainsi que j'approchai Mme veuve Tomaski, en allant droit au but. S'il s'était agi d'interviewer un forcené qui, après avoir tiré au hasard sur la foule, s'était fait « neutraliser » par un tireur d'élite de la police et baignait dans une mare de sang, j'aurais engagé la conversation en lui disant : « Moi aussi j'ai horreur de la foule, je ne supporte pas les tables de plus de trois personnes. » Si j'avais eu à interviewer un chauffard dans un commissariat, j'aurais pu l'aborder en lui disant : « Ça alors, quelle coïncidence! J'ai eu le même problème de freins avec ma Honda. » Chris avait toujours prétendu que Maggie avait trop tendance à se sentir personnellement concernée par ce qu'elle voyait. Dans le cas de Rita Tomaski, l'opinion de Chris se vérifiait. Maggie Sommers n'avait pas à se forcer pour se sentir concernée par la situation. Cette histoire la touchait particulièrement parce que l'héroïne en était une victime et que les victimes avaient toujours été la spécialité de Maggie.

« Madame Tomaski, répétai-je, je suis vraiment désolée. »

Elle me regarda d'un air soupçonneux mais ne répondit pas. Elle serra son bébé contre sa poitrine, protégeant de sa main fine le bonnet de coton rose du petit. Au moment où Rita empoigna de l'autre main un gros sac rempli de couches et de biberons, j'en profitai pour m'avancer. Momentanément désorientée, incapable de porter l'enfant et le sac, Rita hésita un instant; je coinçai mon micro sous mon bras et lui pris son enfant qui dormait tranquillement. Du coin de l'œil, j'aperçus Kelly Blake et Fred Foreman, mon cameraman et le réalisateur, qui se frayaient un chemin parmi la foule. Fred, le poing fermé, traçait en l'air de petits cercles près de sa tête pour faire signe à Kelly de s'approcher et de nous prendre en gros plan. Il sentait que Maggie Sommers était sur le point de faire pleurer six millions de spectateurs en même temps que la pauvre Rita Tomaski.

Le bébé remua à peine quand je me penchai pour reprendre mon micro. Il fit entendre un léger gazouillis quand je m'adressai à sa mère. «Madame Tomaski, je suis Maggie Sommers du journal d'ABN. Est-ce que vous pouvez m'accorder deux minutes d'entretien? » Une lueur d'affolement passa dans le regard de Rita : elle n'arrivait pas à comprendre comment cette étrangère pouvait tenir dans ses bras le seul souvenir vivant qu'elle eût de son mari. Son visage prit une expression désespérée. Elle était furieuse que cette étrangère soit une journaliste qui se débrouillait pour l'obliger à donner une interview. « Je ne veux pas vous parler. Je ne veux parler à personne! » s'écria-t-elle en avançant un bras pour reprendre son bébé. Mais je m'y attendais et je fis deux petits pas de côté en lui adressant un grand sourire.

« Je ne vous demande qu'une minute, madame Tomaski, dis-je rapidement. Le temps de vous poser quelques questions, c'est tout, je vous le promets. » Sous-entendu : « Vous m'accordez une minute de votre temps et je vous rends votre bébé. » Je savais d'avance quelle serait sa réaction : confisquer le bébé de cette pauvre femme accablée de douleur qui n'avait qu'une envie, entrer dans l'église et y prier pour le repos de l'âme de son mari, c'était aussi facile que de retirer le sucre d'orge de la bouche d'un enfant.

Rita ferma les yeux un instant et finit par acquiescer.

« D'accord, je veux bien vous parler. Mais une minute seulement. On m'attend dans l'église. »

Mentalement, j'avais déjà commencé mon compte à rebours. Je savais qu'à l'antenne l'interview ne pourrait pas dépasser la minute.

« Vous pensiez que ça finirait par arriver ?

— Non, répondit Rita calmement. J'essayais de ne pas y songer. Mais quand un collègue de mon mari se faisait tuer, j'avais peur. »

Les secondes défilent. Soyez brève, Rita, je vous en prie.

« Quelle a été votre première réaction en apprenant la mort de votre mari ? »

La bouche de la jeune femme se crispa en une expression de haine : elle me regardait fixement avec un profond dégoût. Allez Rita, plus que trente secondes ! C'est trop tard pour t'en prendre à moi : j'ai toujours ton bébé dans les bras !

« Qu'est-ce que vous croyez ?... J'ai eu envie d'en finir... J'arrivais pas à y croire. Quand je l'ai vu, j'ai voulu mourir aussi. » Elle se mit à pleurer doucement.

« Vous vous êtes rendue dans cette taverne où votre mari a trouvé la mort ? demandai-je en voyant que Fred se passait la main sur la gorge : signe qu'il fallait finir.

— Oui. On m'a fait venir, sanglota-t-elle. On lui donnait l'extrême onction quand je suis arrivée.

— Coupe, Maggie ! hurla Fred.

— Merci infiniment, madame Tomaski, merci de nous avoir fait partager votre émotion. »

Maggie Sommers avait tenu sa promesse : l'interview n'avait duré qu'un peu moins d'une minute. Maintenant, il fallait foncer ailleurs parce qu'il restait une séquence à tourner pour remplir les quatre minutes et demie. Je tendis son bébé à Rita Tomaski. Sans la regarder parce que je ne voulais pas qu'elle voie que Maggie Sommers avait, elle aussi, les larmes aux yeux. Rita ne saurait jamais que Maggie avait honte de l'avoir fait participer à cette mascarade. Mais Maggie avait également le couteau sous la gorge. On ne lui ferait pas de cadeau : si elle loupait son reportage, elle se ferait virer.

Je suivis Kelly et Fred qui traversaient la Cinquième Avenue pour faire un plan d'ensemble de la cathédrale Saint-Patrick, plan devant lequel Maggie Sommers devait figurer et qui terminerait la séquence. Debout au milieu de l'avenue déserte, alors que la prise était commencée, je refusai brusquement de lire le texte que quelqu'un avait écrit l'après-midi même au studio. Ce fut le moment que choisit Maggie Sommers pour faire sa crise de moralité après son interview totalement immorale. Voici ce que je devais lire :

« Aujourd'hui, on rend un dernier hommage à Richard Steven Tomaski avec une solennité toute particulière. Sa famille, ses amis ainsi que de nombreuses personnalités du monde politique ont tenu à venir honorer sa mémoire. Il règne ici une atmosphère à la fois émue et digne. Richard Steven Tomaski aurait été fier, il aurait sûrement souhaité que cela se passe de cette façon... »

C'est là que j'ai calé.

« Hé, là, minute! me suis-je écriée en m'approchant de la caméra. Qu'est-ce que ça veut dire : " Il aurait sûrement voulu que ça se passe de cette façon ? " Il n'aurait sûrement pas voulu que ça se passe comme ça! Ce qu'il aurait voulu, à mon avis, c'est être chez lui avec Rita et son gosse! Il aurait sûrement préféré finir sa bière ou même... » Je marquai un temps avant de poursuivre : « Ou bien il aurait même préféré être là en train d'honorer la mémoire de l'un de ses collègues dans une atmosphère à la fois émue et digne. S'il y a bien une chose qu'il n'aurait pas voulue, c'est que ça se passe ainsi!

– Bon Dieu, Maggie, dépêche-toi de lire ton texte! Allez, pas d'histoires! Kelly et moi, il faut qu'on aille encore dans le Bronx pour couvrir un incendie. J'ai la dalle, moi! Lis ton texte et basta!

– Je refuse de lire la fin. Pas question de dire : " Il aurait sûrement voulu que ça se passe de cette façon! " Sans moi, les gars! »

Je m'assis sur le trottoir, je posai le micro sur mes genoux et j'attendis.

Fred Foreman vint s'agenouiller devant moi.

« Maggie, si tu ne lis pas ce texte, si tu ne te décides pas tout de suite, je te promets que tu ne liras plus jamais rien nulle part. Je me fais bien comprendre? Allez, dépêche-toi. »

J'envisageai un instant la possibilité de refuser mais c'était plus pour me donner l'impression de ne pas céder trop vite. Je n'avais pas le choix. C'était aussi facile que de confisquer le bébé d'une pauvre femme accablée de chagrin. Menacer Maggie Sommers de se faire virer si elle n'obtempérait pas immédiatement, c'était la condamner à brève échéance à avoir un bébé dont elle ne voulait pas. Je me levai, repartis me planter au milieu de la chaussée déserte, empoignai mon micro et lus mon texte. Quand j'eus terminé, je m'apprêtai à traverser la Cinquième Avenue, mais je ne parvins pas de l'autre côté. Un gros câble noir qu'on avait disposé en travers de la chaussée me fit trébucher, perdre l'équilibre et plonger dans les bras d'un homme. J'essayai de me redresser et levai le nez, un peu confuse. Quelle ne fut pas ma surprise de voir que Paul Newman était venu assister aux obsèques de Richard Steven Tomaski! Tout en examinant mon sauveur, je me sentis rougir. C'était bien lui : cheveux blonds coupés court, yeux bleus superbes, bouche sensuelle, taille moyenne, épaules carrées. Pourtant, il y avait un hic. Le nez était différent, d'un dessin irrégulier. En fait on aurait dit qu'il avait reçu un sévère crochet du droit qui l'avait tordu du côté gauche. Or c'est exactement ce qui était arrivé à l'appendice nasal de l'inspecteur Brian Flaherty au cours d'une perquisition dans un appartement de trafiquants d'héroïne quelques années auparavant.

« Moi non plus, déclara-t-il en me prenant le bras, je ne crois pas que Tomaski aurait voulu que ça se passe de cette façon. »

Je ne lui répondis pas tout de suite. Pourtant, grâce à sa présence d'esprit, j'avais sûrement évité de me casser le nez moi aussi. Mais je venais de m'apercevoir que le talon d'une de mes chaussures était fichu.

« Ça, c'est le bouquet! m'écriai-je, en examinant les dégâts. J'ai gagné ma journée! »

Il me soutint efficacement tandis que je clopinais jusqu'aux marches de la cathédrale.

« Inspecteur Brian Flaherty. Je sais qui vous êtes. Ce qui m'étonne, c'est qu'on ne se soit pas rencontrés plus tôt.

– On ne vous a jamais dit que vous ressembliez à Paul Newman? » demandai-je, hypnotisée par ses incroyables yeux bleus. J'avais complètement oublié ma chaussure.

« Si, fit-il avec un petit sourire. Tout le monde me le dit. Excepté le nez, n'est-ce pas? »

Je mentis.

« Je n'avais pas remarqué, dis-je.

– Si je ressemble à Paul Newman, sauf pour ce qui est du nez, si vous ressemblez à Goldie Hawn avec des cheveux bruns et si nous

nous occupons tous les deux d'affaires criminelles, comment se fait-il que nous ne nous soyons pas déjà rencontrés?

– Je ne sais pas. De quel commissariat dépendez-vous? Vous vous occupez de quel genre d'affaires? Au fait, vous connaissiez Tomaski? »

Il éclata de rire et s'assit à côté de moi sur les marches.

« Mollo! Une question à la fois!

– Ex... excusez-moi, bafouillai-je.

– Y a pas de mal, fit-il en me tapotant la main. Je m'occupe des affaires criminelles au commissariat de la 23ᵉ. Non, je ne connaissais pas Tomaski.

– Vous vous occupez des meurtres? Quel genre de meurtres? »

Aucun doute, il me coupait tous mes moyens. Ou bien alors, privée de son micro, Maggie Sommers ne posait plus que des questions idiotes.

« Le genre de meurtre qui se solde en général par une mort d'homme.

– Désolée, bredouillai-je. Ce n'est pas ce que je voulais dire. »

De nouveau, il me tapota la main pour me rassurer et me dévisagea très sérieusement.

« En général, le week-end, je fais dans les crimes conjugaux. C'est comme ça qu'on divorce chez les pauvres. Le mari décide de mettre un point final à son mariage en poignardant sa femme. Sa femme qu'il a juré de respecter, à qui il a juré d'obéir jusqu'à ce que la mort les sépare...

– Il n'a jamais juré de lui obéir!

– Pardon?

– Ce ne sont pas les hommes qui promettent d'obéir. Ce sont les femmes.

– Je crois que de toute façon, ça ne ferait pas grande différence. Il m'arrive aussi de voir l'inverse : la femme qui profite de ce que son mari dort pour le tuer parce qu'elle en a assez de se faire battre et exploiter. En tout cas, poursuivit-il avec un soupir, à chaque fois, je me félicite de ne pas être marié. Vous êtes mariée, vous?

– Quoi? demandai-je, fascinée par sa bouche. Oui, je suis mariée. »

Un léger froncement de sourcils. Il me dévisagea franchement et sourit. Apparemment, il avait décidé de poursuivre la conversation avec moi, mariée ou pas.

« Vous restez ici jusqu'à la fin de la cérémonie ?

— Non, mais il vaudrait mieux que je me rachète une autre paire de chaussures avant de rentrer au studio. »

Brian se leva. Moi, je demeurai assise sur les marches de Saint-Patrick. On entendait des bouffées de l'*Adagio* d'Albinoni ; le vent d'automne faisait tourbillonner les feuilles rouge et or sur la chaussée. De délicats cumulus paraissaient suspendus dans le ciel bleu. Juste devant moi, en plein dans ma ligne de mire, j'avais la braguette de Brian Flaherty, étonnamment tendue.

« Le monde n'est pas toujours joli joli. Il paraît même absurde parfois. »

Nous descendions la Cinquième Avenue, nous dirigeant vers le magasin de chaussures le plus proche.

« Et vous arrivez à supporter quotidiennement toute cette violence ?

— Il m'a fallu longtemps, soupira-t-il. Avant j'allais me planquer dans des ruelles sombres ou dans des recoins pour vomir tout ce que je savais ! »

Tout en le regardant du coin de l'œil, je me demandai pourquoi cet homme avait choisi de tremper jour après jour dans ce que la vie a de plus sordide quand, brusquement, je me rendis compte que je m'y vautrais, moi aussi. Je faisais même probablement pire que lui car j'exploitais l'horreur en ajoutant un récit cohérent aux images déjà suffisamment choquantes qui passaient chaque soir à la télévision. La seule différence entre Maggie Sommers et Brian Flaherty se situait dans leurs subconscients respectifs : une ambiguïté latente chez Maggie, un fatalisme héréditaire chez Brian.

Je m'achetai les chaussures les moins chères que je pus trouver — pur plastique garanti — merci, Eric Ornstein ! Parce que je n'avais ni carte de crédit ni carnet de chèques. Le peu d'argent liquide que j'avais sur moi y passa. Il ne me restait plus qu'à rentrer au studio à pied, ce qui représentait une jolie trotte. Humiliée, furieuse et frustrée, je vidai mon porte-monnaie à la caisse et sortis du magasin, Brian en remorque à quelques mètres derrière moi.

J'allais me retourner et attendre qu'il me rejoigne quand je l'entendis me lancer : « Vous avez un joli petit cul, Maggie ! » Je m'arrêtai net. Adieu l'ambiguïté latente ! Je crus bon de sauver les apparences et de feindre l'indignation. Tout de même...

« Mon profil gauche est nettement mieux, m'écriai-je. Si vous voulez vous en assurer, vous n'avez qu'à marcher à côté de moi. »

Il se rapprocha et m'examina.

« Non, déclara-t-il finalement. Je préfère vos fesses. »

Je ne trouvai rien à répliquer, je me contentai de me mordre la lèvre inférieure en me demandant ce que ça pourrait donner entre lui et moi. En fait, je devais déjà en avoir une petite idée, vu que ma culotte était trempée.

« Brian, il faut que je me dépêche de rentrer au studio. Je suis en retard.

— Venez, dit-il en me prenant la main. Ma voiture est garée près d'ici. Je vais vous y conduire. »

Nous roulions lentement dans sa voiture au milieu des embouteillages quand il eut une formule qui illustrait la différence de classe qui nous séparait.

« A quelle heure tu sors du boulot, Maggie ? »

Brian Flaherty « sortait du boulot ». Maggie Sommers « terminait son travail ». Mais comme, de toute façon, Maggie terminait son travail pour *sortir* avec Brian Flaherty et que, désormais, ils se tutoyaient, la différence sociale qui les séparait s'atténuait. Temporairement du moins.

Brian se faufilait adroitement entre les voitures et m'arrêta devant les studios d'ABN. Il passa son doigt sur mes lèvres et m'annonça :

« Je viendrai te prendre à 7 heures. »

C'est alors que je fis, sur les rapports homme-femme, ma première observation cruciale. Une femme ne pouvait tolérer chez un homme une attitude autoritaire que si elle brûlait de le sentir là où précisément il avait envie d'être. La vie n'est pas juste, me dis-je. Toute question d'égalité mise à part pour l'instant, si le désir réciproque a le pouvoir de réduire à néant tous les combats que les femmes ont menés depuis des années pour lutter contre la domination masculine, je trouve cela inquiétant. Mais si cette même femme, tremblante de désir, se trouve brimée dans d'autres domaines, mon raisonnement devient caduc : ce type de répression entraînant en général la frigidité. Ce jour-là, en tout cas, assise à côté de Brian, je dus accepter le fait qu'il exerçait un contrôle temporaire sur mon corps. S'il était parvenu à occuper cette position, c'était parce que je m'y étais obligeamment prêtée. Et si je m'y étais soumise de bonne grâce, c'était parce que Brian n'était pas en position de me priver d'une carte de crédit ou d'un carnet de chèques, faute desquels je ne pouvais même pas m'acheter une paire de chaussures convenables.

La journée s'acheva et, lorsque j'eus terminé mon travail, je me retrouvai une fois de plus dans la Plymouth grise flambant neuve de Brian.

« Je t'emmène dans un bar de Maspeth, juste à côté de chez moi, m'annonça-t-il. Ils ont de bons alcools et ils jouent tous les succès des années soixante. Ça devrait te plaire. »

L'établissement en question qui s'intitulait « taverne » était bruyant et bondé. Au-dessus du bar en pin noueux contre lequel se pressait une foule de consommateurs, on avait suspendu un gigantesque poste de télévision. A coups d'épaule, Brian se fraya un chemin parmi les clients et parvint à nous trouver un petit espace libre tout au fond, loin de la télé. Il réussit à me caser entre deux types qui l'accueillirent avec effusion : poignées de main à n'en plus finir et grandes claques dans le dos. Brian commanda une bière pour lui et un Coca basses calories pour moi. Comme il « remettait ça », je me laissai faire et consentis à boire.

« Mac, un whisky on the rocks pour la dame ! » lança Brian au patron. Celui-ci remplit soigneusement un verre qu'il fit glisser sur toute la longueur du comptoir et que Brian bloqua dans sa paume.

« Vous seriez pas Maggie Sommers ? » questionna le tenancier en s'approchant de nous.

D'un seul coup, vingt paires d'yeux se braquèrent sur moi. Je souris et j'acquiesçai sans cacher ma gêne d'être le point de mire des clients.

Certes, il était peu probable que les amis ou les collègues d'Eric viennent se désaltérer à la taverne du Trèfle à quatre feuilles de Maspeth, Queens, mais j'aurais préféré passer inaperçue.

« Bois, Maggie, fit Brian sentant mon embarras. Après, on ira danser. »

Je bus une seconde gorgée, fis la grimace parce que j'ai horreur du whisky et rejoignis Brian sur la petite piste de danse.

Le juke-box jouait *Jeremiah is a Bullfrog*, mais Brian et moi ne suivions pas le rythme rapide de la musique. J'avais beau bouger fort peu, je lui marchais sur les pieds. Et comme je n'arrêtais pas de buter contre lui, il me serrait davantage au point que bientôt mes pieds ne touchaient pratiquement plus le sol. C'est à ce moment-là, tout en « dansant » avec Brian, que je fis ma seconde observation cruciale concernant les rapports homme-femme. Brian ne bandait pas. Même pas comme un cerf. Brian Flaherty, c'était « queue de béton ». J'en restai songeuse un moment avant de pouvoir continuer mes investigations en profondeur. Quand un homme bande on le sent à travers le tissu du pantalon, on sent une partie dure entourée de quelque chose de plus doux. « Queue de béton » n'avait ni autour ni alentour, c'était l'objet-en-soi, une matraque autonome qui lui barrait la moitié de l'abdomen, gonflant le pantalon. Si l'érection est l'aboutissement d'une métamorphose – le passage de l'état flasque à l'état « fonctionnel » – « queue de béton » n'est le résultat d'aucune modification. Il n'y a pas eu transition. « Queue de béton » a *toujours déjà* été là. Ce qu'il y avait avant « queue de béton » ? C'est une question qui n'a pas de sens, une interrogation totalement inepte.

La musique continuait à jouer et la tête se mit à me tourner. J'avais faim. Depuis le matin, je n'avais mangé qu'un bretzel arrosé d'un café. J'eus tort de penser « bretzel » car aussitôt je songeai à Eric et aussitôt je me sentis coupable. A la fin du morceau, en m'escortant jusqu'au bar, Brian me chuchota : « J'habite au coin de la rue. Et comme on est mardi soir, mon frère Denny qui travaille chez Seaman, le géant du meuble, le numéro un du discount, fait le " nocturne ". Il ne rentrera pas avant 11 heures. »

Je voulus dire quelque chose mais ses lèvres étaient déjà sur les miennes.

« Mieux vaut partir tout de suite, ajouta-t-il la voix rauque. On n'a que trois heures devant nous. »

Quincy s'est habillée. Elle est assise au bord de mon lit et boit son café.

« Est-ce que tu éprouves la même chose pour Avi que pour Brian ?

– Non, dis-je après avoir pris le temps de réfléchir. Je crois que j'aimais Brian parce qu'il m'a fait découvrir ce que je n'avais jamais connu avant.

– A part l'orgasme, fait Quincy avec un petit sourire en coin, je ne vois pas très bien ce que ça peut être.

– Effectivement. Mais à l'époque, c'était déjà pas mal.

« — Tu ne m'as pas répondu, insiste Quincy. Tu éprouves la même chose pour Avi ? »

Avant de satisfaire sa curiosité, il faut que je fasse la part de mes sentiments pour l'un et l'autre. J'ai aimé Brian Flaherty parce qu'il m'a initiée : c'est lui qui m'a révélé mon potentiel sexuel. Brian m'obsédait complètement. Avec lui, je perdais la notion d'espace et de temps. Il m'ôtait jusqu'à la capacité de réfléchir. Je n'avais plus que des sensations que je n'aurais jamais cru pouvoir éprouver. A l'époque, comment aurais-je pu mettre un nom sur ce type de relations, m'apercevoir qu'il s'agissait de rapports sexuels au sens strict, sans autres prolongements ? Des rapports où les femmes ont généralement beaucoup de mal à trouver leur compte mais dont les hommes se satisfont volontiers. Combien d'entre eux font l'amour les yeux fermés ! Ce qui m'amène à prendre la mesure de mon amour pour Avi Herzog. Brian, lui, ne m'a jamais tenu le visage dans ses mains. Il ne m'a jamais regardée dans les yeux pendant qu'il me faisait l'amour.

« L'ignorance est parfois une bénédiction, dis-je finalement.

— Comment ça ?

— A l'époque où j'étais avec Brian, je ne pouvais m'en rendre compte. Mais je m'étais arrangée pour séparer mon cœur et mon esprit de mon corps.

— Parce que tu avais parfaitement conscience de ton cœur et de ton esprit et que tu venais de découvrir les ressources de ton corps.

— C'est drôle, dis-je, mais avant, je ne pensais pas qu'il pût y avoir mieux.

— Et il y avait mieux ? »

Il ne me serait pas venu à l'idée de lutter pour obtenir ce plaisir éphémère que les hommes tiennent pour acquis mais dont les femmes savent qu'elles ne l'éprouveront pas nécessairement. Elles jugent l'acte selon d'autres critères : tendresse, affection, respect ou selon la récompense ultime qu'elles peuvent en attendre : le mariage.

« Nous faisions l'amour encore et encore jusqu'à ce que je ne puisse plus bouger.

— A ce moment-là, tu t'étais déjà réconciliée avec ta tête. Le cerveau prenait le relais et t'emportait sur les cimes.

— Pas tout à fait. »

Il y avait de ça. Maggie Sommers acceptait Brian sans se faire d'illusions et Brian possédait Maggie dans l'innocence la plus complète. Maggie avait beau être mariée, l'orgasme était pour elle un mystère. Quant à Brian, la notion d'égalité devant le plaisir, c'était le dernier de ses soucis. En outre, le mariage ne l'intéressait pas.

« Qu'est-ce qui te tracassait, alors ?

— Peut-être la nature de l'orgasme féminin lui-même ou des sensations que je contrôlais trop bien.

— C'est vrai qu'à l'époque, on ne parlait plus que de ça. L'orgasme féminin était devenu le dernier sujet à la mode. C'était ridicule.

— On ne pouvait pas ouvrir un livre ou un journal sans tomber sur une nouvelle définition ou sur une discussion d'experts, comme s'il ne s'agissait pas d'un sujet éminemment personnel.

— Mais je croyais que Brian ne lisait pas ?

— Lui, non. Mais moi, oui. Le plus idiot, d'ailleurs, c'est qu'on ne débattait pas de son existence mais de sa nature : l'orgasme à choix multiples.

— Clitoridien ou vaginal. Au bout d'un certain temps, quelqu'un a décrété que l'orgasme vaginal n'existait pas. Point final. Je me demandais bien ce qui m'arrivait au lit. Bref, quelle que soit sa nature, un beau jour, ça ne m'a plus suffi.

— Depuis quand l'orgasme à lui tout seul ne te suffit-il plus ? s'étonne Quincy, le nez froncé.

— A partir du moment où je trouve quelqu'un qui m'offre mieux.

— C'est une question de compensation, finalement.

— De maturité, plutôt.

— Ce n'est tout de même pas mal, je trouve.

— Évidemment. Mais ce n'est pas tout.

— Sans doute, ma chérie. N'empêche que, sur le moment, ça paraît crucial. »

Pourtant, à l'époque, l'ignorance était bel et bien une bénédiction. Je m'imaginais que Brian Flaherty était le prototype de l'homme libéré : en réalité, le mouvement féministe ne lui faisait ni chaud ni froid. Ce qui n'était pas un mal parce que les femmes d'avant-garde ne croyaient plus qu'à l'orgasme clitoridien — leur ultime espoir. On en débattit, on en discuta. C'était le seul moyen pour les femmes de se libérer de leur dépendance vis-à-vis des hommes. Nous pouvions toutes y avoir accès. Quant à ceux qui avaient doctement conclu que l'orgasme vaginal n'existait pas, ils rencontraient de sérieux problèmes. Ces hommes qui avaient fui leurs responsabilités, qui avaient refusé de prendre en charge cette zone interne de notre anatomie et qui auraient pu nous donner du plaisir – ne serait-ce qu'en prenant le leur – se voyaient menacés dans leur existence même. Exit l'orgasme vaginal, soit. Allaient-ils nous expliquer aussi que le clitoridien n'avait pas plus de réalité ? Brian Flaherty ne lisait ni les journaux ni les ouvrages traitant de ce sujet. Maggie, elle, s'émerveillait de la sensibilité de Brian, elle s'imaginait être amoureuse de lui. Brian, lui, se contentait de faire ce qui lui plaisait. Or il se trouvait qu'en prenant son pied sans chercher midi à quatorze heures, sans se sentir menacé par quoi que ce soit, il satisfaisait Maggie. Lui, ne refusait rien : il accueillait toutes les secousses, clitoridiennes et vaginales, du moment qu'elles avaient leur origine et leur siège dans la zone anatomique concernée.

Avec Avi, c'était différent. A l'époque où Maggie l'avait rencontré, l'orgasme ne faisait plus partie de ses préoccupations. Elle n'était plus mariée et ne désirait plus l'être. Avi l'avait conquise et l'avait aimée mais comme il était lui-même marié, il n'était pas question de mariage entre eux. Tout avait changé. Maggie et Avi faisaient l'amour les yeux grands ouverts. Fini l'orgasme à choix multiples. Ce qui se passait entre eux dans ces moments-là dépassait de loin la stricte activité sexuelle. L'ignorance n'était plus une bénédiction. Vive la maturité!

« Pourtant, dis-je, la sexualité n'est pas juste.

– Pour qui ? demande Quincy.

– Pour les femmes, puisqu'il n'est pas nécessaire qu'elles éprouvent l'orgasme.

– Moi, je trouve ça très nécessaire, s'écrie Quincy en riant.

– Non, ce n'est pas ce que j'ai voulu dire. S'il était absolument nécessaire, sans lui la vie s'arrêterait. C'est bien le cas pour les hommes. Sans éjaculation, adieu la race humaine! Avoue que c'est tout de même plus grave que des petits cris de plaisir.

– Mais c'est notre faute.

– Pourquoi ?

– Parce que nous avons divulgué tous nos secrets, soupire Quincy tristement. Nous avons discuté de notre – ou plutôt – de *nos* orgasmes un peu trop publiquement. Je veux dire que nous aurions pu faire croire aux hommes que nous avions autant besoin qu'eux de l'éprouver. Ils se seraient peut-être donné un peu plus de mal. Mais non, nous avons préféré prouver que nous étions indépendantes! Ce n'est pourtant pas si formidable de se faire plaisir toute seule.

— C'est vrai. Mais Brian illustrait à merveille cet axiome que nul n'aurait songé à contester dans les années soixante-dix, selon lequel, chez l'homme, les prouesses sexuelles sont inversement proportionnelles à ses capacités intellectuelles et à son niveau culturel. Autrement dit, plus il est fruste, mieux il baise. Plus il est conscient, plus il devient furieux, moins il peut faire l'amour ou moins il en a envie.

— Si je comprends bien, remarque Quincy fine mouche, quand tu faisais l'amour avec Brian, c'était un peu comme s'il n'avait pas été là?

— Il y a de cela.

— En tout cas, ce sont *eux* qui font la loi — biologiquement, du moins. Ni toi ni moi ne pourrons rien y changer. Ce qui explique d'ailleurs pourquoi seul un homme pouvait inventer le vibromasseur.

— Il faut croire qu'il a dû améliorer les choses au cours des années quatre-vingt.

— C'est vrai que si l'on compare avec l'état d'esprit qui régnait dans les années soixante et soixante-dix, les choses se sont un peu tassées.

— Tu sais, Quincy, je ne veux pas dire pour autant qu'Avi est l'homme idéal des années quatre-vingt. Je crois que ça vient plutôt de moi.

— Comment ça?

— Si on laisse de côté l'aspect strictement procréateur, les femmes admettent plus volontiers que le plaisir physique n'est pas tout. A moins d'avoir délibérément choisi de s'en tenir à celui-là.

— C'est toujours parfait avec Avi? »

Soyons honnête.

« Non, mais je l'aime, ce qui fait que *tout* est parfait. Et puis je suis tellement soulagée de ne plus me sentir responsable de ce que la vie continue. Je ne voudrais pas de ce fardeau-là. »

Quincy me regarde un moment sans rien dire.

« Il faut que je t'avoue quelque chose, déclare-t-elle enfin. Mais j'ai un peu honte.

– Vas-y.

– Je n'ai jamais pu me servir d'un miroir. Ça ne m'a jamais rien dit de m'en servir pour voir comment j'étais faite. Je crois que ça ne m'intéressait pas. »

Je me rappelle le coup du miroir, censé nous prouver à l'époque – toujours les années soixante-dix – que nous étions belles et désirables, que nous avions pleinement conscience de notre anatomie, même de ses parties les plus cachées. Soudain, je comprends la différence. Brian Flaherty a bel et bien été le premier homme à me donner cette sensation, mais il m'a fallu des années avant de pouvoir prendre totalement conscience de mon « intériorité », miroir ou pas.

« Tu m'as posé une question tout à l'heure. Tu voulais savoir si j'éprouvais la même chose pour Brian et pour Avi.

– Tu as la réponse ?

– Oui, Brian m'a fait prendre conscience de mon sexe, j'entends par là l'endroit que le miroir était censé nous aider à mieux voir. Tandis qu'Avi, lui, m'a fait prendre conscience de tout le reste. Ce qu'aucun miroir n'aurait pu faire.

– Tu es peut-être amoureuse pour de bon, Maggie, décrète Quincy, l'air songeur. Plus je t'entends, plus j'y crois. »

Quand Brian régla l'addition à la taverne du Trèfle à quatre feuilles, les clients étaient partis depuis longtemps.

« Il faut que je passe un petit coup de fil, lui dis-je.

– Tu pourras le faire de chez moi. J'ai le téléphone.

– Non, il vaut mieux que j'appelle d'une cabine. Comme ça, si ça dure plus de trois minutes, je peux toujours dire que je n'ai plus de pièces. »

Brian me lança un regard admiratif. En tant que policier, il comprenait ce genre de subtilités. Il préférait oublier que j'étais mariée. Du reste, pour lui, cela ne faisait aucune différence : les plaisirs de la chair n'entraient pas dans son catalogue de péchés capitaux. Pourvu qu'il n'y ait ni détournement de mineur, ni sodomie, ni viol. Auxquels cas, Brian-l'inspecteur se substituait à Brian-le-catholique et sévissait. Je lui demandai donc de patienter quelques minutes et entrai dans la cabine téléphonique située entre les toilettes hommes et les toilettes femmes.

Je composai le numéro de l'appartement et laissai sonner sept fois lorsque je me rappelai brusquement qu'on était mardi et que ce jour-là, pendant que Denny Flaherty faisait le « nocturne » chez Seaman, le géant du discount, le numéro un du meuble, Eric Ornstein restait également à son bureau pour éponger les montagnes de paperasses accumulées durant la semaine. Je raccrochai donc, fis le numéro du bureau et tombai sur la voix nasillarde de Mme Pierce, la secrétaire d'Eric.

« Ici le bureau de M. Ornstein Junior. Que désirez-vous ?

– Bonjour, Mme Pierce. Pourrais-je parler à Eric, je vous prie ?

– De la part de qui ? »

La question que j'attendais ! On était en 1975 : j'étais mariée avec Eric depuis six ans. C'est dire si Mme Pierce connaissait ma voix pour l'avoir entendue au téléphone ou même à la télé. Mais apparemment, elle avait décidé de ne jamais me reconnaître quand j'appelais.

Je la voyais d'ici, Mme Pierce, avec ses cheveux teints en orange et tirebouchonnés en crotte sur le sommet de son petit crâne. Toujours maquillée comme un pot de peinture, les ongles écarlates, ses jambes minces gainées de bas noirs à couture. Elle devait prendre beaucoup de plaisir à m'entendre décliner mon identité.

« C'est Maggie, madame Pierce. »

Elle me rappelait toujours cette caissière parisienne à l'air rusé que j'avais vue perchée sur son tabouret dans un débit de tabac en train de compter des billets, l'index de la main droite « chaussé » d'un petit dé de caoutchouc. Pourtant Mme Pierce ne portait pas de dé en caoutchouc et n'avait rien d'une caissière. C'était une secrétaire de la vieille école, une des rares capables de prendre en sténo. Elle enfilait des manchettes en plastique pour protéger ses innombrables robes bleues ou vert électrique en tissu 100 pour cent synthétique lorsqu'elle devait fouiller dans les piles d'ordres d'achat ou de vente des clients, tandis que sa cigarette tachée de rouge à lèvres carmin se consumait dans le cendrier en imitation onyx, couleur de morve.

Mme Pierce arborait régulièrement des pierres bleues ou vertes selon la couleur de sa robe. Une robe serrée à la taille par une large ceinture de cuir noir. Boucles d'oreilles, bracelets, bagues et colliers ornaient ses grands lobes, ses poignets osseux, ses doigts maigres et son cou décharné. Ces pendeloques étaient un hommage à son défunt mari. M. Pierce travaillait dans les bijoux fantaisie avant de mourir prématurément à l'âge de cinquante-six ans. Eric Ornstein avait hérité Mme Pierce de son père qui avait pris peur lorsque le bruit avait couru que la veuve entendait se remarier sans tarder.

« M. Ornstein est en ligne, annonça-t-elle sur un ton glacial. Vous patientez ? »

J'eus envie de lui expliquer que je ne pouvais pas attendre parce que j'avais trop envie de tenir autre chose qu'un téléphone. Apparemment aussi gros et aussi dur que le combiné mais bien plus intéressant.

« Écoutez, madame Pierce, dis-je d'un ton suave, je suis en plein reportage et je vous appelle d'une cabine. Je voulais simplement prévenir Eric que je rentrerais tard, probablement pas avant 11 heures. »

Je n'allais tout de même pas lui dire que je serais rentrée pour la fermeture de Seaman-le-géant-du-discount-et-le-numéro-un-du-meuble, lorsque Denny Flaherty rentrerait dans le logis qu'il partageait avec son frère à Maspeth, Queens.

Le trottoir qui menait à la petite maison de brique était bordé par une rangée de tulipes en plastique. Tout en suivant Brian jusqu'à la porte, il me sembla voir remuer les rideaux au crochet qui garnissaient l'une des fenêtres du rez-de-chaussée et je crus distinguer une tête aux cheveux blancs derrière les plis du tissu.

« Ta mère est à la maison ? demandai-je.

– Ouais, maman est toujours chez elle. Sauf quand elle va à la messe ou quand elle joue au bingo, le lundi soir. »

Naturellement ! J'aurais dû y penser. Exactement comme la mienne. J'imaginais la tête de ma mère si elle apprenait que sa fille était sur le point de pénétrer dans l'une de ces drôles de petites maisons qu'elle apercevait de loin lorsqu'elle se rendait à l'aéroport. Et elle aurait été encore plus surprise si elle avait su que l'un des habitants de ces drôles de maisons s'apprêtait à pénétrer sa plus jeune fille. Surprise n'était pas vraiment le mot, d'ailleurs. Elle en serait restée comme deux ronds de flan. Pouah, quelle horreur ! *Shocking !*

Brian ouvrit la porte et s'effaça poliment. Je le précédai et empoignai la grosse rampe de chêne. Tandis que je gravissais les

treize marches recouvertes d'un tapis à carreaux bruns et noirs, je
sentis que Brian avait la main posée sur ce qu'il avait appelé tout à
l'heure mon joli petit cul. Mais cette fois, au lieu de lui suggérer de
regarder mon profil gauche, je ralentis et me mis à onduler des
hanches jusqu'en haut de l'escalier.

Dans la salle de séjour, un aquarium géant avec des lumières
bleues et vertes, dans lequel trempait une statue miniature de
Neptune entouré d'une cohorte de sirènes posée au fond du récipient
sur un lit de graviers rouges et bleus, garnissait tout un mur. Des
poissons exotiques de formes et de couleurs variées nageaient
paresseusement dans l'eau parcourue de bulles. En face, un canapé
de velours brun était flanqué à droite d'une chaise longue dont la
toile imitait la peau de zèbre, à gauche d'un lampadaire en fer forgé.
En guise de séparation entre le coin salon et le coin salle à manger,
on avait installé un énorme poste de télévision et une chaîne stéréo
qui commandait une rampe de spots de couleur s'allumant et
s'éteignant suivant le rythme de la musique. Sur les murs de couleur
verte, un assortiment d'affiches donnaient une idée du niveau social,
des opinions politiques et des prétentions culturelles des frères
Flaherty. L'une d'elles représentait un motard de la police, debout à
côté de sa machine devant un gigantesque drapeau américain,
pointant sur le spectateur un index démesuré avec cette légende :

LA POLICE DE NEW YORK A BESOIN DE VOUS.

A côté, une autre montrait un homme aux cheveux longs et aux
yeux vagues qui paraissait supputer le contenu d'une poubelle posée
devant un immeuble sordide. Slogan :

LA DROGUE, C'EST POUR LES TOCARDS.

Épinglées un peu partout sur ce qui restait de surface disponible,
des photographies grandeur nature des Bunnies de *Playboy* illustrant
chaque mois de l'année.

Lors de ma première venue chez Brian Flaherty, je n'eus pas le
loisir de visiter les autres pièces de la maison, exception faite de la
salle de bains car, avant même que je puisse poliment refuser la bière
qu'il m'offrait, Brian m'ôta tout doucement mes vêtements. Dire
qu'il m'embrassait serait inexact : il mordillait, mordait, dévorait,
gobait ma bouche jusqu'à ce que toute mon attention soit centrée sur
mes lèvres. C'était comme si mon corps tout entier s'était réduit là.
Puis ce fut le tour de mes seins. Il ne se contentait pas de les toucher,
il les caressait, les suçait, les pétrissait, les malaxait, les léchait

jusqu'à ce que plus rien d'autre n'existe. Maggie Sommers n'était plus en somme qu'une paire de seins. Et ce fut le moment que Brian choisit pour m'introduire cette partie de lui-même que j'avais baptisée « queue de béton », sa matraque à lui, celle que j'avais sentie un peu plus tôt quand nous faisions du surplace sur l'air de *Jeremiah is a Bullfrog*. Pourtant, si Brian se servait de sa bouche d'une façon tout à fait exceptionnelle, ce n'était pas un bavard pour autant. Lorsque je constatai, fort surprise, qu'il avait déjà pris possession de moi, je me hasardai à lui murmurer dans le creux de l'oreille : « Mais, Brian, je ne t'ai même pas vu te baisser pour me la mettre! — Les gars qui sont obligés d'y mettre la main feraient mieux d'enfiler des perles », répliqua-t-il. Ce fut la seule et unique phrase que Brian prononça durant les trois heures que je passai en sa compagnie sur la moquette verte en nylon pelucheux de la salle de séjour. Cette assertion me fit songer aux mœurs d'Eric Ornstein et je donnai silencieusement raison à Brian. Je ne saurais dire depuis combien de temps duraient nos ébats : j'étais toujours allongée sous le corps tendu et musclé de Brian Flaherty — cet homme que je ne connaissais que depuis quelques heures — lorsque, du fin fond de ma conscience, j'eus une sensation de douleur dans la région du coccyx et de brûlure au menton. Mais à chaque fois que je m'apprêtais à lui faire part de mes désagréments, ses vigoureux coups de reins m'obligeaient à réagir et à penser à tout autre chose.

Brian Flaherty appartenait en fait à une catégorie particulière, ou si l'on veut à un sous-groupe directement issu de la catégorie « queue de béton ». Queue de béton, il l'était sur la piste de danse et quand il passait à l'acte. Mais qui plus est, il le restait après avoir éjaculé. Il ne prenait même pas la peine de la sortir. Non, il se contentait simplement de ne plus bouger durant quelques minutes, la tête enfouie dans mon cou, me serrant étroitement dans ses bras. Et puis la machine se remettait en branle. Je profitai cependant d'un de ces brefs entractes pour attirer son attention sur mon menton, mon coccyx étant un peu difficile à examiner dans la position où nous nous trouvions.

« J'ai dû te râper la peau avec ma barbe, constata-t-il sans s'émouvoir. J'aurais dû me raser. »

Cette fois, il se retira et m'aida à me remettre debout sur mes jambes qui flageolaient.

« Bon sang, Maggie, tu t'es aussi râpé les fesses. Ben vrai, tu t'es mise dans un état! »

Je m'éloignai en clopinant dans la seule autre pièce que je devais voir ce soir-là : la salle de bains à carreaux verts et roses. En grimpant dans la baignoire, je m'aperçus que mon menton était à vif. En me contorsionnant devant la glace je vis que je portais le même genre de marque à la base de la colonne vertébrale. Celle-ci était tout compte fait moins visible : je payais le prix de trois heures de rapports ininterrompus, trois heures d'activité sexuelle comme je n'en avais jamais connu jusque-là. Le temps finirait par cicatriser mes plaies mais j'étais certaine qu'il ne me ferait pas oublier ce qui s'était passé ce soir-là.

Je revins dans le séjour aussi peu vêtue que lorsque j'en étais sortie. Depuis mon arrivée à Maspeth ou presque, j'évoluais dans le plus simple appareil. Quand mes yeux s'habituèrent à l'obscurité, je scrutai la moquette sur laquelle j'avais laissé Brian, quelque part entre la chaise longue en toile imitation peau de zèbre et les borborygmes de l'aquarium. Nulle trace de mon inspecteur. Soudain deux silhouettes se profilèrent : celles de deux hommes, l'un habillé, l'autre nu. Tous deux tenaient à la main des canettes de bière et sortaient de ce que je présumai être la cuisine. Je me figeai sur place, osant à peine respirer. Mon corps projetait une grande ombre sur le mur, entre la « playmate » de juin et celle de novembre. Je mis ma main sur ma bouche, la laissai tomber plus bas pour essayer de couvrir mes seins et m'exclamai : « Sainte Marie, mère de Dieu ! »

Pourquoi invoquer la Sainte Vierge dans un moment pareil ? Ce curieux lapsus ne peut s'expliquer, je crois, que par un seul phénomène. Le sperme catholique irlandais était si puissant qu'il avait pénétré mon cerveau jusqu'au siège de la parole. Brian s'approcha de moi, me passa négligemment son bras autour du cou. « Dis bonsoir à mon frère Denny. »

Je marmonnai quelque chose qui ressemblait vaguement à un salut, me libérai de l'étreinte de Brian et m'accroupis à la recherche de mes vêtements éparpillés sur la moquette avant de battre en retraite vers la salle de bains.

Quelques minutes plus tard, j'étais de retour, maquillée, peignée et vêtue. Je m'assis à côté de Brian qui, lui, était resté en tenue d'Adam et écoutai Denny faire le récit des deux ventes qu'il venait de réaliser.

« Un mec se pointe. Le genre pas pressé. Moi, je lui ai fourgué une salle à manger américaine en érable massif avec buffet et tout. Du beau meuble, verni faut voir. Un peu comme ceux qu'on montre dans les maisons où les présidents ont l'habitude de caner. Tu vois ce que je veux dire?

— Ouais, fit Brian. Le genre de baraque qu'on voit en Virginie.

— Tout juste. Eh ben, ça a pas fait un pli. Vendu, emballé, à dégager! J'allais me tirer quand y a une belle meuf qui débarque avec un caniche miniature. La bête! Avec des ongles vernis de trois pieds de long. Eh ben, elle m'a acheté une chambre à coucher rustique à la française.

— La meuf ou la bête? interrogea Brian en rigolant.

— Quoi?

— Qui avait les ongles vernis, la belle ou la bête?

— Ouah, ce que c'est marrant! s'exclama Denny en agitant vigoureusement la tête de haut en bas, ce qui était — je devais l'apprendre par la suite — sa façon d'exprimer son hilarité.

— La bête, ouais, ah! ce que c'est rigolo!

— Brian, interrompis-je d'une toute petite voix, il vaudrait peut-être mieux que je rentre.

— Vous partez déjà? demanda Denny en balayant une mèche rousse qui barrait son front pâle semé de taches de son. J'ai eu bien du plaisir à faire votre connaissance mais je parie qu'on tardera pas à se revoir. »

Pas mal deviné pour quelqu'un que je connaissais à peine mais avec qui, il est vrai, je me sentais déjà des liens assez particuliers.

« J'en suis sûre. Et toutes mes félicitations pour vos deux ventes!

— Merci. Au fait, si vous avez besoin de meubles ou si vous voyez des gens que ça peut intéresser dans votre famille, pensez à moi. Je suis chez Seaman.

— Oh, mais certainement, dis-je, me demandant quel effet pourrait faire une salle à manger américaine en érable massif verni dans la maison de campagne de ma mère entièrement meublée et décorée en XVIIIᵉ français.

— Donne-moi une minute, Maggie, le temps de me mettre quelque chose sur le dos. » Brian s'interrompit, me prit le menton dans sa main et ajouta : « Surtout, pas de crème dessus. Laisse-le sécher tout seul. »

Je me contentai de hocher la tête tout en me demandant combien de fois il avait bien pu donner ce genre de conseil. Cela faisait partie des choses que Brian savait. Un point, c'est tout. Nous traversions le pont de la 59ᵉ, loin déjà de son univers et de retour dans le mien quand je décidai de me montrer extrêmement claire quant aux règles de notre petit jeu.

« Je suis mariée, dis-je, une fois le pont franchi.

— Je suis au courant, répondit-il en me jetant un bref coup d'œil. Tu me l'as déjà dit.

— Et ça ne te pose pas de problème ?

— Non, pourquoi ? Je ne fais rien de mal. »

C'était surprenant mais logique.

Brian avait reçu une éducation catholique. On lui avait appris que les voies du Seigneur sont impénétrables, qu'il fallait tout accepter, que c'était même la meilleure façon de prouver la foi qu'on avait en Dieu. On lui avait également enseigné qu'il n'y avait que deux façons de se conduire dans la vie : la bonne qui vous garantissait une place au paradis quand le spectacle terrestre prendrait fin et la mauvaise qui valait à votre âme de subir la torture en enfer, condamnée pour l'éternité à revoir des images de violence et de vice. Brian n'avait jamais songé à mettre en doute les fondements de ce dogme sans nuances. Mais il en fallait plus pour l'arrêter. Il avait également appris (ou compris ?) qu'on pouvait s'arranger pour contourner le règlement. Juste assez pour s'offrir un peu de bon temps, du moment que ça ne faisait de mal à personne.

Durant les interminables heures de catéchisme, Brian n'attendait qu'une chose : la cloche, pour pouvoir aller jouer au base-ball dans un terrain vague sur Monroe Avenue. Et quand Brian ne taquinait pas la batte, on le trouvait en compagnie d'autres garçons de son âge derrière une maison abandonnée en train de taquiner autre chose. Ils s'astiquaient tous avec ardeur en visant une pièce de monnaie placée devant le groupe. A ce jeu d'adresse et de puissance, c'était invariablement Brian qui l'emportait. Il touchait au but et empochait la pièce sans trop s'inquiéter d'éventuelles représailles divines. Il ne faisait de mal à personne. Les châtiments, il serait toujours temps d'y songer plus tard. Beaucoup plus tard. Et, pourquoi pas, dans une autre vie, à supposer qu'il y en eût une.

Brian poursuivit ses études et résista à ses parents qui le destinaient à la prêtrise. Depuis longtemps, il rêvait de devenir policier. On lui avait appris qu'il y avait deux voies, une bonne et une mauvaise : il restait prêt à l'accepter. De même qu'il ne songeait pas à remettre en question les mystérieuses voies du Seigneur. Brian devint donc flic et appliqua sa morale dichotomique aux rues de New York où tout était effectivement très simple à condition de jouer le jeu : respecter la loi, ne pas trop fourrer son nez dans les affaires d'autrui, travailler huit heures par jour, se contenter d'un peu de base-ball, sortir une fille – une Italienne, par exemple – le samedi soir, finir par l'épouser, lui faire deux enfants et mettre suffisamment d'argent de côté pour aller passer sa retraite dans un coin tranquille de Floride où il n'y avait pas trop de voyous. Mais si on enfreignait la loi, on allait en prison. Et c'est là que Brian intervenait : métier oblige.

Brian apprit très vite à questionner les suspects par la méthode douce. Il leur offrait du thé, des cigarettes et parvenait à leur faire croire qu'il comprenait parfaitement pourquoi ils avaient expédié un ou plusieurs de leurs semblables dans un monde meilleur. A un moment donné, il s'excusait poliment, interrompait l'entretien et faisait signe à l'un de ses collègues entré par hasard dans le bureau. Le collègue ne partageait pas les méthodes de Brian. Il était partisan de l'interrogatoire musclé. Au bout d'un certain temps – pas trop long (il ne fallait pas que les choses aillent trop loin) – Brian rentrait dans la pièce, feignait de s'indigner de l'attitude du collègue et, sans trop se fouler, obtenait des aveux signés du prévenu effrayé et reconnaissant. Grâce à cette méthode – simple mais efficace – Brian avait été assez rapidement promu au rang d'inspecteur de première classe : quelques jours avant de fêter son trentième anniversaire. Et un mois avant de faire la connaissance de Maggie Sommers au milieu de la Cinquième Avenue.

Sa vie privée, Brian la menait avec autant de simplicité que sa carrière. Il logeait au premier étage d'une petite maison de Maspeth, Queens, juste au-dessus de sa mère restée veuve. Mme Flaherty allait à la messe à Sainte-Agnès, paroisse de Notre-Dame-de-la-Rédemption, tout près du domicile des Flaherty. Parfois, quand Brian n'était pas de service, il accompagnait sa mère à l'office avec son frère Denny qui partageait avec lui le premier étage de la maison.

« Tu ne peux pas m'appeler chez moi. Téléphone-moi à ABN. J'y suis tous les matins entre 9 et 10 avant qu'on m'envoie en reportage.

– Entendu, fit-il en me serrant la main. Mais si tu me disais où je peux te revoir ? Comme ça, je n'aurai pas besoin de t'appeler du tout. »

Sa réponse me fit plaisir. Qu'il veuille me revoir me soulageait. En même temps, le fait de me trouver embarquée dans une aventure extraconjugale me terrifiait. Brian Flaherty n'était pas homme à se contenter d'un soir et d'un seul.

« Si tu ne te rases pas, je ne te reverrai jamais. Tu imagines ce que ça va donner à l'écran ? On dirait que je me suis cassé la figure, que j'ai pris une bûche monumentale ! »

En même temps que je le disais, je sus que c'était l'excuse que je fournirais à Eric si jamais il me demandait ce qui m'était arrivé.

« Promis. Je me raserai, répondit Brian en riant. Pourquoi pas demain ? »

Nous approchions de la 72e quand je songeai qu'il serait très imprudent de me faire déposer au pied de mon immeuble.

« Arrête-toi, ici. Je ferai le reste à pied. »

Brian s'immobilisa à deux cents mètres de chez moi.

« Au revoir, dis-je dans un souffle.

— Bonsoir, Maggie », répondit-il, effleurant doucement mon menton.

Je pénétrai dans l'appartement sur la pointe des pieds, tenant bien en évidence ma chaussure au talon cassé. La porte de notre chambre était ouverte et la lumière allumée. Eric Ornstein ne dormait pas. Je fis semblant de boiter jusqu'au pied du lit sur lequel Eric était allongé, le torse soutenu par plusieurs oreillers, apparemment très absorbé par de savants calculs, un petit carnet et une calculette à la main. Il griffonnait des chiffres et, quand je lui débitai mon histoire, il ne réagit même pas.

« Devine ce qui m'est arrivé ! Je courais à la poursuite de mon équipe qui voulait suivre la police partie à la recherche de dangereux...

— Une seconde ! répondit Eric. Je suis à toi. »

J'attendis en me massant le menton consciencieusement.

« Ça y est, triompha-t-il, posant son crayon et se tournant vers moi. Mais qu'est-ce qui t'est arrivé ? »

Je pris une profonde inspiration et recommençai.

« Figure-toi que je courais à la poursuite de mon équipe... Je suis tombée. Regarde mon menton.

— Ça s'est produit où ?

– A Maspeth », répondis-je sans réfléchir. Je me serais giflée. N'importe où, à Flatsbush, Kew Gardens, Harlem! Mais pas à Maspeth. Il manifesta si peu d'intérêt, si peu d'émotion que je me dis : finalement ce vieil adage se vérifie. « Les gars qui sont obligés d'y mettre la main feraient mieux d'enfiler des perles. »

« A ta place, je mettrais un peu de crème dessus. Mais avant je voudrais te montrer quelque chose. »

Je m'assis à côté de lui et contemplai les séries de chiffres alignés sur le carnet.

« Qu'est-ce que tu faisais de si urgent à 11 heures et demie passées ?

– Je viens d'établir ton cycle menstruel pour le mois de décembre. Connaissant la date de tes dernières règles. J'en ai déduit la période à laquelle tu serais le plus féconde.

– Pourquoi ?

– Comme ça. Pour être sûr que tu seras enceinte le mois prochain. Et pour plus de sûreté encore, j'ai trouvé ton diaphragme et je l'ai découpé en petits morceaux. »

J'écoutai sans trop croire ce que j'entendais. Cause toujours, pensai-je. Voilà trois mois que j'avais commencé à prendre la pilule.

« Selon mes calculs, il faut qu'on s'y mette le 12, le 13 et le 14. Si on veut avoir toutes les chances de notre côté, on peut recommencer le 15 au matin. On vérifiera avec ce thermomètre. » Il se pencha pour attraper l'instrument posé sur la table de nuit. « Température rectale. C'est beaucoup plus précis que de se mettre le thermomètre dans la bouche. Nous devrions être enceinte à la fin de ce mois. A présent, baisse-toi que je puisse voir quelle est ta température normale avant ovulation. »

Je le fixai sans arriver à y croire, la main sur la bouche, incapable d'articuler quoi que ce soit.

« Sainte Marie, mère de Dieu! » m'écriai-je finalement.

A croire que le sperme de Brian Flaherty m'embrumait encore le cerveau!

Quincy et moi sommes allées nous asseoir dans le salon pour boire le café.

« Ce qu'il y a de plus horrible dans ton histoire avec Eric, déclare-t-elle en allumant une cigarette, c'est que tu ne l'aurais jamais quitté. Ça aurait duré, cahin-caha.

– Non, ce n'est pas vrai. J'aurais fini par le quitter quand je me serais sentie plus sûre de moi.

– Tu veux dire que l'Emmy que tu as remporté t'a donné de l'assurance ? demande-t-elle en soufflant la fumée.

– Non, mais ça m'a appris à ne plus avoir peur quand je me trouve brutalement seule dans une situation dangereuse.

– Quelle suite d'événements! Tout est arrivé en même temps!

– C'est vrai. Un véritable enchaînement.

– Tu as eu peur ?

– Une trouille de tous les diables. Mais il y avait pire que ça.

– Quoi ?

– Louper cette occasion et laisser quelqu'un d'autre remporter l'Emmy à ma place. »

Avril 1975. J'étais assise à mon bureau dans la salle de rédaction. Il faisait une matinée superbe. Je classai des photos de famille que j'avais l'intention de coller dans un album tout neuf. Pas de reportage en vue : la journée s'annonçait plutôt calme. Il faut croire que, ce jour-là, les gens trouvaient qu'il faisait trop beau pour se fatiguer à attaquer des banques, à incendier des immeubles ou à s'entre-tuer, bref, à se livrer à ces menues occupations qui faisaient l'ordinaire du journal de 20 heures. Pour moi, cela signifiait que je pourrais partir plus tôt que d'habitude et que je passerais davantage de temps en compagnie de Brian Flaherty à Maspeth, Queens. Alors même que je rêvais aux délices de cette soirée prolongée, le téléphone sonna.

« C'est toi, Maggie ? fit la voix de Brian.

– Oui, c'est moi.

– Écoute, Maggie, poursuivit Brian – sa voix avait un débit monotone, une sorte de ton flic imperturbable de film de série B. J'ai un petit problème. Je suis sur une prise d'otages dans le Bronx – un tordu qui s'est enfermé avec sa femme et ses deux sœurs dans son appartement et qui menace de les flinguer si on intervient. » Moi qui comptais passer une bonne soirée! Je me dis aussitôt que Brian m'appelait pour me faire savoir qu'à moins d'un miracle – que l'autre cinglé libère sa femme et ses sœurs avant 6 heures – la petite fête était à l'eau.

« Il a deux bombes qu'il a fabriquées lui-même. D'après lui, il est capable de faire péter l'immeuble tout entier. »

A présent, c'était cuit. Il fallait me faire à l'idée de passer une soirée particulièrement déprimante en compagnie d'Eric Ornstein. A l'écouter gamberger sur notre divorce imminent. Ces derniers temps, c'était devenu pire que tout. Peu de temps après le fameux soir où il m'avait triomphalement exhibé son thermomètre et constatant que je me refusai toujours à être enceinte, il avait pris une nouvelle manie qui consistait à envisager l'un après l'autre tous les cas de figure de notre hypothétique séparation. « Imagine que nous divorcions, ce qui ne se produira jamais, bien entendu, mais enfin il faut tout envisager... Donc, au cas où, à ton avis, le tapis de Boukhara, qui devrait l'avoir, toi ou moi ? » S'ensuivait un partage minutieux des meubles du salon, de la chambre et des ustensiles de cuisine. Selon toute vraisemblance, ce soir, il attaquerait le coin salle à manger et poserait – comme une hypothèse-bien-entendu – la question cruciale : « A ton avis, si on partageait le service en faïence Wedgwood et les verres en cristal de Baccarat de sorte qu'on en garde chacun six, tu crois que les pièces perdraient de leur valeur ? »

Cette hypothétique division des biens avait des conséquences aussi troublantes qu'inattendues. C'est ainsi que je me retrouvai avec six paires de draps grande largeur et quatorze taies d'oreiller mais sans lit, un moule à gaufres qui faisait aussi les croque-monsieur qu'Eric avait acheté après l'avoir vu fonctionner à la télévision, un assortiment de couteaux de cuisine – également acheté par Eric influencé par une pub télévisée – et plusieurs dessous de plat en céramique de couleurs vives que Cara nous avait rapportés d'Acapulco l'année précédente. Un point, c'est tout. A en croire mon époux, la famille Sommers s'était bornée depuis le début de notre mariage à nous payer quelques billets de théâtre, à nous offrir deux places dans la loge qu'elle louait à l'année au Metropolitan Opera et à nous doter d'une Cocotte-Minute qui avait explosé à la figure d'Eric un 24 décembre au soir alors qu'il s'efforçait de faire cuire des épis de maïs.

« Le toqué en question s'appelle Hector Rodriguez. Il a fait le Viêt-nam et un séjour prolongé dans un asile psychiatrique. Apparemment, on l'a libéré à l'essai et on lui a trouvé un job, un truc dans les métaux. Comme il arrivait toujours en retard au boulot, ce matin, le contremaître a fini par l'engueuler pour de bon. Lui s'est tiré aussi sec. Il est rentré chez lui et il s'est enfermé avec sa femme et ses deux sœurs qui étaient en train de regarder la télé. Il menace de les tuer et de se faire sauter la caisse ensuite. Toujours la même histoire, quoi. Tu vois ce que je veux dire, Maggie ? » conclut Brian d'un ton las.

Toujours la même histoire, en effet, celle de ces anciens combattants du Viêt-nam qui finissaient comme pensionnaires dans des asiles, en sortaient un beau jour et se fourraient dans des situations impossibles. Le malheur, c'est que leurs angoisses, leurs souffrances, la police s'en souciait comme d'une guigne dans ces cas-là. Mais avant que j'aie le temps de faire la moindre remarque sur la situation ou de dire à Brian combien j'étais déçue qu'on ne puisse pas se voir le soir comme prévu, Brian enchaîna : « Le problème, c'est que j'ai besoin de toi, Maggie.

— Oh, ne t'en fais pas pour ça, dis-je d'un air détaché. On se verra demain, voilà tout.

— Je crois que tu ne m'as pas bien compris, rectifia Brian en parlant encore plus lentement que d'habitude. Le problème, c'est que le nommé Hector a déclaré qu'il ne se rendrait que si tu venais sur place. Il n'accepte de discuter qu'avec toi.

— Avec moi ?

— Ouais. Avec toi. »

A cet instant, Chris Sprig fit irruption dans la salle, hors d'haleine et visiblement extrêmement agité.

« Raccroche, Maggie, haleta-t-il. Il faut que je te parle.

— Mais... Mais, je parle avec Brian. Il me dit qu'il y a...

— Coupe, Maggie. Brian, tu pourras toujours le rappeler. On a une prise d'otages sur les bras.

— Oh, toi aussi, dis-je sans faire le lien. Décidément, c'est une épidémie ! Brian vient de me signaler la même chose. Il paraît que le type ne se rendra que si j'accepte d'aller sur place pour discuter avec lui.

— Attends un peu, fit Chris perplexe, elle se déroule où, cette prise d'otages ?

— Brian, dis-je, tu peux me dire où ça se passe ton histoire ? » Brian me donna l'adresse : 110, Morrison Avenue. Je la répétai à Chris qui me regarda stupéfait et m'arracha le téléphone des mains.

« Brian ? Ici Chris Sprig. Qu'est-ce qu'on fait ? On vient juste de me prévenir. »

Et voilà ! J'étais assise dans la salle de rédaction par un beau matin de printemps et il me fallait écouter sans rien dire la conversation de deux hommes – un inspecteur de police (qui se trouvait être aussi mon amant) et mon supérieur hiérarchique (qui était également mon ami) – discutant pour savoir s'il fallait ou non me faire intervenir dans cette prise d'otages. Pas n'importe laquelle : l'homme tenait sa femme et ses deux sœurs en respect avec son arme et il disposait de deux bombes qui, pour être artisanales, n'en étaient pas moins capables de souffler l'immeuble dans lequel il s'était retranché.

« Hé, là, minute ! dis-je à Chris. J'aimerais avoir voix au chapitre. Si tu permets. »

Chris me fit signe de me tenir tranquille tandis qu'il écoutait attentivement ce que lui disait Brian. Il prenait frénétiquement des notes sur l'envers d'une de mes photos qu'il venait de rafler sur le bureau. Une photo de Maggie Sommers à l'âge de douze ans. L'époque bénie de ma jeunesse dorée ! Finalement, il me rendit le combiné.

« Tiens, parle-lui. Ensuite, rejoins-moi dans mon bureau. Faut faire fissa. »

Là-dessus, il sortit de la salle aussi vite qu'il y était entré.

« Brian, dis-je dans l'appareil, qu'est-ce que c'est que cette histoire de dingue ?

– Écoute-moi, Maggie, répondit Brian imperturbable, Hector m'a donné sa parole qu'il se rendrait si tu acceptais de venir l'interviewer pour qu'il puisse donner sa version des faits. » A croire que Brian et Hector étaient de vieux potes, qu'ils jouaient au bowling ensemble, qu'ils allaient picoler de concert ! Ils se connaissaient depuis toujours ! Ils avaient joué aux billes tous les deux.

« Sa parole ? Vraiment ! Et tu l'as cru ?

– J'ai beau être méfiant de nature, en gros, je peux te dire que oui. Il est mort de trouille.

– Mais pourquoi moi ?

– Parce que tu es belle fille et que tu n'as pas peur de te salir les mains. »

Maintenant, je comprenais pourquoi nous parlions si peu tous les deux.

« Brian, dis-je en retenant ma respiration, si j'étais ta femme, tu me laisserais y aller ? »

Il ricana ou plus exactement il eut un rire de grand méchant loup.

« Maggie, si tu étais ma femme, je ne te laisserais pas faire ce genre de métier. Tu serais secrétaire, manucure ou à la rigueur vestiaire dans un grand restaurant. »

Tristesse aiguë, mélancolie atroce! Qui ne peut se comparer, je crois, qu'au désarroi de l'homme qui débande au moment de la pénétration, qui constate que son membre n'est plus qu'un organe rétréci, un morceau de chair ridée et ridicule. Littéralement, je débandais lorsque je compris que je parlais avec un étranger, un inconnu. Je commençais à me demander comment j'avais pu m'imaginer que Brian comblerait le vide laissé par Eric Ornstein lorsque celui-ci aurait enfin trouvé la force de divorcer. Tout à coup, Hector Rodriguez devenait bien davantage qu'un ancien combattant du Viêt-nam qui détenait trois personnes en otages quelque part dans le South Bronx. Hector, c'était un catalyseur. Nos destins se trouvaient liés de façon inexplicable.

« Brian, murmurai-je dans un souffle, brûlant ma dernière cartouche, tu m'aimes?

— Maggie! s'écria-t-il impatiemment, tu es mariée. Je t'aime comme une femme mariée.

— Et si je n'étais pas mariée, m'entêtai-je, tu m'aimerais?

— Écoute, soupira-t-il, je m'occupe d'une prise d'otages pour le moment. On pourrait peut-être en reparler plus tard? »

J'eus envie de lui dire que de plus tard, il n'y en aurait pas si ce n'est peut-être quelques heures de baise ininterrompue. J'avais été bien sotte de croire que la police new-yorkaise pouvait soulager mon angoisse et mon désespoir. Un inspecteur de première classe n'était même pas capable de comprendre l'angoisse et le désespoir du nommé Hector Rodriguez, un individu qu'il considérait comme quantité négligeable. Hector Rodriguez, c'était la chienlit.

Au fond, aller trouver Hector dans sa retraite, ce n'était peut-être pas une si mauvaise idée. En tout cas, sur le moment, ça me paraissait être une solution plus logique que pas mal d'autres.

« Maggie, je peux pas m'éterniser. Je rappellerai Sprig dans une demi-heure pour savoir quelle est ta décision. »

En baissant les yeux, j'aperçus la photo de Maggie Sommers à douze ans. Brusquement je regrettai de n'avoir pas su apprécier en temps utile cette époque bénie de l'enfance où tout est si simple. Celle qui précédait le choc que j'avais reçu. Précisément le jour où la photo avait été prise : ce qui expliquait pourquoi je faisais une tête lugubre, les yeux rivés sur l'objectif. La surveillante du collège était venue me chercher en plein cours d'anglais, au moment où la prof allait commencer une explication du roman de Hawthorne, *La Lettre écarlate*. Vera m'attendait, assise bien comme il faut sur un des fauteuils recouverts de chintz qui meublaient le parloir où se déroulaient les entretiens avec les parents. Elle adressa un salut discret à la surveillante, la redoutable Mlle Harkness, me prit la main et me conduisit sur la belle pelouse qui nous servait de terrain d'entraînement au hockey.

« Il y avait du sang dans ton lit, ce matin », annonça-t-elle, sans perdre son temps en aménités superflues.

La première pensée qui me vint à l'esprit fut qu'on m'accusait de meurtre.

« Pourquoi ce serait moi ? Pourquoi pas Cara ? bredouillai-je. On est parties toutes les deux en même temps ce matin.

— Pour une bonne raison, répondit Vera en glissant dans ma main qui tremblait un petit sac de papier blanc, bien clos et bien plié. Tu as mis du sang partout sur tes draps.

— Comment sais-tu que c'est moi ? Ça pourrait être Jonesie ou même papa, pleurnichai-je. Pourquoi c'est toujours ma faute ? »

Les larmes me brûlaient les joues. Vera se mordait les lèvres et son maquillage impeccable accentuait encore son expression exaspérée.

« Tu viens d'avoir tes règles. Désormais, tu les auras tous les mois pendant quarante ans. »

Condamnée à perpétuité! Stigmatisée! Trahie par le destin! Mon introduction à la féminité s'était faite sans la moindre cérémonie sur un terrain de hockey. Que se passait-il dans mon corps ce jour-là, celui où Mlle Hadley avait commencé le commentaire de *La Lettre écarlate*?

Je regardai Vera disparaître, trottinant sur ses talons haute couture italienne. Elle traversa la pelouse, longea le bâtiment de sciences en brique, les chalets style bord de mer qui flanquaient l'établissement et s'engouffra dans le taxi jaune à damiers noirs qui l'attendait au bas de la côte en laissant tourner son compteur. « Attendez-moi là, taxi. J'en ai pour une minute, le temps de dire à ma fille cadette qu'elle a mis du sang plein ses draps. »

Je restai figée sur place, serrant mon petit sac de papier blanc bien propre tandis que mes camarades s'élançaient vers les buts où se

déroulait la traditionnelle séance de photo de classe. Je me précipitai
vers les toilettes, poussai la porte, ouvris le sac et découvris trois
serviettes hygiéniques et une ceinture élastique d'un délicat rose pâle
à motif de fleurs pourvue de curieuses agrafes métalliques à une
extrémité. J'eus vite fait de tout comprendre. Je dus étouffer un cri
d'horreur en découvrant que l'intérieur de mes cuisses ainsi que ma
culotte de coton blanc étaient barbouillés de sang. J'en tirai la
conclusion que ma vie venait de prendre un tournant tragique. Ce
qui explique la tête que je fais sur cette photo.

Je n'avais pas la moindre idée de ce que cela signifiait. Pas plus
que je ne savais où j'allais par ce beau matin de printemps où
un ancien du Viêt-nam avait décidé de prendre trois personnes en
otages dans son appartement du South Bronx, ce beau matin où je
venais de comprendre que Brian Flaherty ne serait jamais mon
sauveur.

Je ne savais qu'une chose : c'était la dernière fois que je
commettrais l'erreur fatale. Celle de croire que, parce que j'avais le
con plein de foutre irlandais – Dieu sait pourtant que j'allais les
regretter, Brian, tout en muscles et en nerfs, lui, sa queue de béton et
ses décharges électriques! –, je n'avais plus besoin de l'intelligence
juive. On ne m'y reprendrait plus! Il ne suffit pas qu'un mâle
échappe à une névrose quasi historique, une névrose qui remonte à
Moïse et au buisson ardent – symbole ! symbole! – pour être exempt
de certains préjugés qui remontent eux à la préhistoire des
ménages.

Cela ne signifiait pas pour autant que tout ce qui était juif était
automatiquement intelligent et que tout ce qui était catholique était
nécessairement idiot. Pour Eric Ornstein, les débats intellectuels
n'étaient qu'une perte de temps. Selon lui « les gens auraient été
beaucoup plus heureux s'ils avaient cessé de lire ces foutaises qu'on
écrivait sur la sexualité. Ils auraient mieux fait de suivre leurs
instincts naturels ». Pour lui, les femmes n'avaient qu'une fonction :
la maternité. Pour Brian, *tout ça*, c'était du charabia, de l'enculage
de mouche. « Les gens, disait-il, seraient beaucoup plus heureux si au
lieu de *lire* ces foutaises sur la sexualité, ils passaient aux actes et
qu'on n'en parle plus! » Facile à dire pour lui! Je n'aurais pas vécu
plus heureuse avec un homme qui ne parlait que de base-ball, de ses
arrestations ou du dernier modèle de chaîne stéréo capable d'enchaîner huit cassettes sans avoir à bouger le petit doigt (ou la

troisième jambe) pour les retourner, qu'avec un agent de change qui faisait l'amour comme le TGV Paris-Genève, sans même s'arrêter à Dijon pour goûter la moutarde : Eric Ornstein manquait de piquant!

Au moment où je m'apprêtais à vivre les dernières minutes de ma vie en compagnie d'Hector Rodriguez, j'en vins à la conclusion qu'il aurait été aussi épouvantable de les passer horizontalement avec Eric Ornstein que verticalement avec Brian Flaherty. Et si j'en voulais à Vera et Alan Sommers de m'avoir persuadée qu'Eric était *la* solution, je m'en voulais encore plus – Dieu sait pourtant que j'allais les regretter, Brian et sa langue experte qui s'insinuait dans les endroits les plus inattendus! – de ne m'être pas posé certaines questions qui m'auraient convaincue que l'inspecteur Flaherty ne me convenait guère mieux. Le plus drôle (si l'on peut dire), c'est qu'Eric voulait avoir Maggie Sommers à lui tout seul. Brian, lui, la voulait mariée. Quant à Maggie, seize ans après l'apparition de la première goutte de sang sur ses draps, elle ne comprenait toujours pas très bien à quoi tout cela rimait.

Tandis que je me dirigeais sans trop me presser vers le bureau de Chris Sprig, je pris ma décision : j'acceptais l'invitation d'Hector Rodriguez. J'irais le trouver dans son appartement, 110 Morrison Avenue. En fait, je n'avais pas le choix. Il faisait soudain partie intégrante de la seule portion de ma vie qui m'appartînt encore : mon métier.

« Qu'est-ce que tu en penses? dis-je à Chris en m'asseyant dans son bureau.

– Je pense que ça pourrait bien te valoir un Emmy. » Ses yeux bruns brillaient malicieusement.

« C'est bien joli, mais d'après toi, j'ai des chances de m'en sortir vivante?

– Précisément, c'est de ça qu'on discutait. Brian me dit qu'il y a quatre-vingt-dix chances sur cent pour que le type soit régulier. Si tu y vas, il acceptera de se rendre.

– De mieux en mieux! Écoute, tu connais les statistiques comme moi : s'il se rend, ce sera 100 pour cent. Sinon, ce sera zéro pointé et tout pour ma pomme!

– Écoute, Maggie, le temps presse. Le type a prévenu les flics : dans une heure, il fait tout sauter. »

Chris était devenu fou ou quoi?

« Alors, 90 pour cent, ça te paraît honnête? » fis-je, scandalisée. Il me considéra, mal à l'aise.

« Quelle que soit ta décision, je te comprendrai. Je t'aiderai. Si tu veux, j'entrerai chez lui avec toi. Je ne te laisserai pas tomber. »

Tout en le regardant, je me demandai pourquoi tous les chics types étaient mariés ou à la colle avec des femmes épatantes.

« Allons-y, dis-je en me levant. Préviens Brian. Pendant ce temps, j'appelle Eric.

— Qu'est-ce qui te prend de lui téléphoner?

— Figure-toi (je voulais plaisanter) que, si je me faisais tuer, Eric ne me pardonnerait jamais de ne pas lui avoir dit où se trouvent les tickets du pressing où je donne ses chemises.

— Non, sérieusement, Maggie. Dis-moi pourquoi tu l'appelles.

— Il faut croire, dis-je sincèrement, que j'ai envie qu'il s'inquiète de ma petite santé... pour une fois! »

J'appelai donc Eric sur sa ligne directe. Je n'étais vraiment pas d'humeur à passer par la mère Pierce. Nul doute qu'elle se serait précipitée pour aller brûler un cierge et faire des prières pour que la balle du forcené m'atteigne entre les deux yeux!

Un, deux, trois, quatre, cinq sonneries. Finalement, à la sixième, il décrocha :

« Eric Ornstein. J'écoute.

— Eric? C'est moi. Je te dérange?

— Oui. L'or est en train de s'écrouler et je suis dans un beau pétrin. Qu'est-ce qui se passe? »

Je lui exposai toute la situation. Il me fit poireauter deux fois au bout du fil : la première parce qu'il traficotait je ne sais quoi avec des yens, la deuxième parce qu'il fallait racheter un paquet de deutsche Mark *in extremis*. Je parvins tout de même à conclure mon exposé de façon particulièrement tragique en déclarant qu'Hector avait accordé un délai d'une heure aux policiers. Après quoi, il tuerait tous les occupants de l'appartement et se donnerait la mort. Silence. Dans mon esprit, cela ne fit aucun doute : si Eric était devenu muet, c'était parce que le souvenir de tous les sales tours qu'il m'avait joués l'emplissait de remords. Il était en train de réfléchir au moyen d'arranger les choses. Je ne sais pas, moi, il aurait pu commencer par distribuer équitablement les biens qui se trouvaient dans notre appartement. Ou bien alors il se creusait la tête pour trouver les mots justes, ceux qui remettraient notre mariage en selle. On pouvait encore repartir de zéro, maintenant que Brian Flaherty avait cessé d'être un parti viable.

« Maggie, déclara-t-il enfin gravement.

— Oui, Eric? répondis-je la voix vibrant d'espoir.

— Et moi, qu'est-ce que je vais devenir s'il t'arrive quelque chose?

— Comment ça?

— Ça me paraît vraiment très égoïste de ta part! Tu n'as même pas songé qu'au cas où les choses se passeraient mal, c'est moi qui en subirais les conséquences! Comment je vais me débrouiller? Et d'une, je ne sais même pas où est l'épicerie, et de deux, où sont les tickets de pressing pour mes chemises?

— Dans le second tiroir de la cuisine à côté de la cuisinière », m'entendis-je répondre lamentablement.

Cette fois, c'en était bel et bien fini de mon mariage.

Tout en rassemblant les affaires dont j'avais besoin pour effectuer ma petite excursion dans le South Bronx, j'entrepris de jouer toute seule à un petit jeu mortel. Les mots « libre », « kaput », « seule », « rideau » se mirent à tournoyer dans mon cerveau. Et en montant dans l'ascenseur, le jeu se transforma en association libre mais tout aussi mortelle : « rideau-nulle part où aller — sans abri — pas la queue d'un — divorcée — Maggie ne se remariera jamais — incasable — boudin ». Et pour couronner le tout « boudin-cageot-Hector Rodriguez ».

Chris m'observait du coin de l'œil tandis que notre petit car vidéo se faufilait dans les embouteillages. Je sentais perler des gouttes de transpiration sur ma lèvre supérieure. Il devait croire que j'appréhendais de me retrouver parmi les otages.

« Te bile pas, Maggie, déclara-t-il sur un ton qui se voulait rassurant. Je ne te quitterai pas. »

La vérité c'est qu'Hector Rodriguez était bien le dernier de mes soucis. Brusquement, je venais de me rendre compte que je n'avais ni carte de crédit, ni compte en banque, ni carnet de chèques. Tout l'argent dont je disposais — du liquide — se trouvait dans mon sac à main. Une somme qui devait avoisiner vingt-sept dollars cinquante.

Le car s'engagea sur l'East River Drive, tournicota dans un dédale de petites rues étroites, déboucha sur Mosholo Parkway, en sortit et se dirigea vers Morrison Avenue. On longeait des immeubles à moitié calcinés. Chris se pencha vers le chauffeur.

« Prends la prochaine à droite. Morrison Avenue est en sens unique.

— Reçu cinq sur cinq », lâcha le conducteur entre ses dents, un jeune à l'air farouche et résolu.

Il vira sur les chapeaux de roue et s'arrêta au feu rouge, à côté d'un groupe de drogués allongés sur le trottoir. Je me dis que, si tout se passait correctement, si je ne me faisais pas flinguer à bout portant, je ferais l'amour le soir même avec Brian une dernière fois avant de rentrer à la maison pour obtenir d'Eric qu'il me restitue l'argent que j'avais déposé sur son compte en banque depuis quatre ans. Quand le véhicule s'arrêta au coin de Morrison Avenue et de la 238e, je n'étais pas à prendre avec des pincettes.

Plusieurs voitures de police étaient disposées en travers de l'avenue, en guise de barricade. Dick Carlson, le cameraman, passa ses énormes épaules par la portière du car vidéo et montra nos cartes de presse au flic. Les voitures de police manœuvrèrent aussitôt pour nous laisser passer. La scène ressemblait à un champ de bataille. Des badauds s'agglutinaient par groupes — ceux que Brian appelait les vautours —, toujours avides de sang. Ils s'approchaient déjà de l'ambulance. Il y avait trois camions de pompiers, deux fourgonnettes avec une équipe de réa et quatre voitures de police banalisées sur le toit desquelles on avait installé des gyrophares.

Jeff, notre chauffeur, pila à côté d'une voiture de police et Chris m'aida à descendre. En me retrouvant dans la rue à côté du cameraman et d'un jeune preneur de son — un certain Joe Valeri —, je m'aperçus que les spectateurs m'interpellaient. « Alors, Maggie ? Tu vas te risquer là-dedans ? », « Maggie ! Un autographe ! », « Bienvenue à Morrison Avenue, la patrie des zonards ! »

Joe Valeri — physique de jeune premier, longs cils sur de grands yeux noirs, teint bronzé — me poussa du coude. « Faites-leur un sourire. Montrez un peu vos jambes. Pourquoi pas ? Ça leur fera un souvenir, ajouta-t-il avec un sourire. C'est pas tous les jours que la télé vient chez eux ! »

Je leur fis un petit signe de la main.

« Vous êtes nouveau à ABN ? demandai-je. C'est la première fois qu'on se rencontre.

– Non, c'est la régie qui m'a envoyé ici. La plupart du temps, je suis en mission à l'étranger. »

Deux inspecteurs en civil s'approchèrent de nous, parlant dans leur talkie-walkie.

« L'individu a été informé de la présence de Maggie Sommers, déclara gravement l'un d'eux.

– OK », fit Chris. Puis, se tournant vers nous : « Ne vous dispersez pas. Je veux que l'équipe reste soudée. » Il suivit les deux inspecteurs qui se dirigeaient vers les voitures de police garées stratégiquement devant l'entrée du 110.

« Vous avez remarqué ? Dès que la police intervient quelque part, les êtres humains deviennent des " individus " ou des " suspects ", observa Joe.

– C'est vrai, ils cessent d'être humains. »

Avant que je puisse ajouter autre chose, Chris nous fit signe de le rejoindre.

« On dirait que ça va être à nous », lança Joe.

Il devait y avoir une dizaine de voitures de police et deux policiers par véhicule, tous munis de gilets pare-balles, accroupis derrière les portières ouvertes, pointant leurs armes de gros calibre sur l'entrée de l'immeuble de Rodriguez. J'aperçus Brian, les mains sur les hanches – il avait tombé la veste et dénoué sa cravate –, qui s'entretenait avec deux de ses supérieurs. Il se pencha pour prendre un bloc-notes. Sous le mince tissu de la chemise on voyait jouer ses muscles puissants. Des taches de sueur s'élargissaient dans son dos et sous ses bras.

« Voilà votre homme, fit Joe avec un sourire.

– Que voulez-vous dire ? demandai-je, feignant l'innocence.

– Je vous vois tirer la langue, s'écria-t-il en riant. Voilà ce que je veux dire. »

Cette attaque directe me laissa sans voix. Mais Chris se précipitait pour nous donner des instructions. Joe suivit Dick qui filmait la scène, caméra portée. J'observai Joe quelques instants et me dis que, si nous nous en sortions tous les deux, nous pourrions devenir amis. J'allais rejoindre Chris pour voir s'il avait besoin de moi dans cette séquence quand Brian m'aperçut.

« Alors, Maggie, ça va ?

– Tout baigne », dis-je, éblouie par ses yeux bleus.

Déjà il me manquait.

« Hector t'attend. Tout est prêt.

– Parfait. »

En réalité, j'aurais voulu être avec lui à Maspeth, Queens, une dernière fois au lieu de perdre des heures précieuses dans le South Bronx.

« Ça suffit. Garde de la bande pour le reste! » lança Chris à l'adresse du cameraman. Puis il se tourna vers Brian : « Attendez, il faut que je vous parle.

– De quoi?

– Je veux monter là-haut avec Maggie.

– Je ne suis pas sûr qu'il soit d'accord », observa Brian.

Tandis qu'ils discutaient pour savoir si Hector Rodriguez accepterait de recevoir Chris Sprig qui n'avait pas été « invité », Joe s'approcha de moi et me montra le toit du 110, Morrison Avenue et ceux des immeubles contigus. Des tireurs d'élite s'y étaient embusqués, doigt sur la détente, n'attendant visiblement que l'ordre d'appuyer.

« Il est cuit, déclara tranquillement mon preneur de son.

– Ce n'est pas ce qui était convenu, Sprig. Maggie devait y aller seule, objecta Brian.

– Je ne tiens pas tellement à ce qu'elle se trouve isolée. Si mon équipe ne peut pas filmer, je ne vois vraiment pas à quoi rime tout ce cirque! »

Brian se dirigea vers le central de fortune qu'on avait installé au milieu de la chaussée, derrière les voitures de police qui faisaient office de rempart sur ce curieux champ de bataille.

« Je vais lui poser la question! » lança-t-il.

C'était tout de même extraordinaire : il avait suffi de quelques minutes pour installer ce central de communication sophistiqué qui leur permettait d'entrer en contact de la rue avec Hector barricadé dans son appartement. Moi, quand ma ligne était en dérangement, il leur fallait plusieurs jours pour réparer.

« Regardez-moi ça, fit Joe. Mon téléphone est en panne depuis trois jours et on ne m'envoie un réparateur que demain!

– Les grands esprits se rencontrent, fis-je. C'est précisément ce que j'étais en train de me dire.

– Vous portez une alliance? Pourquoi? interrogea Joe tout à trac.

– Parce que je suis mariée.

– Vous n'avez pas le look.

– J'ai du mal à m'y habituer... Mais c'est une autre histoire.

– Et Zorro est arrivé, fit Joe en lorgnant Brian du coin de l'œil. Le Paul Newman du pauvre! Il est pas pour vous, ma belle! »

Chris me faisait de grands gestes.

« Tu vas me faire une interview de Brian. Tu décris le topo aux spectateurs : les exigences d'Hector, ce que tu vas faire, ce que tu risques. »

J'acquiesçai machinalement. Je pensai à ce que Joe venait de me dire.

« Maquille-toi, ajouta Chris. Un petit coup de peigne. Je veux que tu les fasses craquer. »

Tandis que je me dirigeais vers le car vidéo, les curieux se remirent à hurler.

« Hé, Maggie! T'es toute seule? »

Il ne croit pas si bien dire, celui-là, pensai-je.

« Fais-nous un sourire, Maggie! C'est les Portos qui te foutent la trouille? »

Les Portoricains ne me faisaient pas peur. Plutôt les agents de change qui me piquaient tout mon fric.

Au moment où je grimpais dans le véhicule pour me refaire une beauté, un imbécile se mit à hurler : « Saute, Hector, saute! » La foule ravie reprit en chœur. Bientôt toute la rue scanda : « Saute, Hector, saute! » Manquait plus que ça. Encore un peu et ils allaient danser la samba.

L'équipe m'attendait pour filmer l'interview. Dick nous prendrait tous les deux avec le 110 en toile de fond. Chaque seconde qui passait faisait monter la tension d'un cran. Brian discutait ferme avec Chris qui tenait absolument à ce que son équipe puisse couvrir l'événement sans entrave.

« On laisse une demi-heure à Maggie. Ensuite, je monte avec mes gars. Ça marche?

– Je ne sais pas, fit Brian. Il faut lui laisser le temps de parler avec Maggie. Surtout pas qu'il ait l'impression qu'on le bouscule. Je tiens à ce que les femmes qui sont avec lui s'en sortent vivantes.

– Il en a tout de même pas pour des siècles! explosa Chris. En une demi-heure, il peut lui raconter toute sa vie, à Maggie!

– Peut-être, objecta Brian. Mais moi, ce qui m'intéresse, c'est la vie de ces trois femmes.

– Quatre, rectifia Chris. N'oubliez quand même pas Maggie! »

Du coup, Brian s'énerva : « Faites pas le malin, Sprig! Je suis bien placé pour m'en souvenir.

– Alors? La demi-heure passée, je peux monter avec mon équipe?

– Ouais, ouais, mais vous en sortez le plus vite possible. Le marché qu'on a passé avec lui, c'est qu'à partir du moment où Maggie est dans l'appart, il libère les trois gonzesses. C'est clair? Sinon, je fais évacuer toute la zone.

– Comprends pas.

– Autrement dit, hurla Brian, vous avez pas intérêt à trop le titiller avec votre matos, vos caméras et vos projos parce qu'il est capable de faire péter tout le quartier.

– Qu'est-ce que tu en penses? interrogea Chris en se tournant vers moi. Tu es décidée à te risquer là-haut pendant une demi-heure?

– Aucun problème, dis-je en pensant à autre chose.

– Prêts, les gars? demanda Chris en se tournant vers l'équipe.

– Attendez, interrompit Brian. J'ai un message d'Hector. Il faut que je le transmette à l'un de mes hommes. »

Il appela un jeune policier en uniforme qui avait l'air beaucoup plus effrayé que nous.

« Il veut trois cafés, un léger sans sucre, un bien serré très sucré et un noir avec de la crème. Un hot-dog avec plein de moutarde, un croque-monsieur pas trop grillé, un sandwich au thon avec une rondelle de tomate, un pain de mie-saucisson avec de la mayo et un grand sac de pommes chips. Pigé?

– Attendez, dis-je. Moi, je voudrais un petit noir et un jambon-salade au pain complet. »

Le café noir et le jambon-salade au pain complet ne me paraissaient pas particulièrement drôles. Mais ma commande déclencha l'hilarité de l'équipe. Un fou rire hystérique. Joe Valeri se tenait les côtes en répétant : « Un café noir et un jambon-salade au pain complet! Jamais rien entendu de plus dingue!

– Et alors? protestai-je en m'esclaffant, gagnée par le fou rire. Ça va me donner faim de les voir manger. C'est largement l'heure de déjeuner.

– Déjeuner! Elle parle de déjeuner! hurla Dick entre deux hoquets.

— Comment peux-tu penser à bouffer dans un moment pareil ? »
glapit Chris en s'essuyant les yeux.

Et ainsi de suite. Puis tout le monde se calma et se mit en place.
Joe Valeri me prit le menton.

« Sommers, on a de l'avenir, tous les deux. Tu permets que je
tutoie une femme qui va risquer sa vie ? T'es tellement frappadingue
que tu vas t'en tirer. »

Brian avait remis sa veste et se donnait un coup de peigne en
vitesse.

« Prêt, déclara-t-il placidement, comme s'il ne s'était pas aperçu de
notre petite séance de rigolade.

— Inspecteur Flaherty, dis-je, qu'est-ce qui se passe exactement ? »

Brian se racla la gorge et répondit sur son ton monocorde plus
série B que jamais : « Il s'agit d'une prise d'otages. Le nommé Hector
Rodriguez tient sa femme et ses deux sœurs sous la menace de son
arme. Il s'est enfermé avec elles dans son appartement. » Brian se
tourna et montra le 110, Morrison Avenue vers lequel Dick braqua
sa caméra.

« Et cette situation dure depuis combien de temps ?

— Depuis 10 h 20 ce matin. Nous avons reçu un coup de téléphone
de cet individu nous informant qu'il avait l'intention du tuer sa
femme et ses deux sœurs et de se donner la mort ensuite.

— Est-ce qu'il a expliqué pourquoi ?

— Oui, mais je ne peux pas me permettre de le dire.

— Inspecteur Flaherty, dis-je, regardant Joe Valeri du coin de
l'œil, il est midi 10. La situation a-t-elle évolué depuis deux
heures ?

— Effectivement, la situation a évolué, répondit Brian en se
passant la langue sur les lèvres. L'individu en question a exigé que
vous veniez sur place et que vous montiez lui parler. Il veut saisir la
chance qui lui est offerte de vous exposer ses griefs avant de se
rendre.

— Si vous voulez bien, inspecteur Flaherty, résumons les faits,
dis-je à l'intention des téléspectateurs qui prendraient les infos en
cours de route : là-haut, un homme (geste vers l'immeuble) retient
trois personnes en otages. Il affirme qu'il ne se rendra que si j'accepte
d'aller lui parler seule. C'est bien ça ?

— Absolument.

– Eh bien, inspecteur Flaherty, enchaînai-je avec juste ce qu'il fallait de trémolo dans la voix, allons-y ! »

En voiture, Simone ! *Ciao*, Brian. Pendant l'interview, il avait exactement la même voix que d'habitude. Et pourtant, tout à coup, il m'ennuyait. Dick me suivit, caméra à l'épaule. Joe se précipita avec sa perche vers l'entrée de l'immeuble. Brian me prit le bras et m'entraîna. J'attendis que le jeune policier à l'air effrayé me donne les deux sacs en papier contenant les cafés et les sandwichs. Je poussai la porte et m'engageai dans l'escalier. Hector Rodriguez habitait au quatrième.

Son nom était grossièrement crayonné sur un bout de papier blanc collé sous le trou de la serrure. « Appartement n° 40. Rodriguez. » Je posai délicatement mes deux sacs en équilibre sur mon genou et frappai doucement.

« Qui c'est ? hurla une voix d'homme.

– Maggie Sommers d'ABN. » (J'aurais été bien dans le porte à porte !)

Brusquement une femme se mit à pleurer. Une autre cria et une troisième se lança dans une interminable tirade en espagnol à laquelle je ne compris rien.

« Comment vous savez que vous êtes seule ? hurla l'homme pour couvrir le raffut.

– Moi ? Je le sais très bien ! C'est *vous* qui voulez savoir si je suis seule.

– Non ! cria-t-il de toute la force de ses poumons. Me faites pas dire ce que j'ai pas dit !

– Mais, protestai-je sans réfléchir, vous m'avez demandé comment je savais...

– J' suis pas seul, coupa-t-il. Je le sais que j' suis pas tout seul ! »

L'un des cafés avait dû se renverser et transpercer le sac. Un liquide chaud me dégoulinait sur le genou.

« Hector, dis-je, présumant qu'il s'agissait de lui, je suis seule. Comme convenu. Alors ouvrez-moi et laissez-moi rentrer. J'ai les sandwichs. »

La porte s'ouvrit. Un homme d'environ trente-cinq ans, l'air terrifié, avec une barbe de trois jours se tenait devant moi. Torse nu, pantalon brun déchiré, pochant aux genoux. Une invraisemblable collection de chaînes en or et de médailles autour de son cou décharné. D'une main tremblante aux ongles soigneusement taillés en pointe, il rebroussa la mèche de cheveux qui lui barrait le visage – des cheveux qui lui tombaient sur les épaules – et de l'autre fit un geste avec son arme qui me parut énorme. J'interprétai son mouvement comme une invitation à pénétrer dans les lieux. Feignant d'ignorer son revolver qu'il avait l'air de prendre plaisir à brandir pour un oui pour un non, je me dirigeai vers une table couverte d'une toile cirée bleue tachée. Deux des femmes se tenaient accroupies dans un coin de la pièce, le visage sillonné de larmes; la troisième couchée à même le plancher non loin des autres dans une pose alanguie.

« Cafés et sandwichs pour tout le monde! » annonçai-je du ton le plus enjoué que je pus en déballant mes provisions.

L'une des femmes faisait peur à voir. Elle devait allégrement dépasser les deux quintaux. L'autre avait une tête d'anorexique. Sa lèvre s'ornait d'une moustache fournie et son front d'épais sourcils, noirs comme du jais. Quant à la troisième qui s'était relevée, elle était vulgaire, courte sur pattes, les cheveux teints du plus bel orange. Elle ôta sa barrette en strass et laissa retomber sa crinière couleur d'agrume qui lui masqua un œil.

Des photographies représentant Jésus-Christ dans des poses variées, accomplissant les plus célèbres miracles de son illustre carrière, s'étalaient sur les murs d'un vert pisseux. Tout en souriant au sexe-symbole à la chevelure couleur de mandarine qui s'était approchée de l'énorme poste de télévision posé sur un socle en agglo, je fis un rapide inventaire de l'appartement. Deux banquettes dont le rembourrage s'échappait par endroits, un fauteuil à bascule cassé et deux tables blanches où l'on avait posé des photos de John et de Robert Kennedy ainsi qu'un cliché apparemment pris lors d'un pique-nique dans un parc d'attractions où figurait tout le clan Rodriguez. Soudain, alors que je disposais soigneusement les sandwichs sur la toile cirée, j'aperçus trois boîtes à chaussures truffées de fil électrique, du mastic blanc et environ dix-huit bâtons de dynamite posés sur le plancher à côté de la fenêtre.

« N'essayez pas de faire les marioles! » lança Hector à la cantonade tout en arpentant la pièce d'un air agité et braquant son revolver sur des cibles imaginaires. Il zozotait et la nervosité le faisait bégayer. Les deux autres femmes étaient restées accroupies dans leur coin et se mirent à chuchoter.

« Vos gueules! » hurla Hector en pivotant sur lui-même.

Aussitôt les deux femmes fondirent en larmes. Leurs cris redou-
blèrent jusqu'au moment où « Poil de carotte » – qui de toute
évidence dirigeait le trio – leur balança deux ou trois phrases en
espagnol. Aussitôt, les deux autres se turent. Elle se tourna vers
moi.

« Tou m'a apporté les *patatas fritas* ?

– C'est vrai, ça, dis-je, jetant un coup d'œil dans les sacs vides, ils
ont dû les oublier.

– *Putana* ! » marmonna-t-elle entre ses dents.

Je l'ignorai et me tournai vers Hector.

« Si tu ne poses pas ton arme, je ne servirai pas à déjeuner. »

Ces mots me rappelaient vaguement ceux de Vera Sommers, les
après-midi d'été au bord de la piscine : « Si tu ne poses pas ce bâton
dégoûtant et si tu ne vas pas te laver les mains, tu n'auras rien à
manger. »

Si incroyable que cela paraisse, Hector posa son revolver sur l'une
des banquettes et vint gentiment s'asseoir à table. Je me tournai vers
les deux femmes toujours affalées sur le plancher. « Vous ne voulez
pas manger ? »

Elles se regardèrent, jetèrent un coup d'œil à Hector. Le mot
« manger » finit par avoir sur l'obèse un effet magique. Elle se dressa
sur ses énormes jambes et s'approcha de nous en se dandinant. La
maigre hésitait encore sur le parti à prendre : elle attendait un signe
du sexe-symbole aux cheveux orange.

« Je m'appelle Estella, déclara celle-ci en me fixant droit dans les
yeux. Je suis sa femme.

– Enchantée, Estella. Tu devrais dire à ton amie de venir manger
avec nous.

– C'est pas mon amie, fit-elle avec une moue dégoûtée, c'est sa
sœur.

– Aucune importance. Qu'elle soit sa sœur ou ton amie, pourquoi
ne pas lui dire qu'elle peut se lever ?

– Bouge ton cul, salope ! » éructa la douce Estella, joignant le geste
à la parole et indiquant la table du pouce avec une désinvolture
étudiée. La sœur d'Hector ne se le fit pas dire deux fois. En un clin
d'œil, elle fut assise à table.

« Et voilà ! dis-je joyeusement. A présent, qui a demandé le hot-dog
avec supplément de moutarde ? »

Si j'avais su que cette innocente question allait déclencher une dispute qui manqua de me coûter la vie ainsi que celle de tous les occupants de cet appartement, je me serais bien gardée de la poser.

« C'est Hector qui l'a demandé! glapit la grosse.

— Non, c'est pas moi! hurla Hector. Moi, je veux le croque-monsieur!

— Mais non, stupido! siffla la moustachue. T'as commandé le hot-dog.

— Ta gueule, *putana*! brailla Hector en sautant sur ses pieds. Moi, c'est le croque-monsieur!

— Je l'ai entendu, *maricon*! T'as demandé un hot-dog! cria Estella.

— Yé ne suis pas oune *maricon*, geignit Hector entre deux sanglots. Yé veux mon croque-monsieur. Sinon, yé fais tout péter.

— Pour un hot-dog! » m'écriai-je.

Mais Hector avait déjà plongé comme un fou vers ses boîtes à godasses et, à plat ventre sur le plancher, il tripotait frénétiquement les fils électriques. Je repoussai ma chaise qui tomba par terre, me précipitai sur lui et – Dieu sait comment? – je parvins à l'éloigner de ses joujoux. Hector gisait à présent dans une position fœtale à côté de ses trois bombes, gémissant comme un chiot blessé.

« T'en fais pas, Hector, dis-je en lui caressant les cheveux pour le consoler. Tu l'auras, va, ton croque-monsieur. Pleure pas. C'est elles qui se trompent. Le croque-monsieur est bien pour toi.

— Yé ne suis pas oune *maricon* », pleurnicha Hector.

Je regardai Estella qui l'avait appelé ainsi.

« Qu'est-ce que ça veut dire, *maricon*? »

Estella rejeta la tête en arrière et partit d'un grand rire de gorge, digne de Teresa Berganza dans *Carmen*.

« Pédé! hurla-t-elle, Hector, c'est un pédé! Il peut pas mé faire d'enfants!

— Pas de quoi lui jeter la pierre », marmonnai-je entre mes dents.

Mais avant que je puisse reprocher à cette harpie d'injurier Hector et de le mettre dans tous ses états – il se roulait sur le plancher et pédalait dans le vide –, les deux autres mégères se mirent à hurler et à faire un tel raffut que, même sans les bombes d'Hector, l'immeuble se serait écroulé. Maintenant fermement le bras d'Hector, je criai de toute la force de mes poumons : « Maintenant, vous allez tous la fermer ! »

Le silence se fit. Estella avait l'air stupéfaite : sa moue dédaigneuse se muait en une expression perplexe. Elle n'en croyait pas ses oreilles. Elle restait immobile, ne songeant même plus à enrouler ses cheveux autour de ses doigts. Les deux autres me fixaient, les yeux ronds, la mâchoire pendante. Quant à Hector, il n'en revenait pas : quelqu'un prenait enfin sa défense contre ses trois tortionnaires. Il m'avait suffi de rester quelques minutes dans l'appartement Rodriguez pour comprendre qu'Hector était le souffre-douleur de ces trois harpies. A sa place, n'importe quel individu normalement constitué aurait pris ses cliques et ses claques depuis longtemps.

Soudain, le téléphone sonna − celui que la police avait branché sur le central, en bas dans l'avenue. Mon coup de gueule avait dû s'entendre jusque-là.

« Ça va, Maggie ? interrogea Brian de sa voix placide. On t'a entendue crier. »

Celui-là, quand ce n'était pas du béton, c'est de la glace qui coulait dans ses veines !

« Passe-moi Sprig », dis-je simplement.

Chris devait être juste à côté.

« Alors, Maggie ? Tout va bien ?

− J'ai la situation en main. »

Je m'étais dit qu'il faudrait essayer de lui faire comprendre quels étaient les rapports de force sans que les autres puissent saisir. Chris avait beau être noir et moi ne posséder que quelques rudiments de cette langue, nous avions tous les deux travaillé depuis suffisamment longtemps à la télévision new-yorkaise pour connaître quelques mots de yiddish.

« Hector a des *tsoures* (des ennuis) parce que les trois meufs sont complètement *meshuguenah* (givrées). »

Chris pigea aussitôt.

« Vas-y », fit-il, se retenant pour ne pas rire.

« La situation est plutôt *schlecht* (mauvaise) parce qu'il a affaire à des *ganouven* (truandes). N'importe quelle personne normalement constituée leur aurait dit : *Kish mein toures* (litt : embrasse mon cul) depuis longtemps ! Capito ?

− Cinq sur cinq. Qu'est-ce que tu proposes ?

− De ne pas les contrarier.

– *Verdstanden* (compris). »

Hector se laissa reconduire à table et se mit à mâcher son croque-monsieur avec entrain. Soudain, sans prévenir, sans doute parce qu'elle trouvait qu'il n'y avait pas assez d'ambiance, la grosse hurla :

« Tu peux pas manger la bouche fermée, *cochino*? »

Immédiatement, la moustachue lui fit écho.

« *Loco*! Tu bouffes comme un porc! »

La moitié d'Hector crut bon de mettre aussi son grain de sel.

« *Maricon, tu no sabes comer, no sabes nada!* »

Comme on pouvait s'y attendre, Hector lâcha son croque pour empoigner son feu. Ce faisant, il renversa ma tasse de café dont le contenu se répandit sur le devant de ma robe de jersey couleur pêche. Je jugeai le moment venu d'intervenir.

« Hector », hurlai-je, trébuchant contre un pied de chaise, mais parvenant *in extremis* à empêcher Rodriguez de reprendre son revolver. « Tu vas me faire le plaisir de flanquer ces trois *locas* dehors! Tout de suite! Tu m'entends, Hector? A la porte, toutes les trois! Allez, zou, du balai! »

Il partit d'un grand rire silencieux, répétant « *locas, locas* », puis ce fut plus fort que lui, il se tordit, s'esclaffa tant et si bien qu'il en pleurait à chaudes larmes. Les femmes, sentant que leur libération approchait, ne savaient trop quelle attitude adopter. Mais bientôt elles reprirent leurs conciliabules en espagnol que j'interrompis d'un retentissant « Vos gueules là-dedans! J'aimerais pouvoir téléphoner tranquille! » ajoutai-je.

Brian écouta attentivement ce que je lui expliquai. « Les trois femmes vont sortir.

– Ton équipe peut monter? »

Je me tournai vers Hector qui s'était un peu calmé entre-temps.

« Hector, si tu veux passer au journal, il faut que les gens de la télé montent ici. Je peux leur dire de venir dans cinq minutes?

– *Si, si*, affirma-t-il en opinant énergiquement du bonnet. Yé vais mettre oune chemise.

– Cinq minutes et c'est bon », dis-je à Brian.

Le moment était venu de redonner à ce pauvre Hector un semblant de dignité.

« Dis-leur de sortir », lui suggérai-je tranquillement.

Ce qu'il fit. Pas exactement comme j'aurais voulu que ça se passe, mais sans doute comme je l'aurais fait, moi, si je m'étais trouvée dans sa situation.

Il les bouscula jusqu'à la porte et les poussa dans l'escalier en leur hurlant des obscénités en espagnol et en anglais (sans doute à mon intention).

« *Maricon*! lança Estella avant de disparaître

– *Putana*! » hurlai-je avant de claquer la porte.

Hector se retourna, surpris.

« *Si, si* », fit-il avec un sourire de bambin.

Lorsque Hector quitta la chambre où il était allé se laver la figure, (il s'était vidé une bouteille de lotion sur les cheveux – un produit qui sentait la noix de coco – et avait enfilé une chemise blanche), j'avais les mains qui tremblaient si fort que je pouvais à peine tenir mon jambon-salade-pain complet.

Il rentra consciencieusement les pans de sa chemise dans son pantalon tirebouchonné et s'assit à table en face de moi pour finir son déjeuner. Il regardait les restes de son croque-monsieur éparpillés sur la moquette crasseuse, là où il l'avait jeté tout à l'heure dans un accès de rage. Soudain, nous nous fîmes un sourire comme si nous avions partagé un étrange secret. Sans prononcer un mot, je lui tendis le hot-dog avec le supplément de moutarde qu'il prit sans la moindre hésitation.

« C'est bon? demandai-je.

– J'adore les hot-dogs », déclara-t-il en mordant la saucisse à belles dents.

Hector mâchonnait son hot-dog en donnant de petits coups de pied contre la table, les yeux fixés dans le vide. Le revolver se trouvait à côté de lui et les bâtons de dynamite posés sur le plancher non loin de la fenêtre étaient toujours reliés au détonateur de la boîte à godasses lorsque la sonnette retentit.

« C'est mon équipe. Je peux leur ouvrir, Hector? »

Il acquiesça. J'avais à peine entrebâillé le battant que Chris m'attrapa le bras.

« Les gars du déminage sont là, chuchota-t-il. Tu crois que je peux leur dire d'entrer? »

Hector était toujours tranquillement assis à table quand je lui posai la question :

« Mon équipe est sur le palier. Est-ce que tu verrais un

inconvénient à ce que deux ou trois techniciens viennent désamorcer les bombes que tu as fabriquées ? »

Hector fit signe qu'il acceptait.

Dick Carlson transpirait à grosses gouttes en installant sa caméra.

Sans hésiter, Joe Valeri s'approcha d'Hector et lui serra la main.

« Salut, Hector. Je m'appelle Joe, déclara-t-il en réglant son micro.

– Bonjour, Joe. »

Je conduisis Hector vers la banquette où j'avais l'intention de l'interviewer. Déjà les trois techniciens coupaient les fils et détachaient les dix-huit bâtons de dynamite.

« Ça va bien se passer, tu vas voir », dis-je à Hector.

Chris s'agenouilla à quelques mètres de nous.

« C'est moi qui vais diriger l'interview, annonça-t-il à Hector. Je m'appelle Chris.

– Salut, fit Hector avec un large sourire.

– Tu vas très bien t'en tirer. Regarde Maggie, pas la caméra.

– Prêt ? demandai-je.

– Prêt », fit Hector.

Chris me donna le signal. On pouvait y aller.

« Hector, dis-je en le regardant droit dans les yeux, pourquoi avez-vous pris votre femme et vos deux sœurs en otages ? Pourquoi menacer de les tuer ? »

Brusquement, Chris leva la main.

« Stop, Maggie ! Qu'est-ce que tu as sur ta robe ? »

Je baissai les yeux et aperçus la tache de café.

« Zut, j'ai oublié. Je me suis tachée tout à l'heure.

– Va dans la chambre et mets ta robe devant derrière, qu'on ne voie pas les taches. »

Quelques minutes plus tard, je revins m'asseoir sur la banquette.

« On reprend tout depuis le début », déclara Chris.

Je reposai ma question.

Les yeux d'Hector s'emplirent de larmes.

« L'otage, c'est moi. Y a pas d'autre otage.

– Comment ça ?

– Yé travaille et yé donne tout mon argent à Estella. Elle me donne rien. Juste de quoi prendre le métro pour aller travailler. Des fois, elle me fait un sandwich. J'ai même pas de quoi m'acheter des chaussures neuves.

– Pourquoi lui donnez-vous tout l'argent que vous gagnez?

– Parce qu'elle dit que c'est ma faute si on n'a pas de bébé. Sans arrêt, elle me crie dessus pour avoir un enfant. Elle m'insulte. »

Hector me regarda d'un air suppliant. Il tenait à ce que je comprenne sa situation. « Comment faire un enfant avec quelqu'un qui passe son temps à crier et à faire des reproches? »

Quelque part à Manhattan, en fait près de Gracie Mansion, une femme qui travaille, une certaine Maggie Sommers, est assise à sa table de cuisine en Formica imitation chêne clair. La suspension Tiffany jette des ombres mouvantes sur sa quiche aux épinards. Elle réfléchit à la question que son amie vient juste de lui poser.

« Je suppose que ce que je n'arrive pas à digérer, c'est qu'en fait d'argent Eric ne me donne que de quoi prendre le bus pour aller travailler. Je n'ai même pas assez pour me payer une paire de chaussures neuves.

– Mais pourquoi te laisses-tu faire? Après tout, tu gagnes ta vie! s'étonne l'amie.

– Parce qu'il me culpabilise sans arrêt. Il dit que c'est ma faute si nous n'avons pas d'enfant. Il me tanne sans arrêt avec ça. Mais comment veux-tu que j'envisage d'avoir un bébé avec quelqu'un qui me harcèle, qui me critique et qui m'accable de ses cris et de ses sarcasmes? »

Dick nous a suivis, caméra à l'épaule, Hector et moi dans l'escalier du 110, Morrison Avenue. Quant on est sortis, il y avait d'autres télés et d'autres radios venues assister à la « tragique reddition ». Pas si tragique que ça, au fond. Plutôt triste. Les policiers étaient toujours accroupis derrière leurs portières, pointant leurs gros calibres sur le pauvre Hector. Là-haut, sur les toits, les tireurs d'élite n'avaient pas bougé. En voyant paraître Rodriguez, la foule des badauds poussa des cris de triomphe. Il y eut même un petit rigolo qui imita un carillon, histoire de célébrer l'heureuse issue de l'événement.

L'inspecteur de première classe Brian Flaherty accueillit Hector avec une paire de menottes qu'il referma sur les poignets du pauvre diable en l'informant qu'il pouvait demander l'assistance d'un avocat.

L'ambulance s'arrêta à quelques mètres de nous et deux infirmiers s'approchèrent de lui prudemment. Je pris ses mains entravées dans les siennes.

« Je ne t'oublierai jamais, Hector, dis-je solennellement. Je te le promets. »

Les flashes crépitèrent et les deux hommes en blouse blanche l'entraînèrent en silence.

« Je peux t'offrir un verre ? proposa Joe.

— Non, merci. » Je glissai un œil vers Brian. « J'ai rendez-vous.

— On a tout le temps de remettre ça une autre fois, répondit-il en haussant les épaules. C'est curieux, ajouta-t-il en regardant Brian, mais j'ai l'impression que ce n'est pas son cas. »

Mary Margaret Flaherty arborait une robe en tricot jaune vif. Une petite croix en or brillait sur sa poitrine affaissée. Elle portait des chaussures orthopédiques noires lacées très serré sur ses chevilles maigres. Ses cheveux étaient soigneusement permanentés et formaient sur sa tête comme un amas de petites saucisses blanches. Un rouge à lèvres rose vif lui barbouillait les deux incisives supérieures. Elle sortait de sa maison de Maspeth Queens, au moment où Brian et moi nous apprêtions à y entrer. Elle planta un baiser sonore sur la joue de son fils et annonça : « Flora Carlucci doit passer me prendre en voiture pour m'emmener à l'église. Et ce soir, on va jouer au bingo. »

Elle me détailla des pieds à la tête, l'air entendu. Moi, je me prêtai à son inspection avec le sourire.

« Qu'est-ce que tu as fait de ton Sonotone ? demanda Brian.

— Cassé, mon grand, répondit Mary Margaret.

— Votre fils m'a beaucoup parlé de vous, dis-je, histoire de briser la glace. Je suis très heureuse de vous rencontrer. »

Elle m'ignora et s'adressa à son fils.

« Qu'est-ce que tu fais, ce soir, mon grand ?

— Oh, on va juste regarder la télé, m'man.

— Alors, c'est vous, Maggie, déclara finalement Mary Margaret. C'est un prénom irlandais, ça, Maggie ?

— Non, m'man, fit Brian, rouge comme une tomate. Maggie n'est pas irlandaise.

— Vos parents sont d'où ?

— Eh bien, dis-je mal à l'aise, mon père est du Bronx et ma mère de Saint-Pétersbourg.

– Saint-Pétersbourg! fit-elle avec à propos. Feu mon mari – que son âme repose en paix! – avait de la famille à Saint-Pétersbourg. Chaque hiver, on allait passer quinze jours chez eux, en Floride.

– C'est vrai, je me souviens, s'écria Brian, tout heureux de la diversion. On passait de la femme (de mauvaise vie) à la famille (de bon augure). Vous alliez voir le cousin Tim Riley et sa femme. P'pa adorait se rendre chez eux avant de rendre son âme à Dieu. »

Comment se fait-il que les Irlandais rendent toujours « leur âme à Dieu » et qu'elle repose en paix, alors que les juifs « meurent » d'une mort toute simple, ordinaire comme celle du vieux Sol qui avait claqué d'une tumeur à l'œsophage? Étouffé dans son vomi en plein *green* devant le onzième trou, le pauvre diable!

Une voiture klaxonna. Mary Margaret Flaherty agita une main gantée de blanc vers Flora Carlucci qui s'était arrêtée le long du trottoir.

« Ne veille pas trop tard, mon garçon », fit-elle en me décochant un autre de ses regards entendus.

Certes, lorsqu'il ne serait plus en état de veille ni en état de m'émerveiller, je n'aurais plus aucune raison de m'attarder à Maspeth, Queens. Sourde, sans doute. Mais pas folle, la digne mère de « queue de béton »!

« Bonsoir, m'man, répondit Brian. Amuse-toi bien. »

Dans la chambre de Brian, la chaîne stéréo jouait sans arrêt la même chanson : *Strangers in the Night*. Il ne s'était pas encore acheté le dernier modèle de chaîne stéréo capable d'enchaîner huit cassettes à la file (plus besoin de se lever ni même de se retirer pour changer de musique). Moi, je me tenais dans la position dite en levrette et « queue de béton » me ramonait rythmiquement, la bouche enfouie dans mon cou. Nous étions en nage tous les deux. Nos corps glissaient l'un contre l'autre, vite, de plus en plus vite, jusqu'au moment où – enfin! – il lâcha sa purée. Brian haleta un moment, prit deux ou trois profondes inspirations et resta étendu sans bouger sur les draps moites. Plusieurs minutes s'écoulèrent ainsi. Puis il m'attira vers lui : j'avais les fesses contre son ventre. Il m'embrassa la nuque et fit courir sa langue sur mon omoplate droite.

« Brian, dis-je, voilà ce que nous sommes.

– Quoi? fit-il d'une voix pâteuse.

– Des " étrangers dans la nuit ". C'est exactement cela que nous sommes. »

Il ne répondit pas. Il se contenta de me toucher et de tâter les lieux où il avait à nouveau envie de s'enfouir.

« Tu trouves qu'on est des étrangers dans la nuit ? »

Je l'attirai tout contre moi et lui glissai mes bras autour du cou. Nos bouches s'écrasaient l'une contre l'autre et nos langues s'entremêlaient doucement.

« Brian, dis-je en reprenant ma respiration, tandis qu'il s'insinuait en moi, Eric et moi, nous avons décidé de divorcer. »

Arrêt complet ! Terminus ! Adieu l'érection ! « Queue de béton » n'était plus qu'une petite limace, moins que rien ! J'avais tout gâché.

« Je ne peux pas t'épouser, Maggie, fit-il piteusement en s'asseyant au bord du lit.

— Je n'en attendais pas moins de toi, dis-je doucement, le menton posé sur les genoux.

— Tu comprends, je t'aime bien, Maggie, mais y a ma mère et mon boulot. »

La séparation eût-elle été plus cruelle si Brian avait formulé les choses autrement ? « Je t'adore, ma chérie, mais j'ai une profession tellement prenante que je ne peux pas proposer à une femme de partager ce genre d'existence. Et puis, tu sais, il y a maman... »

Suivit un silence un peu tendu. Je fis le premier geste qui devait être l'un des derniers. Je me levai et passai dans la salle de bains. Je me lavai, m'habillai et enfilai ma robe pêche dans le bon sens, si bien que la tache de café se voyait de nouveau. Brian était prêt. Il m'attendait pour me reconduire chez moi. Je m'approchai de lui, le serrai dans mes bras et lui dis adieu silencieusement. Entre nous, c'était fini.

Vingt minutes plus tard, il arrêtait sa voiture comme d'habitude, à cinq cents mètres de l'immeuble sur East End Avenue. Durant tout le trajet – depuis son monde à lui jusqu'au mien – nous n'avions pas desserré les lèvres. Une fois encore, je fis le premier geste. Cette fois, il s'agissait bel et bien du dernier. En descendant de voiture, je lui dis : « Je t'aime. » D'une certaine façon, c'était vrai. Et puis je crois que je cherchais encore à m'illusionner.

Sur le palier, j'entendis la voix agitée d'Eric Ornstein qui se mua en chuchotement quand j'entrai dans l'appartement. Je laissai

tomber mon sac par terre et jetai un coup d'œil au courrier posé sur
la table de l'entrée avant de pénétrer dans la salle de séjour. Eric était
assis sur le canapé jaune citron à côté de sa mère tandis que son père
arpentait la pièce, les mains derrière le dos.

« Bonsoir, tout le monde », dis-je en me laissant tomber sur une
chaise tendue de satin blanc.

Harry s'arrêta pile tandis que Mildred me considérait d'un œil
torve, comme une crotte sur laquelle elle aurait marché. Elle prit une
profonde inspiration et plaqua la main sur son cœur. Au même
moment, Eric croisa ses jambes maigres et regarda son père comme le
sauveur.

« Tiens, bonsoir, Maggie », s'écria Harry avec un grand sourire.

L'apparence physique d'Harry Ornstein m'avait toujours moins
frappée que son caractère cauteleux. Pourtant son visage était on ne
peut plus disporportionné : de tout petits yeux rapprochés, un nez
proéminent, des lèvres épaisses et charnues qui accentuaient encore
la fuite du menton. En observant mon beau-père, je reconnus ce
sourire : c'était celui qui annonçait la flèche du Parthe.

Harry Ornstein, qui avait vendu une florissante affaire de
confection et de fourrure pour racheter une officine d'agent de change
à un de ses amis sur le point de faire faillite, avait coutume de dire :
« Du vison ou des actions, c'est la même foutaise ! L'important, c'est
de savoir embobiner les gens avec le sourire. »

« Qu'est-ce qui se passe ici ? » demandai-je. J'avais remarqué que
le petit poste de télé portable noir et blanc qui se trouvait
habituellement dans la cuisine avait été posé sur la table basse à côté
du canapé.

Mildred croisa ses bras dodus sur sa poitrine, geste qui annonçait
en général un mouvement de balancier d'avant en arrière s'apparen-
tant de très loin à celui des juifs lors de la prière. Et comme prévu,
Mildred se trémoussa bientôt sur le canapé, tandis que Harry
s'asseyait sur l'autre chaise, se frottant les tempes du bout de ses
doigts boudinés. Eric se mit à fredonner.

« La ferme ! » aboya Harry.

Aucun doute, l'heure était grave.

« Qu'est-ce qui se passe ? répétai-je en regardant dans toutes les
directions.

— Il semble que nous ayons un petit problème, déclara Harry en
découvrant ses dents de cheval.

– Eric ? » dis-je en me tournant vers lui d'un air interrogateur.

Pour toute réponse, il se remit à fredonner son air horripilant.

« Je croyais t'avoir dit de la boucler ! » hurla Harry.

Mildred tapota le genou de son fils de la main gauche tout en jouant avec le diamant taillé en poire – six carats garantis – qu'elle portait à la main droite.

« On t'a vue ce soir à la télévision », reprit Harry qui avait retrouvé son sourire.

La famille Ornstein avait peut-être décidé de se retrouver devant la télévision pour me voir à l'œuvre ? Qui sait, la façon dont je m'y étais prise avec Hector leur avait déplu ?

« Comment vous avez trouvé ça ? » hasardai-je malgré tout.

Harry se frotta les mains de telle sorte que sa bague en saphir heurta sa chevalière en onyx et diamant. Il secoua la tête tristement.

« Oh, Maggie ! Maggie !

– Écoutez, dis-je, perdant patience, si quelqu'un veut bien m'expliquer de quoi il retourne ?»

Mildred se mit à tripoter son collier de perles de sorte que le fermoir orné de diamants se trouve confortablement positionné sous son double menton.

« Où as-tu taché ta jolie robe ? demanda Harry d'une voix lugubre.

– Hector Rodriguez m'a renversé du café dessus quand j'étais dans son appartement, répondis-je éberluée.

– Je vois, fit Harry théâtral. La magie de la télévision...

– Qu'est-ce que vous voulez dire ? dis-je de plus en plus perplexe.

– Cette tache, insista-t-il avec un sourire, on ne la voyait pas sur ta robe, tout à l'heure à la télévision.

– Parce que mon chef de service me l'a fait mettre devant derrière avant qu'on commence l'interview. »

Il trouvait peut-être que les notes de teinturier étaient trop élevées.

« Et si je puis dire, fit Harry imitant Kojak, c'est pour la mettre " derrière devant " que tu t'es arrêtée à Maspeth, Queens, avant de rentrer ici ? »

Eric se remit à fredonner frénétiquement, désespérément jusqu'à ce que Harry lui expédie un coussin dans l'estomac de l'autre bout de la pièce.

« C'est la dernière fois que je te dis de la boucler! » brailla-t-il.

Tout était soudain très clair, mais je n'y pouvais plus rien. Trop tard. Le mal était fait. Détail intéressant, ma première pensée fut pour ma mère : comment réagirait-elle lorsqu'elle apprendrait que, selon toute vraisemblance, la famille d'Eric avait embauché un détective privé pour suivre sa fille cadette, et que le privé en question l'avait surprise en flagrant délit de « derrière devant » dans une petite maison de Maspeth, Queens?

« Qu'est-ce que ta mijaurée de mère va trouver à dire quand elle apprendra que sa fifille est une putain? » interrogea Mildred. Celle-là, je la savais téléphage, mais pas télépathe!

Harry se leva et balayant l'air de sa dextre – un geste digne du roi Salomon – s'écria : « Mildred, voyons! En voilà des façons de parler de la famille! »

J'avais le visage en feu, les mains moites et les yeux obstinément fixés sur les motifs compliqués du tapis persan.

« Vous m'avez fait suivre! murmurai-je. Vous m'avez fait suivre!

– " Fait suivre ", fit Harry tragique, " fait suivre ? "! C'est tout ce que tu trouves à dire, Maggie ? »

S'il ne s'agissait que de ça, je pouvais changer de disque. Je me tournai vers Eric.

« Eric, comment as-tu pu les laisser faire une chose pareille ?

– C'est un jour terrible pour la maison Ornstein, déclara Harry. Et c'est toi qui es responsable du terrible chagrin que tu nous causes. Nous t'aimions comme notre propre fille. Et toi, en nous trahissant, tu nous plonges un couteau dans le cœur.

– Et en plus, elle nous a trompés avec un goy! » renchérit Mildred.

Mais Harry, dans sa profonde sagesse, essayait encore de contrôler la situation, d'éviter les injures, les mots irréparables; il se refusait à blesser ceux qu'il aimait – y compris Maggie qu'il aimait comme sa propre fille.

« Goy ou pas, le fait est là, gémit Harry dans sa profonde sagesse. Maggie, nous qui t'aimions comme notre propre fille... »

Il ne put achever sa phrase, tellement il était bouleversé que Maggie qu'il considérait comme sa propre fille ait trahi.

« Laisse-moi m'en occuper, p'pa », déclara Eric bravement cramponné à la main de sa mère. Quant à Harry, dans sa profonde sagesse, il tentait encore de contrôler la situation, d'éviter les injures inutiles. Il se refusait à blesser ceux qu'il aimait, y compris Maggie qu'il aimait comme sa propre fille.

« Abruti! siffla Ornstein père entre ses dents. Pas question que tu fasses quoi que ce soit! Tu n'as même pas su empêcher ta propre femme d'écarter les cuisses devant le premier flic, le premier goy venu! »

Finalement, qu'est-ce que j'avais à perdre? Je ne pourrais plus mettre les pieds dans le saint des saints? Dans le palais de ma belle-famille? Je n'aurais plus l'insigne honneur d'assister aux leçons d'économie domestique de Mildred qui vidait les assiettes sales dans les W-C réservés à la bonne pour ne pas gâcher les sacs poubelle? Je n'entendrais plus mon beau-père commander ses « Smir glacées sans joujou » (vodka on the rocks sans zeste). Jamais plus je ne ferais mumuse avec le thermomètre d'Eric, la seule chose qu'il tenait vraiment à m'enfoncer dans le troufignon?

« Je vous défends de me parler sur ce ton, dis-je, pincée en diable. Je ne le supporterai pas! »

Mon indignation ne parut point déplaire à Harry qui me considérait à présent avec une certaine admiration.

« Si tu étais ma femme, je t'assure que ce ne serait pas arrivé. »

Il y avait encore une chance – une toute petite chance – pour que Harry s'efforce de trouver une solution équitable au problème qui nous préoccupait. Mais pour la saisir, cette chance, il s'agissait de jouer la bonne carte.

« Harry, dis-je, si j'étais votre femme, nous aurions discuté de ce problème tous les deux sans faire appel à nos parents. »

La réponse de Harry ne me surprit pas. Je connaissais l'immense estime qu'il avait pour lui-même.

« Pour Eric, j'ai fait tout ce que j'ai pu – vraiment tout! Mais il n'est pas très futé. J'ai essayé de lui inculquer le b,a, ba, mais il n'est pas taillé dans la même étoffe que son père, vois-tu. C'est un faible, ce garçon. »

Un jour, à l'avenir, à condition d'avoir le temps, je consolerais peut-être Eric, mon mari, ce faible garçonnet. En attendant, ce qui m'importait, c'était de récupérer le montant de plusieurs années de salaire viré directement sur son compte en banque.

« Harry, dis-je, revenant à la charge, pourquoi m'avez-vous fait suivre?

– J'aurais préféré m'ouvrir le cœur, soupira-t-il, geste à l'appui, mais quelqu'un m'a dit qu'il t'avait vue avec un homme dans une taverne à Maspeth, Queens. Ça m'a tellement surpris, tellement choqué que je ne l'ai pas cru. Ma parole, Maggie! Ensuite quelqu'un d'autre m'a raconté qu'il t'avait aperçue en train de monter dans la voiture d'un homme – toujours le même – devant les studios d'ABN. Franchement, tu crois que j'avais le choix? J'espérais contre tout espoir que tu prouverais ton innocence. »

Je n'étais tout de même pas sotte au point de fondre en larmes précisément à ce moment-là, parce que Harry sortait un mouchoir de sa poche de pantalon, mouchoir qu'il déploya d'un ample mouvement du poignet et qu'il me tendit en poursuivant, un ton plus haut : « Je ne veux pas mettre des avocats sur cette affaire. Ils prennent des honoraires exorbitants. Nous réglerons cela nous-mêmes comme jadis nos ancêtres réglaient leurs différends, au temps de Moïse, quand nous vivions en tribus. »

Eric se racla la gorge. Mildred rota.

Inspirée par les allusions de Harry aux anciennes coutumes tribales des Hébreux, je fis ce serment solennel : « Je promets de ne rien faire qui risque de blesser davantage celui ou ceux qui ne le sont déjà que trop. Et je jure de ne pas m'adresser à un avocat.

– Tu veux que je te dise, Maggie? Je te considère toujours comme ma fille, s'exclama Harry. Comme mon propre sang.

– Papa! pleurnicha Eric.

– Toi, ta gueule, lâcha Harry sans même tourner la tête.

– Je ferais peut-être mieux d'aller dormir chez Quincy ce soir. Comme ça, tout le monde se calmera un peu. Demain matin, on se sentira tous mieux et on pourra reprendre cette discussion à tête reposée.

– Sarah elle-même ne se serait pas mieux conduite que toi, Maggie. Alors on est bien d'accord : pas d'avocat, hein? »

Quincy ne fut pas excessivement surprise de me découvrir sur son palier, ce soir-là. En revanche, ce qu'elle n'arrivait pas à comprendre c'est pourquoi je fondais en larmes quand je lui racontai les détails les plus sordides de cette scène.

« Allez, c'est fini, fit-elle, toujours pragmatique. A quoi bon pleurer? Voilà des années que tu es malheureuse!

– Parce que je me sens coupable, sanglotai-je. Il a traité Eric avec un tel mépris! Comme un petit garçon!

– Mais c'est un petit garçon, affirma Quincy. Sinon, il n'aurait pas appelé son papa à la rescousse.

– Quincy, m'écriai-je sans pouvoir m'arrêter de pleurer, je crois que je ferais mieux de rentrer. Il a sûrement besoin de moi. Ma place est encore à côté de lui. »

Quincy me regarda comme si j'avais perdu l'esprit. Elle se leva, s'approcha de la fenêtre, contempla la nuit un long moment puis se retourna doucement.

« Est-ce qu'il faut te rappeler toutes les merveilleuses péripéties qui ont émaillé les années idylliques que tu as passées avec lui? » interrogea-t-elle.

Je secouai la tête, me mouchai et toussai.

« Non, dis-je enfin.

– Pourquoi? Ces souvenirs t'empêcheraient-ils d'avoir pitié de lui?

– Il faut que j'aille le retrouver, dis-je en me levant. Après tout, Eric est toujours mon mari.

– Tu commets une grave erreur en y retournant. Cette histoire devrait être réglée depuis des années. Ce qui me désole, c'est qu'ils t'aient poussée à te fourrer dans une pareille situation.

– Non, non, Quincy. Je rentre. »

Elle me soutint jusqu'à la porte et m'embrassa.

« Si tu as besoin de quoi que ce soit, appelle-moi ou reviens ici. Peu importe l'heure. Ne te gêne pas. » Marquant un temps, elle ajouta : « Mais je ne comprendrai jamais pourquoi tu fais ça. »

Une heure plus tard, je me retrouvai sur le palier de Quincy. Les serrures de notre appartement de l'East End avaient déjà été changées. Autant pour Sarah, pour Moïse et pour ces coutumes tribales censées nous dispenser de verser des honoraires exorbitants à des avocats plus ou moins marrons!

6

« Tu es sûre de vouloir aller dîner avec Grayson, ce soir ? Tu ne veux pas que je remette le rendez-vous à plus tard ? » Quincy range ses affaires et s'apprête à partir.

« Non, dis-je en l'aidant à enfiler son manteau. Mieux vaut que je signe mon contrat. Ce sera toujours ça de pris !

— Cesse de t'apitoyer sur ton sort ! Tu n'es pas si malheureuse. Le nommé Avi Herzog doit t'appeler ce soir. D'autre part, tu es entourée d'amis qui pensent à toi. Ne serait-ce que Dan et moi, par exemple.

— Excuse-moi, Quincy. Je raconte des bêtises.

— Je ne te le fais pas dire. » Quincy fait bouffer ses cheveux devant la glace et ajoute : « Si ça ne tenait qu'à moi, je redormirais bien un peu !

— A part Grayson, qui sera là ?

— Elliot James, puisqu'il est toujours ton supérieur hiérarchique, et moi. Tu devrais te recoucher un peu. Pourquoi ne pas en profiter aujourd'hui ? Tu n'as rien de spécial à faire.

— Je crois que je vais téléphoner à ma mère. »

Quincy enlève son manteau.

« Dans ce cas, je reste. Il faut qu'il y ait quelqu'un pour ramasser les morceaux.

— Ce n'est pas une obligation, dis-je d'un ton peu convaincu.

— Allez, suis-moi, réplique-t-elle en me précédant dans ma chambre. A mon avis, tu te sens trop bien. Tu as besoin de te faire démolir un peu. »

Elle s'assoit sur le fauteuil, me regarde composer le numéro et m'adresse un sourire d'encouragement tandis que j'attends qu'on décroche. Nous sommes le mardi 28 décembre 1982. Il est midi. Avi Herzog tient toujours à moi. Ce soir, je dînerai avec Grayson Daniel pour mettre au point mon nouveau contrat. Je suis censée être une femme adulte. Alors, pourquoi mes mains tremblent-elles?

« Allô! »

Je marque un temps avant de répondre à mon père qui a décroché.

« C'est moi, Maggie. Je suis rentrée à New York. »

Quincy lève les yeux au ciel.

A l'autre bout du fil, le silence se prolonge sérieusement.

« Ça alors! Tu es rentrée! Sans parade triomphale? Sans tambour ni trompette? »

Je dessine des petites boîtes carrées sur une feuille de papier qui se trouve sur ma table de nuit. Des rangées de petites boîtes carrées attachées les unes aux autres.

« Comment vas-tu? dis-je, feignant d'ignorer ses sarcasmes.

— Moi, très bien. Mais d'après ce que j'ai entendu, on ne peut pas en dire autant de ton preneur de son. Il paraît qu'il s'est fait décapiter par ces abrutis d'Arabes? Bien fait pour lui! Ça lui apprendra à aller traîner ses bottes là-bas! »

Ce n'est pas grand-chose, après tout : quelques phrases, une cinquantaine de mots que j'ai comptés parce qu'ils me résonnent dans la tête. Mais ces quelques mots traduisent à eux seuls tout ce qui n'a jamais marché dans la famille Sommers. Que répondre? Ou j'attaque, ou j'essaie d'expliquer, ou je me défends. Finalement, je renonce. C'est trop tard. Mes yeux s'emplissent de larmes — une réaction habituelle. Son seul nom suffit à la déclencher.

« Maman est là? »

Mon père ne prend même pas la peine de me répondre. Il a fait son devoir. Mission remplie pour cet après-midi.

La voix de Vera Sommers me paraît angoissée, ce qui ne me surprend pas. Mais j'y décèle une nuance de désespoir qui m'inquiète davantage.

« Bonjour, Marguerite.

— Qu'est-ce qu'il y a, maman? Tu as une voix lugubre. »

Quincy secoue la tête et allume une cigarette.

« Rien. Quand es-tu rentrée?

— Hier. »

Un mensonge de plus.

« Cara n'est pas là en ce moment. Elle est partie passer les vacances à Aruba avec ses enfants.

— Je sais. Ça te dirait de venir me voir cet après-midi ?

— Le temps de sauter dans un taxi. Je serai chez toi dans un quart d'heure. »

Non seulement Vera accepte de faire le trajet qui d'habitude la décourage mais, en plus, elle a l'air pressée de venir. Je suis sidérée.

« Alors ? demande Quincy.

— Toujours la même. Seulement, cette fois, sa voix m'a paru désespérée. Ça m'a rappelé celle qu'elle avait parfois quand j'étais petite. Et plus précisément une certaine époque : le jour où mon père avait gribouillé un affreux dessin sur une serviette en papier du Trader Vic, le restaurant du Plaza. »

Quincy me regarde, les yeux écarquillés.

« Qu'est-ce que tu racontes ? »

C'était en 1963. Un été qui n'avait rien de particulièrement mémorable sinon que c'était le dernier que je passais aux États-Unis. A l'automne on m'expédierait dans mon pensionnat suisse.

J'étais assise en tailleur sur le tapis de ma chambre dans l'appartement d'Alan et Vera Sommers, celui de la Cinquième Avenue. J'attendais que Jonesie ait fini de coudre mon nom sur les affaires que j'emporterais. Jonesie, un écheveau de coton blanc à la bouche, me tendait mes shorts et mes chemises soigneusement pliés que je plaçais dans une grande malle posée près de la fenêtre. Cette année-là, Cara ne m'accompagnait pas en camp de vacances. Elle avait trouvé un travail à l'hôpital de Lennox Hill. Elle porterait un tablier rayé rouge et blanc et pousserait un chariot rempli de magazines destinés à distraire les malades qui attendaient de guérir ou de mourir. Maman nous avait dit au revoir quelques jours plus tôt. On nous avait expliqué qu'elle partait voir ses parents dans le Milwaukee mais qu'on ne pourrait pas la joindre parce qu'ils allaient passer un mois entier dans une cabane de bois au bord d'un lac du Wisconsin. Que ma mère accepte de vivre un mois dans une cabane, ça nous paraissait encore plus invraisemblable à Cara et moi que les motifs que mon père alléguait le soir pour ne pas dîner avec nous. « Je me tue au boulot pour vous ! Pour vous mettre dans des collèges chics, pour vous envoyer camper l'été, pour vous donner une bonne éducation. Jamais eu autant de travail! Je ne rentrerai pas avant minuit. »

Je jetai un coup d'œil à ma montre : presque 5 heures et demie. Mon Dieu, quelle horreur! Et mon père qui m'attendait au Trader Vic à l'hôtel Plaza! Une cérémonie à laquelle je ne pouvais échapper.

« Il faut que je parte, Jonesie! Sinon je vais être en retard. » Jonesie acquiesça et se releva péniblement, s'appuyant d'une main noueuse sur son énorme hanche pour s'aider.

« Dépêche-toi, Maggie. Sois belle pour qu'il soit fier de toi. »

Le bus me laissa au coin de la 59ᵉ et de la Cinquième Avenue. Un groupe de barbus et de femmes à cheveux longs chantait du folklore devant la fontaine. Avec ma jupe blanche plissée, mon chemisier à fleurs bleu et blanc et mes gros nœuds blancs dans les cheveux, j'avais l'air d'une petite fille modèle. S'il n'avait tenu qu'à moi, j'aurais préféré passer la soirée dehors.

Je grimpai les marches recouvertes d'un tapis vert et pénétrai dans le hall de l'hôtel. Je passai devant les vitrines où étaient exposés des bijoux étincelants et de la maroquinerie de luxe. Enfin j'arrivai devant un autre escalier lui aussi recouvert d'un tapis vert qui descendait vers le restaurant polynésien.

Une jolie dame vêtue d'un sari m'accueillit à l'entrée et m'accompagna jusqu'à la table d'Alan Sommers. Mon père se leva galamment à mon approche et attendit que je sois assise pour en faire autant. Il commanda un punch sans rhum pour moi et pour lui un autre cocktail à la vodka.

« Comment vas-tu, Maggie ?

— Bien, merci, papa, et toi ? répondis-je poliment.

— Tout est prêt pour ton départ au camp ? demanda-t-il mécaniquement.

— Presque, fis-je sur la défensive.

— Parfait, répondit-il d'un air absent.

— Pourquoi est-ce que tu as voulu qu'on dîne ensemble ? » demandai-je stupidement. J'eus aussitôt l'impression que ma question avait tout flanqué par terre.

Ni lui ni moi n'ouvrîmes plus la bouche jusqu'à ce qu'on nous apporte les boissons, ce qui nous permit à l'un et l'autre de penser à autre chose qu'à ma bourde monumentale. Et c'est alors, avant même que je pusse me saisir de la paille plantée dans mon verre parmi des morceaux de noix de coco, que mon père me chipa la serviette de papier qu'on avait posée à côté de moi en même temps que ma consommation. Il sortit un stylo de sa poche intérieure et se mit à dessiner un horrible visage, noircissant les paupières et le menton avant de barrer le nez et le front à gros traits épais. Le dessin commençait à prendre forme : on aurait dit le visage de quelqu'un qui avait eu un terrible accident et qui aurait eu la tête couverte de pansements ou de bandages.

« Voilà à quoi ressemble ta mère en ce moment », déclara mon père, tournant la serviette et la faisant glisser vers moi. J'examinai le croquis un instant, mal à l'aise sous son regard inquisiteur avant de me décider à lui demander : « Mais qu'est-ce qui lui est arrivé ? »

Soudain, il ne paraissait plus pressé de me donner d'autres explications. Il but une rasade, se laissa aller en arrière contre son dossier et regarda mes yeux s'emplir de larmes qui roulaient sur mes joues, sans manifester la moindre émotion.

« Qu'est-ce qui est arrivé à maman ? » répétai-je, m'efforçant de ne plus pleurer.

J'eus l'impression qu'il ébauchait un sourire de satisfaction. Il avait suscité la réaction qu'il attendait. Mais je le voyais peut-être plus noir qu'il n'était.

« Ta mère n'est pas partie dans le Milwaukee, expliqua-t-il, la mine réjouie. Elle est à l'hôpital. Elle s'est fait refaire le nez. On ira la voir après le dîner, mais surtout ne pleure pas quand tu seras dans sa chambre. Son état ne ferait qu'empirer. »

J'avais beau être rassurée puisqu'il ne s'agissait pas d'une maladie grave, je ne comprenais pas très bien pourquoi elle avait voulu changer de nez. Le sien m'avait toujours paru être d'une forme parfaite.

« Quand elle était jeune, poursuivit mon père, elle a fait une chute de cheval. Petit à petit, l'os s'est calcifié. Elle ronflait tellement fort qu'elle m'empêchait de dormir. Finalement, elle a décidé de se faire opérer. »

Bien entendu, à l'âge que j'avais, le fait que ma mère subisse une rhinoplastie pour permettre à mon père de dormir tranquille ne me paraissait pas plus absurde que si elle s'était fait couper une oreille pour permettre à mon père de respirer.

« Cara est au courant ? demandai-je faiblement.

– Bien sûr. Je l'ai emmenée dans la chambre de ta mère à l'hôpital de Lennox Hill avant de venir ici. »

Mais déjà je ne prêtais plus aucune attention à ce que mon père me disait. Je ne songeai plus qu'à faire disparaître la serviette avec cet horrible visage contusionné et plein de pansements dans ma poche afin que plus tard, quand je raconterais cette histoire, personne ne puisse mettre sa véracité en doute. Ça pouvait toujours être utile. Et sans cette preuve tangible, on aurait du mal à me croire. « Voyez, mesdames et messieurs, voyez cette serviette! Voilà pourquoi Maggie éprouve tant de peine à établir avec les autres des relations normales. Elle a eu des problèmes avec son père. Regardez cette serviette! Ce n'est pas la faute de Maggie si elle ne vous aime pas. Elle n'est pas responsable. »

Je suivis mon père le long des couloirs de l'hôpital et je m'arrêtai en même temps que lui devant une porte. Il pénétra dans la chambre tandis que je restais timidement en arrière.

Ma mère disparaissait sous les bandages, exactement comme sur le dessin. Ce qu'on apercevait de son visage et de son cou était rouge et enflé. On aurait dit une boule de bowling avec deux fentes à la place des trous. Mon père avait eu beau me sermonner, me dire que je ne devais pas pleurer, pas moyen de me dominer : j'éclatai en sanglots, je toussai, je reniflai sans plus me soucier du drame que ma mère vivait dans son lit. Il fallut l'arrivée de l'infirmier, un costaud, qui la fit tenir tranquille pendant que l'infirmière lui plongeait une aiguille dans le bras pour que je me consente à me calmer. La piqûre fit rapidement de l'effet : ma mère s'apaisa. Mais quand quand elle vit que mon père était là, elle se redressa en sursaut.

« Tu as osé! s'écria-t-elle. Je n'ai plus qu'une envie, c'est de mourir! » Elle s'affala sur ses oreillers et s'assoupit.

Cara me fit sortir de la chambre et m'entraîna dans la salle d'attente. Nous nous assîmes sur un canapé recouvert d'un vieux plastique vert, tout taché. Là, elle me fit ses confidences à mi-voix. Apparemment, on l'avait convoquée en grand mystère à la chambre 1212. Elle ignorait tout du malade qu'elle allait voir. Elle avait failli s'évanouir sur le seuil de la chambre en apercevant sa mère dans cet état. Malheureusement pour Cara, elle était arrivée au plus mauvais moment. Vera, malgré ses yeux gonflés et son état pâteux, avait remarqué des traces de rouge à lèvres sur le col d'Alan et sur son mouchoir.

« Je suis restée sur le seuil. Papa ne s'est même pas donné la peine de nier. Il lui a dit qu'il était libre d'agir comme bon lui semblait et que, si ça ne lui plaisait pas, elle pouvait bien partir dans le Wisconsin – pour de bon, cette fois – ou ailleurs si ça lui chantait. Il ne s'était pas aperçu de ma présence. Ce n'est qu'en sortant de la chambre qu'il m'a vue. Il m'a dit qu'il allait dîner avec toi et que je devais rester auprès de maman jusqu'à son retour. »

J'embrassai Cara quand elle eut fini de me raconter son histoire. J'étais heureuse d'avoir une grande sœur et d'avoir réussi à subtiliser la serviette qui était en sûreté dans ma poche.

« Je n'arrive pas à comprendre comment vous pouvez encore vous parler, s'étonne Quincy.

– C'est vraiment l'enfer, dis-je en la raccompagnant à la porte.

– Il faut croire que c'est ce qui t'a donné cette force de caractère. Je me sauve, Maggie! On se voit ce soir au Russian Tea Room?

– Entendu. Et merci, Quincy.

– Fais-moi plaisir, ajoute-t-elle doucement, ne te laisse pas démoraliser, quoi qu'il arrive. »

Une fois Quincy partie, je refais du café et range un peu l'appartement avant que ma mère n'y mette les pieds. La sonnette retentit au moment où je dispose les tasses et les soucoupes sur un plateau.

Avec son nez refait, ses deux liftings et une ligne conquise de haute lutte (des années et des années de gymnastique intensive), Vera Sommers ne paraît pas ses soixante-quatre ans. Mais à y regarder de plus près, le visage est tiré et la bouche parcourue de tics tandis qu'elle ôte son long manteau de fourrure. Je l'embrasse sans trop m'étonner de ce qu'elle reste très raide, les deux bras le long du corps. Un temps. Elle se recule et sourit. « Tu n'es pas trop mal en point, Marguerite. Un peu fatiguée peut-être, mais ça ne m'étonne pas avec la vie de bâton de chaise que tu mènes. »

Et voilà! C'est reparti! Ça ne fait que commencer.

Vera pénètre dans le séjour et lisse de la main son sweater noir qu'elle porte ceinturé sur un pantalon fuseau noir lui aussi. Toute en noir, ma mère!

« C'est un retour définitif ou temporaire? demande-t-elle en s'asseyant.

– Temporaire. Mais je ne sais pas quand je vais repartir – si je repars. Je dois dîner ce soir avec Grayson. »

Elle boit son café sans rien dire, détournant les yeux quand je la regarde et balançant nerveusement sa jambe.

« Qu'est-ce qui te tracasse ? Je sais qu'il se passe quelque chose. Rien qu'à t'entendre au téléphone, tout à l'heure. Maintenant que je te vois, j'en suis encore plus sûre.

– Je regrette que Cara soit partie à Aruba.

– Je sais, dis-je d'un ton las, mais il y a autre chose.

– Eh bien, dit-elle en reposant sa tasse, je suppose que ce ne sera pas une grande surprise. Voilà des années que vous le savez, Cara et toi. »

Elle aurait pu s'épargner ce genre de préambule parce que je sais déjà de quoi il s'agit. Depuis le temps que j'entends la même histoire !

« Ton père a de nouveau une liaison. J'imagine que je devrais m'être habituée. » Soupir. « Mais il faut croire que je deviens trop vieille ou trop fatiguée pour faire comme si je ne voyais rien. » Nouveau soupir. « Et puis, je ne veux pas finir ma vie toute seule.

– Comment l'as-tu appris ? »

Vera me regarde comme si elle me trouvait encore plus bête qu'elle ne l'a toujours proclamé.

« Comment crois-tu ? s'exclame-t-elle dégoûtée. De la même façon que je l'ai toujours su. Il ne rentre pratiquement jamais le soir et quand il arrive, à peine a-t-il mis les pieds dans l'appartement que le téléphone sonne une fois. C'est un signal. Il va s'enfermer dans sa chambre pour la rappeler. »

Il est près de 3 heures de l'après-midi, maintenant, et ma mère n'est pas encore partie, mais je comprends pourquoi. Tout à l'heure au téléphone, sa voix avait un accent désespéré, ensuite quand elle est entrée, j'ai remarqué une sorte d'angoisse dans son regard et à présent, pour raconter les dernières frasques de mon père, elle a des grimaces de douleur. Cette capacité qu'elle a d'encaisser les coups est tout bonnement lamentable. Chaque année, sa souffrance est plus vive, son courage s'effrite. Le temps qui passe introduit une nouvelle inconnue dans cette équation qu'on appelle la peur. Elle n'a pas bougé d'un pouce sur le canapé et s'efforce désespérément de me prouver que sa crainte d'être abandonnée l'emporte sur les avanies que mon père lui fait subir.

« Toute seule, je ne m'en sortirai pas. Je ne serai que la moitié de moi-même.

– Pas forcément. Ça dépend comment tu as commencé.

– Mais tu sais bien qu'avec lui, je n'ai jamais été une personne à part entière. Sans lui, je me sens vide. »

A supposer qu'ils aient tous les deux commencé leur existence à égalité, elle aurait pu y laisser des plumes au fil des ans. Au lieu de se sentir vide maintenant, elle se sentirait flouée.

« Et lui, comment se sentirait-il sans toi ?

– Beaucoup plus heureux, répond ma mère. Du moins, c'est ce qu'il prétend.

– Toi aussi, tu serais peut-être beaucoup plus heureuse. »

Mais cela, elle ne veut pas l'entendre.

« Au fait, ton mari a eu un autre enfant. Un deuxième garçon. »

Eric Ornstein, remarié depuis six ans et maintenant père de deux enfants est et restera toujours le mari-de-Maggie-Sommers. Ce serait trop demander à ma mère que de l'appeler autrement.

« Comment le sais-tu ?

– Il nous a envoyé un faire-part. »

J'aurais dû m'en douter ! Vera et Alan Sommers figurent en bonne place sur la liste des gens à qui Eric envoie des faire-part.

« Monsieur et Madame Eric Ornstein (la deuxième du nom, celle qui n'a jamais refusé une proposition, fût-ce au beau milieu de la nuit, du moment que la température rectale était idoine) ont la joie de vous annoncer la naissance de leur deuxième enfant. Encore un garçon. Les heureux parents se font un plaisir de souligner que c'est bien la preuve que l'échec du mariage précédent incombe entièrement à la première du nom. Tout est bien dans le meilleur des mondes à présent que Maggie Sommers a vidé les lieux. »

Et ça repart. Non seulement ça fait partie de nos sujets de conversation, mais ça lui donne l'occasion de déballer ce qu'elle a sur le cœur.

« Tu ne lui as pas laissé le choix, tu sais, décrète ma mère en versant le café. C'est toi qui l'as poussé à agir comme il l'a fait.

– Je ne vois pas pourquoi il faudrait que je sois responsable des actions d'Eric, en plus des miennes.

– Tes infidélités » – ma mère prononce ce mot avec un tel dégoût que je ne peux m'empêcher de sourire – « étaient fort mal venues. D'ailleurs, l'homme avec lequel tu le trompais ne valait pas cher.

– Parce que, s'il avait eu une belle situation, ça aurait arrangé les choses ?

– Ça les aurait sûrement arrangées pour toi.

– Est-ce qu'il t'est jamais venu à l'esprit que, si j'ai agi ainsi, c'était parce qu'Eric m'y forçait ?

– C'est impossible! Eric n'avait que de bonnes intentions. Il a essayé de bâtir sa vie avec toi et, quand il s'est rendu compte qu'il n'y parviendrait pas, il a trouvé plus simple de faire appel à une femme plus coopérative. »

Il n'y a rien à dire contre la logique de ma mère : pour elle, dès qu'il y a ménage à trois, la culpabilité de l'homme est fonction de sa situation financière. La culpabilité de la femme dépend de sa faculté d'appréciation.

– Et Ronah, alors ? Tu la condamnes comme moi ? »

Ma mère me considère les yeux écarquillés.

« Bien sûr que non! Eric est quelqu'un de très bien.

– Pourtant, elle a eu une liaison avec Eric alors que j'étais encore sa femme. Ça n'entre pas en ligne de compte ?

– Mais non, voyons, répond ma mère patiemment, comme si elle s'adressait à une débile mentale. Il a fini par l'épouser! D'ailleurs, quand on a une liaison avec un homme qui porte un uniforme, on peut s'attendre au pire!

– Brian ne portait pas l'uniforme, maman. Il était inspecteur. » Ça doit être la centième fois que je le lui dis.

« Justement, c'est encore pire! »

A présent, je comprends sa logique : les lois et les principes de l'adultère considéré comme un grand jeu. Tromper son mari parce qu'on a envie de s'en payer une tranche, voilà qui est parfaitement condamnable. Mais lui être infidèle parce qu'il faut en passer par là si l'on veut plus tard se remarier avec son amant, voilà qui est excusable. Excepté, bien entendu, si l'amant en question a le malheur de porter l'uniforme. Décidément, ce n'est pas le moment de parler d'Avi Herzog.

« Quand j'ai découvert qu'Eric et Ronah avaient une liaison, je n'ai pas été particulièrement contente, figure-toi.

– Je m'en doute, répond ma mère distraitement. Mais avoue que c'était bien ta faute. »

1975, le jour de la Saint-Valentin. J'étais assise à mon bureau dans la salle de rédaction. Il fallait absolument que je finisse de taper le commentaire qui devait accompagner un reportage qu'on venait de tourner sur un îlot particulièrement insalubre de Harlem. Chris était à côté de moi, le dos appuyé contre la cloison du box. Il avait hâte de me voir terminer pour pouvoir enregistrer et mixer. Sa femme l'attendait chez eux pour fêter leur quatorzième anniversaire de mariage.

« Est-ce que je peux mentionner le nom du propriétaire ? hurlai-je pour couvrir le cliquetis de la machine et le vacarme qui régnait dans la salle.

— Pourquoi pas ? Tu as vérifié ? C'est bien lui qui possède ce trou à rats ?

— Oui. Seulement, dans mon papier, non seulement je l'accuse d'avoir violé les règlements en vigueur, mais je lui colle pour ainsi dire un meurtre sur le dos. »

Chris me regarda comme si j'étais devenue folle.

« Qu'est-ce que tu racontes ? »

Je m'arrêtai de taper, posai mes bras sur le chariot de la machine et m'écriai : « Tu n'as même pas visionné mon reportage, je parie.

— Je te fais confiance, Maggie. Ça ne doit pas être joli joli. »

Rien qu'à voir mon expression, il dut se douter que c'était encore pire.

« Mais qu'est-ce que tu as découvert, enfin ?

— Tu verras bien, répondis-je, achevant de taper mon commentaire.

— Tu as essayé de le joindre ? Tu es allée le voir ? interrogea Chris, essayant de lire par-dessus mon épaule.

— Je lui ai téléphoné trois fois. Il a refusé de me parler. Moyennant quoi, on s'est rendus à son bureau avec toute l'équipe et on nous a claqué la porte au nez.

— Génial ! fit Chris en se frottant les mains. On va passer ça aux infos de 6 heures.

— Et encore, tu ne connais pas la meilleure », fis-je entre mes dents tandis que le téléphone sonnait. Chris décrocha.

« Bonsoir, ma choute, dit-il à mi-voix. Oui, moi aussi. »

Je cessai de taper, les yeux perdus dans le vague, distraite par cette conversation à demi-mot, ce ton intime que Chris employait exclusivement avec sa chère Gaby.

« Bien sûr. Le temps de terminer ça et j'arrive. » Il fit un gros bruit de baiser dans le combiné et raccrocha. Je lui lançai un regard furibond, tapai la dernière phrase de mon texte comme une brute et arrachai la feuille de la machine.

« Si tu n'es pas trop pressé, fis-je en agrafant mes feuilles, tu aimerais peut-être que je te lise mon texte ?

— Lâche-moi le coude, tu veux bien, Maggie ? Vingt secondes de conversation personnelle, ce n'est pas la fin du monde. Il ne s'agit que de faits divers après tout ! Allez, envoie la sauce, ajouta-t-il, résigné, lis-moi ton foutu papier ! »

Je m'éclaircis la gorge et commençai :

« Sheldon Schwartz est propriétaire d'un immeuble de Harlem, habité par des familles particulièrement démunies. C'est la munici-palité qui prend pour partie leur loyer en charge et verse au propriétaire douze cents dollars par mois et par famille. Moyennant quoi, Emma Rollin, l'une des locataires, vit dans deux pièces avec ses quatre enfants dans l'immeuble de M. Schwartz situé Cates Avenue. La plomberie y est défectueuse, l'électricité marche un jour sur quatre, il n'y a ni eau chaude ni chauffage. Dans la cuisine (plan panoramique de la cuisine), le plafond s'est effondré, laissant à nu des fils électriques et de lourds tuyaux métalliques soutenus par des poutres complètement rouillées. Il y a un peu partout de grands trous dans les murs par où les rats s'engouffrent et s'ébattent joyeusement dans l'appartement (gros plan d'un rat sur les carreaux de la cuisine). Emma Rollin passe la plupart de ses nuits à surveiller le plafond de peur qu'un bloc ne se détache et n'écrase l'un de ses enfants ou qu'un rat ne vienne mordre le plus jeune qui dort dans son berceau (plan d'Emma assise sur une chaise bancale dans sa cuisine). Pour douze cents dollars par mois, Emma est parfois obligée de rassembler sa petite famille et d'aller passer la nuit dans un bar du quartier — à supposer que le patron ne la flanque pas dehors — simplement pour avoir chaud quand la tempétature descend au-dessous de zéro. Pourtant, s'il faut en croire l'un des porte-parole de la municipalité de New York, Emma fait partie des privilégiés. Il y a des mères dans la même situation qu'Emma qui n'ont pas la chance d'avoir un appartement. Elles doivent se contenter de refuges de fortune et sont exposées à toutes sortes de violences : agressions, viols, etc. Tel n'est pourtant pas l'avis d'Emma. Il y a quelques heures, un de ses voisins nous a appelés. L'un des enfants d'Emma Rollin venait de tomber du sixième étage et s'était tué. Nous nous sommes immédiatement rendus sur place (gros plan du petit corps écrasé sur le trottoir). Selon l'un des locataires, voilà six mois qu'Emma tentait d'obtenir du propriétaire qu'il fasse poser des vitres là où il n'y en avait plus. Nous avons essayé de joindre M. Schwartz mais à chaque fois sans succès. Nous nous sommes rendus à son bureau. On nous a claqué la porte au nez (plan de la porte du bureau de Schwartz violemment refermée). Il y a quelques minutes, nous avons de nouveau tenté d'appeler son bureau. On nous a dit qu'il y serait dans une heure et qu'il ferait une déclaration. Il venait de téléphoner de sa voiture. »

Chris resta silencieux et se frotta le menton, l'air pensif.

« Alors ? Qu'est-ce que tu en dis ?

– Que j'aimerais bien monter dans la voiture de cet enfant de salaud pour lui faire avaler son téléphone. »

Tandis que nous nous dirigions vers la salle de montage, Chris me demanda : « Quel âge il avait, cet enfant ?

– Deux ans.

– Quel cauchemar ! »

Jack Roshansky, l'homme qui m'a appris ce qu'il faut garder dans un reportage et ce qui doit finir dans le panier de la salle de montage, nous attendait. Lorsqu'il s'installa devant son fauteuil pivotant, son large ventre recouvrit sa ceinture ornée de turquoises indiennes. Sans prononcer un mot, il fit défiler le film en avant et en arrière et régla les potentiomètres.

Quand tout fut en place, il jeta un dernier coup d'œil au moniteur.

« O.K., Maggie. On y va quand tu veux. »

Je lus mon texte, surveillant du coin de l'œil les images qui défilaient pour que mon commentaire soit synchrone. Il était 5 heures et demie. Pour une fois, nous étions dans les temps : le reportage – durée précise : sept minutes – devait passer au bulletin de 6 heures. Pour illustrer la fin du commentaire – le passage où j'expliquais que Sheldon Schwartz avait appelé son bureau de sa voiture –, je choisis des images d'archives montrant des bagnoles pare-chocs contre pare-chocs, remontant Park Avenue à l'heure des embouteillages.

Jack Roshansky était dans le métier depuis trente-cinq ans. Des horreurs, il en avait vu et de toutes sortes. Pourtant l'image de ce

petit corps désarticulé gisant sur le trottoir le fit frémir. « Merde!
fit-il entre ses dents en repoussant la dernière manette sur sa
console.

— Des saligauds comme ça, il faudrait les coincer! jeta Chris, une
cigarette pendant à ses lèvres.

— C'est dégueulasse, proclama Jack. Non seulement ces gros
pleins de soupe flanquent l'argent par les fenêtres, mais les pauvres
mioches avec. »

Dans le métier, il arrive — assez souvent — que l'impact du
reportage ne soit pas dû au talent du journaliste. Les faits parlent
d'eux-mêmes. C'était le cas.

« Merci, dis-je à Jack. Une fois de plus, tu as fait du beau
boulot.

— Pas de quoi, Maggie, grogna-t-il. C'est cette ordure de Schwartz
qu'il faut remercier. »

Jack Roshansky le savait encore mieux que moi : l'impact du
reportage ne dépendait en rien du talent du monteur ou de
l'ingénieur du son. Les images parlaient d'elles-mêmes.

« Tu t'en vas, Maggie? me demanda Chris.

— Oui, j'ai rendez-vous avec Eric à son bureau. Il donne une petite
fête pour la Saint-Valentin.

— Si tu veux, je peux te déposer. C'est sur mon chemin.

— Le temps d'enfiler mon manteau et je te suis. »

Chris me rejoignit à l'entrée de la salle de rédaction. Je me
remettais un peu de rouge à lèvres et me donnais un coup de
peigne.

— Où est Brian, ce soir? » demanda-t-il en me précédant dans
l'escalier.

Ma liaison avec Brian Flaherty n'était plus un secret pour lui
depuis longtemps. Souvent, le soir, quand tout le monde était parti,
nous avions de longues discussions, Chris et moi. Il me conseillait de
quitter Eric et de refaire ma vie comme je l'entendais. Selon lui, si je
ne faisais pas l'effort de recommencer seule, je ne trouverais jamais
d'homme capable de me rendre heureuse. Ces conversations, nous les
reprenions souvent dans le car vidéo quand nous partions en
reportage et Chris m'avait affirmé que Brian n'était pas le genre
d'homme qui me convenait.

« Il est de service, ce soir. Je l'ai appelé tout à l'heure. »

Chris me conduisit jusqu'à sa voiture garée derrière le studio. Il y avait un gros paquet rose et blanc sur le siège du passager : le cadeau d'anniversaire de Gaby.

« Elle t'aime, hein ? demandai-je, tandis qu'il s'installait au volant.

– Bien sûr. Qu'est-ce que tu crois ? Nous nous aimons tous les deux », a-t-il répondu en mettant le contact.

Aussitôt, j'ai regretté de lui avoir posé cette question parce que je savais qu'elle me vaudrait un discours vantant les mérites du mariage.

« Je ne dis pas ça pour te faire comprendre que tu pourrais être dans la même situation que moi.

– Ce ne serait pas la première fois, dis-je en m'appuyant au dossier et en fermant les yeux.

– Tant pis pour toi. Je vais recommencer.

– Je suis tout ouïe, Chris. De toute façon, je ne peux guère faire autrement que de t'écouter.

– Tu devrais quitter Eric et mettre un point final à cette liaison grotesque avec Brian. Tu n'as aucun sens des réalités.

– Il faut croire que, pour l'instant, je m'en passe très bien.

– Tant mieux pour toi, fit Chris avec un rire. Mais un jour, ma petite, tu seras obligée d'en tenir compte. Et ce jour-là, c'est Chris que tu appelleras parce que tu te diras que j'avais raison.

– Comment ça : je t'appellerai ? On ne travaillera plus ensemble ?

– Probablement pas. Tu auras grimpé les échelons. Tu présenteras peut-être ta propre émission. Tu ne vas pas faire les chiens écrasés toute ta vie.

– Alors, il me faudra tout ce temps pour prendre conscience des réalités ?

– Mais non. Pas si longtemps que ça. Tu as de l'ambition, tu veux réussir. Je le vois bien quand je travaille avec toi. Or si tu te donnes à fond, j'ai l'impression que c'est parce que c'est la seule chose qui te rende heureuse. Toujours la même histoire : je sais ce dont tu as besoin mais si tu l'obtenais, tu n'aurais plus la même ambition. » Comme si les deux choses s'excluaient.

« D'après toi, on ne peut pas avoir les deux ? »

Chris tourna dans une rue étroite qui menait directement à Wall Street.

« Ne me fais pas dire ce que je n'ai pas dit. J'adore mon boulot : ça ne signifie pas pour autant que je n'aie pas besoin de savoir que Gaby m'attend tous les soirs à la maison quand je rentre.

– Oh, je vois, dis-je. Ce qu'il me faudrait, c'est une femme. Parce que seule une femme accepterait de m'attendre à la maison le soir, de préparer le dîner et de s'occuper de mes enfants. »

Chris avait arrêté sa voiture. Il se pencha vers moi, repoussa une mèche qui me tombait sur les yeux et me regarda gentiment.

« Tout ce que je sais, c'est que je t'aime bien et que, dans la vie, la réussite ne suffit pas si l'on n'a personne avec qui la partager.

– Tu sais, Chris, j'en ai marre de me bagarrer. »

Il m'embrassa sur la joue.

« Sans blague, Sommers. Je t'aime bien.

– Moi aussi. Tu es un véritable ami. Elle en a de la chance, Gaby.

– C'est ce qu'elle me dit aussi, figure-toi. Et tu sais pourquoi ? Parce que tu me vois plus souvent qu'elle.

– Je devine ce qui va suivre. Tu vas me dire que je pourrais me trouver quelqu'un dans ce genre-là. Je me trompe ? Ah, tu vois ! »

Je lui rendis sa bise et sortis de la voiture. Je le regardai s'éloigner. Il me lança un petit coup de klaxon et disparut. Cette sauterie organisée par Eric pour fêter la Saint-Valentin me donnait des cauchemars depuis quinze jours. Je pris mon courage à deux mains et pénétrai dans le hall verre et marbre de son immeuble situé à Wall Street, numéro 63, bien décidée à faire une courte apparition et à me retirer sans esclandre.

L'ascenseur s'est arrêté au quarante-troisième étage. On avait décoré la salle de réception avec des ballons rouges et blancs et des banderoles roses ornées de petits cœurs rouges et blancs. Dans un coin, sur un panneau, s'inscrivait en lettres d'or, entourées de cupidons roses flottant sur des nuages dodus : « Bonne fête de la Saint-Valentin ! » Je fis le tour de la réception en alu brossé et franchis les portes coulissantes en verre fumé. Dans la salle de conférence, on avait entassé tous les meubles sur le côté en les camouflant sous des housses de toile beige. Suspendu au plafond, un immense filet couleur chair contenait une multitude de ballons rouges et blancs. Une bonne cinquantaine de personnes se pressaient là-dessous, hurlant pour couvrir la musique disco déversée par deux gros haut-parleurs accrochés aux murs et se bousculant pour approcher d'une longue table qui faisait office de buffet.

Je me tins un peu à l'écart de la foule, m'efforçant de repérer un visage familier. Je ne reconnus absolument personne : ni collègue, ni employé. C'était logique puisqu'en six ans je n'étais venue que deux fois dans le bureau de mon mari. La première – nous venions de nous marier – pour prendre Eric avant d'aller dîner au restaurant chinois. La seconde – peu de temps après – Mildred et moi étions venues chercher Harry et Eric pour dîner... au restaurant chinois.

Je me décidai enfin à m'approcher du buffet pour me désaltérer. Et c'est là que je l'aperçus. Elle se tenait tout près d'Eric et le contemplait avec adoration, buvant ses paroles avec ravissement. Fascinée, je les observai plusieurs minutes. Puis la vérité m'apparut. Cette femme ne pouvait être que la future Mme Eric Ornstein.

Elle était très grande, presque aussi grande qu'Eric, et très mince avec d'abondants cheveux blonds qui tombaient dans un désordre étudié sur des épaules osseuses. Elle portait une minijupe vert épinard ajustée à l'extrême qui ne laissait rien ignorer de ses hanches creuses et de ses grandes pattes maigres. Quant à son pull ivoire moulant, serré à la taille par une ceinture de coquillages verts qui cliquetaient au moindre de ses mouvements, il révélait une totale absence de poitrine. D'une main, elle s'appuyait sur le bras d'Eric – une main aux ongles écarlates, acérés comme des griffes – de l'autre, elle tapotait nerveusement une cigarette vert pâle dans un cendrier. Il y avait chez elle quelque chose de vaguement familier qui m'intriguait. Soudain, je sentis une main se poser sur mon bras. Je me retournai pour me trouver face à face avec Mme Pierce. C'est alors seulement que je compris tout.

« Tiens, Maggie Sommers, fit-elle sur un ton glacial, qu'est-ce qui vous amène ? »

Si j'avais eu la conscience tranquille, si je n'avais rien eu à me reprocher, j'aurais pu le prendre de haut et lui répondre qu'étant Mme Eric Ornstein, j'avais tous les droits d'être là et que je m'étonnais de l'entendre me poser pareille question. Mais comme je me sentais plus ou moins coupable, comme je me disais que c'était peut-être à cause de moi que mon époux se réfugiait dans les bras d'une autre, je m'abstins de manifester mon indignation. Pourtant, intérieurement, je bouillais. J'en voulais à Mme Pierce qui me forçait à me sentir coupable et qui me cantonnait dans mon rôle d'empêcheuse de roucouler tranquille. Tout avait l'air en place : on s'apprêtait à me priver de quelque chose qui, sans doute, n'était pas excellent pour ma santé mentale – à savoir ma vie maritale avec Eric Ornstein. J'aurais dû m'en réjouir. Mais ce 14 février 1975, je trouvai le moment mal choisi. Il était encore trop tôt pour que j'accepte cette situation de gaieté de cœur.

« J'avais prévenu Eric que je passerais », répondis-je doucement. Je haïssais cette femme qui me forçait à me justifier et je maudissais Eric de me mettre dans cette position. Quant à moi, je me détestai de me montrer si hypocrite.

« C'est ma fille Ronah », m'annonça-t-elle fièrement en montrant la grande bringue aux cheveux filasse et aux mains pleines de griffes qui faisait des guili-guili sur la joue de mon époux.

Le fils le matin, le père le soir. J'étais bien partie.

« Ah », dis-je intelligemment. Pourquoi cette impression d'avoir reçu un coup de poing dans l'estomac ?

J'aurais dû m'y attendre depuis longtemps.

« Vous devriez faire connaissance », ajouta Mme Pierce, une lueur sadique dans les yeux.

Je produisis un son inarticulé. Je me sentais bêtement anéantie dans mon rôle d'épouse offensée. Je n'arrivais pas à les quitter des yeux. Je parvins tout de même à sourire – jaune – avant de quitter la future belle-mère d'Eric. Je m'approchai des tourtereaux et posai doucement ma main sur l'épaule de celui qui était encore mon époux, me faisant l'effet d'une intruse, d'une voyeuse. Ronah fixa sur moi ses yeux globuleux tandis qu'Eric se retournait, l'air catastrophé. Il eut une contorsion gênée pour se débarrasser de la main de Ronah qui traînait encore quelque part.

« Bonjour, Maggie », parvint-il à dire.

Je souris. Ronah me détailla de la tête aux pieds en prenant son temps. On aurait dit qu'elle cherchait à évaluer tout ce qui la séparait encore de notre appartement d'East End Avenue, d'un joli portefeuille en actions et d'un patronyme tout neuf. Il était très possible qu'elle l'aime sincèrement. Au fond, je me montrais peut-être injuste. Mais je balayais cette pensée de mon esprit : ce qui était parfaitement injuste, c'était que Ronah Pierce force Maggie Sommers à faire un choix qu'elle estimait prématuré.

Eric se dandinait d'un pied sur l'autre et quand je me mis sur la pointe des pieds pour arranger sa cravate, il devint cramoisi. Ne t'inquiète donc pas, mon pauvre Eric, celle-ci ne t'abandonnera pas parce que ta femme se permet d'avoir devant elle des attitudes de propriétaire. Elle a trop envie de partager tes cartes de crédit ! Je feignis d'ôter un cheveu sur le revers de sa veste. Eric faillit s'étrangler et se mit à tousser nerveusement. Détends-toi, mon chou, bientôt c'est elle qui brossera tes costumes et qui te fera ta petite lessive. En tout cas, elle ne te cassera pas les pieds parce qu'elle veut avoir un métier. Lorsque je glissai mon bras sous le sien, Eric sortit son mouchoir et s'épongea le front. Le pauvre, il était tellement perdu qu'il ne songeait même pas à nous présenter. Quant à Ronah, elle se demandait si c'était à elle de faire le premier pas. Que dit le protocole? Quand la maîtresse en titre rencontre l'épouse légitime? Voilà un chapitre qui manque dans le manuel du savoir-vivre.

« Bonjour, dis-je finalement, allongeant une main tachée d'encre. Je me présente : Maggie. »

Ronah la prit sans la serrer. Ou bien elle craignait de briser ses ongles spectaculaires, ou bien ma main, loin d'être immaculée, lui faisait horreur.

« Heureuse de faire votre connaissance », affirma-t-elle avec un accent new-yorkais à couper au couteau.

Heureuse? Allons donc, ravie!

« Eric, dis-je, me sentant vaguement mal au cœur, tu veux bien aller me chercher à boire?

— Bien sûr, s'écria-t-il, sautant sur l'occasion de disparaître. Qu'est-ce que tu veux? »

Au point où j'en étais, il n'y avait plus que le poison.

« Un whisky avec de la glace. »

Cette fois, nous étions seules. A votre gauche, la future ex-Mme Ornstein, à votre droite, la bientôt-deuxième-du-nom! Je me plus à m'imaginer un instant disant à Ronah que j'étais au courant de tout et qu'il était vraiment inutile de se fatiguer à faire comme si. Ce serait tellement plus simple et plus intelligent de s'asseoir afin de discuter de la meilleure façon de s'y prendre pour régler notre petit problème. Bien entendu j'irais jusqu'à lui dire que j'étais très contente de ce qui leur arrivait à tous les deux. Mensonge éhonté, étant donné que j'avais toutes les peines du monde à me dominer. Je mourais d'envie de me jeter sur elle pour lui arracher ses faux cils.

« Qu'est-ce que vous faites dans la vie, Ronah? » susurrai-je, m'admirant de ne pas ajouter : « A part coucher avec mon mari? »

« Je suis décoratrice, répondit-elle, jetant des regards éperdus aux quatre coins de la salle.

— Vraiment ? Et qu'est-ce que vous décorez ? Des appartements ? Des bureaux ? »

Son nez mal retroussé m'inquiétait beaucoup pour la progéniture d'Eric. Il était évident qu'il avait été refait.

« Essentiellement des intérieurs, répondit-elle en tripotant sa ceinture de coquillages verdâtres.

— Ça alors, c'est formidable ! dis-je avec mon plus beau sourire télé. Figurez-vous qu'Eric et moi, justement, nous avions l'intention de faire refaire notre appartement. Et nous nous demandions comment nous allions décorer la chambre d'enfants. »

Son teint vira au vert assorti à sa ceinture et ses doigts aux ongles écarlates furent soudain pris de mouvements saccadés.

« Évidemment, ajoutai-je, nous ferions peut-être mieux d'attendre la naissance du bébé. A moins qu'on ne peigne la chambre en jaune et tout sera dit. »

Sa bouche se tordit dans un sens puis dans l'autre, tâchant vainement d'articuler quelque chose. Je haussai les sourcils, les lèvres à peine entrouvertes, sans rien ajouter qui pût calmer ses craintes.

« Eric et vous... ? balbutia-t-elle. Je veux dire que vous... vous attendez un bébé ? »

Je partis d'un grand rire de gorge.

Je vivais l'un de ces rares moments dans la vie où le bonheur d'un être dépend totalement de l'honnêteté et de la franchise de son vis-à-vis. J'aurais pu mentir et la plonger dans les affres du désespoir. D'un seul mot, d'un seul, j'aurais pu anéantir toutes ses espérances. Ou bien j'aurais pu la laisser en plan, quitter ce cocktail absurde et l'autoriser à vivre sa vie avec mon mari. Hé là ! Pas si vite ! C'était capituler sans condition, sans même m'accorder le plaisir de mentir un peu. C'était m'obliger à refaire ma vie – suivant le conseil que me donnait Chris – mais, à l'époque, je n'y étais pas encore décidée. La réponse – du moins telle fut la conclusion à laquelle j'arrivai – devait se trouver quelque part à mi-chemin entre ces deux réactions extrêmes. Il fallait que Ronah Pierce apprenne à souffrir. La vie n'était pas toujours rose. Elle devait payer le prix du bonheur qu'elle finirait peut-être par trouver quand Maggie Sommers, elle, se retrouverait toute seule.

« Je ne suis pas encore enceinte, répondis-je, baissant pudiquement les yeux. Mais nous faisons ce qu'il faut pour. »

De verte qu'elle était, Ronah vira au blanc crayeux.

« Je me demande parfois si mon mari n'a pas des petits problèmes de ce côté-là », ajoutai-je à mi-voix en prenant des airs de conspiratrice.

Je me penchai vers elle et chuchotai sur le ton de la confidence entre femmes : « En ce moment, il ne pense qu'à ça. Il passe son temps à me poursuivre. Surtout le week-end, il est enragé ! » Ronah me dévisagea, les yeux écarquillés. Elle était horrifiée, stupéfaite. Elle fut prise d'une quinte de toux affreuse.

Feignant d'ignorer son émoi, je jugeai que le moment était venu de lui porter le coup fatal.

« Vous êtes mariée ?

— Non. Non, pas encore, fit-elle entre deux hoquets.

— Vous voulez dire que vous avez une liaison ? »

Elle s'était reprise.

« On peut appeler ça comme ça, répondit-elle sèchement.

— Ça fait longtemps que vous êtes ensemble ? »

Question posée sur le ton de quelqu'un qui s'intéresse sincèrement à la vie et à la situation de son interlocutrice.

« Ça ne vous regarde pas ! siffla-t-elle.

— Je vous demande pardon mais, si je vous demandais ça, c'est parce que vous ressemblez un peu à ma sœur. Elle est sortie pendant des années avec un homme marié. Il lui jurait qu'il finirait par quitter sa femme pour refaire sa vie avec elle. Mais il ne parvenait pas à s'y décider. Et puis il est mort. Brutalement. » Je claquai mes doigts. « C'est arrivé tout d'un coup. Foudroyé ! Il est tombé raide. Et maintenant, au bout du compte, ma sœur se retrouve toute seule.

— Ah oui ? Eh bien, avec moi, ça ne se passera pas comme ça ! répliqua-t-elle, la mâchoire férocement crispée.

— J'en suis persuadée, dis-je. A moins que vous ne sortiez avec un homme marié. Il est très rare qu'ils quittent leurs femmes.

— Erreur ! Quand la femme en question est frigide et que la maîtresse est un brasier ardent, il a vite fait de faire son choix ! »

Ce qu'il ne faut pas entendre ! J'étais écœurée. Au moins, si nous avions eu cette conversation en avion, j'aurais pu vomir dans un sac.

« Dites-moi, pour en revenir à la chambre d'enfants, à votre avis, est-ce qu'il vaut mieux attendre la naissance du bébé ou bien la peindre en jaune dès maintenant ? »

Ronah n'eut pas le temps de répondre car Eric revenait avec deux verres. Un scotch on the rocks pour la femme frigide et un bloody mary pour le brasier ardent. Ce qui n'était pas mal trouvé, vu qu'il n'avait même pas demandé à Ronah ce qu'elle voulait boire. Seul l'amour avait pu guider son choix! Mon cher mari ne brillait ni par la ruse ni par l'intuition.

« Eric, siffla Ronah, pourrais-tu éclairer ma lanterne ? Maggie vient de me dire que vous essayez d'avoir un enfant ? »

Grand Dieu! Non seulement cette pimbêche voulait s'approprier mon mari et mon appartement avec sa penderie en cèdre massif et sa chambre à coucher Régence, mais en plus elle voulait qu'il lui éclaire sa lanterne! Eric jeta des regards affolés aux quatre points cardinaux comme s'il espérait qu'une main invisible et secourable vienne le tirer de cette situation. Là, au lieu de s'en tirer, il ne fit que s'enfoncer davantage. Il eut un brusque et malheureux mouvement de poignet. Le verre de whisky s'écrasa par terre mais son contenu s'était répandu sur la jupe verte de Ronah. Elle poussa un cri suraigu, recula précipitamment et s'efforça vainement d'éponger le scotch. Eric tourna vers moi des yeux suppliants. Je me contentai de hausser les épaules. Aussi maladroit avec elle qu'avec moi! Bien du plaisir!

« Tiens, Ronah », bredouilla Eric en lui offrant une serviette en papier.

Elle la lui arracha des mains et prit la fuite vers les toilettes.

« Elle est très jolie, dis-je lorsqu'elle eut disparu.

— Qui ça ? demanda Eric d'une voix étrangement haut perchée.

— Ronah. »

Silence. Ensuite nous voulûmes parler tous les deux en même temps.

« Toi d'abord, dis-je en riant.

— Non, rien. Qu'est-ce que tu voulais dire ? interrogea-t-il, toujours sérieux comme un pape.

— Comment est-ce que tu la connais ?

— C'est la fille de Mme Pierce. Quand sa mère avait la grippe, sa fille est venue la remplacer. C'était il y a deux mois parce qu'avant elle habitait en Floride. Je crois qu'elle est plus ou moins divorcée. »

Plus ou moins! Cette bonne blague! Il devait connaître sa vie par le menu. Pour ne rien dire de son anatomie qu'il connaissait sûrement mieux que la mienne. Après tout, c'était elle qui l'avait cherché. J'étais prête à lui pardonner.

« Elle ressemble beaucoup à sa mère.

– Oh non! se récria Eric. Elle est nettement mieux. »

Tout cela était aussi lamentable qu'absurde : objectivement, Eric méritait mieux qu'elle. J'avais été une mauvaise épouse. Je refusais de lui donner ce qu'il désirait. Ronah, elle, répondait parfaitement à ses besoins. Mais ces généreuses pensées se tarirent rapidement : Eric serait incapable de les apprécier.

« Tu sais, Eric, je ne t'en veux pas.

– De quoi ? » eut-il le front de me demander. L'hypocrite, le menteur.

« A propos de Ronah, me contentai-je de dire avec un doux sourire.

– Je ne vois pas pourquoi tu m'en voudrais. C'est moi qui devrais te faire des reproches! Tu vas raconter à tout le monde qu'on essaie d'avoir un bébé! Enfin, est-ce que tu te rends compte ?

– Et alors ? C'est la vérité. Tu n'arrêtes pas de me répéter que tu en veux. C'est bien pour ça que tu me prends ma température tous les matins, non ?

– Chut! Tais-toi, voyons! »

Il suffisait finalement de peu de chose pour l'avoir. La première enceinte de ses œuvres décrochait le cocotier! Un mot, un seul : c'était magique, il accourait.

« Pourquoi me taire ? C'est la vérité, non ?

– Écoute, Maggie! Entre en parler et le *faire,* il y a de la marge. Or, il me semble que ces derniers temps, on ne l'a pas tellement *fait.*

– Si tu le dis, c'est que ça doit être vrai. »

Tout à coup, sans prévenir, je me sentis lasse et désespérée. C'était la fin. Tout sombrait et je trouvais ça très triste.

« Et puis, si tu veux savoir, poursuivit Eric sur sa lancée, je ne suis pas heureux.

– C'est vrai, on ne peut pas dire qu'entre nous, ce soit la franche gaieté.

– Maggie, s'écria-t-il soudain en me prenant le bras, si tu y mets du tien, si tu acceptes d'être enceinte, je suis prêt à faire un effort, moi aussi. Je te promets qu'on rigolera. Qu'est-ce que tu en dis ? »

Ça me fit l'effet d'être un marché de dupe : un bébé pour une tranche de rigolade, un fœtus pour un éclat de rire.

« Eric, dis-je tristement, il faut que je rentre, j'ai du travail à terminer. On en reparlera une autre fois. »

Il acquiesça et m'entraîna à l'écart de la foule. Franchissant les portes coulissantes en verre fumé, nous nous sommes retrouvés au milieu des cupidons roses et des nuages dodus. Nous attendions l'ascenseur quand Ronah a fait son apparition. Sa jupe verte avait une large tache foncée sur le devant. Elle avait dû l'asperger d'eau.

« Au revoir, Ronah. Très heureuse d'avoir fait votre connaissance. »

Elle ignora la main que je lui tendais, se tourna vers Eric puis de nouveau vers moi et finit par hausser les épaules, un sourire ou plutôt un rictus figé sur les lèvres.

« De toute façon, pour ce qui est de nous deux, vous auriez fini par l'apprendre, tôt ou tard.

— Nom de Dieu! explosa Eric. Voilà une parole qui risque de me coûter cher! »

L'ascenseur s'arrêta et repartit sans moi, prise en sandwich entre eux deux. Le moyen d'échapper à leur scène? J'étais aux premières loges.

RONAH – Je voulais qu'elle sache que, si quelqu'un doit te donner un enfant, ce sera moi.

ERIC *(entre ses dents)* – C'est moi qui devais m'en occuper. Je te l'avais dit!

RONAH *(faisant mine de se jeter sur lui toutes griffes dehors)* – Pas possible! Si tu veux mon avis, tu te débrouilles comme un manche!

ERIC *(lui attrapant les mains et les tordant jusqu'à ce qu'elle crie)* – On t'a pas demandé ton avis! Quand je dis quelque chose, c'est sérieux! Fais joujou avec tes tissus et laisse-moi m'occuper du reste!

RONAH – Ben voyons, tu me prends pour qui? Après qu'elle m'a dit que tu passais tous tes week-ends à la sauter? Non, mais!

ERIC – Maggie n'a pas pu te dire ça pour la bonne raison que ce n'est pas vrai et que Maggie n'a pas l'habitude de mentir.

RONAH – Pauvre cloche! Tu prends sa défense, maintenant?

ERIC – Je ne la défends pas. Je ne tiens pas à me ruiner pour lui payer une pension mirobolante, c'est tout. Tu comptes vivre d'amour et d'eau fraîche, sans doute?

RONAH – De toute façon, sa pension, tu la paierais. Et longtemps encore! Qui voudrait d'une chiffonnière pareille avec des mains toutes tachées d'encre?

Puisqu'il était question de moi, il me parut normal d'intervenir.

« Tu permets », ai-je dit en tapant sur l'épaule d'Eric.

Ils se sont tous les deux arrêtés de brailler et m'ont regardée comme s'ils découvraient ma présence. Ils pensaient peut-être que j'avais déjà pris l'ascenseur.

« Qu'est-ce que vous voulez encore? glapit Ronah. Vous croyez que vous ne nous avez pas déjà assez embêtés comme ça?

– La ferme, Ronah », trancha Eric, la voix rauque.

Là-dessus, elle se mit à pleurer, ce qui lui attira cette affectueuse remarque : « Oh, tu vas pas te mettre à chialer, maintenant!

– C'est pas ma faute, renifla-t-elle. Je t'aime. »

Mot magique, sésame universel! Les rôles s'inversaient. A présent, c'était elle qui souffrait. L'amour sauvait tout. Elle devenait une espèce en voie de disparition, une forêt à sauvegarder, elle avait besoin de protection, on lui devait des égards, du respect. Elle inspirait la gratitude.

« Maggie, fit Eric sèchement, je te croyais partie. Tu as besoin d'argent pour prendre le bus? »

A sa place, je me serais méfié. Révéler sa pingrerie devant sa future pour ne pas gâter inutilement son ex, ça pouvait lui jouer de mauvais tours.

« Non, merci, Eric, j'ai de l'argent. »

Mais il avait déjà sorti une poignée de mitraille de sa poche.

« Tiens, prends toujours, au cas où tu n'aurais pas de monnaie », persista-t-il en s'essuyant le coin de la bouche d'un revers de main. J'ignorai son aumône. Ce qui m'intéressait, c'était la galette, la vraie : à savoir *mon* salaire viré depuis des années sur *son* compte en banque. Mais c'était un peu tard et, de toute façon, ce n'était pas le moment.

« Eric, je pourrais te parler un instant seul à seul?

– Si vous avez quelque chose à lui dire, vous pouvez le faire devant moi, pleurnicha-t-elle.

– Ah, vous y tenez vraiment? Parfait! » dis-je, bien décidée à mettre les pieds dans le plat et à les agiter vigoureusement.

Mais Eric n'était pas si bête. Amour ou pas.

« Qu'est-ce qu'il y a, Maggie ? » demanda-t-il en m'entraînant à l'autre bout du hall. Ronah nous suivait à la trace.

« Écoute, Eric, je suis désolée pour ce qui vient de se passer. Je m'en veux, je t'assure.

— Mais il ne s'est rien passé, répliqua-t-il avec un petit rire qui sonnait faux. Tu n'as pas à t'en vouloir de quoi que ce soit. Ronah a probablement un peu trop bu. Elle ne sait plus ce qu'elle dit.

— Comment ça ?

— Tu sais, fit-il d'un air suffisant, je suis plutôt beau garçon, un beau parti, comme on dit. Les femmes me tombent dessus pour un oui ou un non. Il n'y a vraiment pas de quoi te frapper.

— Qu'est-ce qu'il faut pas entendre! hurla Ronah.

— Ronah, rétorqua Eric, la mâchoire crispée, va rejoindre les autres et laisse-nous tranquilles.

— Ne t'énerve pas, dis-je. Cette fois, l'ascenseur est là : je vais en profiter. »

La porte de l'ascenseur se referma sur Eric Ornstein et Ronah Pierce, lui à quatre pattes, cherchant la monnaie qu'il avait dû laisser tomber quand elle s'était précipitée sur lui juste avant que je ne m'éclipse et elle le menaçant de son talon aiguille. Une fois seule, Maggie Sommers poussa un grand soupir de soulagement. Finalement, Eric s'était conduit vis-à-vis d'elle comme elle en avait usé avec lui et, comble d'ironie, c'était cette brave Ronah qui avait éclairé sa lanterne.

Ma mère inspecte la penderie de ma chambre. Elle fait du rangement : d'un côté, mes robes, de l'autre, mes jupes, un peu plus loin, mes pantalons. Je l'ai déjà suppliée plusieurs fois de sortir de là, mais non, elle s'obstine, elle s'attaque – avec une certaine délectation, semble-t-il – à ma garde-robe pendue sur des portemanteaux en fil de fer – ceux qu'on vous donne chez le teinturier. Et tout en farfouillant, elle fait claquer sa langue et pousse des soupirs de réprobation. Assise sur la tablette du radiateur, près de la fenêtre, je m'enduis les ongles des orteils de vernis rouge. Comment expliquer à ma mère que je me fiche pas mal que mes vêtements ne soient pas accrochés sur des portemanteaux à mes initiales, bien rangés comme le sont ceux de ma sœur Cara dans sa maison de Short Hills (New Jersey)?

« Tu as vu tes portemanteaux ? Voilà qui prouve que tu n'as

jamais été une femme d'intérieur. Cara n'a rien à voir là-dedans. Cela dit, elle a toujours compris l'importance de ces petits détails qui simplifient la vie de tous les jours, elle!

« Te vernir les ongles des pieds! ajoute-t-elle tandis que j'applique une dernière touche sur mon petit orteil. C'est bien la preuve que tu n'es pas capable de mener une existence normale. Tout ça se tient, tu sais. Je comprends pourquoi un brave et honnête garçon comme Eric s'est choisi une autre femme pour lui faire des enfants. »

J'avoue que je ne comprends pas très bien le rapport qu'il peut y avoir entre mon refus de fonder une famille avec Eric et la couleur des ongles de mes doigts de pied.

Elle transporte une pile de ces cintres honteux qu'elle pose en tas à côté de ma commode en chêne et, s'approchant du radiateur, examine mes ongles. « Tu as mis du vernis sur la cuticule du troisième orteil de ton pied droit. » Je lève les yeux et lui souris, replaçant soigneusement le coton coincé entre le troisième et le quatrième orteil avant d'enlever la goutte de vernis qui a débordé. Ma mère reste penchée au-dessus de moi. Elle attend que je lui demande quel rapport il peut y avoir entre mes cintres, mon vernis à ongles et mon refus de mener une existence « normale ». Ce que je finis par faire.

Elle pousse un soupir que j'imagine être un soupir de soulagement.

« Il y a certaines habitudes qu'une femme doit prendre de bonne heure », déclare-t-elle en ouvrant le premier tiroir de ma commode et elle soupire de plus belle – d'accablement, cette fois sans doute. « Je me suis efforcée de te les inculquer dès l'âge de quinze ans. C'est grâce à elles qu'un homme comme Eric, par exemple, se sent à l'aise dans son mariage. Il est sûr d'avoir épousé une femme qui a des désirs normaux. Par " désirs normaux ", j'entends : aller chez une esthéticienne et chez le coiffeur une fois par semaine comme je le fais. Tu sais, je me fais toujours coiffer par Enrico, il est adorable. » Elle s'interrompt, soupire de plus belle en sortant mes soutiens-gorge et mes collants qu'elle jette en tas sur le lit d'un air dégoûté. « Une femme comme il faut refuse d'avoir chez elle des portemanteaux de teinturier. Elle se fait faire des cintres à son chiffre pour bien montrer à sa famille et à ses amis qu'elle se respecte et que ce qui lui appartient n'appartient pas à n'importe qui. C'est comme d'accoucher en présence de son mari : on sait tout de suite à quel genre de femme on a affaire.

– Qu'est-ce que tu veux dire ?

– Je veux dire que, lorsqu'on est une femme qui se respecte, on n'accouche pas devant son mari, le col dilaté comme une assiette à soupe. C'est révoltant.

– Non, c'est parfaitement naturel.

– Ah, tu trouves ? Ça montre bien à quel point tu es ignorante. Aucun homme ne veut plus toucher sa femme quand il l'a vue dans cet état. Et je le comprends ! »

Cette dernière sortie me laisse stupéfaite. Il faut croire que ce genre d'attitude a dû jouer un grand rôle dans les relations entre Vera et Alan Sommers et sans doute dans mes relations avec eux deux. Ma mère ouvre le second tiroir de ma commode et poursuit : « Tu sais ce que nous devrions faire ? Une liste de ce qui te manque. Comme ça, tu pourrais peut-être te mettre à vivre normalement, s'il n'est pas trop tard. »

Elle plie soigneusement mes pulls. « Tu veux que je te dise, Marguerite, tu as gâché la marchandise. Et je doute fort que tu trouves un bon parti qui veuille épouser une femme de trente-quatre ans qui n'a pas l'air vraiment décidée à se conduire comme il faut. »

Déjà je ne l'écoute plus. Je ne pense plus qu'à Avi à côté de moi dans la salle d'accouchement, me tenant par la main, tandis que je donne naissance à notre enfant. L'image de l'assiette à soupe ou de la marchandise gâchée ne lui serait pas venue à l'esprit en me voyant me vernir les ongles ou en apercevant dans mon placard des portemanteaux maigrelets. Comment expliquer à ma mère qu'à cause de l'éducation que j'ai reçue, je tombe facilement dans le panneau ! On m'a laissée pousser comme une mauvaise herbe, sans prendre vraiment soin de me nourrir – affectivement. Il n'est donc pas étonnant que j'aie eu du mal à trouver ma voie et que je n'aie pas choisi un homme comme Avi Herzog du premier coup. Impossible. Je décide donc d'attaquer ma mère sur son propre terrain.

« En fait la femme " normale " que tu me décris, c'est celle que tu es ?

– En tout cas, celle que j'essaie d'être.

– Alors comment expliques-tu qu'en dépit de tes portemanteaux à ton chiffre, de tes séances chez le coiffeur, la manucure et autres pièges de cette vie normale que tu me proposes, ton mariage soit un échec ?

– Eh bien, il faut croire, répond-elle en se mordant la lèvre, que parfois cela ne suffit pas. »

Sans prévenir, sans que j'aie décelé le moindre signe annonciateur – si ce n'est peut-être un sanglot trop bien étouffé –, Vera s'abat sur mon lit et fond en larmes sur ma couverture noir et gris. Je mentirais si je prétendais que j'ai complètement oublié les cotons qui se trouvent entre mes orteils quand je saute du radiateur et que je viens m'agenouiller à côté d'elle.

Je mentirais également si j'affirmais que je ne me sens nullement responsable de ses larmes, même s'il est évident que mon refus de mener une vie « normale » n'est pas seul en cause. Mais avant que je puisse faire ou dire quoi que ce soit, elle se relève, s'assoit et s'écrie : « Tu te rends compte, Marguerite, tu n'as même pas de manteau bleu marine ! »

– J'ai horreur du bleu marine, maman.

– Vert marine, rouge marine, jaune marine, blanc marine, mandarine, sanglote-t-elle. J'en ai assez !

– Écoute, maman, dis-je conciliante, ne te mets pas dans des états pareils, voyons. Nous allons faire la liste de tout ce qui me manque pour être une femme normale. Je m'achèterai un imper bleu marine, je te le promets. Mon col ne deviendra jamais comme une assiette à soupe, je te le jure, mais à une condition, c'est que tu cesses de pleurer.

– Mais si, tu verras, sanglote-t-elle, puisque je te le dis ! »

Ce serait mentir encore que de soutenir que je ne m'aperçois pas que mes ongles ne sont pas secs et que je suis en train de mettre du vernis sur mon couvre-lit gris et noir maintenant taché de rouge.

« Oh, Marguerite, s'écrie Vera en sortant un mouchoir de dentelle de la manche gauche de son pull. Ce que tu peux être bête ! »

Elle se mouche bruyamment, renifle et ajoute : « S'il me quitte, je me tuerai ! Regarde ce que tu as fait à ton dessus-de-lit ! »

Je la prends dans mes bras, je la serre. Je sens ses larmes sur ma joue. Elle répète que jamais elle ne pourra vivre sans lui. Cette femme que j'enlace, c'est ma mère. Elle a fait tout ce qu'il fallait pour mener une existence normale et s'efforce depuis trente-huit ans de donner à son mariage l'apparence de la normalité. Curieux tout de même que cette femme normale qui ne ressent que des désirs normaux se fasse consoler par une marchandise avariée ! Pourtant il me suffit d'oublier les différences – minimes en définitive – qui nous séparent mais qui ont creusé un fossé entre nous, pour comprendre ce qu'elle ressent. C'est son amour pour cet homme qui la fait souffrir, cet homme qui la blesse depuis des années, cet homme qui se trouve être mon père et qui m'a fait mal lui aussi.

Vera s'arrache à mon étreinte et récolte les épingles qui sont tombées de son chignon sur le couvre-lit. Elle a l'air si vulnérable avec ses longs cheveux noirs qui lui tombent dans le dos. J'aperçois de fines rides sous ses yeux rougis et des traces de rouge dans les petites crevasses au-dessus de sa lèvre supérieure. J'imagine comme elle devait être belle lorsque Alan l'a épousée, il y a si longtemps déjà. Il ne me déplaît pas d'être témoin de ce chagrin intempestif. Pour une fois qu'elle manifeste une émotion! Je le regrette pour elle mais je suis heureuse que cela se passe devant moi plutôt qu'en présence de Cara qui est partie à Aruba avec son fidèle époux et les trois produits de leur amour.

« Tu te souviens quand tu avais sept ans et que je vous avais emmenées, Cara et toi, déjeuner au Plaza le dimanche de Pâques ? »

Je fais signe que non. Des déjeuners de Pâques au Plaza, il y en a tellement eu! Ma mère nous habillait en bleu marine des pieds à la tête. Non, sur la tête, nous avions des chapeaux de paille blancs avec des rubans bleus qui nous descendaient jusqu'aux reins. Cara et moi, nous choisissions toujours une table d'angle au Palm Court et nous faisions de notre mieux pour ne pas faire de gestes en observant les fabuleux échantillons d'humanité qui défilaient dans ce lieu. « On ne montre pas du doigt, disait ma mère. Tenez-vous bien. » Cara et Marguerite piquaient des fous rires en imitant les mouvements de main que leur mère ne pouvait s'empêcher de faire chaque fois qu'entrait une créature extraordinaire parée comme une gravure de mode. Cara et Marguerite s'envoyaient des coups de genou sous la table pour se signaler les toilettes les plus extravagantes et les spectacles les plus ridicules. A présent, je me rappelle ma mère nous enjoignant de manger nos œufs brouillés lentement, la bouche fermée. « Vous êtes priées d'avaler sans faire de bruits dégoûtants! »

« Marguerite, respire doucement et par le nez, je t'en prie. »

Maggie, ce jour-là, avait tendance à ronfler; on ne l'avait pas opérée des végétations. Je me souviens encore du geste particulier que ma mère avait pour s'essuyer la bouche, tapotant délicatement ses commissures un peu comme si elle se poudrait tandis que Cara et moi laissions de grandes traînées sur toute la largeur de la serviette. Ce rituel pascal avait commencé quand Cara avait sept ans. J'en avais cinq.

Quant à la présence d'Alan Sommers à ces déjeuners en famille, j'en garde un souvenir plutôt vague. Fugitif, devrais-je dire. Il arrivait tard et partait tôt. Quand il venait. Mais il est un de ces dimanches de Pâques dont je me souviens particulièrement bien. Mon père ne s'était pas dérangé pour assister à notre émerveillement quand on nous offrait un assortiment d'œufs en chocolat disposés sur du papier vert imitant l'herbe qui tapissait le fond de nos paniers jaunes.

« Je me rappelle qu'une fois papa n'est pas venu. J'avais quel âge alors ? Sept ans ?

— Il ne s'était pas montré, enchaîne Vera, songeuse. Nous étions restées assises à l'attendre. Finalement, j'avais commandé des œufs brouillés pour vous et des œufs en meurette pour moi.

— Maintenant, je me rappelle : Cara avait à peine avalé la première bouchée qu'elle a vomi sur la jolie nappe rose. »

Maman fronce le nez à mon évocation.

« Tu t'es mise à pleurer. La serveuse avait oublié de venir à notre table pour t'apporter ton panier d'œufs en chocolat. »

Effectivement tous les autres enfants en avaient reçu sauf nous. A la réflexion, elle n'avait sans doute pas oublié. Elle avait préféré ne pas venir à notre table abondamment souillée par Cara.

« Je me suis efforcée de me montrer gaie et de prendre à la légère l'indisposition de Cara, explique Vera en se tamponnant les yeux. J'ai noué une serviette autour du cou de Cara pour cacher sa robe tachée et je t'ai promis que tu aurais des œufs en chocolat dès que nous serions rentrées à la maison. Tu te souviens de ce qui s'est passé ensuite ? »

Je ferme les yeux, m'efforçant de reconstituer la suite des événements une fois que nous avions quitté le Plaza.

« Oui, dis-je. Tu as couché Cara. Moi, je me suis assise dans le grand fauteuil à côté de son lit et tu nous as laissé regarder la télévision. »

Vera poussa un profond soupir. Et brusquement tous les détails me reviennent. Maman avait pris la température de Cara, lui avait passé un gant de toilette humide sur le front, m'avait apporté cinq œufs en chocolat enveloppés dans leurs papiers de couleurs vives, avait installé Cara dans son lit après en avoir changé les draps, avait allumé la télévision qui proposait un spectacle de marionnettes, nous avait embrassées toutes les deux sur le front. Ensuite – ensuite seulement, après s'être acquittée de toutes ces tâches – Vera Sommers était partie dans sa chambre dont elle avait fermé la porte à clé. Là-dessus...

« J'ai avalé dix-huit comprimés de Véronal », ajouta ma mère.

Je reste abasourdie, même si je me rends compte maintenant que je m'en étais toujours doutée. Mais de l'entendre en faire l'aveu à présent rend la chose encore plus pénible.

« Ton père avait passé la journée avec une femme qu'il voyait depuis plusieurs mois.

– Mais pourquoi as-tu tenté de te suicider précisément ce jour-là ?

– Parce que le matin même ton père m'avait annoncé qu'il voulait divorcer.

– Et tu as attendu toute la journée ? Je ne comprends pas. »

D'une certaine façon, les détails, la succession absurde des événements qui ont marqué cette journée me paraissent plus importants à saisir que la situation dans son ensemble, la réalité de leurs relations.

« Je lui avais dit que, s'il ne venait pas au Plaza, cela signifierait qu'il avait pris la décision de divorcer. Il s'est bien gardé de venir.

– Mais imagine qu'il ait été pris dans un embouteillage, qu'il ait eu un accident, un empêchement ou qu'il ait changé d'avis ! Tu aurais commis un acte horrible sans aucune raison.

– Non, non, j'étais fixée, affirme-t-elle tranquillement. Je ne pouvais pas envisager la vie sans lui, toute seule pour élever mes deux petites filles. Je me disais que vous vous débrouilleriez mieux sans moi.

– Ah, nous aurions été propres, toutes les deux avec lui et je ne sais quelle idiote !

– Ce n'était pas une idiote. Elle était infirmière. »

Je n'en reviens pas qu'elle le défende encore, lui et ses goûts pour je ne sais quelle imbécile qui a failli nous servir de belle-mère. Mais les souvenirs affluent à présent : les voix, les bruits, les murmures. Je les avais gardés en réserve, quelque part dans mon cerveau, endormis comme si je redoutais de les réveiller.

Quand mon père finit par rentrer cette nuit-là, il s'aperçut qu'il ne pouvait pas pénétrer dans sa chambre. Il se mit à marteler la porte à coups de poing et à appeler ma mère. Jonesie accourut de l'autre bout de l'appartement et l'aida à enfoncer la porte.

« J'étais déjà dans le coma, je suppose, explique maman. C'est Jonesie qui m'a raconté ensuite comment ça s'est passé. Elle m'a mis des compresses froides sur le front. Pas très efficace! Pauvre Jonesie! Ensuite ton père a appelé une ambulance. Je me suis réveillée dans une jolie chambre blanche et verte à l'hôpital. On m'avait fait un lavage d'estomac. J'avais une vue splendide sur l'East River. Je ne me lassais pas d'admirer les bateaux et le petit parc qui est près de la mairie. »

Maggie Sommers, marchandise avariée, est assise sur son lit; elle écoute sa mère lui décrire la vue qu'elle avait de la chambre d'hôpital où elle était soignée après sa tentative de suicide.

« Quand j'ai repris conscience, poursuit Vera, ton père était à côté de moi, assis au bord du lit. »

Circonstance atténuante? Mon père est demeuré près d'elle jusqu'au moment où il s'en est fallu de peu que ce soit la fin.

« Il m'a dit que c'était ma faute s'il avait dû se résoudre à prendre cette décision et que ma tentative de suicide l'enfonçait encore davantage. Je n'avais fait que fuir mes responsabilités.

— Et tu l'as cru? »

Je suis livide de rage. Vera baisse la tête en tordant son mouchoir entre ses doigts. Je m'approche de la fenêtre à grands pas et fais volte-face pour la regarder.

« Écoute-moi bien. Tu n'y étais pour rien. C'est lui qui s'est conduit comme un ignoble salaud dans cette histoire. C'est un égoïste, voilà tout!

— Je t'interdis de parler de ton père sur ce ton! s'écrie-t-elle, la lèvre inférieure agitée de tremblements.

— Grand Dieu, mais comment peux-tu le défendre encore?

— Que veux-tu que je fasse? Que je prenne mes cliques et mes claques et que je parte? A l'âge que j'ai? »

Je ne réponds rien.

« Tu vois, triomphe-t-elle, ce n'est pas facile quand on n'a rien d'autre. Mon mariage, c'est mon métier.

— C'était sûrement difficile à l'époque quand tu avais deux petites filles, mais aujourd'hui, ça ne devrait pas poser trop de problèmes.

Tu n'es plus responsable que de toi-même, tu as suffisamment d'argent. Pourquoi continuer à souffrir alors que tu serais beaucoup mieux sans lui ? »

Mais elle ne semble déjà plus m'écouter, les yeux fixés dans le vague.

« C'était ton amant, hein ?

— De qui parles-tu ?

— De cet homme qui s'est fait tuer à Beyrouth. Tu étais sa maîtresse ? »

Curieux, tout de même, cette façon de détourner la conversation pour l'amener sur Joe. Après les inepties de la vie au jour le jour, l'absurdité de la mort au quotidien.

« Non, ce n'était pas mon amant. Joe était juste mon ami. »

Pourquoi « juste » ? Pourquoi cette restriction ? Comme s'il était mieux d'avoir un amant qu'un ami. Pourquoi ne coucherais-je pas avec un ami, du moment que je n'ai pas encore pour habitude de coucher avec mes ennemis ?

« Joe était homosexuel, maman. Son ami était danseur au New York City Ballet. »

Elle garde le silence, tandis que je fouille dans mes collants pour en trouver une paire de gris assortis au pull à col roulé en mohair que j'ai décidé de porter ce soir pour dîner avec Grayson, Elliot et Quincy.

« Et j'imagine que ton général israélien est homosexuel, lui aussi ? interroge-t-elle, sarcastique.

— Non, dis-je très calme. C'est mon amant. Et c'est également mon ami. »

Elle hoche la tête. Il semble que, sans nous le dire, nous ayons décidé de faire la paix. Une paix de courte durée. J'ai à peine le temps d'enfiler mon collant que le premier coup m'atteint entre les deux yeux.

« Explique-moi pourquoi ces Israéliens portent tous d'affreuses chemises à manches courtes et jamais de cravates, même quand ils se réunissent à la Knesset ? »

Elle a raison. Elle a vu assez de reportages sur Israël à la télé pour s'en être aperçue.

« En Israël, c'est comme ça, les gens aiment ce qui est pratique à porter. Et puis, tu sais, il fait souvent très chaud.

— Quand j'ai fait mon voyage en Israël, j'ai été très choquée de voir que tout le monde dansait le paso doble. Mais ce qui m'a dégoûtée, c'est de voir tous les hommes se fourrer des cure-dents dans la bouche à la fin du repas. Il danse le paso doble, lui ?

– Uniquement avec un cure-dents dans la bouche ! »

Je suis à quatre pattes dans ma penderie à la recherche de mes bottes grises que je finis par découvrir ensevelies sous une pile de cartons à chaussures.

« Il est marié, je suppose ? »

Je me relève lentement, je m'approche du lit et je lui prends la main.

« Tu ne vas pas me le démolir, lui aussi ? Celui-là, c'est différent.

– Je ne démolis rien ni personne. Je t'ai simplement demandé s'il était marié. A en juger par ta réaction, il l'est sûrement.

– Je sais que ça a l'air un peu facile mais, depuis des années, il vit comme s'il n'était pas marié. C'est un type très bien, maman, c'est quelqu'un qui...

– Qui aime trop danser le paso doble avec un cure-dents dans la bouche pour trouver le temps de divorcer.

– Tout ce que tu pourras dire ne changera rien, je te préviens. Alors tu ferais mieux d'arrêter. »

Elle obtempère et me regarde me coiffer sans rien ajouter puis soudain : « Maggie ? Tu l'aimes vraiment ? Quand il te prend la main tu éprouves des sensations que tu ne peux pas t'expliquer ? Les larmes te montent aux yeux quand tu le vois de loin absorbé dans une tâche ? Tu lui tombes dans les bras tous les soirs ? Quand tu es près de lui, tu oublies tout le reste ? »

Je la regarde interloquée. A présent je comprends – sans l'admettre pour autant – qu'elle ait tenté de se suicider ce fameux dimanche de Pâques. La peur de rester seule avec deux enfants n'y était pour rien. Vera est passionnément éprise d'Alan Sommers, un homme que, pour ma part, je trouve cruel, ennuyeux et moche. Mais ce que ma mère vient de décrire n'a rien à voir avec la disposition d'esprit, le charme ou la beauté. Mon opinion n'a donc aucune importance. C'est une question de peau. Le drame, c'est que des personnes instables comme ma mère ne devraient jamais succomber à ce genre de passion souvent mortelle.

« C'est comme ça que tu l'aimes, Marguerite ? interroge-t-elle d'une toute petite voix.

– Oui, dis-je, mais pas au point de me suicider s'il me quittait.

– Quand es-tu tombée amoureuse de lui ?

– Je ne sais plus très bien. Mais je crois que la mort de Joe y a été pour beaucoup. Sa mort m'a paru tellement absurde, tellement tragique que la vie n'avait plus aucun sens. Désormais, je savais que tout pouvait finir d'une minute à l'autre, brutalement, sans raison.

– Alors, tu es tombée amoureuse de lui le jour où ton preneur de son s'est fait tuer ?

– Non. Pas tout à fait. Je l'ai aimé la première fois que je l'ai vu, mais je ne l'ai dit à personne. Je ne me le suis même pas avoué à moi-même. Du moins jusqu'à la mort de Joe. La vie a commencé à me faire peur. Je me suis dit que, pour moi, " ça continuait ", mais que mon existence se confondait avec mon métier. A la limite, vivre devenait une obligation professionnelle. J'avais envie de tout lâcher et de ne plus penser qu'à mon amour pour Avi. D'un autre côté, je refusais d'abandonner ma carrière à cause de lui.

– Et maintenant ?

– Maintenant ? Sans lui, je me sens vide. Je voudrais être avec lui et je me fiche pas mal de tout le reste. Mais je suis ici et lui est resté là-bas. »

Vera me prend la brosse des mains et me la passe doucement dans les cheveux.

« Quand j'ai rencontré ton père, dit-elle comme si elle se parlait à elle-même, il avait déjà connu beaucoup de femmes. Moi, à l'époque, j'étais très indépendante. Ça peut paraître étonnant mais c'est la vérité. J'étais institutrice. Je n'avais ni besoin ni envie de me marier. Finalement, ajoute-t-elle avec un sourire, s'il me désirait tant, je crois que c'est parce que j'étais la première femme qui ne le désirait pas vraiment. »

Mon père dut la poursuivre pendant plusieurs mois avant qu'elle accepte de sortir avec lui. Et, lorsqu'elle y consentit enfin, elle le trouva irrésistible, son avocat dévoré d'ambition qui voulait faire mieux que tout le monde et posséder ce qu'il y avait de plus beau. Ce qui explique sans doute pourquoi il voulait à toute force épouser Vera.

« Il m'a demandée en mariage la deuxième fois que nous sommes sortis ensemble et j'ai accepté, me dit-elle en me rendant la brosse.

— Tu devais vraiment être folle de lui ?

— Tu sais, Marguerite, dit-elle timidement, toi et ton Avi, vous n'avez pas l'exclusivité de la passion. »

Il me semble avoir déjà entendu ça, il n'y a pas très longtemps.

Avi était devant le lavabo de la salle de bains dans mon hôtel de Tel-Aviv, une serviette blanche nouée autour des reins, le visage enduit de mousse à raser. J'avais enfilé sa robe de chambre marron et bleu trop grande pour moi et je me tenais derrière lui, les bras passés autour de son torse, la tête posée sur son large dos. Il m'expliquait que le vent avait tourné au Liban. Depuis l'assassinat de Bechir Gemayel et les massacres de Sabra et de Chatila, les Syriens avaient renforcé leur position. Moi, j'espérais qu'il n'aurait pas à se rendre sur la frontière libano-israélienne : une fois de plus, des terroristes palestiniens tiraient à la roquette sur la petite ville de Roch Hanikra.

« Il y a des millions d'hommes qui peuvent se raser le matin sans que leur femme leur chatouille les pectoraux, remarqua Avi avec un sourire.

— Il y a des millions de femmes qui envoient leur homme travailler le matin, répondis-je en caressant son ventre musclé. Mais je suis probablement la seule qui envoie le sien dans la zone des combats.

— Pas ici, ma chérie, tu n'es sûrement pas la seule. »

Je ne sais pas trop pourquoi j'avais si peur : on était le 5 décembre : deux semaines exactement après le jour du cercueil de métal gris. J'essayais de ne pas trop y penser, enfouissant mon visage dans son dos tandis que lui finissait de se raser, rinçait le surplus de mousse et se séchait le visage avec une serviette.

Il se retourna et me prit dans ses bras.

« Songe aux quatre jours que nous allons passer ensemble, murmura-t-il en me baisant les cheveux.

— Redis-le-me-le, chuchotai-je, les lèvres contre son oreille.

— Je serai de retour vers 6 heures. On se retrouvera sur la terrasse de l'hôtel King David. Ensuite je t'emmènerai sur les bords de la mer Morte et on aura quatre jours devant nous. Rien que nous deux.

— Tu crois que ce sera bien ? » demandai-je en me cachant la figure dans son cou.

Il me prit le menton et m'embrassa doucement sur la bouche.

« A ton avis ? interrogea-t-il, la voix rauque.

— Répète-le-moi encore, dis-je, je ne me lasse pas de l'entendre. »

Nous savions tous les deux qu'il s'agissait d'une ruse, d'une façon de passer le temps avant que son chauffeur ne vienne le chercher.

« Oui, répondit-il. Ce sera bien et même mieux que bien.

— Le mieux est l'ennemi du bien. C'est toi qui me l'as dit. »

Il était près de 6 heures et demie et il devait partir à 7. Moi, il me fallait être à Jérusalem à 8 heures pour interviewer un terroriste, un vrai, un poseur de bombes qu'on venait d'emprisonner. Cette fois, ABN ne voulait plus des habituels idéologues, phraseurs, parfaitement rompus à l'art de l'interview, connaissant d'avance les questions que leur poserait un journaliste américain. Les autorités israéliennes nous avaient assuré que le prisonnier que j'allais voir avait du sang sur les mains et qu'il ne regrettait aucun des crimes qu'il avait commis *au nom de la Révolution.*

Un matin comme un autre dans la vie d'un homme et d'une femme, me dis-je en regardant Avi s'habiller. En le voyant fouiller à droite et à gauche à la recherche de ses vêtements, j'avais les larmes aux yeux.

« Un jour, déclara-t-il, quand nous mènerons une vie un peu plus normale, tu m'offriras une commode. Comme ça, je saurai qu'entre nous, c'est du sérieux. Sans parler du fait que je serai enfin capable de mettre la main sur mes affaires du premier coup quand je ne suis pas encore bien réveillé. »

Je m'essuyai les yeux sans rien dire.

Il sourit et brandit triomphalement deux chaussettes de même couleur. Il vit mes larmes mais fit comme s'il ne les avait pas remarquées. Les mots n'y changeraient rien, nous le savions l'un et l'autre. Il partait pour le Sud-Liban, il allait se trouver au milieu des roquettes, des tireurs embusqués. Il pouvait lui arriver la même chose qu'à Joe Valeri, quinze jours plus tôt. Dehors, par la fenêtre, on apercevait les eaux bleues de la Méditerranée et le sable blanc. Un groupe jouait déjà au ballon au bord de la mer. Tout cela semblait si loin des combats qui faisaient rage à Beyrouth. Au bout de six ans de guerre et malgré les lignes rouges qui délimitaient des zones neutres, la Syrie et Israël se trouvaient une fois de plus face à face. La bataille était loin d'être terminée. Avi risquait constamment sa vie.

Il avait enfilé son pantalon kaki, lacé ses bottes noires et passé sa chemise verte sur laquelle figuraient imprimés une épée et un rameau d'olivier croisés, insignes de son grade. Une chemise qu'il ne portait que sur le terrain des opérations.

Le téléphone sonna. Ce devait être le chauffeur d'Avi qui l'attendait à la réception.

« C'est pour toi. » Avi me tendit l'appareil.

Gila m'informait qu'elle envoyait quelqu'un changer le matelas.

« Parfait. Quand tu veux : nous partons tous les deux dans un instant. »

J'avais à peine reposé le combiné que la sonnerie retentit de nouveau. Cette fois, c'était bien Moshe Morad, le chauffeur d'Avi.

Nous nous sommes dirigés vers l'ascenseur en nous tenant par la main. Pour une femme qui envoyait au front l'homme qu'elle aimait, je n'étais pas particulièrement élégante : je nageai dans sa vieille robe de chambre. C'était bien moi de penser à cela dans un moment pareil. Ça n'en était pas moins vrai, hélas. Je pris sa main que j'embrassai. Il appuya sur le bouton de l'ascenseur.

« Si tu te dois te rendre malade à chaque fois que je pars, tu vas avoir une mine épouvantable. Et, ajouta-t-il en m'embrassant le bout du nez, il n'y aura plus que moi qui voudrai de toi.

— De toute façon, personne n'a jamais voulu de moi comme toi. »

Si au moins j'avais ressemblé à ces femmes qu'on voit sur les bandes d'actualités : celles qui, durant la Seconde Guerre mondiale, envoyaient des baisers aux soldats qui partaient pour le front, embarqués sur de grands navires, à destination de terres lointaines. Je m'imagine debout sur la jetée, avec mes mocassins, ma robe jaune à petits boutons qui partage la poitrine en deux, une fleur jaune derrière l'oreille, les lèvres tartinées de carmin. La réalité était plus triviale : je n'avais sur moi qu'une vieille robe de chambre, je n'étais pas maquillée et mes cheveux tenaient par deux peignes que j'y avais hâtivement glissés. Avi Herzog n'avait pas l'air de s'en soucier.

« Tout le monde te regarde, tout le monde te désire. On passe son temps à me demander ce que je peux bien avoir qui te captive comme ça.

– Et qu'est-ce que tu leur réponds ? » dis-je, légèrement surprise.

Avi me dévisagea d'un œil malicieux et, avant que j'aie pu l'arrêter, il mit la main à sa braguette.

« Voilà ce que je leur réponds. Je leur dis que c'est par là que je te tiens ! »

Au moment précis où Avi Herzog empoignait ses attributs d'un geste triomphal, la porte de l'ascenseur s'ouvrit. Un homme vêtu d'un costume léger d'un bleu tendre et une femme en robe à fleurs rouge et rose, chacun arborant des badges où l'on pouvait lire : DIEU EST MON MEILLEUR AMI, nous contemplèrent avec une horreur mêlée d'effroi.

J'étouffai de rire. Je dus m'appuyer contre la porte de l'ascenseur pour reprendre mon souffle.

« Vous êtes un grossier personnage, général Herzog, fis-je, feignant l'indignation. Je vous saurais gré de ne pas recommencer. »

Il m'attira contre lui et m'embrassa à pleine bouche, tandis que la porte de l'ascenseur s'ouvrait et se refermait, bloquée par mon épaule.

« Dire que nous sommes venus en Terre sainte !

– Ferme les yeux, Gertrude, ordonna l'homme. Ne regarde pas.

– Dis-moi que ce n'est pas vrai ! Dis-moi que ce n'est pas pour ça que tu tiens à moi ! »

Si je puis dire, c'était sans doute *en partie* à cause de « ça » qu'il m'avait séduite et que je tenais à lui. Et s'il y avait d'autres raisons, bien peu avaient autant d'importance.

Il y eut un courant d'air et la porte de mon studio claqua. J'étais dehors. Je m'élançai dans le couloir à la recherche d'un membre du personnel, en vain. Finalement, j'empruntai la sortie de secours et gagnai la réception pour obtenir un double de ma clé. Mon interview à Jérusalem devait commencer dans moins d'une heure. Je poussai la porte qui donnait dans le hall et m'élançai vers le bureau. J'étais échevelée, pieds nus. Je tombai nez à nez avec Avi Herzog, Gidon Levy – un colonel – et Moshe Morad, le chauffeur. Je fis semblant de ne pas les voir puisqu'ils feignaient de ne pas m'avoir remarquée.

Je me redressai de toute ma taille malgré mon absence de chaussures et je demandai ma clé poliment à la jeune fille de service.

Herzog, Levy et Morad semblaient avoir interrompu la conversation animée dans laquelle je les avais surpris. Du coin de l'œil, je vis Levy et Morad qui me jetaient des regards intrigués. Herzog, pour sa part, ne parut pas s'étonner de ma présence dans le hall. Il s'approcha de moi et chuchota : « Qu'est-ce qui se passe, ma chérie ? Tu m'as couru après pour me dire que j'avais raison ? »

Je me sentis mal à l'aise.

« Je t'en prie, ne recommence pas. »

Mais avant que je ne puisse me saisir de ma clé et faire une retraite honorable, le couple bleu tendre et robe à fleurs rouge et rose avaient rejoint les autres membres du groupe auxquels ils appartenaient et nous montraient du doigt. Il était évident qu'ils parlaient du geste d'Avi et de mes démonstrations de tendresse pour ce monstre d'obscénité.

« La porte de ma chambre a claqué. Je suis dehors.

— Excuse vraisemblable, fit-il en s'emparant de la clé pendue au tableau au-dessus de ma tête.

— Mais toi, dis-je en avançant la main, comment se fait-il que tu ne sois pas parti ?

— Parce qu'on a changé nos plans, répondit-il en tenant la clé hors de ma portée. Je suis convoqué chez le Premier ministre à Jérusalem. Viens dire bonjour à Gidon et à Moshé avant d'aller t'habiller.

— Comme ça ? J'ai l'air d'une folle.

— Tu viens seulement de t'en apercevoir ? Tout le monde le sait depuis longtemps ! »

Il me prit la main et me conduisit vers eux. Le fait que je sois à moitié nue n'avait pas l'air de l'émouvoir. Je saluai Gidon, heureuse de revoir ce colonel qui était le bras droit d'Avi sur le champ de bataille et son meilleur ami dans le civil. Porte-parole officiel de l'état-major israélien, on disait qu'il distillait les informations au compte-gouttes et qu'il n'était pas commode. Petit, mince, son apparence physique démentait cette réputation. Il avait un visage d'adolescent et des cheveux bruns qui bouclaient sur le front. Les journalistes femmes qui l'approchaient s'attendrissaient de le trouver si jeune et apparemment si vulnérable, ce dont il jouait sans vergogne. Mais, avec ses amis, c'était le plus doux et le plus charmant des compagnons.

« On ne vous voit plus, s'écria-t-il en me serrant la main. Depuis que vous êtes avec Avi, vous ne me demandez plus jamais aucun tuyau.

— Ce n'est pas à cause de lui, dis-je, constatant avec horreur que le couple bleu tendre et robe à fleurs s'approchait de moi. C'est parce que j'ai quitté le Liban et que je fais des reportages à Jérusalem.

— *Shalom*, Maggie », risqua timidement Moshe.

Je répondis d'autant plus volontiers à son salut que je sentais le couple me tirer par le bras.

« La mort de votre preneur de son m'a fait beaucoup de peine. C'était un chic type. »

Je le remerciai longuement, feignant d'ignorer la femme en robe à fleurs qui me tirait par la manche. Gidon m'obligea à réagir en s'adressant à elle.

« Vous désirez lui demander quelque chose, peut-être ? interrogea-t-il poliment.

— Vous êtes Maggie Sommers ? » s'enquit la femme.

Avi s'approcha. Il jubilait. Je lui lançai un regard noir.

« Oui, c'est moi.

— On vous regarde souvent à la télé, chez nous, à Bergen County (New Jersey). Je suis absolument ravie de pouvoir vous parler. »

Elle avait l'air de croire que je l'étais aussi et que j'allais lui consacrer tout mon temps. Certes, après ce qu'elle avait vu et entendu dans l'ascenseur, les sujets de conversation ne manquaient pas. Avi semblait s'amuser beaucoup de la situation. Il me surveillait les bras croisés, l'air de dire : « Voyons jusqu'où cela va aller. »

« Je peux vous aider à vous amender, à faire en sorte que vous ne sombriez pas tout entière dans le stupre !

— Amen, psalmodia bleu-layette. A bas la fornication ! »

Gidon ne comprenait rien à ce qui se passait mais le mot « fornication » le fit visiblement tiquer. Quant à moi, je n'en croyais pas mes oreilles. Je parvins tout de même à dire : « C'est bien aimable à vous de vous soucier de moi, mais le stupre ne me pose aucun problème particulier. »

A ce moment précis, Gila Enav, la gérante de l'hôtel, sortit de son bureau.

« Maggie, fit-elle sans savoir ce qui se passait, je t'envoie quelqu'un pour changer ton matelas. Le tien est complètement défoncé. »

Elle s'interrompit et m'examina de la tête aux pieds. « C'est dans cette tenue que tu vas travailler, ce matin ?

– Puisse le Seigneur vous pardonner, gémit bleu-layette tandis que Madame robe-à-fleurs me jetait une brochure sur la couverture de laquelle s'étalait en grosses lettres noires le mot RÉDEMPTION.

Gila passa son bras sous celui d'Avi et s'efforça de ne pas rire car le groupe des PÈLERINS DE BERGEN COUNTY – tel était le nom qui figurait sur leurs badges – nous avait entourés. Gidon s'approcha de Gila, jeta un coup d'œil admiratif sur sa poitrine et se présenta.

« Gidon Levy, fit-il avec un des sourires dont il a le secret. C'est à moi que le général Herzog ici présent confie le soin d'essayer tous les matelas.

– Quelle coïncidence ! s'exclama Gila. Je suis chargée du même office pour Maggie Sommers. Mais peut-être pourriez-vous me dire ce qui se passe ici ? »

Gila, Avi, Gidon, tous s'amusaient beaucoup. J'étais la seule à me sentir humiliée, mal à l'aise. Une fois de plus, j'allais m'esquiver quand j'entendis Avi déclarer : « La récréation est terminée. Il faut que Maggie aille se préparer, sinon elle va être en retard. » Il me prit la main et ajouta : « Dis au revoir à tout le monde et remercie ces braves gens qui veulent te sauver.

– Merci », balbutiai-je. Entre mes dents, j'ajoutai : « Tu mériterais que je te tue. Grâce à toi, je suis grillée à Bergen County. »

Avi ne prit même pas la peine de me répondre. Il me poussa contre un mur et m'embrassa.

« On ne t'avait donc jamais dit que tu étais une femme pleine de stupre ?

– Je suppose que tu as trouvé cela très drôle ? » dis-je une fois que la porte de l'ascenseur se fut refermée sur nous. Il en riait encore dans le couloir et en ouvrant notre porte.

« Oui, très. Au fait, où ça se trouve, Bergen County ? »

Je me peignais devant la glace, en slip noir, quand il s'approcha de moi et me prit les seins dans ses paumes.

« Ils sont presque trop gros pour mes mains.

– N'essaie pas de te faire pardonner, dis-je, me baissant pour attraper un soutien-gorge assorti et un T-shirt rouge.

– Je te conduis à Jérusalem-Est et on se retrouve comme prévu à la terrasse du King David à 6 heures.

– Je suis sûre qu'ABN va me demander ce qui s'est passé. Ces espèces de toqués vont sûrement protester auprès de la direction de la chaîne.

— Personne ne s'offusquera ici, en Israël, de savoir que la correspondante d'ABN s'adonne à la fornication.

— Moi, je suis prête à parier que ton geste de tout à l'heure ne fera rien pour améliorer l'image des généraux israéliens.

— A propos de généraux israéliens, tu sais comment les gens les imaginent ? »

Je fis signe que non et enfilai mon jean.

« Ils croient qu'au saut du lit, on pique un cent mètres dans l'une de nos quatre mers, qu'on enchaîne avec deux cents pompes avant de faire l'amour cinq ou six fois. Cela avant le petit déjeuner, bien entendu. Pour cette collation du matin, nous nous élançons à petites foulées dans nos jardins où nous cueillons au passage trois bonnes livres d'oranges de Jaffa. Ensuite, nous passons aux choses sérieuses. Sauvetage de deux otages minimum. Un tour à l'état-major, histoire de trouver une solution miracle à l'un de nos problèmes de frontières. Une petite guerre ultrarapide, à nouveau une partie de jambes en l'air en attendant l'heure du dîner. Histoire de faciliter notre digestion, nous dansons la hora pendant quelques heures avant de reprendre nos travaux amoureux. Pour nous reposer, nous dessinons les plans d'un nouvel avion de combat et enfin, seulement, nous consentons à nous endormir.

— Eh bien, dis-je en riant, tu peux compter sur moi pour détruire ce mythe. Je ne t'ai jamais vu danser la hora.

— Tu dis ça par dépit. Parce que tu sais qu'après ce qui vient de se passer, tu es grillée au Vatican.

— Tu es impossible! dis-je en fermant mon bracelet-montre.

— Tu as les yeux vert foncé, ce matin.

— C'est parce que je suis encore furieuse. »

Nous étions presque prêts à partir. Avi fourra mon magnétophone, mes piles, mes cassettes, ma trousse de maquillage, ma brosse à cheveux et mon bloc-notes dans un immense cabas en paille.

« Tu vois, je fais tout ce que je peux pour me faire pardonner. »

J'empoignai ma petite valise, les deux jeux de clés qui se trouvaient sur la table et donnai un dernier coup d'œil dans la pièce pour être sûre de n'avoir rien oublié.

« Tu es vraiment formidable, s'écria-t-il en éteignant la lumière.

– Tu es pardonné, dis-je en riant, mais tâche de bien te conduire à présent, sinon gare! »

Moshe et Gibon ne nous avaient pas attendus. Nous avons pris la voiture d'ABN. Avi s'est installé au volant et nous nous sommes engagés sur une route que je commençais à bien connaître, celle qui va de Tel-Aviv à Jérusalem.

« J'aimerais bien disposer d'une petite cuisine dans cet hôtel. Je pourrais faire à dîner de temps en temps. J'ai horreur de manger tous les soirs au restaurant.

– Dès que tout sera réglé – ce qui ne saurait tarder maintenant –, non seulement nous aurons une cuisine mais aussi une vraie chambre avec une commode pour ranger mes affaires. J'en ai assez de ces campements improvisés. Il faut que nous fassions des projets d'avenir. »

Brusquement la panique s'empara de moi. Je tournai la tête, mal à l'aise, et regardai sans enthousiasme le paysage qui défilait, Avi voulut me prendre la main mais je la retirai.

« Qu'est-ce qu'il y a, Maggie? A chaque fois que je prononce le mot "avenir", tu te mets dans tous tes états. Pourquoi? »

Comment lui expliquer qu'à chaque fois qu'il était question de « projets d'avenir » ou de « mettre les choses au point une fois pour toutes », je pensais au chagrin de Ruth. J'imaginais la scène chez les Herzog lorsque Avi se déciderait à lui annoncer qu'il ne viendrait plus habiter chez eux. Évidemment, j'oubliais qu'il ne vivait plus avec elle depuis un certain temps. Mais la pauvre Ruth supporterait sans doute très mal de s'entendre dire qu'entre eux c'était fini, qu'il allait recommencer sa vie avec une autre. Je me représentais toujours Ruth avec des bigoudis roses, un rouleau à pâtisserie à la main, s'écriant : « Qui va te repriser tes chaussettes et te faire ton bouillon quand tu seras malade? » tandis que de grosses larmes ruisselaient sur ses joues rebondies. Je repensais aussitôt à certaines scènes de mon enfance et j'avais l'estomac noué : je vivais avec la peur presque constante que mon père finisse par nous abandonner. Sans le vouloir, les mots se mirent à couler de ma bouche. Je lui racontai ce qui m'était arrivé et ce que Ruth pouvait craindre. Avi regardait droit devant lui, la mâchoire légèrement crispée, les mains agrippées au volant, tandis que je vidais mon sac.

« Je la plains mais, en même temps, j'ai peur que tu sois pris de remords et que tu me quittes parce que le bouillon de poule, les chaussettes reprisées ou même ses bigoudis roses te manqueront trop. »

Avi s'arrêta sur le bas-côté, au-dessous d'une colline au sommet de laquelle rouillent plusieurs wagons faisant office de mémorial pour les juifs qui sont morts en 1948 pendant la guerre d'indépendance. Quand la voiture s'immobilisa, il se tourna vers moi. J'étais rencognée au fond de mon siège, tassée contre la portière. J'attendais une explosion imminente. Il se passa la main dans les cheveux, un geste de lui que je connais et que j'aime bien et me déclara très calmement : « Je n'ai jamais vu Ruth avec des bigoudis en plastique rose. Elle ne sait pas faire le bouillon de poule et d'ailleurs...

— Et d'ailleurs ? » répétai-je.

Il prit une profonde inspiration.

« Elle aussi souhaite mettre fin à notre mariage.

— Pourquoi ne me l'as-tu pas dit ?

— Parce que je ne voulais pas avoir l'air de t'influencer. Je ne voulais pas non plus que tu penses que, si je te désirais si fort, c'était parce qu'elle ne voulait plus de moi. »

Il sortit de sa poche un de ses petits cigares noirs qu'il roula entre ses doigts avant de l'allumer.

« Tu es si indépendante, si forte que j'avais un peu peur que tu m'envoies sur les roses. » Il tira une longue bouffée avant de poursuivre : « Je ne savais pas trop comment te présenter les choses. Avec Ruth, c'est simple. Elle ne supporte pas d'être seule. C'est la raison pour laquelle elle souhaite divorcer.

— Tu en es sûr ?

— Elle en aime un autre.

— Comment le sais-tu ?

— C'est elle-même qui me l'a dit. »

Un long silence suivit. Les choses se seraient-elles passées autrement si Avi avait été libre, sans entrave le jour où il m'avait raccompagnée à mon hôtel, le jour du cercueil de métal gris ? A quoi cela rimait-il de se poser pareille question ? C'était comme ça. Pour la première fois de ma vie, j'essayai de ne pas mettre à toute force des bâtons dans les roues de mon bonheur futur.

« Alors ? interrogea-t-il doucement en me tenant la main.

— Alors ? dis-je, retenant mon souffle. Qu'est-ce que tu veux ?

— Toi, répondit-il en me prenant dans ses bras.

– Je vous aime passionnément, général Herzog, murmurai-je, la tête enfouie dans son cou.

– Vous voulez que je vous dise, Sommers ? Vous n'avez pas l'exclusivité de la passion. »

Vera est assise sur mon couvre-lit gris et noir dont elle ôte la poussière d'un doigt distrait.

« Au début de notre mariage, ton père me rendait visite toutes les nuits. »

Cet euphémisme me paraît comique. On dirait la reine d'Angleterre ou la Grande Catherine, décrivant ses excursions dans les communs. « Je m'efforce de rendre visite aux étalons deux fois par semaine. »

« Tu sais, ton père est... » Vera s'interrompt, le temps de trouver un nouvel euphémisme. «... Plutôt gâté par la nature de ce côté-là. »

Maggie Sommers n'est pas née de la dernière pluie. Elle a connu les sommets de la passion et les affres du désespoir. Elle sait à quoi s'en tenir sur ces visites rendues par des mâles que la nature a « plutôt gâtés de ce côté-là ». Maggie a fait avec Avi des « choses » que Vera n'a probablement jamais osées.

« Je ne suis pas bégueule, Marguerite, poursuit ma mère, même s'il y a certaines choses que je ne ferai jamais... ce que font les prostituées et les pervers. »

Je ne m'étais pas trompée. Mais c'est l'image de mon père-plutôt-gâté-par-la-nature introduisant son appendice surdimensionné dans l'orifice maternel que j'ai du mal à supporter.

Les yeux tristes, elle tente de m'expliquer pourquoi mon père n'a jamais voulu d'enfant.

« Il était persuadé que cela nuirait à sa carrière, que nous ne pourrions plus sortir ni voyager. Je me disais qu'on n'en aurait jamais. Et puis, je me suis trouvée enceinte de Cara. J'étais ravie. Après tout, je portais l'enfant de l'homme que j'aimais. Tu comprends, à mon époque, les moyens de contraception étaient pratiquement inexistants et, comme je refusais de faire ces choses que font les prostituées pour... remplacer et que ton père était si exigeant... »

Ça, j'avais compris, mais il y avait d'autres « choses » à propos desquelles je voulais en avoir le cœur net.

« Il aimait Cara quand elle est née ?

— Je crois qu'il a commencé à l'aimer plus tard quand elle a été capable de lui répondre et de lui parler.

— Et moi, il m'aimait quand je suis née ? »

Elle s'efforce de refouler les larmes qui lui montent aux yeux.

« Quand je me suis trouvée enceinte de toi, il était furieux. Mais qu'est-ce que je pouvais faire ?

— Et toi, tu me voulais ?

— Je crois, répond-elle sincèrement, que ce que je voulais, c'est que ton père cesse d'être si désagréable, si distant. Je me sentais tellement seule. »

Ainsi Vera a été angoissée pendant les neuf mois qui ont précédé ma naissance. Mais j'existais à l'intérieur d'Alan depuis plus longtemps avant qu'il ne me « transfère », bien qu'il n'ait probablement jamais senti que je le quittais... Mon père se souciait de ma présence comme d'une guigne quand j'étais en lui, ma mère se sentait affreusement seule quand je grandissais dans son ventre. Pas terrible, comme départ dans l'existence.

« Et maintenant ? dis-je doucement.

— Maintenant, j'espère simplement qu'il ne me quittera pas.

— Et s'il ne te quitte pas ?

— On vieillira ensemble. On trouvera peut-être un certain réconfort à poursuivre comme on a commencé.

— Et s'il te quitte ?

— J'essaierai encore, dit-elle en se levant.

— Tu essaieras quoi, maman ? »

Je la raccompagne dans l'entrée.

Elle enfile son manteau de fourrure sans répondre. Je la serre dans mes bras mais elle s'écarte.

« Tu l'aimes, ton Israélien à manches courtes ?

— Oui.

— Si tu l'aimes vraiment, il va te faire souffrir. Tu ferais bien de profiter de ton bonheur parce qu'il ne durera pas. Au début, tout va toujours très bien.

— Tu sais ce qu'on dit, maman : le mieux est l'ennemi du bien. »

7

Le décor du Russian Tea Room n'a pas changé : lustres de cristal décorés de guirlandes d'or, boules rouges et vertes accrochées aux plafonds moulurés, tableaux disposés les uns au-dessus des autres, éclairés par de minuscules rampes torsadées qui clignotent dans la salle. Décor qui ne doit rien à la période des fêtes. Il est aussi immuable que Vincent – le maître d'hôtel – qu'on est sûr de trouver devant le grand samovar d'argent au fond du bar.

« Maggie, *bella*! s'écrie-t-il de sa voix de basse, voilà des siècles qu'on ne vous a pas vue!

– Je suis bien contente de vous retrouver », dis-je, l'embrassant comme j'embrasserais mon oncle préféré – si j'en avais un.

Vincent Roccatello, dit « le Lézard », grand, mince, brun avec une mèche de cheveux prématurément blanchie qui lui tombe sur le front, porte son smoking un peu défraîchi et son papillon noué lâche sur le col montant de sa chemise à plastron.

« Grayson et Elliot sont là. Ils n'arrêtent pas de parler de l'Emmy que vous allez recevoir pour votre reportage à Beyrouth », chuchote-t-il, tandis que sa langue pointe et rentre en un fascinant va-et-vient. Ce qui lui a valu son surnom.

Je tombe des nues.

« Quel Emmy ?

– Celui qu'on va vous décerner pour votre reportage sur la mort de Joe. Vous n'étiez pas au courant ? On va l'annoncer demain. »

Inutile de lui demander comment il l'a appris. Vincent le Lézard sait absolument *tout* ce qui se passe aux tables dont il a la charge. Ce qui me stupéfie, c'est qu'on me décerne un Emmy pour être apparue, maculée de sang et trempée de pluie quelque part dans les environs du camp de Sabra, pleurant devant vingt millions de téléspectateurs après la mort de Joe. Comme si j'avais préparé mon coup! On dit qu'à la télévision, seule l'image compte. Le sentiment n'a pas sa place. Opinion que Quincy n'a jamais partagée. C'est égal : voilà qui va lui fournir un argument de poids pour négocier mon nouveau contrat avec Grayson.

« Où sont-ils? » dis-je, cherchant à apercevoir dans la salle mes deux patrons d'ABN qui n'ont pas grand-chose en commun. Si ce n'est d'avoir, chacun à leur manière, brièvement partagé mon intimité et ce, à des périodes de ma vie fort différentes.

« Tournez-vous. Table numéro 5. Première banquette à gauche, me souffle Vincent en apposant ses initiales sur une note de bar qu'un garçon lui tend.

— Espérons qu'ils ne m'ont pas remarquée. Je ne me sens pas de taille à les affronter seule.

— Je suis là pour vous protéger, mon enfant », s'écrie Vincent en me caressant la joue.

Le fait est. J'ai déjà vu Vincent rester planté derrière la chaise de Grayson durant ces interminables dîners d'affaires au cours desquels Quincy discutait point par point les termes de mes contrats tandis que je chipotais dans mon assiette de blinis qui repartaient à peu près comme ils étaient venus. On dit de Vincent qu'il a tout du séducteur italien. Pourtant, il m'a toujours protégée, traitée comme si j'étais sa fille, m'adressant de discrets clins d'œil. Moi, je me tortillais, mal à l'aise sur ma chaise. Quincy, elle, se lançait dans une de ses longues tirades, celles qui rendaient Grayson fou de rage, cramoisi, tremblant, incapable d'apprécier son poulet à la Kiev, avec supplément de sauce au xérès. Lorsque Quincy me regardait d'une certaine façon qui signifiait : « A présent, *il* est mûr, tu peux t'en aller », Vincent me pressait le bras, histoire de m'encourager tout en reculant ma chaise pour m'aider à quitter la table. Et tandis que j'attendais Quincy au bar, Vincent me rassurait, me disant que tout se passerait bien – ce qui, miraculeusement, finissait toujours par se produire.

Vincent me pousse du coude. Il m'indique la rangée de tables disposées devant le mur tout en glaces. Grayson s'est levé et m'adresse de grands signes. Sa serviette blanche s'est coincée dans sa ceinture en croco marron. Cette fois, je n'ai plus le choix : il me faut quitter Vincent qui accueille une autre cliente (qu'il embrasse un peu moins paternellement, me semble-t-il) et me diriger vers la table numéro 5.

« Tiens, tiens », s'exclame Grayson qui ne s'est pas aperçu que sa serviette sort comme un pan de chemise de sa ceinture en croco marron. « Voilà la bombe de Beyrouth ! »

J'ai grandi. Quand je me trouve devant un imbécile doublé d'un salaud, je n'éprouve plus – comme avant – l'irrépressible besoin de l'humilier. Je connais trop la pauvre petite chose racornie qui se cache sous la ceinture de croco marron.

« Bonjour, Grayson, dis-je poliment, plongeant mon regard dans ses yeux de poisson froid.

– Maggie, s'écrie Elliot en se levant. Tu es plus belle que jamais !

– Encore mieux en vrai que sur l'écran », renchérit Grayson qui a le compliment aussi raffiné que l'attitude. Il me pince la joue comme un maquignon.

Avec ses cheveux châtains frisés et ses lunettes rondes, Elliott ressemble à un petit garçon. Nous tombons dans les bras l'un de l'autre. En m'écartant, je me rends compte qu'instinctivement, je lui remets sa cravate rayée rouge et bleu en place.

« Ici, on ne parle plus que de toi et de ton reportage sur Beyrouth, s'écrie-t-il en me baisant le bout des doigts.

– Elliot, rugit Grayson qui le foudroie du regard, Maggie a peut-être envie de boire quelque chose ?

– J'aimerais bien être aussi contente de mon reportage que vous semblez l'être !

– Scotch, Maggie ? » demande Grayson en faisant signe au garçon. Je hoche la tête.

« Ils auraient dû te donner un parapluie d'ABN. Tu avais les cheveux trempés. Un scotch et un autre Martini vodka pour moi. Et toi, Elliot ? »

Elliot n'a pas l'air de vouloir boire.

« Grâce à toi, tout le monde a éprouvé l'horreur de la situation, me dit-il en me prenant la main.

– Vous savez, Grayson, dis-je tranquillement, on était à cent lieues de penser à s'abriter sous un parapluie.

– Ce qui m'épate, c'est que tu aies pu pleurer comme ça ! De vraies larmes ! Quel plan ! Ma petite Maggie dégoulinant de pluie, couverte de sang ! Ça, c'est ce que j'appelle de la télévision ! »

proclame Grayson, effleurant mon sein droit de son coude gauche.
Du coup, je prends mes distances et me rapproche d'Elliot.
« Elle était bouleversée, rectifie celui-ci. Elle ne s'est pas forcée.
Elle pleurait sincèrement. »

Grayson a un rire nerveux. L'énorme pouvoir dont il dispose, il le
paie cher. Très cher, cela ne fait aucun doute. A mon avis, il est
incapable d'éprouver le moindre plaisir ou le moindre chagrin. Mais
c'est peut-être cette cuirasse qui lui a permis de devenir ce qu'il est :
un professionnel sans scrupules, froid et calculateur, le directeur des
informations d'ABN.

« Quincy est un peu en retard », m'explique-t-il en me faisant du
pied sous la table. Je reprends du champ. « Elle va arriver d'un
moment à l'autre.

— Je suis fou de joie à l'idée qu'on va retravailler ensemble, s'écrie
Elliot. On m'a bombardé producteur en chef de ce nouveau magazine.
En un sens, c'est normal, puisque toute la conception vient de
moi.

— Je n'étais pas au courant. Félicitations! Ça me fait vraiment
plaisir.

— Oh, tu sais, j'ai pondu ce projet un soir où je n'avais rien de
mieux à faire », me dit-il avec un gros clin d'œil.

Là-dessus, Grayson se lance dans un long topo assommant sur les
problèmes budgétaires que connaît — paraît-il — la direction des
informations d'ABN.

Je préfère ne pas entendre et me tourne vers Elliot.
« Comment va Frances ?

— Pas mal. Elle gagne beaucoup d'argent, répond-il, l'air
morose.

— Voilà une nouvelle qui me fait plaisir! »

Pieux mensonge de ma part : Frances, la femme d'Elliot, imprésario comme Quincy, est l'agent le plus méprisé de la profession.
Venant d'elle, je ne connais qu'une nouvelle qui réjouirait tout le
monde : sa disparition.

« Elle gagne peut-être des montagnes de fric sur le dos des autres,
intervient Grayson, mais elle défend à notre cher Elliot ici présent
d'acheter de quoi nourrir ses oiseaux. Elle dit que ça coûte trop cher
et que ces cons d'oiseaux n'ont qu'à se débrouiller tout seuls. »

Grayson s'esclaffe. Elliot devient rouge. Pour se donner une
contenance, il s'empare de son verre de vodka posé sur un lit de glace

au fond d'un petit compotier d'argent. Je le regarde boire. Il a l'air si
malheureux! J'aimerais pouvoir le réconforter. Mais j'ai grandi.
Quand je me trouve devant un homme marié (et Dieu sait qu'il
l'est!), adorable, sensible et angoissé, je n'éprouve plus – comme
avant – l'irrépressible besoin de réparer les dégâts causés par son
épouse. De toute façon, ça ne marche jamais.

« Et ce n'est pas tout, poursuit Grayson en ricanant. Un jour, ils
étaient tous les deux en voiture près de Los Angeles. Frances a repéré
un gros tas de bouteilles de soda vides au bord de la route. » Grayson
s'interrompt pour s'essuyer les yeux tant il rit. « Elle a obligé ce brave
Elliot à les charger dans le coffre pour toucher les consignes. C'est
pas vrai ce que je dis? »

Elliot en est quitte pour une claque dans le dos. On ne peut pas
dire qu'il ait l'air de s'amuser beaucoup. Il regarde attentivement ses
mains comme s'il ne les avait jamais vues. Et je souffre d'autant plus
que c'est à cause de ces histoires de nourriture d'oiseaux, de bouteilles
de soda vides et des insultes que sa femme lui lançait et qu'il devait
essuyer devant les invités médusés au cours de dîners chic qu'Elliot
me rassurait. Lorsque j'avais besoin de me faire consoler, c'est vers
lui que j'allais. Ce fut le cas un soir où l'on avait travaillé très tard
pour monter un reportage sur les sans-logis à New York. A cette
époque, Elliot était rédacteur en chef du journal du soir. Moi, je
couvrais les faits divers. Nous nous connaissions depuis trois ans.
Quand je le voyais débarquer dans la salle de rédaction, à 8 heures,
sa raquette de squash sous le bras, et qu'il me faisait un bonjour de la
main, je me sentais ragaillardie. Ces matins-là, Elliot ne manquait
jamais de me complimenter si mon reportage lui avait paru réussi ou
de me critiquer s'il estimait que j'aurais pu mieux faire. Mais
lorsque nous avions travaillé sur un sujet une bonne partie de la nuit
alors que, la plupart du temps, les autres étaient rentrés chez eux, le
lendemain matin, il m'apportait une rose jaune.

A cette époque de ma vie, c'était inévitable. Après ma séparation
d'avec Eric Ornstein et ma rupture avec Brian, j'avais emménagé
dans mon appartement de Greenwich Village. Et je ne parvenais pas
– malgré mes efforts – à calmer la douleur lancinante que j'éprouvais
au fond de moi. Les hommes défilaient – habituelle procession de
mâles anonymes et interchangeables, plus ennuyeux les uns que les
autres. La cérémonie était toujours la même : on boit, on se « fait une

bouffe », ou une « toile ». Elliot, je le connaissais bien. Nul mieux que lui ne comprenait les contraintes du métier : il était sur la brèche vingt-quatre heures sur vingt-quatre ou peu s'en faut. On se voyait chaque matin pour la séance de *briefing*. Il s'enfonçait dans son fauteuil, les pieds posés sur le fouillis de son bureau. On discutait du contenu du journal, on prenait plaisir à dire du mal des autres. Ce fut au cours d'une de ces conversations qui précédaient le traditionnel affolement de la fin de matinée qu'il me parla de l'accident qu'il avait eu. Elliot tournait sa cuiller dans son gobelet de café d'un air songeur lorsqu'il se décida. Ils étaient partis faire du ski, sa femme et lui, dans une station du Vermont lorsque sa voiture avait dérapé, défoncé le garde-fou et fait une chute de huit mètres en contrebas. Il me jeta un coup d'œil par-dessus son gobelet et me décrivit l'horreur de sa situation : la première chose qu'il avait vue en reprenant conscience, c'était le pare-brise éclaté. Ensuite, il s'était aperçu que le siège du passager était vide. Sur le moment, il n'avait rien compris. Il avait réussi tant bien que mal à s'extirper de la voiture pour découvrir Frances gisant sur le sol gelé dans une mare de sang. Son visage n'était plus qu'une plaie. Il s'en était voulu. C'est lui qui aurait dû être là. Il avait éclaté en sanglots, en imprécations. Ce genre d'accident, ça n'arrivait qu'à lui! Il aurait voulu mourir.

Elliot se renversa dans son fauteuil et s'étira, les mains croisées derrière la tête. Sur le moment, les médecins lui avaient dit qu'il retrouverait sans doute l'usage de sa jambe, fracturée en trois endroits, mais il faudrait plusieurs opérations de chirurgie esthétique pour que Frances retrouve un visage humain.

Il y en eut six, étalées sur deux ans. Effectuées par les plus grands pontes. Frances n'avait plus que quelques cicatrices presque invisibles, un nez parfaitement rectiligne et un œil qui partait légèrement vers la gauche. Un miracle dans la mesure où il s'en était fallu de très peu qu'elle ne reste borgne. Arrivé à ce point de son récit, Elliot s'était tu, le visage enfoui dans les mains. « Le plus drôle de tout (si je puis dire), déclara-t-il enfin, c'était qu'elle venait de me dire qu'elle voulait divorcer – quelques secondes avant que l'accident ne se produise. Ça m'a tellement bouleversé que j'ai loupé mon virage. " Le virage de la mort "! Il paraît que c'est comme ça qu'on appelle ce foutu tournant. Un boucan infernal, la voiture a quitté la route, un choc et un plongeon de huit mètres! »

Qu'est-ce que j'aurais pu dire ? Je comprenais à présent pourquoi il était resté avec sa femme et pourquoi il supportait qu'elle le traite de cette façon. J'y songeai toute la journée. Et plus j'y repensais, plus je me disais qu'Elliot était une victime, ce qui me le rendait plus sympathique. Une fois fini le montage sur les sans-abri de New York, ma décision fut prise. Et quand Elliot me demanda gentiment : « Tu crois qu'on trouverait encore quelque chose d'ouvert près de chez toi pour manger un morceau ? », je lui répondis aussitôt que rien ne me ferait plus plaisir que d'aller dîner avec lui.

Au restaurant, entre la soupe à l'oignon et la mozzarella, il me demanda timidement s'il me paraissait possible qu'après nous être sustentés, nous ayons tous les deux des rapports sexuels. Et c'est parce qu'il s'y prit de cette façon, en utilisant le terme de « rapports sexuels » qu'une heure plus tard je me retrouvai dans mon lit en sa compagnie. Rapport aux « rapports », en quelque sorte !

Elliot était d'une timidité, d'une maladresse et d'une naïveté qui dépassaient tout ce que j'avais connu. Il étendit une serviette propre sur les draps, éteignit soigneusement les lumières et se déshabilla sous les couvertures. Pour désigner l'endroit où il s'efforçait de s'introduire, il ne connaissait qu'un mot : vagin. Le moyen de ne pas être attendrie, de ne pas avoir le béguin ? Ce soir-là, Elliot me toucha un peu partout, un coup par-ci, un coup par-là, comme un gosse qui lèche le glaçage d'un gâteau – un coup de langue ici, un autre là – avant d'y mordre à belles dents. Ce qu'Elliot se garda de faire. Mais lui m'empêchait de le toucher. Pour une bonne raison : il n'y avait pas grand-chose à manipuler. Frances l'avait dompté, certes. Mais pas *dressé* ! Pourtant, je ne me décourageai pas. Cette nuit-là, je fis ce que je pus pour lui titiller l'organe qui resta désespérément mou. Jusqu'au moment où il fut trop tard. Il était obligé de partir. Quand je me remis au lit, après m'être livrée à une petite séance de nettoyage névrotique – récurage des carreaux de la cuisine et astiquage de divers ustensiles – j'en vins à la conclusion qu'il avait dû tout de même se produire un vague quelque chose. Oh, doucement, sans faire de bruit ! La serviette était gluante... Comme je ne parvenais pas à trouver le sommeil, je repensai aux mots qu'Elliot avait employés : « rapports sexuels » et « vagin ». Là se trouvait sans doute l'origine du problème. A croire qu'on ne lui avait jamais dit que le mot « vagin » était à bannir de son vocabulaire : il sentait l'hôpital, le clinicien, les forceps, l'obstétrique : vagin-vagir-vagissements ! Surtout lorsqu'il était engagé en tant que partenaire (en principe actif) dans ce qu'il n'aurait à aucun prix dû appeler des « rapports sexuels ». Là-dessus, je m'assoupis une heure ou deux et me réveillai en me disant que le mot « con » – laid, à coup sûr et peu élogieux, surtout dans la bouche d'un type coincé dans un embouteillage – était sans doute le seul qu'on pût utiliser quand la « baise » désignait lesdits « rapports sexuels ». A savoir lorsque *ça* valait tout juste le temps que *ça* prenait pour se dévêtir. Paradoxalement, Avi Herzog m'a prouvé que j'avais raison : bien que l'anglais ne fût pas sa langue maternelle, lui n'avait aucun problème de terminologie. Il utilisait le mot qu'il fallait quand il fallait.

Il s'avéra que le problème d'Elliot n'était pas un problème de vocabulaire. Et que les raisons pour lesquelles je l'avais admis dans mon intimité n'avaient pas grand-chose à voir avec le désir. J'avais eu besoin de lui sur le moment. Ce moment passé, je m'étais dit que nous aurions vite fait d'oublier et de vivre chacun notre vie comme si de rien n'était. Mais les rôles s'inversèrent. Elliot s'attacha, devint sentimental, collant. Son ardeur était telle qu'il était persuadé que, si je résistais, c'était uniquement parce qu'il était marié. La vérité, c'est que, s'il ne l'avait pas été, je n'aurais sûrement pas couché avec lui ce soir-là.

« Je suis amoureux de toi, Maggie! Je ne sais plus quoi faire!

– Mais pourquoi veux-tu y *faire* quelque chose?

– Je ne pourrai jamais abandonner Frances!

– Je ne t'ai pas demandé de la quitter pour moi, Elliot. Mais je crois que tu devrais songer à la quitter pour ton bien. Elle te traite trop mal!

– Jamais. Jamais, tu m'entends! Pas après ce qui est arrivé à son œil. Je ne pourrais pas la quitter. »

Je voulus l'aider. Je le raisonnai. Œil pour œil, d'accord. Mais une vie pour un œil ou une vie à l'œil, ça me paraissait pousser un peu loin le sens du de-voir! Il faut croire cependant qu'Elliot se méprit sur mes intentions. Plusieurs semaines plus tard, il entra dans la salle de rédaction un soir que je m'y trouvai. J'étais en train de mettre de l'ordre sur mon bureau. On allait m'envoyer au Moyen-Orient.

« Navré, fit-il très calme en me tendant une rose jaune. Je sens que je vais regretter ce que je suis en train de faire.

– Navrée, moi aussi, répliquai-je sur le même ton. Pour tout ce qui est arrivé. »

Je l'étais. Sincèrement. Mais trop tard.

« A propos de gros sous, s'esclaffe Grayson, riant encore de son histoire d'oiseaux et de consigne de bouteilles, est-ce que c'est la direction générale de la chaîne qui prend en charge les frais de rapatriement de la dépouille ? Ou bien est-ce ton service qui s'en charge ? »

Je ne peux m'empêcher d'avoir un haut-le-cœur.

« J'avoue que je n'avais jamais pensé à cet aspect de la question, répond Elliot qui a remarqué ma réaction.

– Enfin, bon Dieu, c'est ton service qui est techniquement responsable ! C'est toi qui l'as envoyé là-bas, ce pauvre type. Ce qui signifie que tu es couvert.

– Je t'en prie, Grayson, proteste Elliot avec une grimace. L'insensibilité n'a donc pas de limite ? S'acharner sur un mort de cette façon ! Un autre scotch, Maggie ? proposa-t-il en jetant un regard dégoûté à Grayson. Je crois qu'après ce qu'on vient d'entendre, on en a besoin.

– Combien est-ce que ça coûte de rapatrier un corps du Liban ? » Je pose la question d'une petite voix quand Pedro (il porte son nom épinglé sur sa tunique rouge) a fini de prendre les commandes.

« Voyons, Maggie, c'est le problème de la direction, pas le tien, coupe Grayson, grand seigneur. Mais c'est très gentil à toi de t'en soucier. D'autant plus, ajoute-t-il perfidement, que la moindre dépense supplémentaire nous oblige à faire des économies sur nos frais de fonctionnement, en particulier sur tes honoraires.

– Cette fois, Grayson, tu dépasses les limites, proteste Elliot.

– Attends, Elliot, dis-je d'une voix qui me paraît anormalement aiguë. Je tiens à savoir *combien* ça coûte. »

Grayson hausse les épaules, plonge la main dans la poche intérieure de sa veste, en sort un stylo et un calepin. Sans un mot, il griffonne rapidement quelques chiffres.

« Grosso modo, trois mille dollars », déclare-t-il en faisant claquer son carnet.

Pedro apporte les consommations. Fort heureusement, il rend toute conversation impossible. Je meurs d'envie d'attaquer Grayson, de lui dire ses quatre vérités. Entre autres que, s'il se montre si dur en affaires, c'est pour compenser son manque de vigueur dans l'intimité. J'évite une catastrophe : si je m'étais écoutée, adieu le Moyen-Orient, le nouveau magazine d'infos ! Il ne m'aurait plus rien laissée présenter. Pas même la recette des pets-de-nonne aux habitants de Des Moines (Iowa).

« Vous avez toujours une solution, dis-je, en regardant Elliot du coin de l'œil.

– Je t'écoute, Maggie-petit-génie », répond Grayson qui s'essaie à faire de l'esprit.

Probablement moins dangereux de jouer à cache-cache avec les balles à Beyrouth que de s'en prendre à un grand manitou de la télévision, surtout lorsqu'il s'apprête à faire des coupes claires – mais nécessaires – dans son budget ! Tant pis, je fonce.

« Mon cher Grayson, pourquoi ne pas vous adresser au Fatah puisque c'est un des membres de cette organisation qui a tiré la grenade qui a tué Joe ? Maintenant, au cas où ABN répugnerait à traiter avec une organisation terroriste comme le Fatah, la chaîne pourrait se retourner contre les Libyens ou les Syriens : ce sont eux qui fournissent les armes. Il suffirait de leur demander de vous rembourser les frais de rapatriement du corps de Joe. Vous pourriez arguer du fait que c'est un de leurs RPG 7 qui l'a décapité. »

Là-dessus, je me mets à pleurer sans bruit. Ce qui met Grayson si mal à l'aise qu'il en renverse son verre d'eau. Pedro accourt pour éponger la mare qui traverse la nappe et changer la panetière détrempée. Raoul (il porte son nom épinglé sur sa tunique rouge) tend une autre serviette à Grayson et s'efface pour laisser passer Quincy Reynolds. Éblouissante, Quincy, je dois dire, emmitouflée dans son grand vison noir ! Mais pas l'air particulièrement contente.

« Qu'est-ce qui se passe, Maggie ?

– Rien du tout. Grayson n'a jamais su ce que signifie le mot " tact ", voilà tout, s'empresse de répondre Elliot en se levant pour embrasser Quincy.

– Ne t'inquiète pas, lui dis-je en me tamponnant les yeux.

– On va pas en faire un fromage ! s'exclame Grayson qui se dresse lui aussi. Jamais vu un preneur de son aussi mal assuré ! J'essayais de trouver un moyen d'économiser de l'argent aux infos. Simplement pour ne pas trop tailler dans la part de nos envoyés spéciaux ! Humain, non ?

– Déduisez ces trois mille dollars de mon salaire, dis-je, les yeux pleins de larmes. J'accepte.

– Il y a au moins une chose dont nous sommes sûrs, soupire Quincy en s'asseyant à côté d'Elliot. Grayson n'aura jamais d'infarctus du myocarde. Il n'a pas de cœur.

– Peut-être, mais moi, à l'inverse de certaines personnes que je connais, je pourrais avoir une tumeur au cerveau, réplique Grayson en regardant Elliot dans les yeux.

– Personnellement, j'ai déjà fait mon choix. Ce sera la vésicule biliaire. Dans la mesure où je travaille pour toi, j'estime que j'ai le droit de décider de ma maladie : ce sera la vésicule.

– C'est ce qu'on verra, ricane Grayson. Dites, on ne va tout de même pas se disputer alors que nous fêtons un heureux événement!

– Un heureux événement?

– Tu as été nominée pour un Emmy, ma chérie, susurre Quincy. Je tenais à ce que ce soit moi qui te l'apprenne.

– Comment le savez-vous? s'étonne Grayson.

– J'ai mon réseau d'informateurs », réplique Quincy en me faisant un clin d'œil. (Vincent l'a mise au courant.)

« Qu'est-ce que vous prenez? demande Grayson.

– Une vodka, répond Quincy en fouillant dans son sac à la recherche de son paquet de cigarettes.

– Quelles sont les dernières nouvelles? interroge Grayson qui se frotte les mains.

– Rien d'extraordinaire, si ce n'est cet Emmy qui tombe particulièrement à pic : juste au moment où nous allons renégocier notre contrat.

– Tu sais, chuchote Elliot en se penchant vers moi, je pense à toi sans arrêt.

– Il va y avoir des coupes dans le budget infos. Ceci, au cas où vous ne le sauriez pas. Cette négociation ne pouvait pas plus mal tomber.

– Restrictions budgétaires ou pas, réplique Quincy en soufflant la fumée, Maggie est sur les rangs pour un Emmy – le deuxième de sa carrière. Ce qui mérite amplement une augmentation, d'autant plus qu'elle participe à un programme qui a un budget de soixante mille dollars par émission.

– Il s'agit d'un budget global qui prend tout en compte de a à z.

On transfère deux journalistes du journal de 22 heures dans l'équipe du magazine pour éviter d'avoir à embaucher de nouveaux talents.

– Je suis contente de te voir, dis-je à Elliot en lui prenant la main. Tu as l'air en pleine forme.

– Je suis fou de joie que tu sois de retour à New York. Tu m'as manqué, tu ne peux pas t'imaginer! On pourrait faire quelque chose, tous les deux?

– Si vous voulez mon avis, Grayson, déclare Quincy en faisant un peu de place pour la vodka que le serveur lui apporte, je me demande si Maggie ne devrait pas quitter ABN. Elle perd son temps. Elle mérite mieux.

– Quitter ABN? C'est grotesque! Vous le savez parfaitement, explose Grayson. Elle est chez elle, ici! Jamais elle ne trouvera aussi bien ailleurs!

– Je n'en suis pas aussi sûre que vous. En tout cas, pas si on commence à parler de restrictions budgétaires et de coupes claires qui auront des répercussions directes sur les revenus de Maggie.

– Écoutez-moi bien, Quincy: pour l'instant ni vous ni moi ne savons si elle va obtenir cet Emmy. Il y a d'autres candidats sur les rangs et non des moindres.

– Elliot, dis-je à voix basse, j'ai une liaison avec quelqu'un en Israël. Alors, plus tôt je retournerai là-bas, mieux ce sera...

– Tu l'aimes?

– Oui, Elliot. Je l'aime.

– Elle va l'obtenir, coupe Quincy d'un ton sans réplique. Et vous le savez aussi bien que moi.

– Vous avez l'air de penser que c'est dans la poche! Je vous signale que NTC a un sujet fantastique: un reportage sur un pauvre infirme de Queens qui ne pouvait même pas se payer un fauteuil mécanique. Les voisins se sont cotisés – magnifique élan de solidarité. Ils ont réussi à lui payer un beau fauteuil à moteur tout neuf pour remplacer le vieux truc dans lequel sa femme était obligée de le pousser. Très touchant, je vous assure!

– C'est vrai que c'est un bon reportage, reconnaît Quincy. Mais on ne peut pas le comparer au nôtre. Un membre de notre équipe qui se fait tuer au Liban quand la guerre fait rage... »

Comme pour appuyer ses dires, Quincy écrase violemment sa cigarette dans le cendrier.

« Je ne suis pas très heureux, me confie Elliot. Avec Frances ça va de mal en pis et j'ai beau faire tout ce que je peux, je n'arrive pas à lutter contre la déprime.

— La seule chose que tu puisses faire, dis-je à Elliot, c'est de la quitter et de te trouver une femme avec laquelle tu vivras en bons termes. Je suis désolée de te le dire aussi brutalement, mais c'est la vérité.

— Cette femme-là, je l'ai trouvée, il y a déjà quelques temps. » (Regard appuyé dans ma direction.) « Mais, à l'époque, je n'ai pas voulu changer ma vie. J'étais persuadé qu'il ne fallait rien brusquer.

— Le problème, objecte Grayson, c'est que dans son reportage, on ne le voit pas se faire décapiter!

— Vous êtes vraiment un immonde salaud! s'exclame Quincy.

— Tout de suite les grands mots! Je ne vois vraiment pas pourquoi vous m'insultez.

— J'oubliais que vous jugez la valeur d'un reportage à la qualité des images, laisse tomber Quincy d'un air dégoûté.

— Elliot, dis-je calmement, tu attaches trop d'importance à notre petite histoire. C'est du passé.

— On pourrait recommencer, insiste Elliot. Donne-moi une autre chance.

— J'ai beaucoup d'affection pour toi, mais ce chapitre-là est clos. Définitivement. Je regrette.

— Regardons les choses en face, Quincy. Si on avait un plan de Joe en train de se faire bousiller la gueule, là on raflerait l'Emmy, pas de question! J'en mets ma tête à couper! s'esclaffe-t-il. Non, sérieusement, c'est ce que j'appelle de la télé sur le vif!

— Grayson! »

Cette fois, Quincy suffoque.

« Nom de Dieu, Daniel! rugit Elliot.

— Pincez-moi, je rêve », dis-je, les regardant tous les uns après les autres.

Quincy est horrifiée, Elliot abasourdi. Pour moi, la coupe est pleine.

« D'abord vous vous débrouillez pour ne pas payer les frais de rapatriement du corps de Joe aux États-Unis. Maintenant vous vous plaignez parce que le reportage n'est pas assez saignant. Vous voulez que je vous raconte comment ça s'est passé ce jour-là ? Au cas où vous ne le sauriez pas?... Au moment où c'est arrivé, on ne tournait pas. Juste après... on était tous bien trop sonnés pour penser à filmer quoi que ce soit. Pas question de refaire une prise : Joe n'avait plus de tête. Difficile de lui demander de la remettre sur ses épaules. Rien que pour nous prendre le son. Le son de la mort en direct... »

Je m'arrête pour reprendre mon souffle. Elliot pose sa main sur la mienne.

« Arrête, Maggie. Ça ne vaut pas le coup.

– Non, proteste Quincy. Laisse-la continuer. »

Je lui lance un regard reconnaissant et poursuis. « C'était un jour tout ce qu'il y a de plus ordinaire. L'équipe se trouvait dans la zone des combats près des camps. Je venais d'aider un petit gosse, un Palestinien, qui fouillait dans les décombres à la recherche d'une paire de chaussures : il avait tout perdu – sa maison, tout. Il lui fallait des chaussures pour aller voir sa sœur à l'hôpital de Gaza : on venait de l'opérer. Elle avait eu les deux jambes sectionnées. » Grayson a l'air tout chose; néanmoins, je continue : « Ringler se trouvait avec trois Israéliens. Vous vous souvenez de Ringler, Grayson? C'était notre cameraman. Il avait été blessé dix jours avant mais il avait préféré continuer à travailler. Il était donc en compagnie de ces trois soldats israéliens dont deux étaient blessés. L'un gravement : il avait été touché à la tête et saignait abondamment. L'autre avait une jambe cassée. Les toubibs essayaient de remonter le troisième qui était en état de choc. » Je sens les larmes rouler sur mes joues, me couler dans la bouche. « A côté de nous, il y avait une équipe de la télévision irlandaise. Elle aussi avait des problèmes. Le reporter piquait une crise de nerfs. Je ne lui jette pas la pierre : il venait de voir le bulldozer – celui qui nettoyait le terrain tous les jours et qui ramassait les corps – déverser un monceau de débris humains. Pas grand-chose : une centaine de cadavres étalés dans un grand fossé afin que les survivants puissent venir les identifier. »

Quincy n'a pas lâché ma main. Elle a la mâchoire crispée, les yeux brillants.

« Tout était très calme. J'étais assise à côté de Joe. Je me disais que la journée était presque finie quand, brusquement, il s'est produit comme une grosse secousse. Des hurlements, des cris. J'ai dû être sonnée, je ne me suis rendu compte de rien. La première chose que j'ai vue à côté de moi, c'était un amas de chair sanguinolente. Bref, l'image choc, le morceau de choix, celui qui fait le régal des téléspectateurs à l'heure de la soupe! J'ai loupé l'occasion de ma vie. Ce que c'est que d'être trop émotive quand même!

– Assez, Maggie! coupe Elliot.

– Pour qui? demande Quincy. Pour vous ou pour elle? Laissez-la parler. »

Grayson ne dit rien, le visage enfoui dans les mains. J'en profite pour le pousser du coude.

« A supposer qu'on me décerne cet Emmy, je ne suis même pas sûre que je devrais l'accepter. C'est encore trop frais... La plaie n'est pas cicatrisée. Pour tout vous dire, je n'ai pas fait ça pour ABN. Je l'ai fait pour Joe, pour Ringler, pour moi. Je voulais que tout le monde soit au courant. Et quand je dis tout le monde, Grayson, je pense à l'audience à laquelle vous tenez tant. Je tenais à ce que le grand public prenne conscience de l'absurdité de ce conflit, du merdier dans lequel les hommes se débattent. Je voulais que tout le monde sache que Joe s'était fait piéger. Moi, il se trouve que j'étais là quand ça s'est passé. J'avais un micro en main et une caméra braquée sur moi. Mais je vous le jure, Grayson » (j'ai du mal à parler car je sanglote), « ce n'est pas pour vous que je l'ai fait. Ni pour ABN! »

Quincy me serre dans ses bras. Elliot sort un mouchoir et se mouche bruyamment. Grayson vient de renverser son second verre d'eau. Raoul et Pedro surgissent. Sans mot dire, ils épongent la table et remplacent la corbeille à pain. Elliot avale une grande gorgée de vodka et attend que Grayson dise quelque chose. N'importe quoi. Un mot qui détendrait un peu l'atmosphère. Quincy allume une nouvelle cigarette et m'adresse un clin d'œil. Grayson se racle la gorge plusieurs fois, extirpe sa serviette trempée de sa ceinture en croco marron, la jette sur la table et me regarde droit dans les yeux.

« Ce que j'aime chez toi, Maggie – ce qui fait ta grande valeur – c'est ton sens de l'à-propos.

– Pour ce qui est de l'à-propos, vous vous posez un peu là, réplique Quincy. C'est vous qui avez tout déclenché avec votre discussion sur les frais de rapatriement de Valeri. On ne peut pas dire que ce soit élégant.

– C'est vrai, Grayson, renchérit Elliot. Tu devrais prendre en compte le côté humain...

– Toi, la ferme!

— A mon avis, s'entête Elliot, on peut raisonner autrement qu'en terme de recettes et de dépenses.

— Je t'ai rien demandé! aboie Grayson, rageur.

— Pas besoin de me demander quoi que ce soit. C'est moi qui l'ai envoyé là-bas. Je te le rappelle. C'est *mon* service qui est responsable.

— Justement, tu aurais peut-être mieux fait de réfléchir avant d'expédier toute une équipe qui risquait de se faire bousiller!

— Crois-moi, j'ai longuement pesé le pour et le contre. Mais on n'avait pas le choix. Au moins, je ne me lamente pas comme certains sur le fait que la caméra n'était pas branchée quand la catastrophe s'est produite.

— Elliot, je te signale que je fais de la télévision!» (La voix de Grayson monte d'un cran.) «Je ne suis ni une nounou, ni un psy, ni une jardinière d'enfants! Je bricole pas sur radio-bobonne ou téléculture! Non, moi, ce que je vise, c'est les meilleures images! Celles qui font de l'audience! Ce que je veux, c'est collectionner les Emmy. Le reste, j'en ai rien à cirer! Ou alors c'est très simple, adieu les bénéfices! Maggie, toi, les autres – moi compris – on pourra tous aller pointer au chômage », achève-t-il en fusillant Elliot du regard. Elliot descend une grande gorgée de vodka, s'essuie la bouche et s'absorbe dans la contemplation de ses mains.

« Si c'est comme ça que tu le prends, déclare-t-il posément, si tu te fous pas mal de la réaction des autres, tu peux continuer sans moi à faire tes bénéfices. D'ailleurs, tes bénéfices, tu peux te les carrer au train!

— Et tu comptes te recycler dans quoi? Bosser pour ta charmante épouse?

— Hé là, doucement, dis-je en posant ma main sur celle d'Elliot. » (Je ne tiens pas à être pour quoi que ce soit dans son départ d'ABN. Le pauvre tomberait sous la coupe de sa mégère!)

« Maggie chérie, susurre Grayson en s'emparant de ma main, celle qui est restée sur le bras d'Elliot. Tu es énervée, Elliot aussi. On est tous un peu à cran.

— Si on changeait de sujet de conversation? propose Quincy. Qu'est-ce que vous en pensez, Grayson? On pourra toujours la reprendre un peu plus tard lorsque nous serons tous calmés.

— Ça me paraît raisonnable, mais je veux que ma petite Maggie sache que je tiens beaucoup à elle. C'est comme si elle faisait partie

de ma famille. Elle en fait partie d'ailleurs. Ainsi que tous les gens
d'ABN. C'est ma petite famille à moi. Crois-moi, Maggie, quand tu
étais au Liban, je ne dormais pas de la nuit! Et puis quand cette
tragédie s'est produite, comme je ne pouvais rien y faire, je me suis
mis à réfléchir à la meilleure façon de s'y prendre pour nous tous,
pour ma petite famille d'ABN, pour la carrière de Maggie. Je me
suis dit qu'il fallait faire quelque chose pour ce pauvre Joe – pour
que son souvenir reste vivant parmi nous!

– Je crois qu'on en a entendu assez », coupe Quincy.

Elliot, lui aussi, a son mot à dire, mais je le devance.

« Attendez. Grayson a parlé de faire quelque chose en souvenir de
Joe... »

Grayson semble pris de court un instant, mais ça ne dure guère. Il
me décoche un sourire et me tapote la main.

« Voilà une fille intelligente qui écoute et qui réfléchit! Eh bien,
j'avais pensé créer une bourse qui porterait son nom pour les
étudiants du département audio-visuel de l'université de New
York.

– Vous voyez, mauvaises langues, dis-je à Quincy et à Elliot,
Grayson a du cœur!

– Alors? Si on te décerne cet Emmy, tu l'accepteras?

– Je n'en sais rien.

– Je la comprends, intervient Quincy, très calme. Pourquoi ne pas
dîner tranquillement? On parlera contrat, Emmy et tout ce qui
s'ensuit une autre fois, quand Maggie et moi serons en mesure de
nous exprimer librement.

– Ça ne tient pas debout, voyons! s'emporte Grayson qui vire
à l'écarlate. Mon nouveau magazine doit être bouclé rapidement.
Et pour cela, il me faut Maggie. Personne n'est mieux placé
qu'elle.

– Calmez-vous, Grayson. Rien ne presse. D'ailleurs, vous allez
sûrement me dire que je vous demande trop cher. »

Ça y est. Le moment est arrivé. L'étape obligée lors de ces dîners
dits « d'affaires ». Quand on en a fini avec les politesses d'usage et les
vieux contentieux, la règle du jeu devient claire, les protagonistes
sont en place et le moindre mot est pris au sérieux. Non seulement je
m'agite sur ma chaise car je sais ce qui va se passer, mais je brise des
allumettes que je dispose sur la nappe, dessinant une série de
maisons minuscules. Vincent se tient derrière Grayson. Il me fait un

clin d'œil, passe le bras par-dessus l'épaule du client et laisse tomber une serviette propre sur la ceinture en croco marron.

« Écoutez-moi, Quincy, déclare Grayson qui se tourne pour jeter un regard furieux à Vincent, je ne suis pas un monstre. Je peux m'arranger pour faire des économies dans un autre secteur.

— Je prendrai un poulet à la Kiev, lance Quincy qui fait comme si elle n'avait rien entendu.

— Et moi des blinis. »

Je sais que je ne pourrai pas y toucher.

« Et moi je t'aurai ! murmure Elliot à mon intention.

— Pour moi, ce sera aussi un poulet à la Kiev avec un supplément de sauce au xérès, ajoute Grayson. Vincent, arrêtez de me tourner autour. Ça me rend nerveux ! »

Quand Elliot se décide enfin pour un filet de bœuf Strogonoff, Quincy argumente déjà : « Je ne tiens pas à vous mettre en mauvaise position vis-à-vis de votre conseil d'administration qui apparemment vous a demandé de faire des économies, susurre-t-elle avec un sourire que dément l'éclat de ses yeux verts.

— Le conseil d'administration, c'est mes oignons, pas les vôtres, grommelle l'autre.

— Je ne suis pas sûre que Maggie accepte de s'occuper de ce nouveau magazine si cela signifie qu'elle sera basée en dehors du Moyen-Orient.

— Qu'elle soit à New York ou à Tel-Aviv, il n'est plus question qu'elle couvre les combats. On ne parle plus de la même chose. Elle était dans la mêlée. C'est fini. Désormais, elle s'occupera de sujets plus généraux. Interviews de chefs d'État, des trucs sans risque. Disons qu'elle élargira son champ d'investigation politique. Mais je veux qu'elle soit basée hors d'Israël. Dans la mesure où elle est notre meilleur correspondant dans cette région, le public lui fait maintenant confiance.

— Précisément, Grayson. Je crois qu'elle serait d'accord pour ce genre de travail à condition de pouvoir rester à New York. »

Quincy se tourne vers moi : « Tu accepterais de retourner au Moyen-Orient ?

— Je ne sais pas trop, dis-je, comme Quincy le souhaite, en évitant le regard d'Elliot que je sens posé sur moi.

— Vous voyez, Grayson ? Si Maggie n'est pas sûre de vouloir retourner là-bas, ce n'est même pas la peine de discuter de ce nouveau magazine. Je vous l'ai dit : je crois que nous ferions mieux d'attendre...

– Maggie, coupe Grayson en se penchant vers moi, j'aurais davantage besoin de toi au Moyen-Orient qu'à New York pour faire de l'info. Pour ça, je peux prendre n'importe qui. A l'origine, j'avais envisagé une diminution de salaire, mais je changerai d'avis si tu acceptes de retourner là-bas. A condition que ce soit hors d'Israël. Qu'est-ce que tu en penses ?

– Je ne crois pas qu'elle soit d'accord, répond Quincy à ma place.

– Maggie, insiste Grayson, tu feras bien ça pour moi ? »

Je hausse les épaules.

« Ça va, j'ai compris, conclut Grayson dépité. Tu as gagné. Maximum de frais, salaire inchangé, pas de diminution de fonctionnement.

– Je crois que tu n'as rien compris à ce qui vient de se dire », s'écrie Elliot en regardant Grayson.

Fort heureusement pour moi, Quincy Reynolds est passée maître dans l'art de manœuvrer les autres.

« Qui t'a demandé ton avis ? aboie de nouveau Grayson.

– Personne, réplique Elliot d'un ton las. Mais c'est moi qui produis l'émission. Or j'ai très soigneusement *écouté* ce que Quincy n'a pas dit.

– Est-ce que tu accepteras cet Emmy si on te le décerne ? me demande Grayson qui n'a rien compris à ce qu'Elliot sous-entend.

– Ça ne fait pas partie des négociations », coupe Quincy, posant sa main sur mon bras pour m'empêcher de répondre

« Il n'y a plus de bœuf Strogonoff, monsieur James », annonce Vincent qui s'est approché de notre table. Mais j'ai un filet au poivre parfait. Acceptez votre Emmy, souffle-t-il à mon intention.

– Pourquoi ?

– Je n'en faisais pas une condition du contrat. Je voulais simplement savoir à quoi m'en tenir, un point c'est tout, rétorque Grayson en jetant un regard torve à Vincent.

– Pourquoi ne pas énoncer vos prétentions, Quincy ? demande Elliot. D'accord, ajoute-t-il à l'intention de Vincent, je prendrai un steak au poivre.

– Parce qu'il aurait voulu que vous l'acceptiez, répond Vincent à voix haute et à mon intention.

– Mais qu'est-ce que vous racontez, Vincent, enfin ? » explose Grayson. Quincy en profite pour répondre à Elliot, mais à voix si basse qu'il est obligé de s'approcher d'elle pour entendre.

« Je veux une augmentation de salaire de 25 pour cent, plus une prime de cinq mille dollars au bout de six mois si l'émission se poursuit, plus 15 pour cent d'augmentation à la fin de la première année si l'émission est reconduite. Et je veux qu'elle s'occupe du Moyen-Orient.

– Comment savez-vous qu'il aurait voulu que je l'accepte ? dis-je à Vincent.

– Je vous avais prévenus. Nous aurions dû remettre cette discussion à plus tard, déclare Quincy avec un grand sourire tandis que Pedro lui sert son poulet à la Kiev fumant.

– Parce qu'il était italien, comme moi. Vous pouvez me faire confiance.

– Qu'est-ce que c'est que ces messes basses ? hurle Grayson. Qui était italien ? »

Quincy perce son morceau de poulet avec sa fourchette et s'extasie en voyant le beurre couler sur son riz sauvage.

Pedro réapparaît, apportant mes blinis et le poulet de Grayson avec son supplément de sauce au xérès. Il s'écarte pour laisser officier Pedro qui sert le steak au poivre.

« D'accord Quincy, s'exclame Grayson en laissant tomber la cuiller dans la saucière, éclaboussant le devant de sa chemise bleue. Je vous offre 10 pour cent d'augmentation de salaire plus une prime de vingt-cinq mille dollars à la fin de la première année et 10 pour cent si l'émission est reconduite, mais à condition que Maggie ne soit pas basée en Israël.

– Je ne marche pas, réplique Quincy avant d'avaler un morceau du poulet. Regardez ce que vous avez fait à votre chemise ! »

Elliot lève les yeux au ciel.

« Quelle femme ! murmure-t-il.

– Et cette bourse, au fait ? Celle qui doit porter le nom de Joe ? » dis-je sans répondre à Elliot.

Grayson est en train de plonger le bout de sa serviette dans son verre d'eau pour essayer de nettoyer sa chemise.

« Ah oui, c'est vrai ! bougonne-t-il impatiemment. La bourse de Joe Vatucci...

– Valeri, rectifie Vincent en me faisant un clin d'œil.

– Si on me le décerne, j'accepterai cet Emmy, dis-je regardant Vincent dans les yeux. Et si vous insistez, je veux bien repartir au Moyen-Orient. »

Vincent s'éloigne avec le sourire.

« Tu es vraiment un sacré numéro! bredouille Elliot.

– Alors? lance Quincy. C'est d'accord pour mes conditions?

– Et si je ne suis pas d'accord? rétorque Grayson sans presque remuer les lèvres.

– J'irai voir ailleurs, déclare-t-elle avec son sourire irrésistible. Dès demain matin. »

Grayson fait claquer sa main sur la table.

« Marché conclu, laisse-t-il tomber amèrement. J'espère que vous ferez un bon dîner parce que, moi, vous m'avez coupé l'appétit. »

Là-dessus, il se lève de table.

« Je te suis, Grayson », lui lance Elliot soumis.

Il ne reste que pour tenter sa chance avec moi une fois encore.

« Je suis à la fois content et fâché à l'idée de retravailler avec toi, ma chérie. Fâché parce que tu ne seras pas à New York et content parce que je sais que, si tu couvres le Moyen-Orient, l'émission sera réussie. » Il m'embrasse sur le front. « Il n'est pas trop tard pour changer d'avis, ajoute-t-il. En tout cas, réfléchis bien à ce que je t'ai dit.

– Je voudrais vraiment te savoir heureux, Elliot, je t'assure, mais je ne peux rien pour toi. Nous deux, ça ne marcherait pas.

– Elliot! hurle Grayson.

– J'arrive! » crie Elliot qui se précipite pour le rattraper. Lorsque enfin nous sommes seules, Quincy commande des cafés.

« Ouf! C'était pas de la tarte! Et toi qui pensais que je ne dépendais de personne!

– Tu es vraiment incroyable. Et maintenant?

– Il ne reste plus qu'à se revoir une fois pour signer, tout mettre au point et commencer la série : la première émission est programmée pour le 1er mars. »

Quincy paraît soucieuse.

« Tu crois que j'ai bien fait d'insister pour qu'il te renvoie en Israël?

– Qu'est-ce qui te fait dire ça?

– Tes hésitations vis-à-vis de ton général.

– Je n'hésite pas. Ce qui me rend nerveuse, c'est son côté atypique.

– Que veux-tu dire?

– Il ne ressemble à aucun des hommes que j'ai pu connaître. J'ai peur qu'il ne finisse par me quitter. S'il me laissait tomber, je crois que je ne le supporterais pas.

– Primo, tu finirais par t'y faire. Secundo, je ne vois pas pourquoi il te quitterait.

– Les hommes ne manquent pas de raisons meilleures les unes que les autres pour nous quitter. Ça pourrait être parce qu'il est toujours marié ou parce qu'un beau matin, en se levant, il en aura assez.

– Tu sais, avec Dan, au début, quand je ne me sentais pas sûre de moi, je me forçais à ne plus penser qu'à certains détails ou à une de ses manies qui avait le don de me mettre en boule.

– J'ai déjà essayé ce truc-là. Il porte des chaussettes beiges ridicules.

– Il les met souvent?

– Très. C'est une manie qu'on leur inculque dès l'enfance. Les Israéliens sont persuadés que leurs chaussettes doivent être assorties à leurs chemises. Pourtant, leurs chemises sont plutôt moches. Quoi qu'il en soit, maintenant, quand je pense à lui, je me fixe sur ses chaussettes beiges.

– Je ne sais pas si les chaussettes prouvent grand-chose. Les hommes qui portent des chaussettes extraordinaires font souvent des maris épouvantables.

– D'où tiens-tu cette information?

– Un scoop de l'agence Reynolds, figure-toi. Non, en fait, je parle d'expérience. Mon premier mari portait des chaussettes montantes en laine noire – superbes! Ça ne l'empêchait pas d'être un beau salaud.

– En tout cas, quand j'ai voulu en finir et sacrifier mon idole sur l'autel du bon goût et de l'élégance, il s'est montré plus fort que moi.

– C'est vrai? s'exclama Quincy stupéfaite, tu as voulu en finir avec lui à cause de ses chaussettes?

– Sur les bords de la mer Morte, dis-je le plus sérieusement du monde.

– Décidément, Grayson a raison. Tu as le sens de l'à-propos!

– Il faut que je me dépêche, Quincy. Si on y allait? »

On descend la 57ᵉ bras dessus, bras dessous à la recherche d'un taxi.

« Tu as largement le temps. Ton général ne doit t'appeler qu'à minuit. »

Un taxi en maraude s'arrête à dix mètres de nous.

« Prends-le, Quincy. Finalement, je crois qu'un peu de marche à pied ne me ferait pas de mal. J'ai besoin de réfléchir.

— A quoi? interroge Quincy, la main sur la portière.

— Je ne sais pas, moi, dis-je en fronçant le nez. A cette histoire de chaussettes beiges, peut-être? »

Les accents plaintifs d'une mélodie arabe qui s'échappait du restaurant voisin se mêlaient aux bêlements du troupeau de moutons envahissant le trottoir poussiéreux. Avi avait arrêté la voiture à bonne distance des locaux qui abritent *El Haqq*, le journal « de droite » de l'OLP. A Jérusalem-Est, pour une journaliste occidentale, mieux valait ne pas être vue en compagnie d'un général israélien.

« Tâchons de nous retrouver vers 6 heures, pas plus tard. Pour pouvoir partir vers la mer Morte avant qu'il ne fasse nuit.

— Comment est-ce qu'on va se dire au revoir?

— Attends que les moutons soient passés. D'ici là, j'aurai trouvé un moyen, dit Avi, ôtant ses lunettes de pilote à monture d'or et les posant sur le tableau de bord.

— Les moutons ne me font pas peur, ce serait plutôt ça, dis-je en indiquant ses épaulettes avec l'épée et la branche d'olivier.

— Grave erreur qui prouve que tu n'es pas suffisamment sur tes gardes. Ces paisibles ovidés sont peut-être des gens de l'OLP déguisés en moutons ou des moutons déguisés en agents du Mossad. Notre ruse n'a pas de limites. »

Il se pencha sur son siège pour attraper un chandail vert qu'il enfila sur sa chemise d'uniforme.

« Tu penses à tout.

— Dans l'armée israélienne, l'initiative stratégique sévit à l'état endémique. C'est ce qui explique que nous gagnons la guerre. Embrasse-moi! »

Ma joue rencontra la laine un peu rêche et mes lèvres se joignirent aux siennes. Il m'embrassa doucement d'abord puis y mit de plus en plus de fougue. Enfin, il me tint enlacée un long moment. J'éprouvai l'habituel pincement au creux de l'estomac.

« Cette façon d'embrasser est-elle également endémique dans l'armée israélienne?

– Je t'aime et je veux t'épouser, fit-il en me caressant les cheveux. C'est une *affection* endémique, chez moi, que veux-tu! »

Il s'attendait à ce que je me raidisse, à ce que je m'écarte de lui comme je le faisais dans ces cas-là lorsque j'optais pour le doute et la méfiance.

« Ça ne m'inquiète plus. Je commence à m'habituer. »

Il remit ses lunettes d'aviateur.

« Pourquoi aller à *El Haqq* si tu dois faire ton interview à la prison de Jérusalem ?

– Toi aussi, tu as tendance à oublier certaines précautions élémentaires, mon cher. Les Palestiniens m'ont fait savoir que je devais m'adresser à M. Ahmed, le directeur d'*El Haqq*. C'est lui qui m'obtiendra un rendez-vous avec le frère du prisonnier.

– C'est vrai, fit Avi avec un sourire. J'oubliais qu'il y a toujours un *frère* dans les parages.

– Je t'aime », dis-je brusquement.

Il m'attira de nouveau contre lui et m'embrassa tendrement.

« Pour ce qui est de l'inattendu et du retournement, tu te poses un peu là. Mais je t'aime comme tu es. Sois prudente.

– Toi aussi », dis-je en descendant de voiture.

Une ruelle étroite conduisait au siège d'*El Haqq* où M. Ahmed m'attendait : c'est lui qui devait me mettre en contact avec le combattant de la liberté, comme on les appelait dans le secteur est de cette vieille cité, symbole religieux, enjeu politique et théâtre d'affrontements sanglants. Des femmes drapées dans leurs voiles noirs, portant en équilibre sur la tête de lourds paniers chargés de fruits et de pain, étaient accroupies sur les seuils et bavardaient avec des voix suraiguës. Un vieillard courait après son troupeau de moutons, tenant d'une main le pan de sa gandoura, brandissant de l'autre un bâton grossièrement taillé et produisant des sons gutturaux.

Je poussai la grille en fer forgé aux ornements compliqués et m'engageai dans le couloir pisseux qui faisait office d'entrée. Les murs étaient décorés de portraits d'Arafat, le visage rayonnant, faisant le V de la victoire, coiffé du traditionnel keffieh à damiers noirs et blancs. Un homme, vêtu d'un jean supermoulant et d'un T-shirt rose portant la mention WELCOME TO MIAMI BEACH entre deux palmiers, était assis sur le rebord d'un bureau et feuilletait un magazine. D'autres hommes, portant eux aussi des pantalons moulants, dardèrent sur moi des regards inutilement assassins et se mirent à siffler et à produire des bruits peu flatteurs en me voyant approcher.

« Bonjour, dis-je. J'adore votre T-shirt. »

L'homme au T-shirt me fit un large sourire, découvrant deux incisives en or.

« Vous êtes Mlle Maggie d'ABN. Je m'appelle Bachir.

— Comment allez-vous ?

— Je vais très bien. Et M. Ahmed vous attend. »

Bachir me fit signe de le suivre derrière le rideau de perles brunes qui pendait de l'autre côté de son bureau. Je connaissais la chanson : je savais qu'on allait me faire poireauter deux ou trois heures au bout desquelles M. Ahmed sortirait de son bureau comme s'il était parfaitement à l'heure pour notre rendez-vous. Les sifflets et les bruits déplaisants me poursuivirent tandis que je traversais le rideau. Le sac fourre-tout que je portais en bandoulière se coinça dans les rangs de perles, une mèche de cheveux s'emmêla dans une de mes boucles d'oreilles et je faillis m'arracher un lobe en voulant me dégager. Là-dessus, je me cognai le genou dans un évier qui barrait à moitié le seuil de la pièce sombre et confinée où Bachir me conduisait.

« Merde ! » fis-je entre mes dents.

Nick Ringler, mon cameraman, était affalé sur une chaise en plastique bleu défoncée, ses longues jambes allongées devant lui, ses bras, qu'il avait musclés et bronzés, croisés sur sa poitrine. Il arborait un chapeau à large bord style Indiana Jones qu'il avait rabattu sur les yeux et un T-shirt rose avec aussi WELCOME TO MIAMI BEACH entre deux palmiers.

« Salut, beauté, lança-t-il en redressant son chapeau. Tu n'as pas dû te faire du bien. »

Je me contentai de hocher la tête, regardant son T-shirt puis celui de Bachir. Il éclata de rire.

« J'en ai apporté un lot pour nos amis. Je me suis dit que ça nous permettrait peut-être d'aller plus vite. »

Sans desserrer les dents, je m'assis à côté de lui sur une chaise en plastique jaune aussi défoncée que la sienne.

« En attendant, j'ai apporté de la lecture », ajouta Nick en montrant un épais volume sur l'histoire du Troisième Reich posé sur un plateau de cuivre installé sur un trépied noir.

Je laissai mon sac par terre et reposai la jambe qui me faisait mal à côté du bouquin de Nick.

« Bas les pattes! » fit sèchement Bachir. On ne montre pas les semelles de ses chaussures.

Je le regardai, éberluée.

« Mais Bachir, au cas où vous ne vous en seriez pas aperçu, je viens de me cogner le genou dans cet évier. Qui n'aurait jamais dû se trouver là, soit dit en passant.

— Chez les Arabes, il est malpoli de montrer les semelles de ses chaussures.

— Chez les Occidentaux, dis-je, ôtant ma jambe du plateau, il est malpoli de siffler et de claquer la langue dès qu'on voit une femme.

— Vous êtes en territoire occupé, je vous signale.

— C'est bizarre, je ne sais pas pourquoi, je croyais qu'on était à Miami Beach. »

Nick bondit sur ses pieds, s'approcha de Bachir et passa un bras autour de ses frêles épaules.

« Allez, mon vieux, la prochaine fois, je t'apporterai un T-shirt avec un crocodile dessus. D'accord? »

Le regard de Bachir s'adoucit.

« D'accord. Vous voulez du thé vert et des dattes?

— Je crois que nous n'avons pas le temps, dis-je avec l'espoir de presser les choses. Nous ne voudrions pas faire attendre M. Ahmed. »

Bachir me toisa.

« M. Ahmed est très occupé pour le moment. Je vous apporte du thé vert et des dattes », fit-il sur un ton sans réplique avant de disparaître derrière le rideau de perles noires et sans se cogner le genou dans l'évier.

« Ce genre de truc me rend dingue.

— Si tu t'y prends comme ça, tu ne feras qu'envenimer les choses, déclara Nick en se laissant tomber sur sa chaise. Et si tu continues, non seulement je pourrai lire l'histoire du Troisième Reich mais également le Coran et les œuvres complètes de William Shakespeare. Quant à mon fils de trois ans, je ne le reverrai pas avant qu'il ne soit sorti de l'université.

— Désolée, Nick, mais je me disais que pour une fois, ce serait agréable de travailler dans un endroit normal avec des gens qui se conduisent en adultes quand ils acceptent des interviews.

— Voyons, Maggie, soupira Nick, brusquement amer. Il n'y a pas mieux comme territoire. Dieu que la guerre est sexy ! » ajouta-t-il en se redressant sur sa chaise et en soulevant son T-shirt pour me montrer la grosse cicatrice rougeâtre qui lui barrait l'estomac.

Je l'effleurai doucement du bout des doigts.

« Tu t'en es sorti, Nick. Au moins, tu es guéri. »

Il rabattit son T-shirt et se renversa en arrière. Il avait les larmes aux yeux.

« C'est vrai : juste un petit éclat. Dommage que Valeri n'ait pas eu la même chance. »

Bachir reparut, portant un plateau où il avait posé deux verres de thé et une assiette de dattes poisseuses.

« M. Ahmed dit que vous êtes les bienvenus et qu'il vous recevra bientôt. »

Je ne levai même pas les yeux, feignant d'être absorbée par les notes que je prenais pour mon interview. Bachir posa son plateau et disparut. Trois heures et demie plus tard, à midi exactement – nous avions eu le temps de boire trois verres de thé, de manger une douzaine de dattes gluantes, de faire plusieurs pèlerinages au petit coin et d'arpenter chacun notre tour la pièce confinée, Bachir reparut et annonça : « M. Ahmed est moins occupé maintenant. Venez. Venez vite. Il va nous recevoir. »

Irrépressible envie de bâiller, de s'étirer et de marmonner un truc du genre : « Non, finalement cette interview ne m'intéresse plus. » Nick sauta sur ses pieds, ajusta son sac et installa sa minicam sur son épaule droite. Je finis par me lever aussi. Mon T-shirt rouge collait au dossier de ma chaise en plastique. Je suivis Nick et Bachir dans la plus grande pièce de la maison. La porte du bureau de M. Ahmed s'ouvrit et il s'avança vers nous.

« Mademoiselle Maggie, s'écria-t-il, je fais vraiment tout mon possible pour vous aujourd'hui parce que les journalistes occidentaux sont mes amis. »

En lui serrant la main, je remarquai que son teint, habituellement pâle, virait au gris. Il avait la voix encore plus rauque que lors de notre précédent entretien au cours duquel il ne s'arrêtait de tousser que pour allumer une nouvelle cigarette.

« Entrez, je vous en prie », fit-il en nous invitant à pénétrer dans son bureau enfumé. Nick posa son sac et sa minicam sur le sol. L'une des photographies qui ornaient le mur parut le contrarier particulièrement : elle représentait des gosses de douze, treize ans qui posaient avec des fusils AK 47, des Kalachnikov et des grenades à main. Mais la photo la plus éprouvante était celle qui se trouvait juste au-dessus du bureau de M. Ahmed. Un grand poster montrant des corps mutilés éparpillés sur le sol près d'un bus à demi calciné au bord de la route. Résultat de l'une des plus glorieuses tentatives des combattants de l'OLP pour libérer la Palestine. La photo avait été prise la nuit où un bus transportant des civils avait été attaqué par des pirates entre Haïfa et Tel-Aviv.

« Vous allez pouvoir le rencontrer », m'informa M. Ahmed qui surveillait mes moindres gestes.

Surprise, je me tournai vers lui.

« Qui ça ?

– L'auteur de ce haut fait militaire, expliqua-t-il en désignant la photo. Celui qui est en prison.

– Nom d'un chien, fit Nick en fronçant les sourcils.

– Son frère vous attend, fit M. Ahmed avec un sourire.

– A quel endroit ? interrogea Nick qui ne pouvait détacher ses yeux de la photo.

– Au bar de l'American Colony Hotel.

– Comment va-t-on le reconnaître ? demandai-je.

– Il est petit et brun et répond au nom de Rachid, répliqua M. Ahmed.

– Parfait », dis-je en regardant Nick du coin de l'œil.

Ringler sourit en chargeant sa caméra.

« Du gâteau », marmonna-t-il entre ses dents.

M. Ahmed dut faire un effort considérable pour se lever afin de nous raccompagner jusqu'au seuil. Mais il fut pris d'une quinte de toux qui le laissa tremblant et hors d'haleine. Finalement, il parvint à se mettre debout en s'accrochant au mur.

« Surtout, envoyez-moi une copie de votre interview, râla-t-il.

– J'y veillerai personnellement, monsieur Ahmed. Merci beaucoup. »

« Petit et brun... répond au nom de Rachid », murmurai-je pour moi seule tandis que Nick me suivait dans la première pièce où les mêmes durs serrés dans leurs jeans supermoulants nous attendaient, dardant sur nous des regards inutilement assassins. A mon approche, ils se remirent à siffler et à claquer la langue. Je m'arrêtai sur place et levai une jambe de sorte qu'ils puissent bien voir la semelle de ma chaussure. Nick éclata de rire et dut s'appuyer à la cloison pour ne pas s'écrouler.

« T'es vraiment pas possible, s'écria-t-il. Tu te crois dans un film de Dracula ? »

Et nous voilà redescendant la ruelle et grimpant la route qui mène à l'American Colony Hotel, édifice inspiré de l'architecture mauresque qui avait abrité l'état-major des troupes britanniques durant la guerre d'indépendance en 1948 et qui sert aujourd'hui de point de rendez-vous aux notables arabes et palestiniens lorsqu'ils se rendent à Jérusalem. Fauteuils marocains en cuir, lourdes tables de chêne sculpté et mosaïque bleue sur les murs dans le hall d'entrée. Il faut traverser plusieurs voûtes en stuc pour parvenir à la réception. On nous indiqua le bar, quelques marches en contrebas. Nick me suivit tandis que je pénétrais dans la salle plongée dans une semi-obscurité. J'eus beaucoup de mal à repérer la silhouette d'un petit homme brun qui paraissait assis seul à une table. Je fis signe à Nick de m'attendre et m'approchai du nommé Rachid.

« Bonjour, dis-je en tendant la main. Maggie Sommers. On peut discuter ici ? »

L'homme se leva poliment et jeta des regards furtifs autour de lui.

« Non, pas ici. J'attends quelqu'un. »

Peut-être était-ce à cause de mon genou qui me faisait encore mal ou des faux durs qui m'avaient sifflée et huée chez M. Ahmed. Peut-être parce que j'avais hâte de passer les quatre jours à venir en compagnie d'Avi sur les bords de la mer Morte. Ou simplement parce que j'en avais assez d'entendre les mêmes discours – la même langue de bois – devant ces photographies de corps déchiquetés d'enfants calcinés, de cadavres amputés, de ces atrocités perpétrées au nom de la liberté. Quelle que fût la raison – ce n'était pas pour autant une excuse –, j'éclatai : « Mais enfin, je ne comprends pas ! Pourquoi pas ici et maintenant ?

– Parce que je me suis arrangé autrement, fit l'homme dont l'œil gauche était agité d'un tic nerveux. C'est quelqu'un d'autre qui vient. »

J'étais livide. Non seulement on avait promis à ABN un interview exclusif du prisonnier mais également de son frère. Le tout avait été mis sur pied et approuvé par les autorités israéliennes et les dirigeants palestiniens, M. Ahmed entre autres. Bien décidée à trouver ce qui n'avait pas marché et résolue à faire mon interview coûte que coûte, je poursuivis mon interrogatoire.

« Et ce quelqu'un parle anglais ? »

Mon interlocuteur me considéra d'un air perplexe.

« Qu'est-ce que ça peut bien vous faire ?

— Figurez-vous que ça me *fait* beaucoup ! Parce que je tiens à être la première Américaine à le *faire* !

— Ah, fit-il avec un léger sourire, voilà ce que j'apprécie chez les Américaines. Leur côté agressif et bagarreur... J'adore ça.

— Écoutez, poursuivis-je en jetant un coup d'œil à Nick qui s'était accoudé au bar, j'aimerais bien qu'on s'y mette pendant qu'il y a encore un peu de lumière.

— Ah, fit-il en se caressant la moustache. La nuit, ce n'est pas possible ?

— Non, dis-je exaspérée en montrant Ringler. Il lui faut de la lumière pour filmer. »

L'homme eut l'air horrifié.

« Parce que vous voulez *filmer* ? » bafouilla-t-il.

Je me passai la main dans les cheveux, m'efforçant de garder mon calme.

« C'est mon boulot. Ça ne me plaît pas beaucoup plus qu'à vous. Mais nous perdons notre temps. Alors ? C'est oui ou c'est non ? Si c'est non, je m'en vais tout de suite et j'irai raconter à tout le monde que vous n'avez pas de parole... que vous ne tenez pas vos promesses !

— Non, non, surtout pas ! Seulement... je ne peux pas faire ça...

— Nick, dis-je, tu veux venir ici, un instant ?

— Qu'est-ce qui se passe ?

— Notre ami ici présent ne tient pas sa promesse. Il refuse de se laisser filmer. Qu'est-ce que ça veut dire ?

— Je vous en prie, supplia l'homme qui transpirait abondamment, je ne veux contrarier personne. Je vous promets qu'on le fera ce soir. Mais pas de film. » Il fouilla dans sa poche et en sortit quelques billets froissés.

« Arrête, Maggie, coupa Nick en me posant la main sur le bras. Je crois que...

— Non ! Pas question de renoncer ! » Pointant un index vengeur sur le visage de l'homme qui s'était mis à trembler, j'éclatai : « J'en veux pas de votre fric ! Tant pis, c'est raté ! Mais, croyez-moi, Rachid, je m'en souviendrai !

— Rachid ? répéta-t-il. Qui est-ce, Rachid ? »

A cet instant précis, une femme brune perchée sur des talons de quinze centimètres se dirigea vers lui en ondulant des hanches, prit le bras de ce petit homme brun qui apparemment ne répondait pas au nom de Rachid et lui demanda d'une voix rauque : « Alors, Mustapha, tu viens, qu'on s'amuse un peu tous les deux !

— J'y comprends plus rien ! » m'écriai-je en me laissant tomber sur une chaise.

Mais Nick riait trop pour pouvoir me consoler. Et je n'eus guère le temps de me remettre de ma mésaventure : on me tapait sur l'épaule. Je me retournai et me trouvai nez à nez avec un petit homme brun qui se présenta aussitôt. C'était Rachid.

A vrai dire, il ressemblait plus à George Hamilton qu'à l'idée que je me faisais de mon « contact ». Rachid était vêtu d'un blazer bleu marine, d'un pantalon gris et d'une chemise bleu pâle à col Mao qu'il avait largement ouverte. Avec sa chevelure noire légèrement ondulée et ses dents d'une blancheur immaculée, il aurait pu gagner dix briques par mois à faire de la pub pour une pâte dentifrice s'il avait choisi de faire carrière à Hollywood plutôt que dans les rangs de l'OLP.

« Est-ce que cela signifie que je ne vous verrai pas ce soir ? me glissa Mustapha dès que sa compagne eut quitté le bar.

— A moins que d'ici là vous ne fassiez sauter un bus ! » répondis-je d'un air las.

Rachid était le type même du terroriste-beau-mâle rompu à la pratique des médias, à qui l'on avait appris à faire palpiter le cœur des téléspectatrices du monde entier. Il prit une cigarette dans un mince étui d'argent, l'alluma avec un briquet en or massif et m'observa de ses yeux verts, ombragés de cils spectaculaires. Il fallait absolument qu'il comprenne ce que voulait ABN.

« Rachid, écoutez-moi bien. On m'a demandé d'interviewer un vrai combattant de la liberté. Un homme qui se bat réellement, qui ne se contente pas de faire de la propagande dans une université de Jérusalem-Est. » Rachid me décocha un sourire ravageur. Sapé comme il était, avec sa prestance et sa denture éblouissante, il était certain d'échapper aux exigences habituelles des correspondants occidentaux : « Nos téléspectateurs assoiffés de sang réclament des images sensationnelles. Pourriez-vous prendre un air un peu plus méchant, s'il vous plaît ?

— Mais vous allez interviewer mon frère, répondit-il dans un anglais impeccable. S'il a accepté cet entretien, c'est grâce à moi. Je l'ai autorisé à vous parler. Maintenant, si vous voulez m'interroger pour faire, comme vous dites, un papier d'ambiance, je n'y vois pas d'inconvénient. A vous de décider.

— Il ne s'agit pas de ça, Rachid, dis-je en lui prenant la main qu'il avait très soignée. J'ai besoin de quelqu'un qui ait du sang sur les mains. Quelqu'un qui agisse pour la révolution, qui ne se contente pas de faire des discours. »

Rachid demeura silencieux.

« Autrement dit, il me faut une personne qui ait tué pour sa cause, comme votre frère, pour dire les choses franchement. Vous employer aujourd'hui ne me serait d'aucune utilité. Je regrette.

— Pourquoi tourner autour du pot, Maggie ? interrogea Nick avec un sourire sarcastique en rabattant son feutre à large bord sur ses yeux. Faut y aller carrément. »

Nous sortîmes tous les trois. Il faisait un soleil radieux. Et, tandis que Rachid nous racontait sa vie, nous prîmes le chemin de la vieille ville.

« Quand j'ai eu quatorze ans, Achbal m'a recruté. Il s'agit d'un mouvement de jeunes Palestiniens. On m'a appris à me servir d'un RPG. »

Nick me lança un regard entendu. Il était au courant. Ces gosses, quand on leur avait appris à manier ces tubes lance-roquettes RPG 7 qui massacraient tout ce qui bougeait dans un rayon de plus d'un kilomètre autour du point d'impact (c'est ainsi qu'était mort Joe Valeri), on les envoyait au front. Mais ça, je le savais déjà, moi aussi.

« Et les parents, qu'est-ce qu'ils pensent de ce que font leurs enfants ?

— Ils sont prêts à sacrifier la vie de leurs enfants lorsqu'il s'agit de sauver la patrie. »

Il y avait un banc, non loin du mur des Lamentations. Nous nous assîmes à côté d'un groupe de touristes français allongés dans l'herbe.

« Et vous, qu'est-ce que vous faites, en ce moment, Rachid ?

— J'enseigne la chimie à Ramallah, sur la rive ouest, répondit-il en tournant la tête en direction du soleil.

— La chimie ? Quel genre ? demandai-je avec un vague sentiment de nausée.

– J'apprends par exemple qu'en mélangeant du sodium avec de l'acide nitrique, on obtient du nitrate de sodium.

– Et ça sert à quoi ? » J'avais le cœur qui cognait.

« Eh bien, à condition d'avoir un détonateur, expliqua-t-il patiemment, mes élèves peuvent faire sauter un immeuble, quelques voitures ou même une installation militaire.

– Ou encore un bus transportant des civils entre Haïfa et Tel-Aviv, ajouta Nick. N'est-ce pas, Rachid ? »

Il haussa les épaules sans répondre et de nouveau tourna son visage dans la direction du soleil.

« Au revoir, Rachid, dis-je au bout de quelques minutes de silence. A présent, je vais voir votre frère. »

Il leva son poing en l'air et lança : « Vive la révolution ! »

La prison de Jérusalem se composait de petits bâtiments d'un seul étage disposés autour d'une cour assez vaste. Il s'agissait en fait du commissariat central où tous les prisonniers – politiques et droit commun – étaient détenus avant de passer en jugement.

Moud, le frère de Rachid, était assis dans une petite pièce qui servait aux interrogatoires, il avait aux mains des menottes qui lui laissaient une certaine liberté de mouvement : durant l'interview, il fuma cigarette sur cigarette. Nick le filma tandis qu'il récitait des slogans révolutionnaires, ignorant les questions que je lui posais.

« Les Israéliens tuent nos bébés.

– Est-ce votre frère qui vous a fourni les explosifs pour faire sauter le bus ?

– Nous n'arrêterons pas les combats tant que la Palestine ne sera pas libérée.

– Trouvez-vous juste d'être emprisonné pendant que vos chefs se prélassent dans de somptueuses villas au bord de la mer ?

– Le marxisme est la seule doctrine de nos chefs.

– Y a-t-il une solution pacifique à ce conflit ?

– Nous sommes prêts à mourir pour notre patrie. Nous mènerons une guerre sans merci jusqu'à ce que cesse l'occupation.

– Avez-vous l'espoir d'être prochainement libéré ? »

Pour la première fois depuis le début de l'entretien, Moud cessa de répondre par formules toutes faites et regarda directement la caméra.

« Oui, répondit-il très clairement. Les Israéliens m'ont dit que je pourrais être relâché lors d'un échange de prisonniers. » On le ramena dans sa cellule. Nick et moi nous sentions vaguement mal à l'aise.

« Il me fait peur, déclarai-je finalement.

— Il n'est pas pire que son frère qui court librement les rues », remarqua Nick en chargeant son matériel.

On est rentrés au studio où on a passé le reste de la journée à réduire notre reportage. Ringler résumait justement les choses : « Sept heures d'enfer pour sept minutes de terreur ! » Il était près de 6 heures et demie quand j'arrivai finalement sur la terrasse couverte de l'hôtel King David. Je repérai Avi qui s'était installé à une table d'angle sous un parasol jaune et noir.

Il y avait des touristes partout. Les femmes portaient de grands chapeaux de paille, des espadrilles de couleurs vives et des robes en coton imprimé. Elles tenaient leurs enfants par la main, craignant qu'ils ne fassent une chute dans les somptueux jardins qu'ils admiraient en contrebas. Les hommes étaient mal fagotés. Certains veillaient sur les achats. D'autres photographiaient consciencieusement leur famille qui posait devant l'hôtel. En m'approchant, je souris aux musiciens qui jouaient du violon, trébuchai et tombai dans les bras d'Avi.

« Qu'est-ce qui se passe ? interrogea-t-il. Tu en fais une tête ! » Je m'assis, soulevai mes cheveux qui collaient à ma nuque et tentai de sourire.

« Tu veux que je te raconte ma journée ? »

Avi fit signe qu'il était prêt à m'écouter.

« Eh bien, pour commencer, je me suis cogné le genou dans un évier à la noix et je me suis fait siffler par des petits gars qui jouaient aux durs. Ensuite, au bout de trois heures et demie d'attente, Ringler et moi, on a réussi à voir M. Ahmed qui nous a finalement dirigés sur l'American Colony Hotel où l'on devait rencontrer un petit brun nommé Rachid, le frère du terroriste. Seulement j'ai pris Mustapha pour Rachid et Mustapha m'a prise pour une putain. Ensuite, on s'est rendus à la prison et le prisonnier a passé deux heures à nous expliquer pourquoi il voulait vous faire la peau, à vous tous tant que vous êtes. Après il a fallu couper et monter toute cette histoire. On s'est retrouvés avec sept minutes quarante-trois secondes de film. Soit exactement treize secondes de trop. »

Ses yeux bruns pétillaient de malice. Il me prit la main.

« Il était un temps où j'aurais eu besoin d'un interprète pour comprendre ce que tu viens de dire. Ce qui me trouble à présent, c'est que je sais exactement ce qui t'est arrivé aujourd'hui.

– Partons d'ici, dis-je soudain. Mettons-nous en route et oublions le reste. »

Avi m'emboîta le pas, la main sur le creux de mes reins.

« Juste une question, murmura-t-il. Combien Mustapha t'a-t-il proposé ? »

Le crépuscule tombait lorsque Avi aborda les tournants de la route qui conduisait à Sodome. On avait laissé Massada sur la droite ; la chaussée était bordée de rochers, de collines nues. Autour de nous, le sol était sec, poussiéreux, dépourvu de toute végétation. L'air semblait épais, imprégné de l'odeur de soufre que dégageait la mer Morte. Excepté un caillou qui de temps à autre heurtait le plancher de la voiture, le silence était impressionnant.

« Rien ne bouge ici, observa Avi. Tout est strictement immobile.

– Tu vas t'ennuyer ? »

Il me regarda du coin de l'œil. La voiture s'engageait dans une grande courbe qui longeait une base militaire israélienne que seul indiquait un drapeau bleu clair et blanc, pendant au bout d'un mât rouillé. Avi longea l'enceinte bordée de fil de fer barbelé et ralentit dans la côte qui menait à l'allée circulaire qui desservait l'hôtel.

« J'espère qu'on va s'ennuyer tous les deux, répondit-il en m'embrassant le bout du nez. On en a bien besoin. »

Plus tard, ce soir-là, nous étions assis sur notre balcon qui dominait la mer Morte ; les lumières clignotantes d'Amman se reflétaient sur les morceaux de sel qui flottaient à la surface de l'eau. On aurait dit des glaçons dansant sur les flots. J'avais les pieds posés sur la rambarde, la tête posée sur l'épaule nue d'Avi.

« Alors, raconte-moi à propos de Ruth, dis-je doucement. Ça t'ennuie que ce soit fini ? »

Il regarda droit devant lui et ébaucha un sourire.

« C'est curieux comme je peux prévoir certaines de tes réactions, et pourtant tu es la femme la plus imprévisible que j'aie jamais connue. J'étais sûr que tu allais me poser cette question.

– Ça te contrarie que je veuille savoir ? dis-je en me redressant.

– Non, se hâta-t-il de rectifier. Parce que, moi aussi, je veux connaître les gens qui ont fait partie de ta vie. Mais, ajouta-t-il en souriant, je ne suis pas américain, moi. Je ne suis pas aussi direct que toi.

— Les liaisons que j'ai pu avoir, ce n'est pas la même chose. »

Je me levai. La brise s'engouffrait dans les pans de mon caftan de soie blanche.

« Tu dis que ce n'est pas la même chose parce que tu sais ce que tu éprouves pour moi, tandis que tu n'es pas tout à fait sûre des sentiments que je te porte. »

Je lui en voulus de m'avoir si facilement percée à jour.

« Ça t'ennuie que ce soit fini ? répétai-je.

— Maggie, répondit-il en me regardant tendrement, jamais je n'ai aimé et jamais je n'aimerai une femme comme je t'aime, toi. Nous passerons ensemble le temps qui nous reste à vivre parce que je suis sans doute le seul homme qui puisse te rendre heureuse. J'en suis persuadé. »

Je l'écoutai de toutes mes forces, sans même oser respirer. J'attendais un « mais » ou un « cela dit » qui suivent d'habitude ce genre de déclaration dépourvue de restriction.

« Ne crains rien, ajouta-t-il gentiment. Il n'y a pas de piège. Je ne te cache rien. Je te dis la vérité telle qu'elle est.

— Parle-moi d'elle. Je veux tout savoir.

— Reviens à côté de moi et je te le dirai, bien que ce ne soit pas si passionnant que ça. »

Je repris ma position, la tête contre son épaule, et je m'appliquai à respirer profondément.

« Quand je passe quelques heures avec toi, c'est comme si je vivais plusieurs semaines, déclara-t-il en caressant mon visage. Quelques jours me paraissent un mois, quelques semaines, une vie tout entière. Je te sens, je capte ton énergie parce qu'entre nous, il se passe des choses. Avec Ruth, ajouta-t-il après une pause, il ne s'est jamais rien passé.

— Jamais ?

— Voilà quinze ans que je suis marié. Je mentirais si je te disais que je n'éprouve strictement rien pour elle... Ce n'est pas une étrangère.

— Comment ça ? dis-je en changeant de position.

— Je ne me suis jamais senti proche d'elle comme je le suis de toi. Mais en la perdant, j'ai l'impression de perdre un être qui m'était familier, même si cette familiarité ne m'a jamais suffi.

– Tu es content qu'elle ait quelqu'un d'autre ?

– Content n'est pas le mot.

– Serais-tu jaloux ? » dis-je, retenant mon souffle.

Sa bouche se serra, ses yeux parurent se rétrécir. Il semblait hésiter sur le choix des termes.

« Je me sens trahi », avoua-t-il finalement.

J'étais stupéfaite, scandalisée : l'homme que j'aimais plus que tout au monde n'était en fin de compte qu'un hypocrite.

« Comment peux-tu dire ça ? m'écriai-je, en me levant d'un bond. Comment peux-tu te sentir trahi ?

– Comment peux-tu être aussi bête ? répliqua-t-il très calmement.

– Bête ! hurlai-je. Tu trouves que je suis bête alors que tu viens de dire la chose la plus stupide, la plus illogique qui soit ! »

Avi avait le don de me mettre en boule parce qu'il refusait de se mettre en colère.

« Je crois qu'en ce moment, tu oublies que tu es amoureuse d'un Israélien et non d'un Américain. »

Il y avait une part de vérité dans ce qu'il venait de dire. Avi fonctionnait différemment. Il n'appartenait pas à ce monde pseudo-civilisé où les couples divorcés se font la bise quand par hasard ils se rencontrent sur un court de tennis ou autour d'une table de bridge. Il n'était pas de ces maris qui s'efforcent de prendre l'air naturel et détaché lorsqu'ils retrouvent leur épouse lors d'un cocktail organisé par des amis communs. Si pénible qu'ait pu être la procédure de divorce, ce n'est plus qu'un lointain souvenir. Les enfants sont en analyse : tout va donc pour le mieux dans le meilleur des mondes possible, d'autant plus que l'on vient de se remarier – dans la plus stricte intimité, cela va de soi – mais avec un minimum de pittoresque (cela s'entend). La cérémonie a eu lieu sans façon chez des amis qui ont un jardin tout à fait charmant.

« Qu'est-ce qui te faire croire que les Américains sont si différents, après tout ? dis-je les dents serrées. Ils sont peut-être un peu plus civilisés que vous.

– Écoute. » Avi me prit le bras. « L'amour et la passion ne sont pas des sentiments civilisés.

– Sans doute. Mais toi, tu n'es même pas capable de supporter l'idée que Ruth ait pu avoir une liaison avec quelqu'un.

– Je l'envisage. Mais si liaison il y a, le fait que ma femme couche avec un étranger n'a rien de particulièrement civilisé. Je dis bien *si*. Je n'en suis pas sûr du tout.

— Mais toi, tu as bien couché avec moi! m'écriai-je en m'éloignant de lui.

— C'est différent. Avec toi je n'ai jamais *couché*. Je t'aime. En outre, hommes et femmes ne se jugent pas à la même aune. »

J'étais hors de moi. J'avais envie de faire mes valises et de m'enfuir à l'autre bout du monde. Mais j'aurais préféré le battre jusqu'à ce qu'il comprenne le sens du mot « civilisé ».

« Du calme! ajouta-t-il en sortant un petit cigare de la boîte métallique qui se trouvait dans la poche de son short bleu.

— Il faut croire que je ne comprends pas ce que tu veux dire », dis-je en me croisant les bras sur la poitrine, tournant comme un fauve en cage sur l'étroit balcon.

Avi alluma son cigare.

« Les Israéliens ont un bon et un mauvais côté, expliqua-t-il avec l'air de s'amuser beaucoup. Le bon côté, c'est que nous ne considérons pas les femmes comme des hommes. Le mauvais, c'est que nous ne traitons pas les femmes comme les hommes.

— Et ça ne te poserait sans doute aucun problème de conscience, l'interrompis-je en agitant la main pour lui faire croire que sa fumée me gênait, de me faire à moi ce que tu lui as fait à elle!

— Non, répliqua-t-il essayant de m'emprisonner les jambes entre les siennes. Ce n'est pas parce que je suis israélien que je suis incapable d'être fidèle à la femme que j'aime vraiment.

— Et moi, lançai-je toujours furieuse, si je te le faisais?

— Dans ce cas, répondit-il en jetant son cigare par-dessus le balcon, je te tuerais. »

Il se pencha, m'attrapa par le bras et me força à m'asseoir sur ses genoux.

« Je t'aime plus que tout sur cette terre. Alors, cesse de faire l'imbécile.

— Je ne vois pas bien la différence que tu fais entre Ruth et moi puisque tu te sens *trahi* lorsqu'elle a une liaison.

— La différence, c'est que je ne tuerai pas Ruth pour ça, fit-il en m'embrassant le cou. Pour la bonne raison que je la considère déjà comme morte. »

Il me tenait serrée contre lui. Ses lèvres effleuraient légèrement les miennes.

« Alors, tu me le ferais ? demandai-je dans un souffle.

— Comment veux-tu que je te le *fasse* alors que je ne *fais* que ça avec toi ? répliqua-t-il en me mordillant le lobe de l'oreille gauche.

— Et mes amis, alors ? Et ma carrière ?

— Ça n'a strictement rien à voir. Je suis fier de tout ce que tu entreprends mais, dans le fond, je suis quelqu'un de très simple. » Il glissa la main sous mon caftan et s'empara de mon sein droit. « Ton corps m'appartient.

— Avi, promets-moi une chose.

— Tout ce que tu veux, répondit-il aussitôt en posant ma main sur sa braguette.

— Je veux que tu me promettes que tu ne répéteras jamais ce que tu viens de dire à propos de Ruth, des hommes et des femmes devant mes amis. Ils te prendraient pour un demeuré et moi pour une imbécile. » Mais au fond, ça m'était égal. Du moment que je l'avais près de moi.

Il acquiesça et leva la main droite.

« Je serai muet comme la tombe », promit-il, la tête légèrement penchée.

Sans rien ajouter, je franchis la porte-fenêtre qui menait à la chambre. Avi resta un moment sur le balcon à contempler les flots. Je m'étendis sur le lit, drapée dans mon caftan, la tête posée sur les mains. Soudain je l'aperçus, debout à côté de moi, les poings sur les hanches.

« Enlève ton peignoir », dit-il doucement.

Je fis signe que non sans le quitter des yeux. Il haussa un sourcil presque imperceptiblement avant de se baisser pour ôter son short. Il me rejoignit sur le lit, me prit dans ses bras et me débarrassa de mon caftan. Me faisant doucement mettre à genoux, il me prit le visage dans ses mains. « Je t'aime, Maggie. Je t'aime. »

Nous criâmes tous les deux lorsqu'il me pénétra. D'abord cramponnés l'un à l'autre, nous nous laissâmes peu à peu entraîner par le désir qui nous tenaillait depuis le premier baiser.

« Tu n'as rien dit, murmura-t-il après.

— Parce que parfois tu me coupes le souffle », fis-je en l'attirant de nouveau.

Je m'endormis en songeant que, sans cet homme, il n'y aurait plus rien, que, sans lui, je ne survivrais pas. Mais lorsque le soleil entra par la porte-fenêtre qui donnait sur le balcon, je me rendis compte qu'hier soir c'était la veille et que, ce matin, un nouveau jour commençait.

Je sortis du lit sans faire de bruit, prenant garde de ne pas le réveiller, et je me dirigeai sur la pointe des pieds vers la commode où il avait rangé ses vêtements. Fouillant dans le tiroir, je voulus mettre la main sur ces ridicules chaussettes beiges. En fait, je cherchais un antidote à mon état de vulnérabilité extrême. Mais je ne trouvai que trois paires en coton blanc et deux paires noires montantes.

Je sursautai lorsqu'il m'enlaça par surprise, me murmurant à l'oreille : « Je les ai jetées.

— Quoi ? demandai-je, faisant l'innocente.

— Ces ridicules chaussettes beiges.

— Quelles ridicules chaussettes beiges ?

— Celles dont tu te servais toujours pour déclencher une dispute entre nous quand nous nous entendions trop bien », dit-il en me serrant dans ses bras.

Il est près de minuit quand j'entre dans mon appartement après ma promenade à pied depuis la 57ᵉ. La pile de cintres en fil de fer que Vera a jetés par terre à côté de ma penderie est toujours là. Au moment où je me baisse pour les ramasser, le téléphone se met à sonner. Je me prends les pieds dans le fil. Le combiné tombe par terre. Fébrilement, je tends la main pour l'attraper.

« Allô ! » J'entends un chuintement comme dans les coquillages – toute cette eau qui nous sépare.

« Tu me manques », déclare-t-il sans même me dire bonjour.

Je ferme les yeux et m'appuie contre la cloison.

« Toi aussi, tu me manques.

— J'ai l'impression que tu es partie depuis des mois.

— Ça ne fait que deux jours, dis-je comme si cela avait une importance quelconque.

— En tout cas, poursuit-il avec cet accent qui m'est devenu familier, on va bientôt se revoir, maintenant.

— Tu es au courant pour l'émission ? » dis-je, stupéfaite qu'Avi soit déjà au fait de mon dîner d'affaires avec Grayson, Elliot et Quincy. La première pensée qui me vient à l'esprit, c'est que les services de renseignement israéliens sont connus pour leur rapidité et leur efficacité. Comment pourrait-il le savoir autrement, à moins que Pedro et Raoul soient en réalité des agents du Mossad ?

« Non, je ne suis pas au courant pour l'émission. »

Je l'imagine, la tête légèrement penchée sur le côté, clignant les yeux en rejetant la fumée de son petit cigare noir.

« Je reviens. Je vais m'occuper d'un magazine qui sera filmé hors d'Israël.

— Je n'ai jamais douté que tu reviendrais, ma chérie, avec ou sans job. Tu dois être là où je suis. »

Un sentiment de soulagement m'envahit.

« Dis-moi, comment savais-tu qu'on allait se revoir sans tarder ?

— Parce que » – ici, légère pause pour ménager le suspense – « j'arrive à New York après-demain. Je viens pour une semaine.

— Je peux à peine parler, Avi.

— Contente ?

— Oui, très contente. Mais pourquoi viens-tu ?

— La raison officielle, c'est que je participe à Washington à une série de réunions sur le retrait éventuel de nos troupes au Liban. La raison officieuse, c'est que je veux être avec toi.

— Et combien de temps tu restes à Washington ?

— Plusieurs jours au moins. Mais je ferai l'aller et retour entre New York et Washington tous les jours. Enfin, si ça ne te fait rien que je reste avec toi. Si tu n'es pas déjà prise, ajoute-t-il guilleret, j'ai pensé que nous pourrions passer ensemble le réveillon du jour de l'An. »

Je ne peux rien dire, sinon bafouiller « Avi ! »

« J'arrive par le vol 3393 en provenance de Tel Aviv. Je t'aime plus que tu ne m'aimes toi.

— Qu'est-ce qui te fait dire ça ? dis-je en inscrivant le numéro du vol sur un morceau de papier.

— Contrairement à toi, j'ai déjà accepté de passer le reste de mon existence en ta compagnie. Et cela pour plusieurs bonnes raisons. »

8

Au studio, comme toujours le matin, règne une effervescence indescriptible – signe qu'une nouvelle journée va commencer avec sa provision d'infos. Au desk, les téléphones sonnent sans arrêt; les gens courent à droite et à gauche, glanant des bouts d'information qu'on entasse dans des boîtes métalliques marquées « EXT. ». Près de l'entrée, les téléscripteurs cliquettent, crachant des mètres de papier blanc où s'impriment en violet très pâle de mystérieuses nouvelles qui, miraculeusement, ce soir se transformeront en comptes rendus cohérents à l'heure du journal

Sur une table de bridge, on a installé un grand percolateur, des piles de gobelets en carton, un récipient contenant du lait en poudre, un sucrier et une boîte de biscuits.

Emmitouflée dans mon renard, le visage camouflé derrière d'immenses lunettes de soleil, je me tiens un peu à l'écart. Je me demande pourquoi, ce matin, je me suis réveillée en me sentant à la fois nerveuse, légèrement agressive et quelque peu anxieuse. Si j'ai pris la décision de venir au studio, c'est que Cara m'a téléphoné ce matin pour m'annoncer qu'elle était rentrée d'Aruba la veille au soir. Elle avait attrapé une grippe qui lui avait gâché ses vacances. Elle voulait qu'on déjeune ensemble. Il n'était que 8 heures du matin. La journée s'annonçait belle. Il y avait de la neige partout. Pourtant, à peine reveillée, j'étais déjà folle d'angoisse : Avi devait arriver à New York le lendemain.

Je lui ai fait remarquer sur un ton aigre-doux que, lorsqu'on a le Dr Steven Blattsberg pour mari, trois enfants en parfaite santé et une grande maison entourée d'un beau jardin à Short Hills (New

Jersey), on n'a pas le droit de se plaindre, même quand on revient d'Aruba avec la grippe. Cara n'a rien répondu. Le fait est que Steven Blattsberg a tendance à se dégarnir, qu'il est plutôt maigrichon et qu'il a la manie de tirer sans arrêt sur sa pipe éteinte. On ne peut pas dire qu'il soit particulièrement beau ni sexy. Il peut même devenir très agaçant lorsqu'il se met à arpenter la maison, à une heure avancée de la nuit, crayon et papier en main, occupé à dresser la liste des produits d'entretien qui manquent. Mais il adore Cara et il aurait été très malheureux de la savoir déprimée. Cara ne lui fait jamais aucun reproche de même qu'elle est incapable d'en vouloir à quelqu'un très longtemps. Elle garde les choses pour elle, les rumine et, quand ça déborde, lorsqu'il faut qu'elle parle, c'est en général à moi qu'elle s'adresse. Le jour n'était pas très bien choisi. Si je lui ai proposé de me rejoindre au studio pour déjeuner à la cafétéria, c'est parce que, soudain, je n'entendais plus rien à l'autre bout du fil. Elle devait être vexée. Un grand silence. Ponctué par une salve d'éternuements pathétiques. Mais lorsque Cara m'a avoué qu'elle était de nouveau enceinte, qu'elle se voyait mal avec un gros ventre, des seins distendus et que la perspective d'avoir à se lever la nuit six mois durant pour nourrir le gosse, à tripoter des couches sales pendant deux ans la faisait flipper, je me suis fait l'effet d'être un monstre. Cette fois, je ne me sentais plus vaguement nerveuse, légèrement agressive ou quelque peu anxieuse. C'était bien pire.

A ce moment-là, les mots d'Avi me sont revenus à l'esprit. Ceux qu'il avait prononcés un soir alors qu'il était encore en moi. « Je veux avoir un enfant de toi. » Je m'étais dit qu'aucun autre homme n'aurait dit cela de la même façon, dans cette situation. Certes j'étais déjà passée par des phases de désespoir ou de passion lors desquelles j'avais été tentée d'ôter mon diaphragme, de balancer mes pilules dans les W-C ou de me faire enlever mon stérilet. Mais quand d'autres qu'Avi me disaient : « Je veux te faire un enfant », le feu de la passion s'éteignait juste à temps. Le diaphragme restait où il était, les pilules ne tourbillonnaient pas dans la cuvette, le stérilet demeurait sagement à sa place.

Après ma conversation avec Cara, ces pensées me trottaient dans la tête. C'est pour cela que j'avais décidé de passer à la rédaction d'ABN. J'éprouvais le besoin d'être en contact avec la réalité quelle qu'elle soit.

Une jeune fille, chaussée de ballerines qu'elle a simplement enfilées et dont elle écrase le talon avec l'air de s'en ficher éperdument, s'avance vers la table de bridge, les épaules tombantes, le ventre en avant. Sa bouche aux lèvres pleines esquisse une jolie moue et ses yeux bruns prennent une expression langoureuse à souhait lorsqu'elle pose une question inepte (mais quelle voix adorable!) à un producteur barbu qui la contemple, tout chaviré. Ne dirait-on pas qu'elle lui raconte le voyage qu'elle vient de faire dans l'au-delà? Brusquement, l'avertissement de Vera me revient en mémoire. « Chaque année apporte avec elle sa nouvelle et toute jeune moisson. » Formule expressément conçue pour miner la confiance que je peux avoir en moi, pour raviver de vieilles craintes, d'anciennes angoisses, pour me rappeler qu'une carrière réussie ne remplace jamais un beau mariage. Et Vera de me décrire avec force détails ces jeunes femmes au frais minois, parties des quatre coins du pays, débarquant tous les ans par wagons entiers à New York en quête du mari idéal et qui diminuent d'autant mes chances de dénicher le bon numéro. Curieux tout de même qu'il ne me soit jamais venu à l'esprit de demander à ma mère pourquoi elle passait une bonne partie de ses journées à rôder aux alentours de la gare centrale!

Celle-ci est vraiment fascinante à observer avec sa façon de massacrer ses ballerines noires à sept cents francs la paire, de se projeter le pubis en avant, de rentrer les épaules pour mieux effacer ses seins (qui ne forment plus qu'une vague et titillante ondulation sous le fin tissu du chemisier) et de poser des questions idiotes qui ont visiblement le don d'attendrir son interlocuteur. En voilà une, j'en mettrais ma main au feu, qui tuerait père et mère pour me chiper un petit peu de mon boulot.

La demoiselle à la moue boudeuse me jette un regard par en dessous et murmure quelque chose à l'oreille du producteur barbu qui hoche la tête après m'avoir observée à son tour. Je ne saurais trop dire pourquoi, mais ça a sûrement un rapport avec Dawn – son interlocteur vient de l'appeler par son prénom – et il me paraît soudain crucial de remettre les pendules à l'heure. Il faut que je me persuade que je ne *peux* pas avoir d'enfant avec un homme incapable de se débrouiller seul à New York. Les images défilent devant mes yeux en une rapide succession : Avi dans un certain nombre de situations que tout un chacun peut connaître en débarquant outre-

Atlantique. Avi à l'aéroport Kennedy avec sa petite valise en carton (preuve que, finalement, c'est lui qui avait raison). Moi, je n'arrive pas encore à croire que nous allons passer le reste de notre existence ensemble. Avi hélant l'un après l'autre les taxis, tous occupés, jusqu'au moment où il en trouve un libre en même temps qu'une vieille dame qui se cramponne à la portière et avec laquelle il doit livrer un long combat pour monter à l'intérieur. Avi que le chauffeur abreuve d'un flot d'obscénités parce qu'on ne lui a pas donné un pourboire suffisant. Avi qui se fait refiler des pièces de monnaie canadiennes par un vendeur de journaux aveugle (mais pas au point de confondre touriste et autochtone). Avi faisant la queue pour obtenir une table dans un restaurant qui vante la qualité de ses salades et propose à la clientèle les mots d'esprit d'illustres ivrognes. Avi donnant un généreux pourboire au maître d'hôtel qui l'a placé juste à côté des toilettes. Avi, se promenant dans les rues de Manhattan, la tête levée pour admirer les gratte-ciel, oubliant de regarder où il met les pieds. Enfin, derrière image d'Avi : la plus pathétique. Mon général accroché d'une main à un lampadaire, s'efforçant de l'autre d'ôter la crotte de chien collée à la semelle de ses souliers. Bizarre tout de même, cette association d'idées : passer de l'enfant d'Avi aux étrons canins qui parsèment les trottoirs de New York! La demoiselle à la moue boudeuse se précipite sur moi, me faisant brutalement sortir des mes divagations.

« C'est vous? C'est bien vous, Maggie Sommers? Je n'arrive pas à le croire! »

Bien évidemment, je n'ai pas l'intention de me montrer aimable. D'une part parce qu'elle a une peau parfaite, de l'autre parce qu'elle ne doit guère avoir plus de vingt-deux ans. Ce qui n'est hélas plus mon cas. Je ne fais pas un mouvement, mon visage reste de marbre. Je la laisse s'extasier. Quelle chance extraordinaire de me rencontrer! (Que je sache, on ne nous a pas présentées.) Elle me regarde à la télévision depuis qu'elle est toute petite!

Ça, c'est la goutte d'eau! La chose à ne pas dire! J'enlève mes lunettes de soleil et je me passe lentement la langue sur les dents. Ces dents qui depuis des années font l'admiration des cameramen. Je n'en reviens pas qu'instinctivement elle ait su où il fallait plonger le couteau pour atteindre au vif Maggie Sommers venue faire un tour dans la salle de rédaction d'ABN, histoire de se sécuriser.

« Qu'est-ce que vous faites ici?

– Pour l'instant, je suis assistante.

– Et vous envisagez de vous lancer dans la réalisation ?

– Oh non, je ne veux pas être derrière la caméra. Je veux être devant, comme vous. »

TILT !

« Alors vous devriez peut-être songer à vous faire enlever le gros grain de beauté que vous avez au coin de la bouche. »

Ses doigts de petite fille se portent instinctivement aux commissures de ses lèvres, effleurant le grain de beauté, tandis qu'elle poursuit sa conversation comme seule peut le faire une enfant totalement dépourvue de complexe. Pas gênée pour un sou, la charmante !

« C'est très gentil à vous de me donner ce conseil, minaude-t-elle. Il faut que je vous dise, j'adore vos papiers sur le Moyen-Orient. »

Et tandis que Dawn se met à vanter les mérites de la nouvelle école de journalisme (« chaque année apporte avec elle sa nouvelle moisson »), je ne peux m'empêcher de penser à *lui*, à sa façon de me tenir, de m'embrasser, de me dire : « Je veux un enfant de toi. »

« Vous avez le nez le plus parfait que je connaisse, déclare Dawn. Si droit qu'on a presque l'impression qu'il se retrousse, comme celui de Vivian Leigh dans *Autant en emporte le vent*. »

Que veut-elle dire ? Que je devrais laisser tomber Maggie pour me faire appeler Scarlett ? Je meurs d'envie de l'envoyer promener, elle et ses airs de sainte-nitouche.

« Merci », dis-je, l'esprit ailleurs. (Je songe aux avantages de la péridurale et aux mérites de l'accouchement sans douleur.)

« Est-ce que vous pourriez m'indiquer le nom de votre chirurgien ?

– Quel chirurgien ? (Je suis toujours en salle de travail.)

– Le chirurgien esthétique qui vous a opérée. Celui qui vous a refait le nez, murmure-t-elle.

– Je ne me suis jamais fait refaire le nez.

– Oh, excusez-moi, s'écrie-t-elle, visiblement confuse, pour une fois.

– Ce n'est rien », susurré-je. Je le prends comme un compliment.

C'est décidé : ce sera la péridurale. Avi assistera à l'accouchement. Il me verra, le col dilaté comme une assiette à soupe.

Un ange passe. Dawn tente de trouver un sujet de conversation sans danger, une zone franche.

« A votre avis, quels sont les meilleurs magnétophones ?

– Pour quoi faire ?

– Des interviews. »

Au fond, je devrais peut-être lui refiler une partie de mon boulot et me contenter de faire de la pub pour telle ou telle marque de magnéto pendant que je serai enceinte d'Avi.

« Si j'étais vous, j'essaierais le crayon et le papier. Ça ne tombe jamais en panne. Évidemment, il faut savoir écrire... »

Aussitôt je m'en veux d'être si désagréable. Je me dis qu'à son âge, je me reprochais trop de m'être laissé piéger par le mariage pour désirer un bébé. A trente ans, j'étais trop préoccupée par ma « carrière » pour y songer. Et tout à coup, à quarante, je n'ai pas envie de me retrouver sans enfant, sous prétexte que je me suis fait piéger par le mariage et par ma profession. Ce qui me rend soudain si déterminée, c'est cette façon qu'Avi a eue de me le dire, alors qu'il était encore en moi. Il faut bien l'admettre, je l'aime. Crotte de chien ou pas crotte de chien, j'ai l'impression que c'est la solution la plus logique.

Pour un peu je l'embrasserais, la mignonne à la moue boudeuse. A lieu de ça, je lui demande : « Est-ce que vous savez si Elliot James est déjà arrivé ? »

La vie serait sûrement plus facile pour moi si je ne passais pas tout le temps d'un extrême à l'autre.

« Non, dit-elle, je ne pense pas. Mais vous feriez mieux d'aller l'attendre dans son bureau. Ce sera plus confortable qu'ici. »

Dawn renfile ses ballerines de luxe et se dirige vers le bureau d'Elliot. Brusquement, dans le couloir, trois personnes m'entourent. Des gens avec lesquels j'ai commencé à travailler quand j'avais l'âge de Dawn. A l'époque, je ne me faisais pas de souci pour mes ovaires.

« Pauvre Joe! Quelle tragédie! » Tous trois disent la même chose. Agnès Farley, qui pèse ses cent et quelques kilos dans son pantalon de nylon couleur pastel, est la maquilleuse qui m'a bichonnée chaque fois que je devais passer à l'écran.

« J'ai prié pour toi, Maggie, tu sais, me souffle-t-elle en repoussant une mèche de cheveux blonds décolorés qui lui tombe sur les yeux.

– Merci, Agnès », dis-je, sincèrement touchée.

Peter Templeton, grand, mince, dont les cheveux prématurément gris encadrent un visage maigre, porte toujours le même vieux sweater bleu délavé. Il a été mon tout premier directeur de plateau à l'époque où je couvrais les faits divers.

« Maggie, s'exclame-t-il en me voyant. J'ai pensé à toi si souvent !

– Je sais », dis-je en lui serrant la main de toutes mes forces.

Quant à Jack Roshansky, il ressemble de plus en plus à Monsieur Propre avec son crâne chauve et luisant et son torse énorme qu'on repère de loin dans la salle de rédaction.

« Chienne de vie ! » murmure-t-il en me serrant dans ses bras.

Dawn s'efforce de capter les moindres mots que nous échangeons, comme si elle était sur le point de percer à jour un secret d'une importance capitale concernant des gens qui travaillent ensemble depuis des années et qui viennent de perdre quelqu'un qui travaillait avec eux, qui faisait partie de leur équipe. Qui sait, elle va peut-être prendre des leçons de solidarité – le genre de chose qu'on n'apprend jamais à l'école. Nouvelle ou pas.

« Quelle histoire ! s'exclame Jack. Quand on nous a annoncé ça ici, ça a fait un de ces raffuts !

– Comment as-tu réussi à nous prévenir ? » demande Peter.

Il est évident que, si je suis pour eux le seul lien avec l'événement proprement dit, la seule personne qui puisse leur faire une description exacte de l'horreur qui régnait juste avant la tragédie et des heures terribles qui l'ont suivie, eux seuls peuvent me raconter comment ont réagi les gens d'ABN lorsqu'ils ont appris la nouvelle, du moins ceux qui aimaient Joe autant que moi. Il leur faut connaître les circonstances précises, les tenants et les aboutissants, replacer le drame dans sa « perspective » pour pouvoir l'accepter. Quant à moi, je veux savoir si le fait d'avoir été sur place au moment de la mort de Joe ajoute à ma douleur le chagrin de l'avoir vu disparaître. Dawn se rapproche, avide d'entendre les deux versions de cette histoire qui paraît irréelle maintenant. « L'un de nous s'est fait tuer, s'était écrié Nick Ringler ce jour-là en pleurant. L'un d'entre nous y est resté ! »

Selon eux, au studio, ce jour-là, ce fut un bel affolement.

« Le message en provenance du bureau de Jérusalem a été directement transmis là-haut, à la direction. Chez Grayson, je crois », m'explique Peter.

Si Peter avait appris la nouvelle, c'est parce qu'à ce moment-là, il se trouvait avec Elliot. L'équipe d'ABN au Liban était tombée dans une embuscade. Le télégramme qu'on avait reçu n'était pas très clair. Tout ce qu'on savait, c'est qu'il y avait plusieurs blessés.

« Personne n'était encore sûr de rien, poursuit Peter. On nous a dit d'attendre de plus amples informations. »

Lorsqu'il a été mis au courant. Grayson a appelé en bas. Il a donné l'ordre de basculer tous les télex et les télétypes dans la salle de rédaction au cas où les nouvelles arriveraient d'abord au rez-de-chaussée.

« Ça me rappelle le jour où, pour faire une farce, Joe avait arraché des mètres et des mètres de dépêches d'agence d'un téléscripteur qu'il avait enroulés autour des bureaux dans la rédaction. Ce soir-là, on avait bien failli ne pas pouvoir passer à l'antenne », déclare Jack avec un sourire nostalgique.

Je ferme les yeux. Pour eux j'essaie de reconstituer les événements tels qu'ils se sont succédé. Tout d'abord, Ringler avait accompagné la dépouille de Joe dans un tank Mirkeva de l'armée israélienne. Il ne l'avait abandonnée qu'en arrivant dans les faubourgs de Beyrouth, lorsqu'il avait été forcé de descendre du véhicule. Les restes de Joe avaient alors été transférés dans un camion blindé qui avait franchi la ligne de démarcation. Nick avait fait en Jeep le trajet jusqu'à Beyrouth. En arrivant à l'hôtel Commodore, nous nous étions tous précipités à la réception pour obtenir une ligne de téléphone. A l'employé affolé, Nick expliqua qu'il y avait eu un accident, que nous n'avions pas le temps de parcourir la ville en tous sens pour trouver une cabine. Du reste, elles étaient toutes détraquées. L'homme hésitait. Il ne pouvait détacher ses yeux de mon T-shirt maculé de sang. Finalement, Avi lui parla en arabe et lui ordonna de nous fournir une ligne. Après des siècles d'attente, l'employé nous fit savoir qu'il ne pouvait pas obtenir Jérusalem. Il y avait eu des bombardements dans le secteur et la plupart des lignes téléphoniques étaient hors d'usage. Ce que nous n'avons appris que beaucoup plus tard, c'est que l'équipe de télévision irlandaise qui se trouvait non loin de nous, dans les parages du camp de Sabra, avait déjà prévenu ABN à Jérusalem. Mais personne ne connaissait exactement le nombre des victimes. Obtenir des informations auprès du détachement de l'armée israélienne qui s'était trouvée sur le terrain, c'était quasiment impossible. Ce qui expliquait le contenu plutôt vague de la dépêche que Grayson avait eue en main.

« J'avais reçu une photo de Joe, soupire Agnès en s'essuyant les yeux. Une photo sur laquelle il est avec deux enfants palestiniens. Mignons comme tout...

— Le sort de ces enfants, c'est ce qu'il avait le plus de mal à supporter. Il leur apportait à manger et passait de longs moments à bavarder avec eux. » Comment expliquer à Agnès que, peu de temps avant de se faire tuer, il était allé dire adieu à un gosse atteint de méningite, condamné à brève échéance ? En revenant, il s'était précipité vers moi, il m'avait supplié de lui dire quelque chose, de lui parler, de faire n'importe quoi pour l'empêcher de trembler et de pleurer. Comment aurions-nous pu deviner que, quelques secondes plus tard, nous ne pourrions même pas lui dire adieu ?

« Je me trouvais dans la salle de montage. J'essayais de finir un reportage pour le montrer à Elliot avant le journal de 20 heures, me confie Jack. Quand je suis arrivé chez lui, je l'ai trouvé assis sur son bureau, un téléphone dans chaque main, en train d'aboyer des ordres à trois secrétaires qui se précipitaient pour répondre aux appels et transmettre les infos en provenance de la direction.

— Pour finir, Grayson est descendu au rez-de-chaussée au bout de deux heures avec un télex à la main, poursuit Peter. Il l'a tendu à Elliot et s'est laissé tomber dans un fauteuil. Toutes les personnes présentes dans la pièce sont restées figées sur place. On était trop choqués pour songer à partir.

— Elliot a simplement raccroché ses deux téléphones et il s'est mis à sangloter. Je m'en souviendrai toujours, ajoute Jack en secouant la tête.

— Tout le monde était pétrifié. Personne n'a prononcé un mot. Finalement Grayson a demandé qui il fallait prévenir, s'il avait de la famille, une femme, des enfants.

— Elliot avait retrouvé son calme. Il a expliqué à Grayson que Joe n'était pas marié, qu'il était homosexuel et qu'il avait un ami. J'ai de la peine à le croire, mais une fois mis au courant de la vie privée de Joe, Grayson s'est montré assez chic. Il a proposé d'envoyer quelqu'un au New York City Ballet pour annoncer la nouvelle à Garry Wainwright, l'ami de Joe.

— Comment tu t'es débrouillée pour nous faire parvenir ce télex ?

— Quand le bureau de Jérusalem a-t-il su exactement ce qui s'était passé ? demande Jack avant que j'aie le temps de répondre à Peter.

– A partir de ce moment-là, tout est allé si vite, dis-je. Comme un film qui passe en accéléré... »

À l'hôtel Commodore, régnait une ambiance apocalyptique. Des civils libanais étaient venus s'y réfugier en hâte. Dans les rues, les miliciens d'Amal tiraient sur tout ce qui bougeait. Nick et moi avions fini par renoncer à joindre le bureau de Jérusalem par téléphone. Nous avions décidé de suivre le conseil d'Avi : gagner l'immeuble voisin pour télexer aux États-Unis. Après avoir attendu que les tirs se calment un peu, nous nous sommes précipités hors de l'hôtel. En rasant les murs, nous sommes descendus jusqu'au bureau de télex qui était resté ouvert : les employés ne pouvaient pas quitter le secteur non plus. Nous avons adressé la dépêche directement à Grayson Daniel, ABN, New York. C'est ce télex dont une copie avait été envoyée au bureau de Jérusalem que Grayson avait tendu à Elliot.

JOE VALERI TUÉ PAR RPG 7 PRÈS CAMP SABRA-STOP-PAS D'AUTRES VICTIMES-STOP-VOUS CONTACTERONS DÈS NOTRE RETOUR À JÉRUSA-LEM-STOP-SOMMERS ET RINGLER-STOP.

Agnès qui vient d'écouter ce qui s'est dit avec une expression peinée, prend la parole à son tour, heureuse d'exprimer ce qu'elle a dû garder pour elle depuis ce jour-là.

« J'étais dans la cabine de maquillage quand le haut-parleur s'est mis à grésiller : quelqu'un avait une annonce à faire. »

Elle était descendue à la rédaction. Quelle n'avait pas été sa surprise de voir Elliot perché sur un bureau, levant les mains pour réclamer le silence et déclarant d'une voix brisée par l'émotion que Joe Valeri venait de se faire tuer environ cinq heures auparavant au Liban.

« Il est tombé à genoux sur le bureau et s'est mis à pleurer, ajoute Agnès à voix basse. Sur le moment, je ne l'ai pas cru. Je crois que personne n'y croyait. Toute la rédaction était plongée dans le silence. C'était comme si le temps s'était brusquement arrêté. Et puis on a pleuré. Tout le monde pleurait. »

Je serre la main d'Agnès et je sens les larmes me monter aux yeux. C'est encore trop proche.

« Moi, quand je suis sorti du bureau d'Elliot, enchaîne Peter, les gens allaient et venaient comme des fous. Ils assaillaient ce pauvre Elliot pour en savoir plus, les autres étaient trop choqués pour bouger.

– Où étais-tu quand ça s'est passé ? me demande brusquement Agnès.

– Juste à côté de lui. Mais je n'ai rien vu. J'ai entendu un bruit et quand j'ai levé les yeux, c'était fini. »

Il n'y a plus grand-chose à dire. Dawn a l'air un peu moins adorable. Elle s'esquive. Elle vient de comprendre que la télévision, ce n'est pas toujours aussi merveilleux que ce qu'on en dit.

« Tu es rentrée depuis quand ? interroge Peter.

– Voilà deux jours.

– Pour de bon, cette fois, j'espère ? commente Agnès en se mouchant bruyamment.

– Je ne sais pas encore.

– J'ai entendu dire qu'on allait t'y renvoyer. Mais il y a tellement de rumeurs qui courent ici...

– Je retournerai probablement en Israël, Jack, mais pas au Liban.

– Il y a une rencontre prévue à Washington entre notre gouvernement et les Israéliens. Elle commence après-demain. On en a parlé au journal hier soir. C'est toi qui la couvres ? »

Uniquement dans la mesure où *il* rentrera chez moi tous les soirs...

« Non, Peter, ce n'est pas moi qui m'en occupe.

– Ce Liban, encore un bourbier, comme le Viêt-nam ! conclut-il.

– Ah, voilà Elliot ! Il faut que je retourne au studio. » Il m'embrasse sur les deux joues. « Viens me dire au revoir avant de repartir, Maggie.

– Si tu passes, viens me voir aussi, renchérit Agnès qui me serre dans ses bras.

– J'ai mis de côté une copie de cette fameuse cassette à ton intention, me glisse Jack. Tu ne peux pas savoir combien de fois je me la suis repassée.

– Et moi donc ! J'en rêve encore la nuit. »

Jack s'en va en hochant la tête.

Pas un mot sur ma nomination pour un Emmy. De cela, je leur suis très reconnaissante. Pour ces trois personnes avec lesquelles j'ai travaillé depuis mon arrivée à ABN, cela n'a aucune importance. Nous avons laissé parler nos sentiments, nos émotions. Or les sentiments et les émotions n'ont rien à voir avec la télévision ni avec les nominations aux Emmy.

Surpris de me voir, Elliot hausse les sourcils puis sourit, ravi de me trouver devant la porte de son bureau. Sans un mot, il me prend par la main et m'entraîne à l'intérieur.

« Serais-tu venue ici pour me dire que tu voulais toujours de moi ? demande-t-il en refermant la porte.

— Je n'ai jamais cessé de vouloir de toi, comme ami. Tu seras toujours mon ami, Elliot. »

Il appuie sur le bouton de l'intercom. Je m'avance jusqu'à la fenêtre : les flocons tombent toujours. La neige tient maintenant sur les trottoirs, en contrebas.

Elliot, lui, est penché sur son intercom.

« Gladys, vous voulez bien nous apporter deux cafés et des beignets ? »

Il me jette un coup d'œil. « Qu'est-ce qui se passe, Maggie ? Tu n'as pas l'air dans ton assiette. Dis-moi... »

J'ai envie de raconter à Elliot que c'est à cause de ce qui est arrivé à Joe, mais à présent, ce n'est plus tout à fait vrai. Je pleure sur quelqu'un d'autre ou plutôt sur quelque chose d'autre : sur mon innocence mal placée, il y a de cela longtemps, dans les locaux de cette chaîne de télévision.

Soyons sincère.

« J'ai peur.

— De quoi ? Tu as tout ! »

Je lui fais signe que non. Les larmes me montent aux yeux.

« J'ai peur parce que ce n'est plus comme avant. Mon métier, le fait d'être envoyée en mission à l'étranger, tout ça n'a plus autant d'importance. J'ai changé. En fait, je ne suis heureuse qu'avec *lui*. Seulement, je ne suis pas sûre d'avoir raison. ABN a toujours été un peu ma seconde famille... »

Elliot attend que j'aie terminé et me serre dans ses bras. Gladys entre sans bruit dans le bureau, apportant le café et les gâteaux.

« Ça fait plaisir de vous revoir, glisse-t-elle timidement.

— Merci, dis-je en m'écartant d'Elliot. Vois-tu, Grayson a beau être un idiot et un mufle, il a raison. Ici, tout le monde est un peu de ma famille. Mais depuis que je suis tombée amoureuse d'Avi, ABN n'est plus seul à compter.

— Je suis jaloux. »

Nous buvons notre café dans un silence gêné. En levant les yeux au-dessus de mon gobelet, je remarque une photo de Frances James avec son œil de travers, qui trône sur le bureau d'Elliot. Il surprend mon regard et hausse les épaules.

« Je suis toujours marié avec elle, dit-il en manière d'excuse.

— Et tu le resteras toute ta vie.

— J'ai commis une erreur, je le sais bien, mais... »

Doucement, je pose mon doigt sur ses lèvres.

« Non, Elliot, ne recommence pas.

— J'imagine que je devrais être content pour toi, soupire-t-il. Heureux que tu aies trouvé quelqu'un...

— Et tu ne l'es pas ? »

Il sourit, s'approche de la fenêtre. La neige tombe dru à présent.

« Non, oui, je ne sais pas. J'avoue que je suis surpris de te savoir avec un militaire. J'avais toujours imaginé que tu finirais avec un patron de presse... enfin quelqu'un de notre monde. »

Tout en observant Elliot, je choisis les mots qui pourraient lui faire comprendre Avi Herzog.

« Mais justement, il appartient au même monde que moi. Il m'est plus proche que tous les hommes que j'ai pu connaître. »

Elliot me regarde, surpris.

« Un général israélien ?

— Je l'aime. Je le porte à l'intérieur de moi. Il fait partie de moi. C'est comme si je l'avais connu depuis toujours. Comme si on s'était connus dans une vie antérieure.

— C'est si grave que ça ? interroge Elliot en riant.

— Ce n'est pas grave. C'est bon.

— Alors, dans ce cas, je suis content. Je suis sincèrement heureux pour toi, Maggie et... »

La sonnerie du téléphone l'interrompt.

« C'est pour toi », dit-il en me tendant l'appareil.

Au bout du fil, Cara a l'air complètement affolé. Entre deux sanglots, trois éternuements et les hurlements de ses enfants, elle essaie de m'expliquer ce qui vient de se passer. Enfin, elle parvient à se calmer suffisamment. Jonesie l'a appelée quelques minutes auparavant alors qu'elle s'apprêtait à partir pour me rejoindre à ABN. Apparemment, Alan Sommers ne s'est pas rendu à son bureau ce matin. Il est resté dans l'appartement pour faire ses valises. Et profitant de ce qu'il descendait à la cave pour chercher d'autres sacs, Vera s'est enfermée dans sa chambre. Jonesie s'est rappelée ce qui s'était passé la dernière fois. Elle a pris peur. Il est remonté, il a vu que Jonesie était incapable d'entrer dans la chambre mais il n'a rien voulu savoir. Jonesie l'a supplié d'enfoncer la porte. Alan a quitté l'appartement. Ne sachant plus que faire, Jonesie a appelé Cara.

« Jonesie a prévenu la police ? »

Elliot me regarde, intrigué.

« Elle attend nos instructions.

— J'y vais, dis-je. Demande-lui d'avertir la police. Il te faut combien de temps pour aller là-bas ?

— Avec le temps qu'il fait, une heure au moins. »

En raccrochant, je sens mon cœur qui cogne.

« Qu'est-ce qui se passe ? »

J'aspire une grande goulée d'air.

« Je crois que ma mère a pris une overdose.

— Pourquoi ? »

J'essaie de reprendre ma respiration. En vain. J'éclate en sanglots et je me cache la tête dans l'épaule d'Elliot.

« Parce qu'elle croit qu'elle n'est pas capable de vivre sans mon père. Il vient de la quitter. »

Elliot est pâle.

« Qu'est-ce que je peux faire ?

— Rien. Il faut que j'y aille.

— Tu veux que je t'accompagne ?

— Non, ce n'est pas la peine. Cara et moi devons nous retrouver là-bas. »

Elliot m'aide à enfiler mon manteau.

« Tu m'appelleras si tu as besoin de quelque chose ? »

Je suis pétrifiée, incapable de comprendre ce qui se passe.

« Oui. Merci, Elliot. Je t'appellerai. »

Peu importe la famille que nous avons, nous sommes tous des morts en sursis. Recroquevillée sur la banquette du taxi, ces mots résonnent dans ma tête. Le trajet me paraît interminable. La neige tombe à gros flocons serrés, obligeant la voiture à rouler très doucement : elle glisse et dérape sur la chaussée bourbeuse. Une dépanneuse jaune qu'on distingue à peine, tant la visibilité est mauvaise, nous barre le passage au beau milieu de la rue. Elle est venue remorquer une voiture en panne.

« Vous ne pouvez pas faire demi-tour ? Sortir de la 57e ?

– Écoutez, ma p'tite dame, grogne-t-il en se tournant vers moi. Vous croyez p't-êt' que ça m'amuse d'être dans la 57e? Si je pouvais ne jamais la revoir, ce serait pas de refus! »

A quoi bon discuter? A en juger par l'embouteillage, il est évident qu'aujourd'hui tout le monde est à cran. Plutôt songer à la famille, à *ma* famille : quelle dérision! Avoir été si loin d'elle, si loin de cette ville – si *distante* dans tous les sens du terme – des mois durant et me retrouver brutalement en pleine tempête de neige fonçant droit vers une catastrophe probable! Il y a de quoi vous mettre les nerfs en boule. En ce moment précis, Beyrouth m'apparaît aussi loin que l'appartement de ma mère.

La synagogue Emmanuel se découpe au loin, alors que nous sortons du parc : bastion de la tolérance divine pour le croyant marginal, approche capitaliste du judaïsme, temple où les dons généreux compensent le peu de ferveur dans la foi. Mon père s'y rendait une fois par an pour Yom Kippour, la plus sacrée de toutes les fêtes juives. C'était le seul jour où il rendait hommage à son passé, à ses origines, avant que l'argent ne devienne son unique religion. Il nous y emmenait rarement. Il préférait nous inviter au centre de théosophie où l'on proposait à des gens comme lui de longues conférences aussi abstraites que vagues. On partait « à la recherche de son âme ». Ça n'en finissait plus. Suivaient d'interminables discussions pleines d'ennui. Un jour, après avoir entendu un sermon particulièrement soporifique sur la théorie des cercles concentriques ou sur la compartimentalisation de la vie, Cara résuma fort bien la chose. Selon elle, il s'agissait d'apprendre aux gens à rester soigneusement *entre eux*. Pas question de mélanger les torchons et les serviettes. Mais ce soir-là, quand, devant nous, quelqu'un lui demanda s'il était juif, mon père résuma – sans le vouloir – beaucoup mieux la situation. « Mes enfants sont anglicans, répondit-il, nous poussant en avant à cause de nos nez impeccablement rectilignes. Ma femme est orthodoxe et je suis avocat. Voici ma carte. »

Cara était mortifiée, j'étais folle de rage. Et notre façon de réagir mit mon père hors de lui.

« Si tu n'es pas contente, tu peux aller voir ailleurs! Tu gagneras ta croûte toute seule! » Cela à mon adresse. Puis il se tourna vers Cara. « Quant à toi, tu ferais mieux de surveiller ta ligne. Ou bien trouve-toi quelqu'un qui t'entretienne! »

Finalement, je me rends compte que nous avons toutes deux suivi ses conseils. A la lettre.

Voilà six fois que les feux passent du rouge au vert et nous n'avons pas bougé d'un pouce. En regardant ma montre, je m'aperçois qu'une demi-heure déjà s'est écoulée depuis l'appel de Cara.

« Je vous en supplie, dis-je en me penchant vers le chauffeur. Je suis vraiment très pressée!

– Tout le monde est pressé, ma p'tite dame, réplique le taxi en bâillant. Détendez-vous, on finira bien par y arriver!

– Vous auriez une cigarette?

– Naturellement. » Il me tend un paquet. « Servez-vous. »

Tandis que le taxi s'ébranle, je me rends compte que, pour Cara et moi, il n'a jamais fait aucun doute que nous étions une famille comme les autres. Les éclats de voix que nous entendions derrière la chambre de nos parents nous étaient aussi familiers que les bruits de vaisselle qui nous parvenaient tard le soir. Mais quand les disputes cessaient – elles finissaient toujours par cesser – la vie ne changeait guère. Faut-il en déduire que les enfants sont en fin de compte peu exigeants ou qu'il nous suffisait de savoir que les problèmes de nos parents ne nous atteindraient jamais?

« J'étais si pauvre que je me nourrissais de tablettes de chocolat, aimait à répéter mon père pour notre édification.

– Les bolcheviks ont uriné sur tous les tapis persans de votre grand-mère », nous serinait ma mère.

Nous savions toutes les deux que jamais la « racaille » ne viendrait se soulager sur les innombrables tapis de notre appartement de la Cinquième Avenue et que toujours nous aurions de quoi manger. Mais, à la différence de Cara, pour moi, la faim, la pauvreté cessèrent d'être des abstractions à partir du jour où – professionnellement et quotidiennement – je les ai côtoyées.

Dans le fond, ce dernier « coup » de ma mère n'est peut-être qu'un ultime effort de sa part pour nous prouver combien Alan la fait souffrir. Mais s'il ne s'agit pas d'un chantage, je me demande comment Cara pourra le supporter. Maggie a toujours été la plus forte. Du moins, c'est l'opinion généralement partagée. Si seulement Cara et moi étions plus proches! Si seulement nos parents ne s'étaient pas acharnés à nous opposer par calcul (diviser pour mieux régner)! Une enfant difficile, révoltée, rien à dire. Mais deux! Les gens auraient pu se poser des questions... Dans la vie, nous avons commencé – instinctivement – par nous serrer les coudes; nous avons partagé les mêmes émotions – même si nous sommes passées par certains stades de rivalité. Entre sœurs, quoi de plus normal? On se lançait des injures, des mots de haine, on allait casser les jouets de l'autre. On allait même jusqu'à souhaiter sa mort. Mais plus on grandissait, plus la goujaterie d'Alan nous sautait aux yeux, moins la névrose de Vera passait inaperçue. Chacune avait tendance à se replier sur soi, à se retrancher dans son propre univers pour essayer de s'en sortir. L'explication finale n'a jamais eu lieu. Alan a convaincu Cara qu'elle était médiocre, dépourvue de charme et sotte ou peu s'en faut. Bref, que d'une fille comme elle, on ne pouvait attendre qu'une chose : la soumission. Blonde, les yeux bleus, les traits fins, belle comme la Vénus de Botticelli, Cara était la féminité même. Du charme, elle en avait à revendre. Elle s'intéressait à beaucoup de choses : dès son plus jeune âge, elle avait dévoré les livres. « Ils remplissent un vide, expliquait-elle. Ils me permettent de m'évader dans un monde meilleur. »

Si elle avait finalement accepté avec joie de se mettre sous la coupe de ma mère, c'était compréhensible. Vera feignit de s'intéresser à elle parce que toutes deux y trouvaient leur compte. Soutiens-moi, je t'aimerai.

« J'ai eu le tableau d'honneur, avait fièrement annoncé Cara, un soir, au cours du dîner.

– Bravo, c'est très bien, s'était écriée ma mère.

– Je suppose que tout le monde l'a eu, déclara mon père sans même lever les yeux de son assiette.

– Pourquoi faut-il toujours que tu sois méchant? » avait hurlé Cara en quittant précipitamment la table.

Ce sont des choses dont je n'ai jamais osé parler avec mon père. Mais il faut dire qu'avec lui les problèmes ne manquaient pas. Il me reprochait de ne pas être comme les autres, d'être une révoltée, une allumeuse. Le jour où le dentiste me caressa les seins d'une main pendant qu'il me soignait une carie de l'autre, j'en parlai à mon père.

« Tu l'as bien cherché, répliqua-t-il, hargneux. D'ailleurs, tu as la tête à ça! »

A quinze ans, cette remarque me laissa sans voix. Le Dr Levy m'avait pelotée alors que, la bouche grande ouverte, je bavais abondamment! Mais lorsqu'un après-midi Cara rentra du jardin en toute hâte en annonçant qu'on lui avait volé sa bicyclette, mon père l'interrogea pendant des heures jusqu'à ce qu'il fût convaincu que le voleur n'avait pas tenté d'abuser d'elle. Vera soutint que, si mon père la tourmentait, c'était parce qu'elle était vulnérable. Mon père répliqua que, s'il avait tant insisté, c'était parce que le voleur de bicyclette était portoricain. Mon dentiste amateur de jeunes tendrons était juif. Un dentiste juif ne pouvait tenter d'abuser d'une enfant que s'il avait été provoqué. CQFD.

J'ai vécu mon adolescence comme on subit une longue peine de prison. En comptant les jours, les mois, en ne rêvant que de devenir adulte, libre, capable de m'en sortir seule. Et j'avais la tête tellement pleine de projets, d'idées, d'espoirs que les jours et les mois passèrent comme un rêve et que, brusquement, je m'aperçus que ma jeunesse s'était enfuie. Nous avions un lieu secret, Cara et moi : la salle de bains. Il suffisait d'ouvrir les robinets en grand pour couvrir nos conciliabules furtifs.

« J'en ai marre, soupirait-elle, si tu savais! Enfin, mieux vaut faire semblant de lui obéir... »

« Vous devriez arrêter de fumer, ma p'tite dame, lance le chauffeur de taxi. Vous toussez beaucoup trop.

— Je ne fume pas, dis-je, m'étouffant à moitié en tirant sur ma cigarette.

— Elle fume pas qu'elle dit! Ça, c'est la meilleure! Le clope au bec, elle dit qu'elle fume pas!

— Je veux dire que je n'ai pas l'habitude de fumer. Je fume parce que je suis énervée.

— La vie est trop courte pour s'énerver », conclut philosophiquement le chauffeur.

Trop courte, il ne croit pas si bien dire. Plus courte encore qu'il ne pense...

Un jour, après une dispute particulièrement atroce avec mon père, ma mère nous avait expliqué – sans doute pour excuser son mari : « Chez l'homme, le désir, c'est comme une douleur physique. Tant qu'il ne l'a pas satisfait, il souffre.

— S'agit-il d'une certitude ou d'une probabilité ? avais-je demandé.

— C'est comme ça parce que c'est comme ça », fut la réponse.

Je compris que – quelle que fût la mystérieuse nature de ce désir –

nous en étions responsables, puisque c'était nous qui le déclenchions. Il nous incombait donc de le satisfaire. Sinon, il fallait accepter que les hommes aillent se soulager ailleurs.

« Pour eux, ça ne porte pas plus à conséquence que d'aller boire un verre en sortant du travail », affirmait ma mère.

Elle s'efforçait de le croire : c'est ce qui la faisait vivre.

« Je vous ai pas déjà vue quelque part ? demande le chauffeur. Ou alors, je vous ai peut-être déjà chargée, non ?

— Non, je ne crois pas », dis-je en remontant le col de mon manteau.

Le concert de klaxons qui se déchaînent autour de nous le distrait momentanément. Il se penche par la portière et apostrophe un automobiliste :

« Qu'est-ce tu veux que j'y fasse ? Je peux pas voler, quand même! Pas la peine de t'exciter comme ça, pépère! La vie est trop courte pour s'énerver. »

Je bondis.

« Si vous dites ça encore une fois, je me mets à crier! »

Il se retourne.

« Au cas où vous ne le sauriez pas, je vous l'apprends : vous criez déjà, ma p'tite dame. Prenez plutôt une autre cigarette et calmez-vous.

— J'en veux pas de vos cigarettes, dis-je, luttant contre les larmes qui me piquent les yeux. Ce que je veux c'est arriver à l'angle de la Cinquième Avenue et de la 83ᵉ. Alors, je vous en supplie, dépêchons! »

Quand je songe à la façon dont mon père *tenait* ma mère, je pense aussitôt à l'histoire du poulet et des diamants. Dès que mon père repérait la moindre goutte de sang en découpant le poulet rôti. Il s'emparait du volatile et le balançait à travers la pièce.

« Tu n'es même pas capable de cuire correctement une volaille, rageait-il. Et moi qui te donne tout ce que tu veux! »

Ma mère quittait la table en larmes, se précipitait dans sa chambre et jetait ses diamants par la fenêtre.

« Voilà ce que j'en fais de tout ce que tu m'as donné! » hurlait-elle. Jonesie, sans s'émouvoir, nettoyait la pièce tandis que Cara et moi nous précipitions au rez-de-chaussée pour récupérer les bijoux.

« Le poulet n'était pas assez cuit ? » demandait alors le concierge, invariablement.

Aujourd'hui le concierge a le teint verdâtre. Tout en m'aidant à

descendre du taxi, il m'informe : « Les pompiers et la police sont
là-haut... » Sur un ton vaguement interrogatif : visiblement, il attend
que je lui explique.

« Merci », dis-je, me précipitant dans le hall de l'immeuble. En
montant dans l'ascenseur, le commentaire de mon père me revient en
mémoire.

« Ce genre de mise en scène a cessé de m'impressionner. C'est du
cinéma de mauvaise qualité. »

Sans doute. Mais pourquoi Vera Sommers a-t-elle avalé trente
comprimés de digitaline, chacun dosé à 25 milligrammes ? Un
médicament habituellement prescrit à petites doses, pour ralentir la
conduction auriculo-ventriculaire et stimuler le muscle cardiaque en
cas de cardiopathie. C'est ce que m'apprennent les deux pompiers
que je trouve dans l'appartement. Jonesie s'est finalement décidée à
appeler en même temps les pompiers et la police.

Et ces braves gens sont arrivés en un temps record avec leur
matériel de premiers secours. Ils ont trouvé le flacon – vide – à côté
du lit de Vera. Un flacon destiné à Keith Robinson, le mari de
Jonesie. Keith a eu des ennuis cardiaques, il y a quelques mois. Il ne
s'est jamais servi de ces pilules, Jonesie en est sûre. D'ailleurs son
mari est parti en convalescence en Alabama. Le climat semble lui
convenir puisque son état s'est amélioré. Tout cela n'a d'ailleurs
qu'une importance très secondaire : le fait est là. Par terre, la
bouteille est vide, le bouchon sur la table de nuit. Quant à
l'explication, il ne fait aucun doute qu'elle se trouve dans l'élégante
enveloppe en vergé rose qu'on a posée contre le flacon de parfum Joy
et sur laquelle figure la mention « A QUI DE DROIT ». Le tout sur la
commode anglaise XVIIIe, en bois peint, celle où ma mère range sa
lingerie. Je glisse la lettre dans ma poche. Ce n'est pas vrai. Je ne
peux pas y croire.

Il y a moins d'une minute, on a découvert Vera sur le carrelage de
la salle de bains, agrippée au siège des W.C., râlant avec d'immondes
gargouillis.

« Maman ! » Je me précipite vers elle.

Les pompiers me repoussent sans ménagement. D'après ce qu'ils
me disent, mais je ne suis pas sûre de bien comprendre, à forte dose,
la digitaline ne pardonne pas. Elle déclenche – entre autres choses –
des nausées...

Je m'entends crier.

« Entre autres choses ?! Mais qu'est-ce qu'elle provoque ? »

La pièce se met à tourner autour de moi.

L'un des pompiers – celui qui mâche un chewing-gum – au lieu de répondre, étend ma mère sur la descente de lit et lui plonge une seringue dans l'avant-bras, une seringue avec un tuyau de caoutchouc marron.

« Qu'est-ce que vous faites ? »

Je suis penchée au-dessus d'eux. Ils ne lèvent même pas les yeux.

« Quinidine, répond-il, le souffle court. Un antidote. »

J'ai failli avancer la main. Sa robe de chambre s'est ouverte, découvrant les seins. Je me sens prise d'une envie de vomir.

Jonesie, le visage tiré, baigné de sueur, se précipite dans la chambre et me broie la main dans les siennes.

« Y a pas un seul homme sur terre qui mérite qu'on meure pour lui.

– Maman n'est pas morte, dis-je posément. Elle va s'en sortir.

– Pas cette fois, se lamente-t-elle. Ce coup-ci, c'est le dernier. Elle va y passer !

– Tais-toi, Jonesie ! Je t'en supplie, tais-toi ! »

Elle me serre de toutes ses forces dans ses énormes bras et murmure : « Pauvre enfant ! Ma pauvre enfant ! »

L'un des policiers renverse la tête de ma mère en arrière pour lui faire du bouche à bouche. Pendant ce temps, l'un des deux pompiers, celui avec la coiffure rasta, est en train de brancher deux fils électriques qu'il place directement au-dessus du cœur.

« J'essaie de le remettre en marche, crie-t-il à son collègue. Je ne sens plus son pouls. Continue le bouche à bouche, continue ! »

Tout tourne et s'estompe dans la pièce, les bras, les jambes, la trousse de secours, les bonbonnes, les fils, les tubes. La pathétique silhouette de ma mère elle-même devient floue. Je me laisse aller contre Jonesie. Je sens que je vais tourner de l'œil.

« Donne-lui deux chocs.

– Tu as trouvé la veine ?

– Continue, vas-y, appuie. On n'a plus que trois minutes ! »

Ma mère est ballottée, secouée en tous sens comme une poupée de chiffon par ces quatre hommes qui s'efforcent de lui réinsuffler la vie. Pourtant, même à travers mes larmes, je vois bien qu'il est déjà trop tard. La vie l'abandonne si vite que la course contre la montre est déjà perdue.

« Souffle, hurle l'un des policiers, t'arrête pas!

— Pique-lui une autre veine et file-lui une ampoule d'atropine.

— Je vous en supplie, je vous en supplie! » C'est tout ce que je trouve à dire.

Le pompier qui lui massait les côtes aussi régulièrement qu'un métronome s'écarte. Son collègue plante une seringue dans le bras de ma mère.

« Continue à masser, continue! La tension baisse. Je la sens plus du tout!

— Dieu du ciel! » sanglote Jonesie.

Je crie.

« Non, ne la laissez pas!

— Elle n'a plus de pouls.

— Lésion au cerveau : ça fait plus d'un quart d'heure.

— Laisse tomber, c'est cuit.

— Non, ne la laissez pas! »

Je me précipite vers eux. « Faites quelque chose!

— Elle est mal en point », commente l'un des policiers qui m'empêche d'approcher.

Ses traits sont méconnaissables. Vera a le visage tuméfié et bleu. Je sens que plusieurs personnes me soulèvent et m'emportent. On me regarde avec commisération, on m'aide à me tenir debout. Cara fait irruption dans la pièce. Elle a encore des flocons de neige sur les cils, sur ses cheveux blonds. Son visage est barbouillé de larmes. Elle jette un coup d'œil à maman et pousse un gémissement qu'elle étouffe dans sa main délicate. Elle se laisse tomber dans mes bras en sanglotant. « Je t'aime, Maggie. Ne nous disputons plus!

— Non, Cara, dis-je, plongée dans une sorte d'hypnose. La vie est trop courte pour ça! »

C'est fini. Il n'y a plus rien à faire, sinon enlever les tubes, débrancher les fils, tout replacer dans la mallette de secours rouge marquée « PREMIERS SOINS ». Le policier qui lui a fait du bouche à bouche est assis sur la moquette et s'applique à reprendre son propre souffle. « Je suis désolé », dit-il à mi-voix.

Les talkies-walkies que les pompiers portent à la hanche se mettent à grésiller. Une autre urgence ailleurs — quelque part où il reste encore un peu d'espoir. En se baissant pour ramasser leur matériel, ils ont l'air si malheureux que j'ai envie de les consoler, de leur dire qu'ils ont fait ce qu'ils ont pu. Et, bien que nous soyons eux et moi liés désormais d'une façon un peu macabre – ce sont des souvenirs qui vous marquent – je n'arrive pas à trouver les mots qu'il faudrait. Peut-être que, si la journée recommençait, si je sortais de cette pièce et si je revenais à l'appartement, je la trouverais assise dans son lit en train de lire son journal en langue russe, celui qu'elle dévorait tous les matins, quoi qu'il arrive. En fermant les yeux et en les rouvrant très vite, je découvrirais peut-être que rien ne s'est passé.

Dans la vie, il est des pertes qui sont irréparables. Cara pleure, la tête enfoncée dans mon épaule, me labourant le dos de ses ongles. Jonesie s'échappe de la chambre en courant. Elle pousse un cri perçant. Un cri horrible qui, je le sais, me poursuivra pendant des années.

« La défunte, interroge le policier, c'était votre mère ? »

Il me faut une bonne minute pour comprendre ce qu'il me dit. La défunte dont il parle est bien ma mère, même si l'on emploie déjà le passé pour parler d'elle. Si seulement la transition de la vie à la mort n'était qu'une question de grammaire ! S'il suffisait d'une minuscule correction pour renverser le processus tout entier ! « Excusez-moi. Vous avez fait une erreur de conjugaison. *C'est* ma mère. »

En me regardant, il se croit obligé de prendre une expression de circonstance.

« Je suis navré, mais j'ai besoin de savoir son nom et son âge pour remplir ce formulaire. Le suicide est du ressort de la police. »

Bizarre tout de même : Vera Sommers qui n'a jamais eu de contravention de sa vie, ne serait-ce que pour un stationnement, a mis un terme à sa vie en commettant un acte que la loi condamne. Un geste répréhensible, un délit passible de quoi, au fait ? De mort ? Du reste, je ne vois pas pourquoi on fait tant d'histoires. Les rues de New York sont jonchées de moribonds. Au Liban, c'est par camions entiers qu'on déverse les cadavres sans la moindre cérémonie dans des fosses béantes.

Les pompiers soulèvent doucement la poupée de chiffon dont les bras et les jambes ballottent et la déposent sur le lit défait. Ils la couvrent avec un drap en métis à jours. Elle a dû en acheter une paire en janvier dernier à la saison du blanc dans un grand magasin de la Cinquième Avenue. Ironie du sort : moins d'un an après, il sert à recouvrir son corps sans vie. A-t-elle vraiment l'air surpris ou

est-ce moi qui l'imagine ? Est-elle vraiment étonnée d'avoir accompli
cet acte horrible ? Allez, maman, dis que tu le regrettes : on te
redonnera ta chance. Un ou deux mots d'excuse et tu pourras te
lever. Rappelle-toi : c'est exactement ce que tu nous disais quand
nous étions petites et que nous croyions faire partie d'une famille
comme les autres. Je m'enfouis le visage dans les mains. Je m'efforce
de retenir les mots que j'ai envie de crier et qui font la sarabande
dans mon crâne. Lorsqu'on se noie, dit-on, on revoit toute sa vie
défiler en un éclair devant ses yeux. Pourquoi ne dit-on jamais que,
lorsque son père ou sa mère meurt, on entend comme en écho la
moindre de ses paroles jusqu'à ce que le silence, plus éprouvant
encore que ces mots, les recouvre de son néant cotonneux ? Désormais, d'elle, je n'aurai plus que des souvenirs. Tout futur, toute
évolution ont stoppé. J'aspire une grande bouffée d'air et je demande
à Cara : « Où est Steven ? » Elle n'a pas la force de tourner la tête.
Son visage est enfoui contre le mien. Elle pleure comme si son cœur
allait se briser. Nul doute d'ailleurs qu'il ne se brise, comme le mien,
mais dans l'immédiat il reste des tâches à accomplir.

« ... A l'hôpital, parvient-elle à hoqueter.

— Vous pouvez venir avec nous dans la pièce voisine ? demande
l'un des policiers.

— Cara, dis-je, je veux bien t'aider, mais je t'en supplie, viens avec
moi dans le salon. »

L'autre policier s'avance pour nous soutenir. On peut encore s'en
sortir seules. Cara renifle. Je la pilote comme une aveugle dans le
couloir jusqu'au salon où elle s'affale dans un fauteuil.

« Je t'aime, Maggie, s'écrie-t-elle en s'essuyant les yeux.

— Moi aussi, je t'aime, Cara. » Je me demande pourquoi il faut
une catastrophe d'une telle ampleur pour que le courant passe enfin
entre nous.

« Je vais voir ce que devient Jonesie. J'en ai pour deux
minutes. »

Je la trouve à genoux dans la cuisine. Le spectacle de son grand
corps agenouillé devant le lave-vaisselle a quelque chose de surréa-
liste. Mais tout ce qui se passe ici aujourd'hui l'est plus ou
moins.

« Oh, Maggie, se lamente-t-elle, qu'est-ce qu'on va devenir ?

— Je n'en sais rien, ma pauvre Jonesie, dis-je en lui caressant la
joue. Viens t'asseoir avec nous au salon. »

Elle se lève laborieusement.

« Je travaillerai pas pour lui et cette Loretta !

– Loretta ? Qui est-ce ?

– La femme qui est avec votre père, si vous voulez savoir. Je resterai pas dans cette maison », affirme-t-elle.

Je pose mes mains sur ses robustes épaules.

« Explique-moi de quoi il s'agit. Je ne comprends pas. »

Mais j'ai très bien compris.

« Toutes ces dernières années, chaque fois que votre maman sortait ou qu'elle allait passer la nuit chez votre sœur, il l'amenait ici. Il croyait que je m'en fichais, mais il se trompait. Si j'ai jamais rien dit, c'est que j'avais peur de ce qui pourrait arriver. Mais c'est arrivé quand même, conclut-elle en pleurant.

– Pourquoi ne nous as-tu pas prévenues, Cara ou moi ? dis-je, prise d'une soudaine nausée.

– Cara a déjà bien assez de soucis avec ses enfants et vous, vous n'étiez jamais là. »

Ainsi, c'est elle ! Cette Loretta qui a enfoncé le dernier clou dans cette espèce de cercueil qu'était devenu leur mariage ! L'amener chez lui, chez sa femme, dans le lit de sa femme ! Vous en connaissez, vous, des hommes qui font ça ?

« Ma femme est absente, m'avait dit un jour un ami. Viens passer le week-end chez moi à la campagne. »

Et j'y étais allée parce qu'il avait un charme fou et qu'à l'époque je faisais preuve d'un optimisme forcené. Dès l'instant où la voiture s'engagea dans l'allée privée qui menait à la propriété, je sus que c'était fichu : gravé dans le muret de pierre, j'aperçus « LEBO ». Ce sigle attendrissant était la contraction de leurs deux prénoms : Léa et Bob. Mais je n'étais pas au bout de mes peines. Assise dans la cuisine tandis que le suffixe de LEBO préparait les cocktails, la vue des casseroles, des poêles, des tabliers, des livres de cuisine et des torchons du préfixe m'emplit de culpabilité. Si bien qu'une fois dans le lit conjugal – de son côté à elle, évidemment – le suffixe eut autant de mal à me pénétrer que s'il avait eu la fantaisie de s'escrimer sur les tulipes séchées disposées sur la table de nuit parmi les crèmes, les lotions et les parfums. Cette intrusion dans mon corps n'était rien, comparée à mon intrusion dans sa vie privée. « Vous en connaissez, vous, des hommes qui font ça ? » Son insensibilité n'avait d'égal que mon désespoir. Ce jour-là, j'avais eu besoin d'un homme, ne fût-ce qu'un moment, même s'il ne m'appartenait pas vraiment.

« Mon mariage part à vau-l'eau », me confia le suffixe.

Allons donc! Son mariage était aussi solide qu'un roc : LEBO était gravé dans la pierre.

Ce fut Cara qui me consola. « Tu ne devrais jamais avoir de liaison avec un homme qui refuse de te donner le numéro de téléphone de son domicile », me conseilla-t-elle.

Je lui en fus reconnaissante quoi qu'il m'en ait coûté. Aussi, comment pourrais-je blâmer cette Loretta que je ne connais pas, dont je ne sais pas ce qu'elle peut attendre de mon père ? Je ne devrais pas lui en vouloir. Mais c'est plus fort que moi. Je lui en voudrai jusqu'à la fin de mes jours.

Soudain un gouffre s'entrouvre sous mes pieds, m'aspire dans les ténèbres où je m'engloutis. C'est du moins l'impression que j'ai en entendant une voix que je ne reconnais pas expliquer aux pompiers qu'il n'est pas nécessaire de transporter le corps à la morgue. Cette voix, c'est la mienne. « Nous allons avertir notre médecin et les pompes funèbres s'en chargeront. »

« Enlèvement par les pompes funèbres », répète le pompier dans son talkie-walkie. Son collègue l'attend sur le seuil. Il replie la civière qu'il porte avec le reste du matériel jusqu'à l'ascenseur.

« Désolé de n'avoir pas pu mieux faire, lance-t-il, mais avec trente comprimés de digitaline, elle ne plaisantait pas...

— Navré, interrompt l'un des policiers, mais il faut quand même que je fasse mon rapport.

— Naturellement. Oui, je m'appelle Maggie Sommers. Et merci de vous être dérangé.

— C'est sûrement un choc terrible pour vous. C'était votre mère. » A nouveau l'imparfait. Mais, je vous en supplie, ne mentionnez pas qu'il s'agit d'un suicide!

« Pouvez-vous m'indiquer son nom et sa date de naissance ? »

Pourquoi est-ce si difficile de lui dire son nom et son âge?

J'ai la vision de sa tombe : 7 OCTOBRE 1918 – 29 DÉCEMBRE 1982. Serait-ce impossible de graver dans la pierre qu'en réalité, durant sa vie, elle a subi la mort des centaines de fois? Serait-il absurde de demander qu'on mentionne sur sa tombe chacune des dates où elle est « morte », en petits caractères évidemment, jusqu'à celle-ci – l'ultime – qui figurerait tout en bas? Oh, maman, si seulement tu avais attendu un jour de plus, tu aurais pu connaître Avi! Avi qui arrive demain à New York. Déjà, un jour trop tard. Jamais il ne verra ma mère. Le simple fait de penser à lui, sans doute : je ne retiens plus mes larmes. Cara me prend la main.

« Tiens bon, Maggie », souffle-t-elle.

Les deux policiers – l'un s'appelle Ghorty, l'autre Rambusto – sont de braves gens.

« Votre praticien n'aura qu'à nous envoyer le certificat de décès. Il connaît la procédure. Moi, je vais simplement marquer qu'elle est morte d'un arrêt du cœur.

– Merci, dis-je en me mouchant violemment.

– C'est très gentil à vous, ajoute Cara d'une voix brisée.

– Bon, ben, on va vous laisser maintenant si vous êtes sûres de n'avoir plus besoin de nous », déclare Ghorty.

Je m'essuie les yeux et bafouille : « Non, non, on se débrouillera. Merci encore.

– Je vous raccompagne », propose Cara en hôtesse accomplie. Jonesie leur emboîte le pas.

Lorsqu'elle revient dans la pièce, Cara ressemble à une bête sauvage. Ses narines frémissent, ses yeux bleus lancent des éclairs.

« Jonesie vient de me mettre au courant pour cette... Loretta.

– Ça te surprend?

– Non. Ça m'écœure. Manquer de pudeur à ce point! L'amener ici! Il ne prenait même pas la peine de séparer les choses! C'est cette procession de femmes qui l'a tuée. Je ne lui pardonnerai jamais.

– Y a pas eu *procession*, rectifie Jonesie. Y a jamais eu que Loretta! Depuis que vous êtes petites, toutes les deux. »

Ainsi, il s'agit d'une vieille histoire!

« Je me demande si c'était déjà elle ce fameux dimanche de Pâques et le jour où maman était à l'hôpital? »

Cara me regarde, inquiète.

« Maggie, tu es verte!

– J'ai peut-être attrapé la grippe, pour tout arranger. Tu crois qu'il pourrait s'agir de la même?

– Laquelle?

– Tu sais, celle avec laquelle il était quand on était petites.

– Pour moi, c'est sûr, déclare Jonesie. Aussi loin que je me souvienne, c'était déjà elle.

– Je ne lui pardonnerai jamais », répète Cara en fondant en larmes.

Je me précipite vers elle.

« Tu ferais mieux d'appeler le Dr Mandel. Moi, je vais téléphoner à Steven », ajoute-t-elle en reniflant.

Mais à peine ai-je tourné les talons qu'elle m'agrippe le bras.

« Oh, Maggie, sanglote-t-elle. Qu'est-ce qu'on va devenir ? »

La question est loin d'être simple. Quant aux réponses, elles sont aussi nombreuses que variées. Pour l'instant, j'essaie de me concentrer sur l'aspect pratique des choses. Il s'agit de faire face à une situation particulière : maman est allongée sur son lit, ce qui n'a rien d'extraordinaire en soi, même s'il est 2 heures de l'après-midi. Mais il se trouve qu'elle est morte. Comme j'ai, de par ma profession, déjà eu affaire à cet aspect sordide de l'existence, je sais ce qui m'attend. A quoi bon me le cacher ? Le pire est encore à venir. Il serait à la fois inutile et imprudent d'avertir Cara que le prochain épisode de ce cauchemar sera encore plus insupportable que le premier.

« Il faut essayer de tenir le coup et de se sortir de là.

– Maggie, répond-elle avec une expression bizarre, je crois qu'on a oublié quelque chose.

– Quoi donc ?

– Il faudrait quand même prévenir papa, tu ne crois pas ? »

Il n'est pas tellement surprenant que ni l'une ni l'autre n'y ayons encore pensé. Et encore moins surprenant que nous ne nous disputions pas pour le faire.

Cara a réussi à joindre Steven dans son service psychiatrique à l'hôpital de New York. La nouvelle l'a laissé sans voix. Mais il a rapidement retrouvé ses esprits. Il s'est d'abord inquiété de savoir comment nous allions.

« J'ai de la chance, commente Cara d'un air songeur. Il est si plein d'attentions.

– Comment se fait-il que tu lui en aies voulu à ce point quand vous étiez à Aruba ?

– Parce que je lui reprochais de me trouver à nouveau enceinte. C'était idiot.

– Tu veux un autre enfant ?

– Oui et non, répond Cara avec un pauvre sourire. Je voulais faire quelque chose dans la mesure où les gosses vont tous à l'école maintenant. Il faut croire que la perspective de travailler me terrifie. Au fond, pourquoi devrais-je changer de métier puisque je m'acquitte bien de celui-là ?

— Et qu'est-ce que tu penserais de changer de métier dans l'autre sens ? Passer d'une profession dont on s'acquitte bien pour devenir mère ? »

Cara me regarde curieusement.

« Tu y songes ?

— Peut-être, dis-je en baissant les yeux.

— En général, les femmes qui font ça ont plus de trente ans, ce qui signifie qu'elles en ont vraiment envie, que c'est un choix. »

La nouvelle a stupéfié le Dr Mandel. Il m'a promis d'être là dans la demi-heure qui suivait.

« Il pleurait presque au téléphone. Je ne m'étais jamais rendu compte à quel point il était attaché à maman.

— Il la connaît depuis toujours ou presque, explique Cara.

— Je sais. Mais enfin, tout de même, il est médecin !

— Qu'est-ce qu'il a dit ?

— Justement. Il pouvait à peine parler. Il a bafouillé quelque chose. J'ai entendu qu'il demandait à Loretta d'annuler tous ses rendez-vous de l'après-midi. »

Cara fronce les sourcils.

« Loretta ? Qui est-ce ?

— Son assistante. »

Je n'avais même pas fait le rapprochement.

Le Dr Hyman Mandel, teint bronzé douze mois sur douze, veste de tweed beige, pantalon cachou et manteau de vigogne, pénètre dans l'appartement avec une expression catastrophée. Mandel a passé son enfance dans le même quartier que mon père — celui dont il ne faut pas parler. Il a terminé ses études de médecine à Londres et il y est resté suffisamment longtemps pour acquérir un superbe accent britannique, un penchant pour la bière tiède et un curieux respect pour la monarchie. Hyman est l'hôte professionnel, le célibataire endurci, le phénomène-qui-n'a-*jamais*-été-marié, celui qui a déclaré une fois : « Chez un homme, peu importe l'âge, ce qui compte, c'est qu'il soit sans entrave. »

Cara et moi ne l'aimions guère. Au point que nous refusions

d'accompagner nos parents en week-end à la campagne quand nous savions qu'il était invité.

« Je déteste la manie qu'il a d'appeler maman " Verouchka ". Et puis cette façon affectée de prétendre ne lire dans le *Times* que les rubriques " Art et Loisirs "!

– Il s'inonde toujours d'eau de toilette anglaise qui pue et parle des membres de la famille royale comme si c'étaient ses cousins. »

Pourtant, par une sorte d'accord tacite, nous avons toujours maintenu avec lui des rapports corrects et polis. Malgré tous les défauts que nous lui prêtions, il était essentiel à notre tranquillité d'esprit dans la mesure où il était le médecin attitré de maman depuis son mariage avec Alan.

« Cara! Maggie! s'exclame-t-il, de sa voix la plus prince Philip qui soit. Je suis effondré! » Et malgré son débit maniéré, il semble l'être vraiment car il pleure à chaudes larmes.

« Merci. »

C'est tout ce que je trouve à dire.

« C'est gentil d'être venu », ajoute Cara.

Pourtant, bien qu'il soit sans doute sincèrement ému, cette façon d'extérioriser son chagrin me paraît bizarre, peu conforme à ce que je connais du personnage.

« Où est-elle ?

– Par là », répond Cara, reculant d'un pas.

Il me tend son manteau avant de pénétrer dans la chambre.

Son comportement semble étonner Cara autant que moi. Elle me regarde et hausse les épaules. Soudain nous entendons une longue plainte, un cri perçant puis des sanglots étouffés.

« On devrait peut-être y aller.

– Je n'ose pas entrer dans cette chambre, proteste Cara. Vas-y, toi. »

Je m'approche de lui.

« Vous vous sentez bien, Hyman ?

– C'est trop affreux. Je l'ai vue... pas plus tard que mardi dernier. »

Tout doucement, il découvre maman, pose son stéthoscope sur sa poitrine et deux doigts qui tremblent sur sa carotide.

« Je crains qu'elle ne soit morte », déclare-t-il avant de fondre en larmes de nouveau.

Génial, comme diagnostic.

« Si cela vous bouleverse trop, nous pouvons peut-être... »

D'un geste de la main, il m'interrompt.

« Non, non, ça ira, renifle-t-il. C'est ce visage violacé... »

Celui qui nous guette tous.

Je lui suggère de venir remplir le certificat à côté. Mais c'est trop lui demander que d'écrire quoi que ce soit pour l'instant. Il laisse tomber son stylo et s'enfouit le visage dans les mains.

« Je suis désolé. Vous avez raison. Passons au salon.

— Le policier a simplement mentionné qu'elle était morte d'un arrêt du cœur, l'informe Cara qui observe Hyman, intriguée.

— Très chic de sa part, commente-t-il. Elle a bien assez de problèmes comme ça. »

Depuis quand la mort est-elle un problème, si ce n'est pour les vivants ?

« Voulez-vous que j'avertisse Regency ? » demande-t-il. Depuis que Jonesie lui a apporté un verre de xérès, il a l'air d'aller beaucoup mieux.

Regency, c'est le comble du chic en matière de pompes funèbres et – ce qui est bien commode – l'entreprise a pignon sur rue tout près d'ici. Dans le coin, il y a Gristede pour l'épicerie de luxe, Irving pour la viande de premier choix et les volailles rôties qu'il propose à sa clientèle chaque jeudi, Antoine célèbre pour sa mousse au chocolat et ses gâteaux au fromage basses calories, le pressing Deluxe qui prend presque aussi cher pour nettoyer une robe que ce que la robe à coûté (et deux fois plus cher pour repasser une jupe plissée), la teinturerie de Saigon, tenue par deux frères vietnamiens qui arborent 365 jours sur 365 la tenue de combat des marines et disposent les chemises de mon père sur ces jolis petits cintres en plastique blanc dont ma penderie est pleine, le fleuriste – pardon, l'entreprise de décoration florale – Orchi-délices qui livre sa moisson parfumée chez les Sommers et qu'un Grec très bel homme prend la peine de disposer chaque semaine dans les pièces de l'appartement, aidé de son fils, fort beau garçon aussi. Mais, si indispensables que soient ces fournisseurs à la riche population de ce quartier, il n'en est aucun qui le soit autant que Regency. Quiconque habite dans un rayon de cinq cents mètres sait pertinemment que l'ultime emplette – ou plutôt la dernière livraison – sera celle de son corps à l'entreprise de pompes funèbres.

« Si vous vouliez bien vous charger de les appeler, dis-je, vous nous rendriez un grand service.

— D'ailleurs, ajoute Cara en me prenant par la main, il faut que nous allions dans la salle de bains. »

Mandel décroche le téléphone et nous jette un regard surpris.

Nous voilà de nouveau adolescentes : le bruit de l'eau couvre notre conciliabule furtif.

« A ton avis, comment se fait-il qu'il soit si ému ? interroge Cara en s'asseyant sur le siège des W-C dont elle a rabattu le couvercle. Tu crois qu'il est au courant de cette histoire avec Loretta ?

— Je n'en sais rien, dis-je, appuyée contre le lavabo. Ce que je me demande, c'est comment on ne s'est pas encore écroulées toutes les deux... »

Cara balaie une mèche que les larmes ont collée sur sa joue. Ses yeux bleus se troublent à nouveau.

« Je m'y attendais, tôt ou tard. Je sentais que ça finirait par arriver.

— Comment peux-tu dire ça ?

— Parce que c'est la vérité, répond-elle simplement. Tu n'étais pas là, toi. Tu ne t'es pas rendu compte à quel point elle avait perdu la tête depuis quelques années.

— Tu m'en veux.

— Non, fait-elle d'un ton las. Plus maintenant. Mais je suppose que je t'en ai voulu. Tu es partie, tu ne la voyais plus. Tu t'es volontairement isolée. Elle avait pris l'habitude de m'appeler tous les matins à 7 heures. Elle pleurait, elle se plaignait de la façon dont papa la traitait. Je ne sais pas comment Steven a pu le supporter parce que, la plupart du temps, elle était odieuse avec lui. Ce n'était pas facile de la raisonner. Sans compter qu'il fallait que je m'occupe des enfants, de les conduire à l'école, de Steven, de la maison. Ça faisait beaucoup.

— Pourquoi ne m'as-tu pas appelée pour que je te donne un coup de main ?

— Comment voulais-tu que je te joigne ? Je ne savais même pas où tu étais !

— Tu aurais pu me trouver en t'adressant à ABN.

— Et qu'est-ce que je leur aurais dit ? De t'avertir que je n'en pouvais plus quand tu couvrais je ne sais quelle conférence islamique au Sud-Yémen ? Voyons, Maggie, c'était impossible parce que tu l'as voulu ainsi.

– Tu m'en veux et tu ne le reconnais pas.

– D'accord, je t'en veux. Mais je m'en veux encore plus de m'être fait avoir. Tu t'es débrouillée pour t'esquiver et, comme il ne restait plus que moi, c'est la brave Cara qui a tout pris.

– Je suis là, maintenant, dis-je doucement. Je suis prête à t'aider, à faire le maximum. »

Cara se lève et me prend dans ses bras.

« J'ai besoin d'une sœur, dit-elle en s'essuyant les yeux. J'ai besoin de toi.

– Moi aussi. »

Quelqu'un frappe à la porte.

« Qui est-ce ? demanda Cara.

– Steven. »

Cara ouvre et tombe dans les bras de son mari.

« Je suis si contente que tu sois venu !

– Qu'est-ce que vous faisiez toutes les deux dans la salle de bains ?

– Il fallait qu'on parle, dis-je en m'aspergeant le visage d'eau froide. C'est notre lieu à nous : celui qui, pour les petites citadines, remplace la cabane dans les arbres.

– Mandel a appelé Regency ? interroge Cara qui se donne un coup de peigne à la hâte.

– Il est tellement effondré que c'est moi qui ai téléphoné. Ils désireraient s'entretenir avec un membre de la famille pour tout mettre au point. Vous voulez que j'y aille ?

– Non, répond Cara en me jetant un coup d'œil. On va s'en charger. Mais il y a quelque chose que tu pourrais faire.

– Quoi ?

– Téléphoner à papa pour l'avertir de ce qui est arrivé. »

Steven est stupéfait.

« Tu veux dire que vous ne l'avez pas encore appelé ? Il n'est pas au courant ?

– On était trop bouleversées », explique Cara.

Steven se tourne vers moi :

« C'est vrai ? Vous ne lui avez pas téléphoné ?

– Non, dis-je en sortant de la salle de bains. Je ne l'aime pas assez pour lui annoncer ce genre de bonne nouvelle.

– Elle ne pense pas ce qu'elle dit, se hâte de rectifier Cara.

– C'est vrai ?

– C'est toi le psy. Pas moi. A ton avis ? »

Les locaux de Regency ressemblent à tout ce qu'on veut, sauf à une entreprise de pompes funèbres : moquette bleu pastel, lustres en cristal et reproduction de tableaux XVIIᵉ sur les murs. Deux choses frappent cependant : l'expression compassée des employés et l'orgue qui joue en sourdine une musique aux accents plutôt sombres. Pas d'odeur de formol non plus, même quand nous descendons au sous-sol, précédées par un petit homme aux cheveux clairs qui se garde bien de nous ouvrir les portes derrière lesquelles on s'applique sans doute à rendre présentables tous ces chers disparus. J'ai des frissons rien que d'y penser en suivant notre guide qui foule d'un pas mesuré l'épais tapis du couloir. Après avoir tourné et retourné, nous entrons dans un grand bureau bien éclairé.

« Permettez-moi de vous présenter mes sincères condoléances », déclare M. Lance, le directeur, avec une légère inclinaison du buste. Laquelle d'entre vous est... l'affligée ? » demande-t-il.

S'il fallait couronner aujourd'hui la question la plus bête, il gagnerait le premier prix haut la main. Avec son visage gonflé, ses paupières rougies et luisantes à force d'avoir pleuré, on dirait que Cara vient de descendre le Tigre jusqu'au golfe Persique et qu'elle a perdu son équipage, dévoré par les crocodiles. Quant à moi, je suis prise d'un hoquet irrépressible qui s'est déclenché en quittant l'appartement quand j'ai vu les deux employés de chez Regency installer le corps de ma mère sur une effroyable civière noire frangée d'argent. Je respire par à-coups, mais si doucement que je fasse, le hoquet me reprend.

« Nous le sommes toutes les deux, dis-je entre deux secousses.

— Croyez bien que je compatis », déclare-t-il. Nouvelle inclinaison du buste. « C'était votre mère. Bien sûr. La ressemblance est frappante. Et... naturellement, vous souhaiteriez, pour lui dire adieu, qu'elle demeure aussi élégante qu'elle l'a toujours été. »

Cara se laisse choir dans un fauteuil, apathique, béate.

« C'est ma sœur qui va s'en occuper », annonce-t-elle.

Merci du privilège. Décidément, le rôle de sœur n'a pas fini de me réserver des surprises !

« Parfait, commente M. Lance, s'humectant l'index d'un petit coup de langue pointue avant de tourner une page du luxueux catalogue qu'il a devant lui. Vous avez ici un choix de cercueils dont les prix sont indiqués et là, le coût de toutes les opérations :

embaumement, chapelle ardente, cérémonie (musique comprise), trois limousines pour le transport de la défunte et de la famille proche jusqu'au cimetière. Le prix est calculé au kilomètre sans supplément si la distance n'excède pas quatre-vingts kilomètres. Au-delà, le tarif change. Toutes les taxes sont comprises. »

Une vague d'écœurement et d'hostilité me submerge, mais en femme bien élevée, je réponds aussitôt à M. Lance que ses renseignements me sont du plus grand secours. Merci infiniment. Tout est parfaitement clair. Il reprend sa respiration, balaie une mèche argentée qui masque son regard bleu et enchaîne : « C'est le cimetière qui se charge de fournir les fossoyeurs. A présent, si vous voulez bien vous donner la peine de me suivre, je vais vous montrer notre choix de cercueils. »

Une fois debout, il faut que je me rattrape au dossier du fauteuil pour ne pas perdre l'équilibre. M. Lance a sorti sa montre en or de son gousset et l'approche de son oreille. « Après vous.

— Je suppose que tu m'attends ici ?

— Si ça ne te fait rien, Maggie, murmure Cara, je ne me sens pas très bien.

— Je te dois ça, n'est-ce pas ? » dis-je en lui tapotant la main.

Une nouvelle nausée me prend quand je pénètre dans la pièce chichement éclairée, remplie de cercueils qui sentent le pin, le cèdre et le vernis. Et puis un calme extraordinaire m'envahit. Je me sens soudain lucide comme je ne l'ai jamais été. Si je me trouve ici, c'est pour régler quelques détails sordides. Ma mère est morte. Je suis là pour lui choisir un cercueil convenable.

« Monsieur Lance... »

Je suis incapable de poursuivre.

« Je comprends », dit-il en me prenant le bras aimablement.

Nous repartons à petits pas vers son bureau. Reconnaissons qu'il est bon de pouvoir s'appuyer sur quelqu'un qui a le bras solide.

« Tu es d'accord ? dis-je à Cara en m'asseyant à côté d'elle.

— Oui, répond-elle sans presque remuer les lèvres.

— Est-ce que cela vous ennuierait de régler vous-même...

— Mais *tout* est déjà réglé, interrompt M. Lance, légèrement surpris. Il ne restait plus qu'à choisir le cercueil. Vous comprenez, le jour où elle est venue, nous n'avions pas eu le temps. Si je me souviens bien, c'était un mardi... Elle m'a dit qu'elle avait un rendez-vous... » Cara le fixe, les yeux écarquillés. Épouvantée de comprendre ce qu'elle aurait préféré ignorer jusqu'au bout.

« Ne dis rien », dis-je en lui serrant la main doucement.

M. Lance opine du chef et ajoute :

« Je vous enverrai les faire-part. »

Nous regagnons l'appartement. Cara se cramponne à moi. Nous avançons à petits pas sur la neige glacée qui recouvre les trottoirs et les rues. Le vent froid qui me balaie le visage me fait du bien. Je sens les forces me revenir. J'en aurai besoin pour affronter le dernier épisode de ce cauchemar.

« Elle est allée tout régler elle-même, chuchote Cara. Pourquoi ? Parce qu'elle avait *tout* prévu, ça me paraît évident. Tu connais maman : rien n'allait jamais si elle ne s'en était pas mêlée.

— Mais pourquoi n'a-t-elle pas choisi son cercueil ?

— Peut-être parce que — au cas où elle s'en serait tirée — c'est la seule chose qu'il aurait été difficile de retourner. Tu sais, " ni repris ni échangé ". Comme certains meubles qui perdent de leur valeur. Je ne sais pas, moi... »

Jonesie nous accueille sur le palier.

« Je lui ai mis sa robe de mariée en organdi blanc avec les boutons de strass. »

Cara pâlit tandis que Jonesie enchaîne : « Ils m'ont demandé une photo d'elle. Pour savoir à quoi elle ressemblait, qu'ils ont dit...

— Assez, Jonesie ! » coupe Steven sèchement. Il prend sa femme par le bras et l'emmène dans le salon.

« Tu as appelé papa ? dis-je en les suivant.

— Oui, il va arriver.

— Qu'est-ce qu'il a dit ? demande Cara.

— Ça lui a fait un choc. Il avait du mal à le croire. »

Il faut passer des coups de téléphone, dresser des listes, prévenir les journaux, rédiger la notice nécrologique. Il reste encore mille choses à faire avant l'enterrement qui doit avoir lieu dans moins de vingt-quatre heures maintenant. Cara et Steven sont assis sur le canapé et prennent des notes sur un bloc ; je me suis assise par terre, jambes croisées. Je feuillette l'agenda et le carnet d'adresses de ma mère. Tous les mardis et les jeudis sont marqués d'un H entre 5 et 7. Mais avant d'en faire la remarque aux autres, je repense tout à coup à la lettre que j'ai trouvée en entrant.

« J'avais oublié, dis-je en la sortant de ma poche. Elle a laissé ça. »

Au moment où je vais ouvrir l'enveloppe marquée « A QUI DE DROIT » (ses filles, je suppose) et lire la dernière missive de Vera, mon père fait irruption dans l'appartement.

Il est rouge et visiblement très agité.

« Alors ? Qu'est-ce qui se passe ?

— Elle est morte, réplique froidement Cara. Steven te l'a déjà dit, non... ? »

Il s'assoit. En pleine forme, mon père ! Mince, une mine splendide, on dirait qu'il a rajeuni.

« Je ne comprends pas, s'exclame-t-il, prenant tout le monde à témoin. Est-ce que vous comprenez son geste, vous ?

— Je crois que nous le comprenons fort bien, dis-je.

— Ça ne m'étonne pas de toi. Tu m'as toujours causé du chagrin. Tu vois ce qui arrive lorsque tu te décides à rentrer et que ta mère passe un après-midi en ta compagnie ?

— Alan, intervient Steven, nous sommes bouleversés. A quoi bon reprocher quoi que ce soit à Maggie ? Vous ne faites qu'envenimer les choses.

— Ah, vous, ça va ! Faites-moi grâce de votre psychologie de Prisunic !

— Steven a raison, renchérit Mandel, nous sommes effondrés.

— Pas moi, réplique froidement Alan. Voilà des années qu'elle essayait, cette fois, enfin, elle a réussi. »

Là, il me poussait à bout. Jamais je ne m'étais sentie aussi bas. Je ne me cherche pas d'excuses. Simplement, je sentis se libérer en moi une énergie fabuleuse qui avait dû s'accumuler depuis trente-quatre ans. Mon interminable mariage avec Eric, les rêves de tout un peuple — les Palestiniens — qui s'effondraient, la mort de Joe que j'avais vécue et revécue cent fois. Joe massacré par le RPG des terroristes qui s'en prenaient un jour à Avi Herzog : Avi que je ne reverrais plus jamais ! L'existence absurde de ma mère. Sa mort trop lourde de significations. Tout se mélangeait, s'additionnait et fit brutalement éruption. Je m'approchai de mon père et le giflai à toute volée, sur la bouche, si fort que le sang coula à la commissure.

« Espèce de salaud ! hurlai-je. C'est à cause de toi qu'elle s'est tuée ! »

En fait, ce que je n'arrive pas à accepter, c'est que je perds la raison. Tant il est vrai que nous sommes tous responsables de ce qui vient de se passer.

Steven s'est rué sur moi, il me bloque les bras le long du corps. Pour un homme plutôt frêle, il est incroyablement vigoureux. Il me tient de telle façon que je suis incapable de frapper de nouveau.

« Maggie, me dit-il d'une voix calme, ce n'est pas digne de toi. »

Du bout de son petit doigt, mon père essuie la goutte de sang qui perle au coin de sa bouche.

« Maggie, tu me navres, murmure mon père. Ce geste, tu vas le regretter beaucoup plus que moi.

— Je le regrette déjà », dis-je, appuyée contre Steven.

Alan sort un mouchoir et tamponne sa lèvre qui saigne.

Merci pour l'absolution.

« Je suis désolée », dis-je et je fonds en larmes.

Mais j'ai un allié dans la pièce, un allié assoiffé de vengeance.

« C'est toi qui l'a tuée. Toi et ta Loretta. »

C'est à peine si Alan réagit. Une imperceptible crispation de la mâchoire, une petite toux précipitée, puis la dénégation : « Je ne comprends pas de quoi tu parles.

— Elle a laissé une lettre, poursuit Hyman. Souhaitez-vous que je me retire pour que vous puissiez la lire ? »

Je me tourne vers les autres.

« Vous voulez que je la lise ?

— Oui, sanglote Cara. Lis-la, et vous, Hyman, restez, je vous en prie. »

Mon père la foudroie du regard.

« Je suis sûr que ce qu'elle avait à nous dire est du plus haut intérêt pour Hyman !

— Vas-y, Maggie, m'encourage gentiment Steven. Lis la lettre. »

> « Chère Cara, chère Marguerite,
>
> « Vous êtes les seules que cette lettre concerne parce que vous êtes mes enfants et que vous comprendrez combien il m'est difficile de l'écrire. En fait, Marguerite en sera capable. Cara sera trop bouleversée pour réfléchir posément. Cette vie, je ne la supporte plus. J'ai donc choisi... Non, je n'ai pas choisi. Étant donné que j'ai horreur des ratures, je recommence : je n'ai pas choisi mais je n'ai plus la force de continuer cette existence. Par conséquent, je trouve mieux d'y mettre fin. Les raisons de mon acte ? Elles ne manquent pas. La liste en serait

longue, mais on les trouverait mauvaises ou futiles si d'aventure on les examinait ou si l'on entreprenait de me juger. J'ai d'abord songé aux couteaux de cuisine puis aux médicaments. Mais les couteaux étaient émoussés et le pharmacien n'a pas voulu accepter mon chèque. Les temps ont changé! Quand j'étais petite, le rémouleur passait tous les mois avec sa voiture à bras. Lorsqu'il agitait sa cloche dans la cour de l'immeuble, les fenêtres s'ouvraient l'une après l'autre comme des dominos qu'on s'amuse à faire basculer en cascade. Et l'homme faisait le tour des appartements pour aiguiser ciseaux et couteaux. Hier, j'ai pleuré en voyant le triste état de mes couteaux de cuisine. Je suppose – hélas – qu'aujourd'hui, le rémouleur ou ses enfants manipulent des ordinateurs et jonglent avec les puces au lieu de tourner la meule dans les sous-sols lugubres d'une entreprise d'informatique! Je me suis donc rendue à la pharmacie pour renouveler mon ordonnance. Mais le jeune homme qui m'a servie – il avait les ongles noirs, la peau grasse et le verbe obséquieux – a refusé mon chèque sous prétexte que je n'avais pas de pièce d'identité. Il tenait absolument à voir mon permis de conduire! Pourquoi aurais-je un permis de conduire, moi qui n'ai jamais conduit? Et puis quel rapport avec l'état de mon compte en banque? Franchement, je ne vois pas. Est-ce que ce sont là des raisons de mettre fin à son existence, direz-vous? Eh bien oui. Entre autres. Par exemple, ce tube de crème dépilatoire vide que j'ai trouvé dans la poubelle de la salle de bains ou le bouton qui manque à mon peignoir de soie vieux rose acheté à Paris, voici treize ans. Ce qui m'amène à parler de Loretta Buonvista.

« Ce matin, votre père m'a annoncé en se levant qu'il me quittait. Il m'a également informée qu'il était épris d'une autre femme. Je dois dire que ce qui m'a le plus choquée, ce n'est pas son intention de me laisser tomber après trente-huit ans de mariage ni même l'aveu de son infidélité, mais le mauvais goût qu'il a eu de me le faire savoir à 7 heures et demie du matin. Je l'ai regardé. J'ai contemplé cet homme que j'aime plus que ma vie depuis si longtemps, cet homme qui m'a donné tant de plaisirs et tant de peines et qui m'a fait deux filles. Je me suis demandé ce qu'il était devenu. Et soudain, je l'ai vu avec ses cheveux soigneusement plaqués sur un crâne dégarni, les médailles qu'il porte autour du cou – une croix, une étoile de David et une main de fatma. Depuis quand, me suis-je dit? Depuis quand porte-t-il des pulls à col roulé, des jeans et des vestes de tweed à coudes en cuir pour aller au bureau? Mais tout cela n'était rien. Le pire, ce fut lorsqu'il m'expliqua qu'il voulait divorcer pour " vivre enfin une vie plus gratifiante et réaliser ses fantasmes " *(sic)*. J'ai failli me trouver mal. Certes, je n'avais pas attendu de découvrir le tube de crème dépilatoire dans la salle de bains pour savoir qu'il avait depuis des années une liaison avec l'assistante de Hyman Mandel – laquelle, soit dit en passant, doit être plus appétissante sans moustache et le serait encore davantage si elle perdait quelques kilos. Le bouton manquant de mon peignoir en soie, je l'ai découvert posé dans un cendrier sur son bureau, dans l'antichambre du cabinet de Hyman. Dès que j'avais le dos tourné, il l'amenait *ici*, dans *mon* lit. Elle devait trouver plus simple d'enfiler *mon* peignoir. Décidément, les temps ont changé!

« A mon cher Hyman, je voudrais dire combien je lui suis reconnaissante de tous ces mardis et jeudis passés en sa compagnie. Hélas, je n'étais pas faite pour aimer deux hommes à la fois. Grâce à lui, je me suis sentie encore jeune et jolie. Mais la passion est mortelle et votre père m'avait déjà tuée.

« Passons aux formalités avant de terminer cette lettre et d'en finir avec la vie. Je lègue toutes mes fourrures à Jonesie : Cara en a déjà suffisamment et Marguerite trouverait le moyen de les perdre. Ma chère Jonesie, elle, n'aurait jamais eu les moyens d'en porter. Surtout, qu'elle ne s'avise pas de les mettre dans le métro! A Cara, je lègue cet appartement qui est à mon nom : il serait temps que ses enfants un peu demeurés s'imprègnent de la culture dont ils pourront profiter à New York. A Marguerite, je lègue mes cintres monogrammés et deux cent mille dollars qui sont sur un compte en banque que j'ai fait ouvrir à nos deux noms. Le livret se trouve dans le tiroir du haut de la commode où je range ma lingerie; meuble dont je lui fais également cadeau au cas où elle se déciderait enfin à mettre de l'ordre dans ses affaires. Cette somme devrait lui suffire pour s'acheter un appartement convenable en Israël puisque c'est là sans doute qu'elle a l'intention de faire sa vie. (Je ne comprendrai jamais son penchant pour l'uniforme.)

« Cara, une chose encore, tu ne seras jamais assez mince pour te trouver quelqu'un de plus passionnant que Steven. Alors, cesse de te faire des illusions et de croire que ta situation peut s'améliorer. Ton mari est un brave garçon plein de qualités et qui t'adore. Surtout, que Jonesie ne m'enterre pas dans cette horrible robe blanche en organdi avec les boutons de strass!

« Je pars pour ma dernière aventure. »

Ma voix se brise. Je me cache le visage dans les mains un moment pour m'empêcher de pleurer. Cara s'appuie contre son mari. Elle se mord les lèvres pour ne pas éclater en sanglots. Hyman se mouche bruyamment, se lève et prend la porte sans dire un mot. Mon père lève le menton, sa lèvre inférieure tremble.

« Eh bien, nous avons tous ce que nous voulions. Du moins, ce que nous croyions vouloir. Elle est partie. »

Il se dresse et se dirige le dos courbé vers sa chambre.

Steven décide de rentrer à Short Hills ce soir pour être avec les enfants.

« Je les amènerai demain à l'enterrement, ajoute-t-il en embrassant Cara encore et encore. Maggie et toi, il faut que vous vous teniez compagnie. »

Nous nous regardons toutes les deux. Sans nous consulter, nous avons déjà pris la décision de passer la nuit dans cet appartement de dix pièces sur la Cinquième Avenue – celui de notre enfance – qui désormais lui appartient.

Je suis allongée sur l'un des lits jumeaux dans l'ancienne chambre de Cara. On n'entend pas un bruit si ce n'est les sanglots étouffés de mon père qui traversent la cloison.

« Après tout, il n'est peut-être pas complètement insensible », murmure Cara.

Mais il m'est impossible de lui accorder quoi que ce soit, ne serait-ce que le bénéfice du doute.

« Avi arrive demain.

– Tu veux que je t'accompagne à l'aéroport ?

– Non, il vaut mieux que j'y aille seule. »

Je règle le réveil sur 6 heures et sombre dans le sommeil en serrant étroitement la main de Cara.

« Je t'aime, chuchote-t-elle.

– Moi aussi. »

Un homme passe les portes automatiques de la douane. Une mèche de cheveux châtain clair lui barre le front. Il cherche quelqu'un dans la foule. Vêtu d'un pantalon gris, d'une chemise bleue et d'un blazer bleu marine, il a jeté un manteau de tweed noir et blanc sur ses larges épaules. Il porte un attaché-case en cuir marron. Il me faut un bon moment avant de me décider à pousser les gens qui attendent l'arrivée des passagers du vol El Al 3393 en provenance de Tel-Aviv. Avi est là.

Il embrasse mes larmes. Il me serre contre lui.

« Je t'aime, répète-t-il. Je t'aime. Plus jamais nous ne serons séparés. Tu m'as trop manqué. »

Les mains posées sur mes épaules, il me scrute intensément.

« Pourquoi pleures-tu comme ça ? Il est arrivé quelque chose. Qu'est-ce qui se passe ?

– Je suis tellement heureuse que tu sois là.

– Heureuse ? Avec cette tête-là ? »

Il m'enlace de nouveau puis m'entraîne vers les bagages.

« Maman est morte hier », lui dis-je tout à trac.

Il se fige sur place, interdit, l'air de ne pas comprendre ce que je viens de dire.

« Elle s'est suicidée.

— Ma chérie... Je suis navré. » Il me caresse les cheveux. « Pourquoi? Qu'est-ce qui est arrivé?

— C'est une longue histoire... Beaucoup trop longue pour que je te la raconte maintenant. »

Une expression douloureuse lui creuse les traits.

« Je suis là. Pour toi. Avec toi.

— Avi, je t'aime. S'il t'arrivait quelque chose... Je ne pourrais plus vivre sans toi.

— Mais non, il ne m'arrivera rien, dit-il sans desserrer son étreinte. Je suis là. Essaie de me raconter ce qui s'est passé. »

Tout en nous approchant des bagages, je lui explique les faits. Les tentatives de ma mère, la liaison de mon père avec Loretta et pour finir, je lui annonce que l'enterrement aura lieu demain.

Le chauffeur d'Avi, dépêché sur place par le consulat d'Israël à New York, empile ses valises sur un chariot et se dirige vers la sortie où nous attend une limousine.

Pas de valise en carton, pas d'empoignade avec les passagers pour sauter dans un taxi. Rien ne se passe comme je l'avais imaginé hier dans la salle de rédaction. Avi est là. Et il a tout prévu pour que nous arrivions à bon port.

« J'irai à l'enterrement, déclare-t-il en m'aidant à monter en voiture.

— Je savais que tu voudrais y aller. »

Je me pelotonne de nouveau contre lui.

« Angle de la 10ᵉ et d'University Place, lance-t-il au chauffeur. Plus jamais tu ne seras seule. Tu resteras toujours avec moi.

— Je ne désire rien d'autre », dis-je en lui effleurant les lèvres.

Il ne cesse de m'embrasser que pour me serrer davantage contre lui et me couvrir encore de baisers.

« Mon divorce sera réglé dans trois mois. Si tu veux, on pourra se marier en mars. »

Mes yeux s'emplissent de larmes.

« Maman ne t'aura jamais connu. Elle ne te verra jamais.

— Non, répond-il en me tenant le visage dans ses mains. Et elle ne connaîtra jamais notre enfant. »

J'ai la gorge tellement nouée que j'ai de la peine à articuler.

« C'est toujours notre secret ? » interroge-t-il, les yeux brillants de malice tandis qu'il esquisse un petit sourire.

Voilà donc finalement comment la vie se résout. *Naturellement!*

« Oui, le nôtre », parviens-je à dire. Et en même temps que je prononce ces mots, une phrase me résonne de nouveau dans la tête : « Peu importe la famille que nous avons, nous sommes tous des morts en sursis. »

9

L'enterrement fut bref, sans trop de simagrées ni de tension. Il y eut quelques moments pénibles qui faillirent dégénérer en scènes gênantes. Mon père crut bon d'arriver chez Regency avec des airs de vertu offensée bien qu'il n'eût aucune preuve qu'il se fût passé quoi que ce soit entre Hyman et ma mère. Et lorsque, enfin, il se trouva face à face avec Cara et moi devant le cercueil ouvert, il joua les époux affligés.

« Je pars à la Jamaïque. Je vais essayer de reprendre goût à la vie et de me retaper un peu, annonça-t-il sur un ton tragique.

– Te retaper avec ta pute! »

La réplique de Cara était partie en boulet de canon. J'avoue qu'elle me laissa sans voix.

Mon père fronça les sourcils et me jeta un regard dégoûté comme s'il me reprochait – à moi! – que soudain Cara ne fasse même plus semblant.

« Tu as vu le coup d'œil qu'il m'a lancé? murmurai-je à Cara lorsqu'il eut disparu dans la chapelle.

– Il a dû avoir peur de ton crochet du droit », gloussa-t-elle.

Jonesie se conduisit étonnamment bien jusqu'au moment où elle trouva le courage de s'avancer vers la bière. Elle s'approcha tout doucement du cercueil en acajou aux poignées de cuivre et se pencha au point de se trouver presque nez à nez avec maman.

« Mon Dieu! gémit-elle. Comment qu'ils l'ont arrangée, madame Sommers. On dirait Carmen Miranda! »

Suivit un silence gêné. Ce qui n'empêcha pas certains invités de venir discrètement se faire une idée.

Je coinçai M. Lance contre l'orgue.

« Je vous en supplie, lui dis-je, faites tout de suite fermer le cercueil.

— C'est dommage, protesta-t-il. Elle est si vraie, si vivante, vous ne trouvez pas ? On dirait qu'elle va se lever et marcher. »

Je ne bronchai même pas.

« Fermez le couvercle. Qu'on la laisse en paix ! »

Avi ne m'avait pas quittée un instant depuis sa descente d'avion.

« Bienvenue à New York, mon chéri. Surtout ne fais pas de projets pour cet après-midi. Il faut qu'on aille enterrer maman. »

Ça ne s'était pas passé tout à fait ainsi, mais ça revenait au même. Curieuse façon de faire connaissance avec la famille Sommers ! Du moins avec ce qu'il en restait : maman était morte, Cara plongée dans une sorte de stupeur et mon père craignait tellement de louper son avion pour la Jamaïque qu'il ne se soucia pas de venir le saluer.

Avi se montra discret dans ses réactions. Seuls ses yeux laissaient transparaître ce qu'il éprouvait. Ils observaient tout, exprimant tantôt la tristesse, tantôt l'étonnement, la jubilation ou la rage. Je sentais qu'il jaugeait avec une grande exactitude tous les gens qui s'approchaient pour nous présenter leurs condoléances. Mais, lorsque vint le tour d'Eric Ornstein, je n'osai plus respirer de peur que, cette fois, Avi ne fasse un éclat.

Eric n'avait pas changé depuis le jour où je l'avais vu pour la dernière fois – il y avait sept ans de cela – dans son bureau. Il avait dû prendre un peu de poids, tout de même. Tout en me rapprochant instinctivement d'Avi, je serrai la main d'Eric qu'il avait moite comme d'habitude.

« Maggie, s'écria-t-il avec un sourire embarrassé, voilà des années que j'avais envie de te revoir et il faut qu'on se rencontre dans ces circonstances !

— Merci d'être venu, Eric. »

Là-dessus, silence tendu. Eric regardait Avi avec insistance, attendant visiblement que je fasse les présentations.

« Eric, je te présente Avi Herzog », dis-je au bout de quelques instants.

La vue d'un Martien l'eût probablement moins étonné.

« Si je comprends bien, vous êtes le général israélien, fit-il en lui serrant la main.

— Oui, répondit Avi avec un sourire aimable. Et si je comprends bien, vous êtes l'ex-mari de Maggie. »

Eric fronça légèrement les sourcils.

« Nous avons l'intention d'aller passer un mois dans un kibboutz. A quoi ça ressemble maintenant ?

— A une colonie de vacances, répondit Avi sans hésiter une seconde, sauf que le grand manitou remplace les moniteurs.

— C'est drôle, j'ai toujours eu envie d'emmener Maggie en Israël, mais elle n'a jamais voulu. Et maintenant, c'est trop tard, ajouta-t-il d'un air de regret.

— Félicitations, Eric, dis-je pour changer de sujet, on m'a dit que tu venais d'avoir un autre enfant. »

Son visage se fendit d'un sourire béat. Il plongea la main dans la poche intérieure de son manteau et en sortit plusieurs photos.

« Le voilà un quart d'heure après sa naissance. Et là, on vient de lui donner son premier bain. »

Il ne s'agissait pas de mon bébé. Et je ne peux pas dire que je regrettais que ce ne fût pas le mien. Alors ? Pourquoi avais-je les larmes aux yeux ? Il était heureux. Moi, j'avais Avi. Non, c'est sur autre chose que je pleurais. Sur toutes ces années gâchées que nous aurions pu passer beaucoup plus agréablement l'un sans l'autre.

« Il est très mignon, dis-je en montrant les photos à Avi.

— Vous êtes un homme comblé, commenta mon général en veine d'amabilités.

— Vous aussi », répliqua Eric en me regardant droit dans les yeux.

A ce moment précis, Ronah se fraya un chemin jusqu'à nous, glissa son bras sous celui d'Eric avec une satisfaction de propriétaire et me toisa sans aménité. Elle avait toujours ces ongles écarlates démesurément longs. En revanche, elle s'était fait couper les cheveux très court, ce qui accentuait encore ses traits anguleux. Je lui trouvai l'air changé : ce qu'elle pouvait avoir de vulnérable, de peu sûr d'elle, de vaguement touchant avait disparu. Elle avait atteint son but. Elle était installée. Et pourtant, elle se comportait encore comme si elle n'était pas vraiment la femme en titre.

Si seulement elle avait su à quel point j'étais soulagée d'être débarrassée de son cher et tendre, elle n'aurait pas pris la peine de me regarder de cette façon. Je la remerciai de s'être dérangée. Simple formule de politesse qu'elle parut prendre comme un affront personnel. Peut-être était-elle si mal à son aise qu'elle ne savait quoi dire ? Eric me prit les mains, ce qui n'arrangea rien.

« D'après ce qu'on nous a dit, elle s'est suicidée, chuchota-t-il. Elle a laissé une lettre ? »

Au même instant, Avi s'adressa à Ronah.

« J'ai cru comprendre que vous aviez l'intention d'aller en Israël ?

– Oui, peut-être », répondit-elle distraitement.

Elle s'efforçait de saisir ce que nous disions, Eric et moi.

« Effectivement, elle a laissé une lettre.

– Vous y êtes déjà allée ? interrogeait Avi.

– Qu'est-ce qu'elle a écrit ? Est-ce qu'elle expliquait les raisons de son geste ? insista Eric.

– Enfin, Eric, comment peux-tu poser cette question ? Ça nous regarde ! C'est une affaire de famille.

– Je me considère toujours comme de la famille. Je ne pourrai jamais oublier que nous avons été mariés. »

Je me remis à pleurer. Cette fois, je savais pourquoi. Non seulement je pleurais sur ce gâchis, sur les années que j'avais ratées avant qu'Avi ne fasse son entrée dans mon existence, mais je pleurais également sur Eric qui n'avait pas changé et qui ne changerait jamais d'un iota. Avi me prit par les épaules tandis que Ronah se rengorgeait au bras de son époux.

« Il faut croire que le succès se paie toujours très cher », déclara Eric, histoire sans doute de meubler le silence.

Je m'essuyai les yeux.

« Que veux-tu dire ?

– Eh bien, d'abord ton preneur de son, maintenant ta mère... A qui le tour ?

– Pourquoi veux-tu que ce soit le tour de quelqu'un ? m'écriai-je. C'est horrible !

– Jamais deux sans trois, expliqua Eric sans se décontenancer.

– Si l'on considère votre divorce comme la première grande tragédie, le compte y est, fit observer Avi avec un sourire angélique. Nous n'avons donc plus rien à redouter. »

Eric ne put s'empêcher de rire. Ronah, elle, semblait plus atterrée qu'amusée. Je serrai Eric dans mes bras. Eric qui, jadis, avait été mon mari. Je me sentais attendrie, prête à pardonner, pleine de nostalgie, de regret. Pourtant, je m'étais bien promis de ne pas me laisser contaminer par l'ambiance morbide, de ne pas rouvrir les vieilles plaies.

« Je suis contente pour toi, lui dis-je.

— J'ai toujours voulu avoir des enfants, répondit-il. Il faut croire que ce n'était pas ton cas. »

« Alors ? Qu'est-ce que tu en penses maintenant ? interrogea Avi avec un drôle d'air tandis que nous nous éloignions.

— Il est heureux, elle est heureuse, tout le monde est heureux et moi...

— Et toi, tu seras heureuse avec moi jusqu'à la fin de tes jours. »

Hyman Mandel ne pouvait pas choisir plus mal son moment pour me faire ses confidences. Au moment où l'on descendait le cercueil dans la fosse, il m'attrapa le bras.

« Je ne l'ai jamais touchée, je vous le jure, s'écria-t-il en pleurant. Le mardi et le jeudi, on bavardait, on prenait le thé, c'est tout. Moi, j'aurais bien voulu mais elle me disait toujours qu'Alan l'aurait coupée en petits morceaux s'il l'avait su.

— Pourquoi n'avez-vous rien dit hier ? » demandai-je. Mais je connaissais déjà la réponse.

A cet instant précis, sous mes yeux, ma mère disparut pour toujours. Je fus prise d'un accès de faiblesse et j'eus beaucoup de peine à écouter ce que Hyman me disait.

« Quelle différence cela aurait-il fait ? interrogea-t-il plein d'amertume. Mieux vaut pour Alan qu'il sache que quelqu'un aimait Vera. Et Dieu sait si je l'aimais. Elle avait beau être exaspérante, déraisonnable, parfois complètement folle, elle avait un tel charme, une telle séduction qu'elle était irrésistible et qu'il était souvent difficile... »

Il ne put achever sa phrase. Le bruit des pelles maniées par les fossoyeurs qui tassaient le sol gelé tout autour de la tombe l'en empêcha. Mais ce qu'il avait voulu dire était clair. Ses paroles avaient plus de signification pour moi que le discours prononcé par le rabbin de la synagogue Emmanuel qu'on avait fait venir à la dernière minute pour prononcer l'éloge funèbre. Il n'avait jamais vu ma mère. Mon père lui avait communiqué en toute hâte quelques renseignements sur son compte : les bonnes œuvres dont elle s'occupait, la musique qu'elle aimait, le tout assaisonné d'anecdotes amusantes qui remontaient aux tout premiers temps de leur mariage. Mais comme il ne l'avait pas connue, parce qu'il ne la voyait que lorsqu'elle avait cessé de vivre, j'eus la nette sensation qu'il parlait de quelqu'un d'autre. En revanche, la femme dont Hyman venait de m'entretenir m'était très proche : j'avais avec elle des liens extrêmements forts. Juste après ce sermon, j'ai revu mon père. Il avait les yeux rouges. De toute évidence, il avait beaucoup pleuré. On s'est regardés sans rien dire pendant un moment puis j'ai doucement posé ma main sur son bras.

« Ça me navre. On est tous trop bêtes pour pouvoir réagir autrement.

— Tu peux m'en vouloir jusqu'à la fin de ta vie, mais crois-moi, tu es injuste. »

Au moins, nous nous parlions. C'était un tel événement que je ne voulus pas gâcher cet instant.

« Elle n'était pas commode, fis-je conciliante.

— J'ai commis des erreurs, répondit-il simplement, en détournant les yeux.

— Pourquoi, papa ? Pourquoi n'avoir pas été plus diplomate ?

— Je me sens fatigué, si fatigué ! » se contenta-t-il de dire en secouant la tête.

De grosses larmes roulaient sur mes joues.

« Je l'aimais. »

Il me considéra, très surpris.

« Moi aussi.

— Mais pourquoi, alors ?

— J'avais bien le droit d'avoir ma vie, comme elle. »

Nous nous sommes dirigés vers la limousine de Regency dans laquelle il avait pris place pour venir et qui était garée sous un bouquet d'arbres, près de l'entrée du cimetière. Ni lui ni moi ne prenions garde à la neige fondue qui tombait de plus en plus fort.

« Ta sœur me déteste.

— Ça te fait de la peine ? »

Il ne répondit pas.

« Et moi, les sentiments que je te porte, ça te fait quelque chose ? demandai-je en m'essuyant les yeux.

– Non, pas vraiment, répondit-il honnêtement. Parce que tu n'es plus dans le coup. Tu es partie il y a trop longtemps. »

Je m'arrêtai et lui pris le bras de sorte qu'il ne puisse plus s'échapper.

« Tu veux dire que c'est trop tard ?... »

Il opina d'un air las.

« Je n'ai plus la force d'essayer... Je suis trop épuisé pour me battre encore. Il y a trop de choses que tu ne comprendras jamais. »

Il sortit un mouchoir et s'essuya les yeux. Il avait l'air si vieux tout à coup, brisé par ces années vécues en compagnie de Vera et par tout le reste dont il refusait obstinément de parler.

« Papa... » Mais les larmes m'empêchèrent d'aller plus loin.

« Toi, non plus, tu ne peux pas, tu n'as plus la force, commenta-t-il avec un sourire désabusé. Dans cette famille, personne n'a jamais pu parler de quoi que ce soit. »

Là-dessus, il tourna les talons, accablé par un invisible fardeau. Il s'arrêta devant la portière, me regarda de loin quelques instants et monta dans la voiture. Lentement mes doigts remuèrent et ma main esquissa un geste d'adieu longtemps après que la limousine eut franchi les portes du cimetière.

Ce jour-là, se produisit un autre phénomène curieux. Avec un sourire d'excuse, Avi m'aidait à monter en voiture et à en descendre, me prenait le bras pour traverser les rues, m'ouvrait les portes et me demandait à chaque instant si je me sentais bien. C'était tellement inattendu que je ne pouvais m'empêcher de sourire. Tat Alouf, mon général, qui d'habitude me laissait poireauter sous la pluie devant sa voiture fermée et faisait le tour du véhicule au pas de course pour aller ouvrir de son côté ou qui traversait les rues en me laissant plantée sur le trottoir d'en face, immobilisée par le flot de la circulation, ne songeait plus qu'à ma sécurité et à mon bien-être. Non qu'avant il ne s'en fût pas soucié. Il s'agissait sans doute d'un « comportement culturel » que peu à peu j'apprenais à accepter comme faisant partie intégrante du personnage. Mais il y eut autre chose.

En quittant le cimetière, nous nous sommes tous entassés dans la grosse limousine, Cara, Steven, Quincy, Dan et nous. Avi me serrait contre lui, me protégeait du moindre cahot. Si bien que Quincy ne put plus y tenir.

« A vous voir faire, on dirait que Maggie est enceinte. »

Stupéfaits, les autres s'attendaient à ce que je nie.

« Précisément, je le suis. »

Il y eut un silence gêné que Cara rompit en poussant un cri de joie.

« J'aurais dû m'en douter, s'exclama-t-elle en pleurant. Pourquoi ne m'as-tu rien dit ?

— On a eu tellement d'autres choses à régler, répondis-je un peu ironiquement.

— Je suis contente ! s'écria-t-elle en se jetant à mon cou.

— Pourquoi ? dis-je avec un petit rire.

— Parce que désormais, tu seras humaine comme nous autres. »

Elle regretta aussitôt ce qui lui avait échappé. Reconnaissons qu'il y a sans doute une part de vérité dans ce qu'elle a dit.

« C'est pour quand ? interrogea Quincy, en me faisant un câlin.

— Pour le mois d'août. »

Dan serra la main d'Avi tandis que Steven lui flanquait de grandes tapes dans le dos. Toujours cette complicité, ce lien particulier qui se forge entre mâles dès que l'un d'eux nous a collé un enfant. Le fait d'être l'objet de cette liesse me tapait sur les nerfs. Avi, en revanche, semblait parfaitement à son aise. Il se conduisait avec un naturel surprenant, répondait à toutes les questions, souriait et me tint serrée contre lui jusqu'au bout du trajet. Si bien qu'une fois arrivé, tout le monde partageait à son égard la même opinion. Avi, me murmura-t-on, était un homme charmant, adorable. Et d'une gentillesse, d'une beauté ! Aucun doute, il était follement amoureux de moi.

Cela, je le savais déjà. Ce dont je commençais à m'apercevoir, en revanche, c'est que mes sentiments pour lui ne changeraient plus jamais. Je l'aimais, je lui appartenais : il fallait en prendre mon parti.

Quand nous sommes rentrés dans notre appartement (il me paraissait aussi naturel de penser « notre » que de m'accepter comme « nous »), le téléphone s'est mis à sonner sans arrêt. Tantôt c'étaient des gens qui m'appelaient pour m'offrir leurs condoléances, tantôt de hauts fonctionnaires américains ou des membres de la délégation israélienne qui souhaitaient modifier l'ordre du jour de la réunion prévue à Washington. Entre le Premier ministre israélien et l'adjoint au secrétaire d'État américain, Grayson trouva le moyen de m'appeler.

« Maggie, me dit-il gentiment, je me suis juré de ne plus assister à un enterrement depuis celui de maman, mais je voulais te dire que si tu as besoin de moi, je suis là jour et nuit. Et surtout ne te fais pas de souci pour ton contrat. »

C'est après son coup de fil que la dispute a commencé. Pour Avi, il s'agissait d'une divergence d'opinion. Il n'y voyait qu'une discussion soulevée par un malentendu probablement dû au fait que l'anglais n'était pas sa langue maternelle.

« Quoi de neuf ? demandai-je en préparant le café.

— Les Américains souhaitent un retrait unilatéral du Liban, expliqua-t-il en sortant les soucoupes et les tasses. Mais ils craignent que les Syriens n'en profitent pour prendre la place et derrière eux les Soviétiques.

— Alors ? Comment ça va se passer ?

— Il n'y a pas de solution miracle, conclut-il en me tendant la bouteille de lait. Au fait, Grayson Daniel, qu'est-ce qu'il t'a dit ?

— Il a été gentil pour une fois. Il m'a assuré que je n'avais pas à me faire de bile pour mon contrat. »

Avi posa sa tasse et se pencha pour me prendre la main.

« Tu sais, Maggie, déclara-t-il en me regardant tendrement, je voudrais que tu te montres très prudente maintenant à cause du bébé.

— Qu'est-ce que tu veux dire ?

— Tu as trente-quatre ans. Ce n'est pas comme si tu en avais vingt. Je préférerais que tu lèves un peu le pied jusqu'à ce que tu aies accouché, que tu évites les bombardements et la zone des combats. »

Certes, ma vie avait beaucoup changé ces derniers temps mais c'était la première fois que mon métier se trouvait remis en question et qu'Avi me fixait des limites à ne pas dépasser. Il n'y avait qu'une réponse qui aurait pu le contenter mais je n'étais pas prête à la lui faire. Aussi, quand il ajouta : « Je t'aime. Je ne voudrais pas qu'il t'arrive quoi que ce soit », je levai les yeux et me contentai de sourire. Mais il est trop intelligent pour s'attendre à ce que je capitule instantanément, en particulier sur un sujet si nouveau pour nous deux, celui de ma grossesse.

« A mon avis, les Américains sous-estiment les ambitions soviétiques dans la région. Sinon, il faut croire qu'ils sont prêts à faire des concessions », poursuivit-il.

Je me mordis les lèvres. Avi m'embrassait dans le cou.

« Assad ne voudra jamais négocier avec Israël.

— Si tu me faisais l'amour, murmurai-je.

— Ce n'est pas de jeu. Tu ne m'as pas répondu tout à l'heure. »

La version israélienne du compromis me paraissait si transparente que j'aurais pu me charger des négociations à Washington. Je me serais mieux débrouillée que les diplomates américains. Avi me prit le menton dans la main et me regarda au fond des yeux.

« Je veux que tu me promettes de ralentir un peu et de ne pas t'aventurer dans les zones dangereuses.

— Je sais bien que tu le veux, mais je ne peux pas. »

Ses lèvres effleuraient les miennes. Il m'avait coincée contre le frigo.

« Allez, montre-toi un peu conciliante pour une fois. Je suis prêt à faire des concessions, moi aussi.

— Comment ? » Je m'arrachai à son étreinte. « Est-ce que toi, tu envisages de ralentir tes activités ? »

C'était la bonne vieille stratégie israélienne. Pour barrer le passage à l'ennemi, on utilise tout ce qui vous tombe sous la main. Ensuite, on feint de vouloir un compromis et on s'arrange pour culpabiliser l'adversaire, histoire de le déboussoler.

Sa réponse, j'aurais pu la faire à sa place.

« Il ne s'agit pas d' " activités ". Ce n'est même pas un métier, c'est une question de survie, c'est une nécessité absolue et permanente. » Que dire à un homme qui vous accuse (en y mettant les formes) de vouloir l'obliger à renoncer à ses convictions les plus fondamentales ?

« Je t'aime. » Ce que je fis. Et je le laissai me porter dans ses bras jusqu'à la chambre à coucher.

La « discussion » cessa. Je ne me rappelle plus exactement comment, mais mes vêtements se trouvèrent éparpillés sur la moquette à côté des siens. Il m'embrassait. Nous étions tous deux allongés sur les draps frais. Ce dont je me souviens, c'est qu'il me fit l'amour en remuant à peine, si doucement que je finis par lui dire :

« Tu as si peur de me faire mal ?

— Je t'aime, murmura-t-il, posant sa tête sur mes seins. Et je ne veux pas qu'il t'arrive quoi que ce soit. Jamais. »

L'incident était clos bien que je ne lui aie fait aucune promesse précise si ce n'est celle, plutôt vague, de passer le restant de mes jours avec lui. Je savais trop bien pourquoi il agissait ainsi et si j'avais été raisonnable, je me serais montrée plus compréhensive. Nous attendions un bébé. Et c'était la première fois. Si je désirais si fort cet enfant, c'était sans doute à cause de la mort de ma mère. Avi buvait mes larmes et m'empêchait de parler. Je ne me rappelle plus exactement la suite mais de nouveau il m'a embrassée et de nouveau nous avons fait l'amour. Comme si c'était pour la dernière fois : violemment, presque désespérément.

« Je t'aime, dis-je quand j'eus repris ma respiration.

– Promets-moi » répéta-t-il, posant ses lèvres sur les miennes comme s'il avait voulu leur faire dire ce qu'il voulait entendre. Mais je refusai obstinément.

Nous avons passé la veille du jour de l'an (1983) dans un petit restaurant de Bleecker Street. Nous avions tous les deux mis des jeans, enfilé des gros chandails, des anoraks et des bottes. Il faisait toujours le même temps maussade, froid et gris. Avi se sentait à l'aise dans ce bistro du Village à l'ambiance décontractée. Mais au bout d'un moment, je le vis sortir de sa poche une carte qui indiquait en hébreu les meilleures années de différents grands crus. Je le regardai se mordiller la lèvre en étudiant intensément sa petite carte et j'avais envie de rire. Il surprit mon coup d'œil.

« Ça ne se fait pas ? Je n'aurais pas dû la consulter ici ? » J'avais envie de le serrer dans mes bras. Il m'attendrissait quand je le sentais vulnérable, si peu sûr de lui. La flamme de la bougie vacilla, plongeant son beau visage dans la pénombre.

« Tu peux faire ce que tu veux, dis-je. Tu peux même m'interdire de me rendre dans les zones dangereuses, ajoutai-je avec un sourire. C'est toi qui as raison. J'ai eu tort d'en faire une histoire. Je n'ai rien de plus précieux que toi et ce bébé. »

Ses yeux s'emplirent de larmes. Il ne répondit pas. Il se contenta de passer la commande quand le serveur s'approcha de notre table. On nous apporta un vin mystérieux dont ni lui ni moi n'avions jamais entendu parler. Une fois la bouteille débouchée et nos verres remplis, il se cala contre le dossier de sa chaise, faisant comme si c'était exactement le cru qu'il avait choisi.

Au cours du dîner, il fut plusieurs personnages à la fois : l'enfant innocent qui avait fui la Russie par une nuit d'hiver avec ses parents. Devant lui, son père vêtu d'un long manteau noir, bourré de faux papiers, à côté de lui sa mère qui pressait le pas et le tenait par la main, l'obligeant à courir sur ses petites jambes jusqu'au moment où ils avaient sauté dans un train qui les avait conduits en Autriche. J'avais mal en l'écoutant, j'aurais voulu le presser dans mes bras, faire miens tous ses souvenirs. Mais Avi était trop rapide. Le temps de rêver au petit garçon de quatre ans, perdu dans le froid et la nuit, il avait changé d'expression. Ses yeux brillaient, un léger sourire jouait sur ses lèvres, tandis qu'il m'effleurait le bout des doigts. Notre enfant à nous n'avait rien à craindre. Les épreuves qu'Avi avait endurées lui seraient épargnées. Il avait hâte d'être père. L'enfant qui allait naître l'emplissait déjà de joie et fierté. Aussi, quand il aborda le sujet qui nous préoccupait, je ne m'étonnais pas, mais j'eus du mal à garder mon calme.

« J'ai peur pour nous trois parce que, ces derniers temps, j'ai vu trop de scènes atroces. Je ne veux pas que tu prennes de risques inutiles.

— Et moi ? Comment veux-tu que je réagisse à chaque fois que tu t'en vas ?

— Que tu sois inquiète, je le conçois. C'est normal. Mais crois-moi, je fais extrêmement attention. Je sais ce que je fais.

— Et ces scènes atroces dont tu parlais ? Tu ne peux pas prévoir l'imprévisible ! »

Il se pencha pour m'embrasser doucement.

« Non. Pas toujours, ma chérie. Mais toi tu en sais trop. C'est difficile de te mentir. »

Un mot. Juste un mot et la panique m'envahit.

« Que veux-tu dire ? »

Cette fois, ce fut le général israélien qui me répondit, sourcils froncés, mâchoire crispée, voix tendue, coupante, autoritaire. « Maggie, écoute-moi bien. Je vais te dire ce qui me tracasse. Tu te souviens de ces six soldats – les nôtres –, qui ont été capturés dans la zone de sécurité, il y a près de huit mois maintenant ? Ceux qui patrouillaient dans un véhicule blindé près d'un poste de la Finul. Eh bien, personne ne s'y attendait. Ils se sont fait prendre comme des bleus. Trois terroristes les ont repérés, se sont infiltrés dans la zone, leur ont sauté dessus et les ont emmenés. Il y a fort peu de chances pour que leurs ravisseurs respectent les conventions de Genève. Tu vois où je veux en venir ?

— Pas tout à fait », mentis-je.

Je ne le voyais que trop bien.

« Aujourd'hui, il n'y a plus de règles. Le Liban est devenu une sorte de supermarché d'otages. »

Un supermarché d'otages. La formule fit écho dans mon crâne mais je refusai obstinément d'envisager ce qu'elle signifiait pour nous.

« Ils seront probablement libérés lors d'un échange de prisonniers. Ça fait partie des affaires que nous sommes venus discuter à Washington. Mais ce n'est que le début.

— De quoi ?

— D'une guerre qui n'a plus rien à voir avec la guerre traditionnelle. »

Nous sommes rentrés chez nous tout doucement ce soir-là, regardant les vitrines pour essayer de penser à autre chose qu'à la triste réalité qui nous attendait. Les rues du Village étaient désertes à l'exception de quelques fêtards qui se jetèrent sur nous pour nous souhaiter la bonne année. Ce qui me frappait, c'était que nous étions très loin de ce qu'on appelait alors « La Mecque de la Révolution ». Et pourtant tout ce qui se passait là-bas avait fatalement des répercussions sur l'Amérique, même si très peu d'Américains s'en rendaient compte.

« Bonne année, bébé », murmura Avi ce soir-là quand nous fûmes couchés. A qui s'adressait-il ? Toujours est-il que je répondis pour deux : « A toi aussi, bonne année ! Et une année de paix ! »

C'était un rêve que nous caressions l'un et l'autre mais, vu ce que nous savions, nous n'étions pas très optimistes. Et le téléphone qui n'arrêta pas de sonner cette nuit-là ne fit que confirmer nos craintes : la situation devenait de plus en plus critique.

Le jour de l'an fut particulièrement pénible. Le visage de ma mère m'apparaissait sans cesse, si vivant, si proche que je fondais en larmes.

« Pourquoi ? criai-je. Pourquoi a-t-elle fait ça ? »

Et même Avi Herzog qui avait toujours fourni des explications rationnelles pour tous les événements ne pouvait en trouver une qui convienne, pas plus qu'il ne pouvait expliquer de façon logique pourquoi les attentats terroristes se multipliaient au Liban. En principe, la guerre était terminée. Tout le monde était d'accord.

Pourtant, Palestiniens, Syriens et Libanais ne cessaient de rompre le cessez-le-feu.

« Est-ce qu'il t'arrive d'avoir peur ? » demandai-je à Avi, pelotonnée contre lui, tandis qu'il essayait de joindre le ministre de la Défense à Tel-Aviv.

Rien qu'à voir l'expression de ses yeux, je sus que la vérité ne pouvait que m'angoisser davantage.

« Oui, répondit-il finalement. Mais seulement pour mes hommes quand quatre gros chars sont pointés sur deux petites maisons palestiniennes. L'un de nous risque d'être blessé par accident. »

Le téléphone sonna sans arrêt. Avi passa la nuit suivante à discuter des événements récents et des conséquences qu'ils pouvaient avoir pour Israël. Moi, pendant ce temps, ce qu'on appelle improprement les « nausées matinales » m'empêchaient de faire quoi que ce soit. L'envie de vomir me prenait à tout instant, le jour comme la nuit.

« Laisse la porte ouverte au cas où tu aurais besoin de moi », me lança Avi tandis qu'il s'entretenait avec le ministre de la Défense. Tout en m'aspergeant le visage d'eau froide, je me dis que bientôt tous les membres du gouvernement israélien allaient savoir que j'étais enceinte. Quand j'émergeai de la salle de bains, Avi parlait des Sam 5 et des Sam 6 – les missiles sol-air que les Syriens venaient de redéployer dans des tranchées ouvertes – avec un fonctionnaire de Washington. L'éventualité d'une confrontation directe entre Israël et la Syrie se faisait de plus en plus menaçante.

« Il ne manquait plus que ça ! m'écriai-je lorsqu'il eut raccroché.

– C'est moi qui t'ai fait ça ? interrogea-t-il tendrement, en me caressant les tempes. C'est moi qui t'ai rendue malade ?

– Je ne vois pas qui ça pourrait être d'autre, répondis-je en me recouchant.

– Tu es verte.

– Non, ça va mieux. »

Jamais je ne m'étais sentie si mal en point.

« Tu sais, je ne regrette rien », fit-il en m'embrassant.

Un calme extraordinaire m'envahit soudain. J'envisageais les choses avec une lucidité inaccoutumée. Qu'Avi m'ait demandé de ne plus faire ce que j'avais toujours fait dans cette partie du monde qui était la sienne ne me décourageait pas. Au contraire, ma résolution s'en trouvait renforcée. Il était à la fois mon partenaire et mon amant. Nous ferions vie et cause communes.

« Moi non plus, je ne regrette rien. Tout ce que je veux, c'est toi et ce bébé. Et... que cette guerre finisse », ajoutai-je.

Le matin du 2 janvier, Maggie Sommers et Avi Herzog s'apprêtent chacun à entamer leurs négociations respectives. Avi prend l'avion de 8 heures pour Washington. Il doit assister aux premières conversations avec le département d'État. Quant à Maggie, Grayson, Elliot et Quincy l'attendent à 9 heures dans les bureaux d'ABN pour signer son nouveau contrat.

Depuis que je suis réveillée, la même pensée me trotte dans la tête. Ce bébé a quelque chose de très particulier – en dehors du fait que c'est moi qui le porte et Avi qui l'a mis là où il est. Je suis certaine que, quoi qu'il arrive désormais, il va naître. Il sera pour partie de moi et de cet homme qui se tient devant la glace et qui noue sa cravate. Cet enfant a déjà surmonté tant d'obstacles! Et non des moindres. Il a « assisté » à mon départ de l'aéroport Ben Gourion. Il m'a « vue » quitter son père qui m'aimait et que je voulais m'efforcer d'oublier. Mon bébé : enfin « quelque chose » que je n'ai pas fait seule, que je n'ai pas réalisé à contrecœur et que je pourrai partager avec un autre pour le restant de mes jours! Mais soudain la panique s'empare de moi. Une panique que je connais bien et qui surgit toujours quand je fais preuve de trop d'optimisme. La réalité s'est chargée de me « doucher » depuis ce jour où je me suis assise près du camp de Sabra. Et tout récemment encore, quand je suis entrée dans l'appartement de ma mère.

« Où va-t-on vivre ? »

J'essaie de me changer les idées, de me concentrer sur des détails sans importance.

« Dans une maison, se contente-t-il de répondre en se donnant un coup de peigne.

– Et comment va-t-on la trouver, cette maison ? »

Sa patience sans limite m'émerveillera toujours.

« On fera le tour des agences immobilières.

– Et suppose qu'il y ait de nouveau la guerre ?

– On la gagnera comme les autres. Du moins, on aura peut-être le temps de régler celle-ci avant que tu n'aies le temps de redouter un nouveau conflit. »

Avi vient s'asseoir à côté de moi sur le lit. Il a l'air malheureux.

« Imagine que tu perdes cette guerre. Qu'est-ce qu'on deviendra ? »

Je déchire nerveusement un Kleenex entre mes doigts.

« On émigrera à New York et j'ouvrirai un stand de *felfels*. Tu sais, ces petits sandwiches longs... »

Avi se lève et s'arrête au pied du lit. Avec son costume trois-pièces bleu marine, sa chemise blanche immaculée et sa cravate en soie rayée de rouge, il a l'air de tout ce qu'on veut sauf d'un général israélien (qui se trouve être également conseiller spécial auprès du Premier ministre pour les affaires libanaises). En fait, on dirait le P-DG d'une agence de pub ou le directeur financier d'une grosse banque spécialisée dans les investissements internationaux. Mais qu'importe son apparence. Je sais trop qui il est en réalité et où il ira lorsqu'il quittera les États-Unis.

« Je connais un bon coin juste à côté de Rockefeller Center. Avec tes *felfels,* tu ferais fortune ! »

Il sourit, me prend la main et m'emmène jusqu'à la porte d'entrée.

« Tout bien réfléchi, dis-je tandis que nous attendons l'ascenseur sur le palier, le stand de *felfels* n'est peut-être pas une si bonne idée que ça. Pourquoi ne serais-tu pas attaché militaire de ton ambassade à Washington ?

— Ne le devient pas qui veut. Et puis c'est encore dans mes fonctions actuelles que je suis le plus compétent.

— Laisse quelqu'un d'autre les remplir à ta place. Je n'aurai plus de raisons de me faire de la bile sans arrêt.

— Mais je ne suis pas le seul à les remplir. Il y a des tas d'autres gens qui s'en chargent. Vingt-quatre heures sur vingt-quatre ! » Comme toujours quand nous abordons ce sujet, je vois son visage s'assombrir. Il se penche pour me dire adieu et nous nous étreignons longuement, essayant de chasser les idées noires qui nous assaillent.

« Quand tout ça sera réglé, dit-il en s'écartant, j'aurai un bureau au ministère. Je travaillerai huit heures par jour. Tu verras, tu en auras vite assez de m'avoir tout le temps dans les pattes ! »

J'ai la gorge tellement serrée que, si j'ouvre la bouche, je vais éclater en sanglots.

« Sommers, lance-t-il en pénétrant dans l'ascenseur, c'est la dernière fois que nous avons cette discussion. Vous auriez dû y penser avant. Maintenant c'est trop tard. »

Du doigt, il montre mon ventre et m'envoie un baiser. Les portes de l'ascenseur se referment.

Avi est parti.

Grayson Daniel se penche pour m'embrasser. Son haleine empeste l'alcool. Il m'offre ses condoléances que je crois sincères si sa façon de les exprimer est passablement ridicule.

« La mort, quelle tragédie, Maggie! » Là-dessus, il me prend le bras et m'entraîne devant la grande baie vitrée qui surplombe l'Hudson. Quincy feint d'être occupée à nettoyer ses bottes de cuir fauve avec un Kleenex détrempé. Elliot cesse de fouiller dans ses paperasses et s'approche de moi.

« Si on jetait un coup d'œil à ce contrat ? dit-il. Maggie sait très bien que nous sommes tous désolés. »

Mais je ne parviens pas à m'intéresser vraiment à cette réunion cruciale cependant pour le reste de ma carrière. Je songe à Avi, à ce qui se passe en ce moment à Washington. Je n'avais même pas envie de venir ici ce matin. Mais juste après son départ Cara m'a téléphoné.

« La vie continue, tu sais. Quelle différence cela fait-il que tu ailles à une réunion ? Le deuil, chacun le porte en soi. Je t'avoue très franchement que je n'ai pas l'intention d'aller me recueillir sur sa tombe. Jamais. Pour la bonne raison que ce n'est pas là qu'elle est.

— Ah bon ? Et où est-elle, selon toi ?

— Plus probablement en compagnie du tsar, de grand-mère et de Fabergé en train de discuter parfums, danse, blinis ou caviar. Va à ton rendez-vous. Et bonne chance! »

Comment expliquer à Cara que c'est le monde entier qui est concerné et que la tournure des événements ne laisse pas de m'inquiéter ?

« Ce contrat m'a l'air parfait, décrète Quincy en regardant les autres par-dessus ses lunettes. Il n'y a qu'un petit problème : c'est que Maggie ne doit pas trop se déplacer en ce moment.

— Ah bon ? En quel honneur ? »

Quincy hésite et me consulte du coin de l'œil.

« Parce que je suis enceinte, dis-je. Et que si tout se passe comme prévu, j'en ai encore à peu près pour six mois.

« — Enceinte ?! hurlé Elliot. Eh ben, dis donc, tu ne perds pas de temps, toi au moins!

— Mais comment se fait-il que tu sois enceinte? » glapit Grayson.

On ne peut pas dire que la nouvelle les transporte d'aise.

« Entre nous, mon cher Grayson » (je me pince les lèvres pour ne pas rire), « je ne crois pas que la façon dont je m'y suis prise vous intéresse énormément. Ce qui importe, c'est que je pourrai travailler normalement jusqu'aux dernières semaines avant l'accouchement. La seule chose que je devrai éviter, c'est de me rendre sur le front. Mais c'était déjà une affaire entendue. Par conséquent, je ne vois pas où est le problème. »

C'est Grayson qui récupère le premier. Il s'approche de moi, les bras tendus.

« Ça alors! En voilà une bonne nouvelle! »

Pâle et défait, Elliot est au bord des larmes.

« Je suis bien contente de voir le plaisir que ça vous fait, persifle Quincy.

— Tu as l'intention de te marier? Ou bien est-ce que tu comptes nous coller un scandale sur les bras? » interroge Elliot, l'air suffisant. Au mot « scandale », Grayson devient livide.

« Maggie, dit-il, la voix rauque, tu as l'intention de te marier, naturellement? »

Une fois encore, je m'aperçois qu'ils me considèrent comme leur chose, plus que comme une collègue ou une amie.

« En mars, quand il aura réglé son divorce.

— Dans ce cas, s'écrie Grayson avec une jovialité un peu forcée, on cadrera Maggie de plus en plus haut en attendant l'heureux événement. Qu'est-ce que tu en dis, Elliot? »

Pour toute réponse, celui-ci se contente de me décocher un regard assassin.

« Si on étudiait un peu ce contrat? lâche-t-il, pincé.

— Dans le fond, enchaîne Grayson, je ne vois pas là de difficultés insurmontables. On commencera la série tout doucement jusqu'à ce que Maggie soit... euh...

— En meilleure forme, propose Quincy. Ce qui signifie qu'en attendant, elle restera basée en Israël. Pas question qu'elle passe son temps à se balader!

— Elle aurait pu réfléchir avant d'avoir un enfant, gémit Elliot.

– Voyons, Elliot, je suis sûr que Maggie a longuement pesé le pour et le contre avant de prendre une pareille décision.

– Tout ce qu'elle a pensé à prendre, c'est son pied! marmonne Elliot entre ses dents.

– Merci, t'es vraiment un copain, lui dis-je à mi-voix.

– Enfin, Maggie, tu te rends pas compte, pleurniche-t-il.

– Et au fait, le père, coupe Grayson, où est-ce qu'il est?

– A Washington, dis-je en regardant Quincy du coin de l'œil.

– Écoutez, mieux vaut s'entendre, déclare Grayson soulagé. Du moment que Maggie continue à travailler et qu'elle commence cette série d'émissions, c'est l'essentiel.

– Tout à fait, conclut Quincy avec un grand sourire.

– C'est donc une affaire entendue. »

Mais avant que l'un de nous puisse ajouter quoi que ce soit, Peter Templeton et Jack Roshansky font irruption dans le bureau de Grayson et jettent sur son bureau plusieurs mètres de papier qu'ils viennent d'arracher aux téléscripteurs. Sans donner davantage d'explications, Jack règle le volume de l'un des postes de télévision encastrés dans le mur.

« On a une correspondance avec Ringler au Liban. Cette fois, y a du grabuge!

– Bon Dieu, c'est pas vrai! s'exclame Grayson en parcourant le télex. Monte le son! »

Nous écoutons, abasourdis. Ringler apparaît sur l'écran. Il parle lentement dans son micro. Derrière lui, on distingue un amas de décombres. Il me faut une bonne minute pour saisir l'étendue de la catastrophe et le sens des images apocalyptiques qui défilent.

« Cette fois, c'est un véritable carnage. Apparemment, il n'y aurait aucun survivant. » Ringler se tient, micro en main, devant un bâtiment entièrement détruit. Un vent violent soulève la poussière et agite ses cheveux en tous sens. « Il s'agit d'un hôpital de la Croix-Rouge où se trouvaient – c'est un chiffre approximatif – 287 malades et blessés : des Israéliens, des Libanais et deux Américains. » Ringler tire sur le fil de son micro et s'approche des décombres. « Un camion-suicide bourré d'explosifs : six tonnes de dynamite... » La sirène d'une ambulance couvre sa voix. Nick s'interrompt et attend que le véhicule ait tourné le coin de la rue avec son lugubre chargement.

« Qu'est-ce qui s'est passé ? » interroge Quincy très pâle.

Elliot jette les télex sur un coin du bureau.

« Les salauds ! Cette fois, ils n'y sont pas allés de main morte !

– Silence ! » hurle Grayson qui transpire abondamment.

Plusieurs correspondants qui travaillent pour d'autres chaînes de télévision s'entretiennent maintenant avec Ringler. Nick lève la main et poursuit : « Cet attentat à l'explosif visait un immeuble de huit étages situé à Beyrouth-Est, non loin de la ligne de démarcation. Il se trouve que l'immeuble en question avait été consolidé parce qu'il avait abrité – ironie du sort ! – l'ambassade d'Iran. Par la suite, depuis 1975 exactement, la Croix-Rouge y avait installé un hôpital. Et c'est cet hôpital qui vient d'être entièrement détruit. » Quelqu'un tend une feuille de papier à Ringler. « On me communique à l'instant le dernier bilan de la catastrophe. Il y aurait 306 morts. Je passerai en direct ce soir. Vous me recevez ? » Ringler met la main en cornet à l'oreille, la tête penchée sur le côté, lève le pouce et conclut : « OK, ici Nick Ringler, à Beyrouth. A vous. » Quincy s'empare de ma main.

« Je croyais que la guerre était terminée ?

– Maggie retourne là-bas ? demande Jack à Grayson.

– Jamais de la vie, tranche Quincy. Ce n'est pas ce qui a été convenu.

– Le temps qu'elle y soit, les choses se seront tassées. » (Sacré Grayson ! Toujours le mot pour rire...) « Elle fera une émission spéciale sur cette boucherie... Ce carnage... »

Il se tourne vers Elliot.

« A toi de jouer. »

Celui-ci lui fait signe qu'il a compris et lance rapidement des ordres à Jack et à Peter.

« Appelez le bureau de Jérusalem par téléphone et dites-leur de rester en ligne. Faites-moi un carton spécial. Interrompez le programme... N'importe, je m'en fous ! Et vous passez ça à l'antenne tout de suite ! » J'ai beau repenser à la conversation que j'ai eue ce matin même avec Avi, j'ai du mal à croire à ce drame absurde dont les images continuent à défiler sous nos yeux. A présent, je comprends mieux ce qu'il a voulu me dire. La folie règne au Liban.

« Attention ! Ringler nous appelle de nouveau », prévient Jack qui se lève pour monter le son.

Nick interroge un jeune soldat qui a du mal à retenir ses larmes en décrivant les instants qui ont précédé l'explosion.

« J'ai vu un camion benne vert qui faisait le tour du parking juste devant la grille du l'hôpital. Il a pris de la vitesse et il a foncé droit sur la barrière de sécurité. Dès que je l'ai aperçu...

– Qui? interrompt Ringler. Dès que vous avez aperçu qui?

– Le chauffeur, le gus qui conduisait le camion, c'était un hezbollah. J'ai compris ce qui allait arriver. J'ai compris que le type allait s'écraser avec son camion contre l'hôpital. Un vrai feu d'artifice! Comme au 14-Juillet! »

Un homme accourt vers Nick et lui tend un papier.

« Attendez, hurle-t-il, ce n'est pas tout. On vient de recevoir ça. »

Il déchiffre la feuille, la roule en boule et la jette dans la poussière.

« Dix minutes après l'attaque contre l'hôpital, profitant de ce que toute l'attention était braquée sur ce secteur, un autre " camion kamikaze " s'en est pris à l'ambassade de France. L'immeuble s'est écroulé comme un château de cartes. Il y aurait 65 civils tués. Bilan provisoire. »

Quand l'écran redevient noir, je suis accroupie au fond de mon fauteuil, les mains nouées, la tête entre les genoux. Tant d'un côté, tant de l'autre : quelle différence? Tout va recommencer, je le sens. L'image revient. Dick Swanson, du bureau de Jérusalem, s'apprête à faire le récit complet de ce cauchemar.

« Cette fois, c'est confirmé, hurle Elliot à mon intention en couvrant le combiné du téléphone. C'est un coup des shi'ites! Ils sont complètement givrés!

– Pas question que tu ailles dans les parages, s'écrie Quincy légèrement hystérique. En tout cas, pas avant que ça se calme un peu.

– Sans blague, siffle Elliot, tu veux qu'elle attende quoi? L'an 2000? »

Mais mon attention se porte de nouveau sur l'écran. Dick Swanson termine son compte rendu.

« Quelques heures après ce double attentat, un correspondant anonyme a téléphoné à l'agence libanaise de presse à Beyrouth pour annoncer, je cite : " Nous ne sommes ni des Iraniens, ni des Syriens, ni des Palestiniens. Nous sommes simplement des soldats de la

Révolution. Nous sommes les opprimés de la terre et nous suivons les préceptes sacrés du Coran. Au nom d'Allah, nous sommes prêts à mourir pour notre patrie. " »

Je ne vois plus les gens qui m'entourent. Ce sont ces ennemis imaginaires que je contemple, lorsque du coin de l'œil j'aperçois Quincy. Et tandis que Dick Swanson continue à parler, je songe qu'elle pourrait encore tout annuler. Mais quelque chose me dit que c'est déjà trop tard. Grayson et Elliot sont pendus au téléphone.

« J'ai mis tout le paquet sur la conférence de Washington, hurle Grayson. Au Liban, je n'ai qu'une équipe réduite! »

Elliot a coincé le combiné contre son épaule pour pouvoir prendre des notes.

« Envoyez quelqu'un à l'ambassade d'Iran à Paris. Tâchez d'obtenir une déclaration officielle.

— Mais ils ont dit qu'ils n'étaient pas iraniens, observe Quincy perplexe.

— A ce que je vois, Quincy, tu crois à leurs bobards. Les Iraniens sont les seuls qui soient assez fous pour se faire sauter avec leurs bombes!

— Exact, renchérit Grayson. De nos jours, ce sont les seuls. Rappelle-toi les Japonais...

— Et puis j'ai Maggie Sommers qui retourne là-bas », ajoute soudain Elliot au téléphone. Il se penche vers moi et claque des doigts. « Quand, Sommers? » Elliot est redevenu totalement professionnel. Rancœur, jalousie, colère, tout est oublié. Ça n'existe plus. Quincy pose sa main sur la mienne pour m'empêcher de répondre trop vite. Ou de répondre tout court. Mais c'est inutile. Elle le sait aussi bien que moi.

« Maintenant... Demain... Quand tu veux, dis-je automatiquement, comme si je n'avais plus le choix.

— Retiens-lui la même chambre à Tel-Aviv, même hôtel. Elle sera là-bas après-demain. Ce qui signifie qu'elle part demain par l'avion d'El Al à l'aéroport Kennedy. »

Elliot me regarde, lève le pouce et acquiesce. Tout est OK. C'est comme si rien n'avait changé depuis mon départ d'Israël. Rien, si ce n'est ma mère qui est morte, une grossesse qui n'est plus un secret pour personne et un amant qui va sûrement se précipiter dans une zone où les hezbollahs ont l'intention de tout détruire. Non, rien n'a changé : même pas mon rythme cardiaque qui s'accélère comme à chaque fois qu'on m'envoie en mission.

« Tu ne vas pas faire ça! proteste Quincy. Tu oublies que, maintenant, tu as des responsabilités!

— Et Avi alors? Qu'est-ce qu'il va devenir? »

Lui seul m'importe. Lui seul compte désormais. Grayson me tend le téléphone.

« C'est pour toi.

— Où es-tu? »

Je ne lui laisse pas le temps d'en placer une.

« En voiture. A Washington. Sur la route de l'aéroport. Je pars directement pour Israël parce que nos positions sont menacées. Tout est remis en question.

— Je sais, dis-je, les larmes aux yeux.

— Quand est-ce que tu rentres?

— Je serai là-bas après-demain. Je t'apporterai tes affaires. J'aurai la même chambre à Tel-Aviv, au même hôtel... »

Des détails, rien que des détails. Tout pour éviter la souffrance.

« Je t'aime! » Il crie pour couvrir la friture sur la ligne. « Je viendrai te chercher à l'aéroport.

— Moi aussi, je t'aime. Promets-moi d'être prudent.

— Je t'entends très mal! » hurle-t-il.

Un craquement. Plus rien. La ligne est coupée.

Avi ne m'a rien promis.

10

Le jumbo-jet d'El Al se trouve quelque part au-dessus de la Grèce lorsque se produit un soudain remue-ménage à l'avant de l'avion. Un membre de l'équipe de sécurité, dans une tenue qui se voudrait décontractée mais que trahit la grosse bosse au niveau de l'épaule gauche – celle du holster – remonte l'allée centrale au pas de course. Il est tellement transparent qu'il ferait moins flic avec un trench et un borsalino. Schlomo, le steward en compagnie duquel j'ai effectué d'innombrables traversées sur cette ligne New York-Tel-Aviv, écoute attentivement ce que lui dit le copilote tandis que plusieurs hôtesses s'approchent, l'air soucieux, l'œil inquiet.

Avi ne m'a pas rappelée depuis son brusque départ avant-hier. Je m'y attendais. Il est probable qu'il se trouve au Liban dans une zone où il est difficile de téléphoner. Hier soir, j'ai eu du mal à supporter les images du journal télévisé, montrant les ruines fumantes après les explosions. Soldats américains et soldats français aidés par des Israéliens et des membres de la Finul fouillaient les décombres et en sortaient des cadavres. La liste des victimes s'allonge. Mais à présent, mon instinct me dit qu'il se passe quelque chose. La radio de bord a dû capter un message. En me voyant approcher, Schlomo, large fossette au menton et yeux noirs expressifs, sourit d'un air entendu.

« Je me doutais bien que vous ne tarderiez pas à rappliquer.

– Qu'est-ce qui se passe ? »

Je dévisage les membres de l'équipage, l'un après l'autre.

« Une tasse de café, ça vous dit ? propose Schlomo, en tournant le dos à la cabine de pilotage.

— Merci, dis-je sans bouger d'un pouce en fixant le copilote.

— Qu'est-ce qui vous faire croire qu'il se passe quelque chose ? demande celui-ci en jetant un bref coup d'œil à Schlomo.

— Maggie Sommers est correspondante au Moyen-Orient pour une chaîne de télévision américaine, explique Schlomo, en me tendant mon café. Alors, elle est toujours à l'affût d'un scoop, pas vrai, Maggie ? »

Un passager est obligé de me bousculer pour se rendre aux toilettes.

« A vous voir tous, on dirait que vous venez d'apprendre quelque chose par la radio. »

Le copilote hausse les épaules et fait comprendre à Schlomo que c'est à lui de régler ce problème. Il me tourne le dos et rentre dans le cockpit.

« Maggie, allez vous rasseoir à votre place. En principe, vous n'avez pas le droit d'être ici.

— Écoutez, dis-je, s'il s'agit d'une info top secret, il n'y a pas de danger que je puisse la divulguer dans l'immédiat. Si je vous demande ce qui se passe, c'est parce que ça me concerne personnellement.

— Je ne peux rien vous dire. »

Mais il a l'air anxieux.

« Schlomo, je vous en supplie ! »

Et moi, je dois avoir l'air si malheureuse, si inquiète qu'il finit par céder.

« On nous suit jusqu'à Ben Gourion, chuchote-t-il en regardant autour de lui.

— Pourquoi ? »

J'ai les mains qui tremblent.

« Je ne peux rien vous dire d'autre. Je vous en prie, ne me posez plus de questions et retournez vous asseoir. »

Un trou d'air. Le Boeing est secoué et je réintègre ma place en chancelant. Un avion civil israélien ne peut être « suivi » par un radar militaire ou par des chasseurs que si le territoire d'Israël a été attaqué ou si la guerre menace d'éclater. Que faire d'autre pendant une heure et demie, sinon échafauder des hypothèses ? Finalement, le pilote annonce que nous allons nous poser à Ben Gourion. Soulagée, je ramasse mes affaires sous mon siège et descends de l'appareil. S'il y a des événements graves, Avi me mettra au courant avant de se précipiter sur place pour prendre les mesures qui s'imposent. Mais dans ce cas-là, il est probable qu'ABN me demandera d'aller immédiatement faire un premier compte rendu au studio.

Dans l'aéroport, la chaleur est insupportable. Dire qu'à New York, onze heures plus tôt, la température était au-dessous de zéro! Tout en changeant mon sac d'épaule, je m'achemine vers le contrôle et j'attends qu'on ait tamponné mon passeport. Les formalités sont longues. Il faut consulter l'ordinateur avant que le factionnaire vous laisse passer. Ensuite, il y a un premier contrôle de sécurité un peu plus loin. C'est là que je commence à chercher Avi dans la foule des gens qui attendent de l'autre côté de la barrière. Je note un truc bizarre, sans y prêter trop d'attention sur le moment : Gila et Gidon sont là. A côté d'eux se trouve un homme en uniforme, quelqu'un que je ne connais pas. Il faut encore passer le second contrôle de sécurité : un policier dévisage attentivement tous les passagers et récupère les contremarques bleues qu'on nous a données tout à l'heure, preuve que notre passeport a été vérifié. Gila n'est plus qu'à quelques mètres de moi. Elle se penche vers Gidon et lui murmure quelque chose à l'oreille. Il acquiesce, se recule un peu et tourne la tête de l'autre côté.

Gila a les yeux rouges, une mèche de cheveux blonds s'est échappée de son serre-tête. Ses traits sont tirés comme si elle n'avait pas dormi de la nuit. Elle a l'air si catastrophé qu'il faut que je me force pour m'avancer jusqu'à elle. Je ne tiendrai pas le coup. Cette fois, c'est trop. Pas *ça*! Ce n'est pas possible! Elle me prend la tête dans ses mains. Ses joues ruissellent de larmes.

« Maggie, murmure-t-elle. Maggie! »

Tout ce que j'avais m'est brusquement retiré. Une trappe s'ouvre sous mes pieds. Il ne me reste plus qu'à tout recommencer. Le décor se met à tourner. Je secoue la tête pour stopper le vertige qui me gagne. Un goût salé sur mes lèvres : je pleure moi aussi.

« Non, je t'en supplie, ne me dis pas qu'Avi... »

Gila voudrait me répondre mais elle ne peut pas. Il est aussi atroce d'annoncer ce genre de nouvelles que de la recevoir. Les mots qui frappent. Comme des coups.

Gidon est à côté de moi, tout près de l'homme en uniforme que je n'arrive pas à identifier et qui m'aide à me tenir debout.

Et brusquement ça y est. Je comprends : c'est le psychologue de l'armée, celui qu'on envoie toujours dans ce genre de circonstances pour avertir la famille. Gidon me soutient de l'autre côté. J'éclate en sanglots. Gila aussi. Tous trois parlent en même temps.

« Notre base de Sidon a été attaquée par un commando suicide, hier soir. Des hezbollahs », explique Gidon.

Mais je ne veux rien entendre. A quoi bon des détails quand l'histoire est déjà trop claire ? Je le repousse sans rien dire. Je le regarde fixement dans les yeux comme une bête blessée. Je le supplie de se taire. Il a posé ses larges mains sur mes épaules. Sa mâchoire est si crispée que son visage est parcouru de tics nerveux. Seules la discipline et la maîtrise de soi l'empêchent de craquer, mais pour moi, c'est trop. Je ne le supporterai pas.

« Avi se rendait à Tyr où il allait inspecter une autre base. »

J'ai mal. Gila repousse une mèche de cheveux qui me tombe sur les yeux. Le psychologue resserre son étreinte sur mon bras.

« Les terroristes avaient piégé la route. On a trouvé les débris de la Jeep. Il y avait beaucoup de sang. Ou il est mort ou il est prisonnier. Pour l'instant, on n'en sait pas plus. »

Mort ou prisonnier. Faites votre choix. Mort, mettez une croix dans la colonne A. Prisonnier, cochez la colonne B. Mort ou prisonnier. Ces deux mots flashent dans ma tête comme sur l'écran d'un ordinateur. J'essaie de me représenter la situation. Quelque part entre Tyr et Sidon, une Jeep calcinée, tordue, détruite par une mine.

Gidon consulte le psychologue du coin de l'œil, comme pour savoir s'il peut poursuivre. Ils ont une grande habitude de la chose ici. Seuls les Israéliens peuvent distiller ce genre de nouvelles avec une pareille efficacité, annoncer que l'un de leurs Tat Alouf est soit prisonnier, soit mort. Le processus est subtil. Choc frontal : Avi n'est pas là. Et là-dessus, la douche froide : il ne viendra pas. Je ne le verrai plus. Ni ici ni ailleurs. Avant très longtemps. Peut-être plus jamais. Peu à peu, la réalité fait son chemin dans mon crâne. Des disparitions tragiques du même genre, il y en a trop eu pour que je me fasse des illusions sur l'issue de celle-ci. Je peux le lire dans leurs yeux.

« Je vous en supplie », dis-je en pleurant. Ma main effleure la joue râpeuse de Gidon. « Par pitié ! » Comme si chaque catastrophe contenait *aussi* son miracle.

Il me regarde. On dirait qu'il va éclater en sanglots. Non, il se retient. A nouveau, cette expression que je lui ai vue tout à l'heure, tendue, crispée. Mais cette fois l'angoisse affleure.

« Vous êtes sûre que vous le supporterez ? » interroge le psychologue, cet étrange individu chargé d'une des tâches les plus horribles qu'on puisse imaginer : ramasser les morceaux, faire en sorte que « la vie continue » !

J'aspire l'air un grand coup.

« Oui, je vous en prie.

— Avi a essayé de trouver Moshé, son chauffeur, explique Gidon. Pas moyen. Il a décidé de partir seul. Il a grimpé dans sa Jeep et il a pris la direction de Sidon. » Une pause. « L'une de nos patrouilles a trouvé sa Jeep ou ce qu'il en restait sur le bas-côté de la route, non loin du détonateur. »

Apparemment, la charge a explosé plus tard que prévu. Selon toute vraisemblance, avec trois bonnes minutes de retard, ce qui explique le miracle, si miracle il peut y avoir dans ce monde tordu.

« Il y avait beaucoup de sang. Il a dû être éjecté de son véhicule, ce qui lui a sans doute sauvé la vie. Mais il a dû se blesser grièvement, ce qui fait qu'il est peut-être mort à l'heure actuelle. »

J'ai du mal à respirer, à fermer la bouche, tellement mes lèvres sont desséchées. Ils m'entraînent à l'écart de la foule et des embrassades. Le psychologue m'aide à m'asseoir dans un fauteuil, Gila me pose la main sur l'épaule. J'ai les genoux qui tremblent si fort qu'il faut que je les tienne à deux mains pour les empêcher de s'entrechoquer.

« Trente-cinq soldats israéliens ont été tués, dix-sept Libanais et quarante Palestiniens qui étaient détenus à l'intérieur de la base. »

Comme si le fait de savoir de façon certaine que tous ces hommes ont péri alors que le sort d'Avi demeure un mystère pouvait me soulager ! Mais il peut y avoir pire encore. Il est peut-être prisonnier d'un groupe de fanatiques illuminés qui disposent de lui à leur guise. Le psychologue me tend un verre d'eau et m'examine attentivement tandis que je le porte à mes lèvres. Toujours cette expression neutre : pas la moindre manifestation d'émotion qui risquerait de me faire craquer.

« Quel est le groupe qui a fait le coup ? parviens-je à demander.

– D'après ce qu'on sait, il s'agirait du Conseil révolutionnaire d'Abou Ibrahim. »

Je sais ce qu'il faut penser de ce genre de supposition : il est évident que l'information a d'ores et déjà été confirmée par les services de renseignement israéliens. Ou bien Tat Alouf Avi Herzog est mort ou bien il est aux mains d'Abou Ibrahim, quelque part à Damas, au mieux dans un hôpital, au pire dans une prison.

Dans ma tête, la pression est tellement forte que j'ai l'impression que mon crâne va éclater. Je lutte contre l'évanouissement. Gila fouille dans mon sac à la recherche de mon billet pour aller récupérer mes bagages. Le psychologue me tend un autre verre d'eau.

« Je file dehors voir si Moshé nous attend pendant que Gidon s'occupe de tes bagages », me lance Gila.

Gidon me caresse le visage tendrement. Pour la première fois, il abandonne son attitude officielle. Son geste me rappelle le temps – cela me paraît si loin maintenant – où nous étions copains, où il n'était pas question de règlement.

« Vous vous sentez capable de marcher ? interroge le psy.

– Oui, dis-je en m'appuyant sur lui pour me lever.

– Vous savez, Maggie, s'ils l'ont capturé, ils ne lui feront pas de mal. C'est un officier supérieur. Il leur est beaucoup plus précieux vivant que mort. »

Je serre son bras vigoureux pour lui montrer que je lui suis reconnaissante des efforts qu'il fait pour me rassurer.

« Vous croyez qu'ils ont ce qu'il faut pour le soigner s'il est grièvement blessé ? »

Soigneusement, j'évite le pire : la mort. A quoi servirait d'en parler, de toute façon ?

« L'infrastructure médicale n'est pas aussi mauvaise que vous avez l'air de le penser. Après tout, Hafez El Assad a bien fait trois accidents cardiaques très sérieux...

– Il a sûrement fait venir un cardiologue juif », dis-je.

Le psychologue sourit et poursuit :

« Avi est très aimé. Je le sais parce que j'étais sous ses ordres pendant la guerre du Kippour.

– A supposer qu'il soit vivant quelque part à Damas, vous croyez qu'on l'aime là-bas aussi ? » dis-je amèrement.

Mais ce sarcasme est déplacé. Il se borne à émettre un jugement.

« Il n'est pas passé par les grandes écoles. Il est sorti du rang. Ce qui explique pourquoi ses hommes l'adorent. Tout le monde le connaît ici. C'est un choc terrible pour chacun de nous. »

Cela ne me surprend pas. Dans ce pays où les gens se connaissent tous, où personne ne se barricade chez soi, la mort d'un soldat brise le cœur de la nation entière. Un fil invisible les relie tous. Mais pourquoi lui, pourquoi Avi ?

« Je m'appelle Shimon, ajoute le psy. Et je suis là pour vous aider, Maggie. C'est très dur, je le comprends, mais vous êtes forte. »

C'est lui qui va fort !

« Qu'en savez-vous ? »

Une brusque colère s'empare de moi, m'emporte, me soulève comme une lame de fond. Et soudain, effectivement, je me sens forte. Je me rends compte qu'il est mon seul allié dans ce cauchemar épouvantable. Un instant, ma question semble le décontenancer.

« Avi n'est sûrement pas quelqu'un de facile à aimer. Il est intraitable, extrêmement entêté. Mais vous l'adorez et il vous adore. Vous êtes restés ensemble. »

Au moins, jusqu'ici personne n'a encore parlé de lui au passé.

Dès qu'il m'aperçoit, Moshé éclate en sanglots.

« Maggie, si vous saviez comme je m'en veux ! Je suis allé faire un tour au mess et c'est le moment qu'il a choisi pour partir. Il n'a même pas fait mine de me chercher. »

J'embrasse sa joue trempée de pleurs. Comment pourrais-je reprocher quoi que ce soit à ce garçon qui a toujours fait preuve d'un dévouement sans bornes pour Avi ?

Je me souviens d'une remarque que Gidon m'avait faite un jour. « Avi ne dit jamais : " En avant ! " Mais toujours : " Suivez-moi ! " » Seulement, cette fois, il n'a rien dit. Il est parti tout seul. A nouveau, la colère me prend : une rage qui me vide, me laisse sans force puis me soulève et m'abat. Une sorte de va-et-vient désespéré qui me pousse à tout reprendre au début, rationnellement. Comment a-t-il pu me faire ça à moi ? A nous ? Alors qu'il savait parfaitement les risques qu'il encourait ?

« Ce n'est pas ta faute, Moshé. De toute façon, tu n'aurais pas réussi à l'arrêter. »

Il s'essuie les yeux d'un revers de main et m'ouvre la portière. Gila monte à côté de moi.

« Il est costaud, Maggie. S'il est vivant, il s'en sortira. »

– Et sinon ? »

Elle se mord les lèvres, incapable de répondre, les yeux pleins de terreur. Qui essaie-t-elle de convaincre ? Qui peut savoir ce qui arrivera ? Tout ce qu'on a retrouvé, c'est une Jeep de l'armée israélienne, une épave tordue, un tas de ferraille qui fumait sur le sol noirci de sang quelque part entre Tyr et Sidon.

Le bruit du coffre de la voiture qu'on referme. Moshé et Gidon apparaissent de chaque côté du véhicule. Ils s'assoient devant. Je me laisse aller contre l'épaule de Gila et je pleure, incapable de me retenir. Gidon se tourne vers moi.

« S'il est vivant, ils vont sûrement essayer de l'échanger.

– Tu crois qu'il est mort ? »

Formuler cette pensée à haute voix ne me soulage même pas.

« Je n'en sais rien, répond-il, le visage à nouveau fermé.

– Y a-t-il une chance ? Selon toi ? »

Par pitié, une seule ! Rien qu'une !

« Peu probable.

– Qu'est-ce qu'on va faire ? »

Gidon ouvre la bouche mais le psychologue le devance.

« C'est à nous d'attendre qu'ils se manifestent pour pouvoir envisager un échange. »

Pourtant, Gidon sait mieux que les autres ce qu'il en est.

« Il y a déjà des gens qui sont en contact avec ses ravisseurs pour essayer de récupérer son corps ou savoir dans quel état il est. » Gidon parle de son meilleur ami, d'un homme qu'il connaît depuis vingt ans, avec lequel il a fait trois guerres. Comment peut-il se montrer si détaché ? D'un côté l'aspect professionnel, de l'autre l'aspect affectif. Mais c'est précisément parce que, dans ce pays, ils sont capables de séparer les deux que ce pays existe.

– Vous savez que je suis enceinte ? dis-je à la cantonade au moment où la voiture franchit le dernier contrôle de sécurité situé à la sortie de l'aéroport.

– Je suis au courant, répond doucement Gidon. Nous le savons tous et nous ne te laisserons pas tomber, je te le promets. Nous serons tous près de toi, avec toi. »

Exactement ce que je m'étais dit à New York. Quoi qu'il arrive, ce bébé naîtra. Il sera pour partie de moi et de cet homme qui peut-être n'est déjà plus là. Et même si Gidon me jure que je ne serai pas seule – le bon côté de la « mentalité kibboutz » – cela ne soulage guère ma douleur d'être séparée d'Avi en ce moment, peut-être pour toujours.

« Maggie, je suis vraiment désolée pour ta mère, murmure Gila. On nous a mis au courant. »

Suit un long silence. On dirait que c'est à moi qu'incombe la tâche de les consoler, de les rassurer. Bah, une mauvaise nouvelle de plus ou de moins! Avec le temps, tout ça se tassera, vous savez. Les blessures cicatriseront.

« Tu es chez toi, Maggie. Tu t'en sortiras. Courage. Nous sommes là.

– *Hazak Veheimatz* », se contente de dire Gidon.

Sois fort et courageux. Toute la philosophie des forces armées israéliennes en deux mots. Comme si ça pouvait atténuer mon chagrin.

Nick Ringler est avec moi dans le bureau d'ABN à Tel-Aviv. Il boit un verre de lait et feuillette d'un doigt distrait les journaux et les magazines qu'on nous envoie chaque semaine des États-Unis et que nous n'avons jamais le temps de lire. Nous nous préparons à aller interviewer Ahmed Hassan, l'un des dirigeants palestiniens les plus connus de Djenin, qu'on sait être en contact permanent avec Abou Ibrahim. Les gens d'ABN ont fait ce que Grayson avait suggéré, ils me cadrent de plus en plus haut au fur et à mesure que le temps passe, de façon que les téléspectateurs américains ne puissent pas se douter que je suis, comme on dit, dans une position « intéressante ». A présent, enceinte de six mois, je ne montre plus que ma tête et mes épaules.

C'est surtout la nuit que le désespoir me gagne. La journée, je m'arrange pour n'avoir pas trop le temps de m'apitoyer sur mon sort. Il y a déjà assez de gens qui me plaignent. Quincy m'appelle deux fois par semaine pour prendre de mes nouvelles. Elle s'efforce de me distraire en me racontant les derniers potins ou des anecdotes rigolotes sur des amis communs. Cara aussi m'appelle mais en général elle s'effondre au beau milieu d'une phrase si bien que c'est moi qui suis obligée de la réconforter.

Toujours aucune nouvelle d'Avi. Les six soldats israéliens qui se sont fait capturer à bord de leur véhicule blindé à l'intérieur de la zone contrôlée par la Finul, il y a de cela près d'un an maintenant, n'ont toujours pas été relâchés. Pourtant, les négociateurs israéliens se montrent plutôt optimistes. A les en croire, on verrait bientôt le bout du tunnel. Gidon m'a dit hier soir que la Croix-Rouge avait enfin l'autorisation d'aller les voir dans leur prison de Damas. Selon les délégués, les soldats seraient en relativement bonne santé et garderaient le moral.

Depuis que les six soldats israéliens ont été faits prisonniers, Ahmed Hassan a refusé tout entretien avec les journalistes occidentaux. Il ne fait cependant pas l'ombre d'un doute qu'il sait exactement ce qui se trame grâce à son cher ami Abou Ibrahim. Mais il ne tient pas à ce que le monde entier sache à quel point ils sont liés tous les deux. Le fait qu'il ait accepté de recevoir l'équipe d'ABN signifie probablement qu'il a un message d'importance à faire passer, un message du haut commandement palestinien.

Ringler se tourne vers moi.

« On ferait mieux d'y aller. Sinon, on risque d'arriver là-bas quand il fera nuit.

— C'est vrai, dis-je avec un sourire. J'avais oublié ce rendez-vous palpitant. Je ne voudrais surtout pas le faire attendre. »

Ringler me prend dans ses bras. Il a du mal à faire le tour de ma taille.

« Tu veux que je te dise, quelque chose, Sommers ? Tu ne manques pas de cœur au ventre ! »

Tandis que nous traversons les collines arides de la vallée du Jourdain pour nous rendre à Djenin, je me demande jusqu'où je vais pouvoir aller avec Hassan. Plus nous nous enfonçons dans les territoires occupés, moins j'arrive à y voir clair. Tantôt j'ai le moral au beau fixe, tantôt je sombre dans un pessimisme noir. Si nous n'arrivons pas à tirer la moindre information concrète d'Ahmed Hassan, ce ne sera qu'une interview de plus pour rien. Ma seule chance, c'est que l'OLP veuille se servir de la presse occidentale pour faire passer un message aux Israéliens. Il va falloir jouer serré. D'autant plus que je suis partie prenante : le sort d'un certain général israélien porté disparu m'intéresse au plus haut point.

Curieux comme, dans cette région, on a l'impression d'être dans un pays arabe : le paysage est tellement différent de ces terres irriguées qu'on voit partout en Israël. Ici le sol inculte s'étend devant nous sur des kilomètres et des collines rocheuses bordent un côté de la route. Çà et là, des maisons en construction, des chantiers dans la poussière, des grues abandonnées. Les ouvriers s'abritent du soleil aveuglant sous des hangars de fortune. Curieusement, même les villas qui ne sont pas encore finies ont de véritables petites tours Eiffel sur leur toit : de puissantes antennes de télévision qui permettent aux habitants de capter aussi bien des émissions d'Aman, toute proche, que de Damas, beaucoup plus lointaine. Enfin, nous entrons dans Djenin, assaillis par l'odeur entêtante des bougainvillées. La voiture s'engage dans le raidillon qui mène à la luxueuse villa d'Ahmed Hassan. Les marchands d'agrumes ont déjà rangé leurs éventaires : il fait trop chaud pour travailler.

Le portail s'ouvre électriquement. A côté de la sonnette, il y a un petit micro. J'appuie sur le bouton.

« Qui est là ? interroge une voix en anglais avec un fort accent.

– Maggie Sommers d'ABN. »

Pour toute réponse un long bourdonnement. La grille s'entrouvre. Nick et moi la poussons. Nous longeons un splendide jardin parfaitement tenu. L'allée fleurie conduit à la véranda dont le sol est en marbre.

Hassan nous accueille avec un grand sourire. Il est assis dans son fauteuil roulant, la gandoura remontée jusqu'aux genoux de sorte que ses jambes qui ne sont plus que des moignons soient bien visibles. Hassan a été victime d'un attentat à la bombe organisé par des terroristes juifs qui n'étaient pas d'accord avec sa politique. C'est un martyr de sa cause. Il est fier de montrer qu'il a souffert dans sa chair pour défendre ses convictions.

« Bienvenue, s'écrie-t-il en roulant vers nous pour nous accueillir. Soyez les bienvenus chez moi.

– Merci, monsieur Hassan. Je suis très contente de vous revoir.

– Mais vous êtes enceinte jusqu'aux yeux, mademoiselle Sommers », s'écrie-t-il, en appuyant bien sur le « mademoiselle ». Ou peut-être est-ce moi qui deviens parano ? « Vous vous sentez bien ?

– Je me sens très bien, merci », dis-je avec un large sourire.

Je m'installe avec précaution dans un fauteuil en fer forgé et j'observe Hassan qui manœuvre tout seul pour se hisser de son fauteuil sur une balancelle suspendue aux poutres de son salon d'été. A peine s'est-il confortablement calé sur son siège qu'un domestique surgit, portant un plateau : trois cafés à la turque servis dans de petits verres que nous dégustons sans mot dire. Au bout de quelques minutes, Hassan rompt le silence.

« C'est vraiment dommage pour vous que le père de cet enfant ne soit pas là. »

Dans cette partie du monde, il n'existe aucun secret. Chacun des deux camps connaît les moindres faits et gestes de l'adversaire, sauf s'il s'agit d'un secret d'État. Et encore.

Mon silence l'offusque.

« Vous ne voulez rien me dire ? »

Mais à ce moment, le récepteur que Nick porte à la ceinture se met à envoyer des bip pour signaler que notre bureau d'ABN nous demande de le rappeler à Tel-Aviv.

« Monsieur Hassan, dit Nick qui s'est immédiatement levé, puis-je me servir de votre téléphone ? Il faut que je donne un coup de fil.

— Je vous en prie. Passez à l'intérieur. Oualid va vous montrer le chemin. »

Hassan attend que Nick soit parti pour se tourner vers moi.

« Je sais que vous êtes très inquiète. »

Inquiète, on le serait à moins ! Bouleversée, dévorée d'angoisse, accablée de chagrin plutôt, à l'idée que le père de l'enfant que je porte est mort à l'heure qu'il est. Ou qu'au mieux il se morfond – et dans quel état – dans une sinistre geôle, gardé par des fanatiques. Hassan ne m'aurait-il fait faire tout ce chemin que pour m'offrir ses sincères condoléances ?

« Oui, très inquiète », dis-je le plus calmement possible sans quitter son visage des yeux.

Il prend son café et m'observe lui aussi avec beaucoup d'attention par-dessus le bord de son verre. Il avale bruyamment, s'essuie la bouche avec un mouchoir en papier qu'il tire de sa manche et hoche la tête.

« C'est une tragédie pour tout le monde, vous savez. Tous ces enfants innocents qui souffrent parce qu'on ne trouve pas de solution à ce problème... »

Laissons-le vider son sac avant qu'il n'en vienne au vif du sujet.

« L'éternel problème des territoires occupés. Les droits du peuple palestinien. »

Je n'ai rien contre les Palestiniens ni contre les innocentes victimes de ce combat. Reconnaissons qu'il y a des gens qui attirent les persécutions. C'est le cas des Juifs depuis deux mille ans.

« L'échange des prisonniers aura lieu ce soir, dit-il soudain en massant ses moignons.

– Et le père de mon enfant ? »

Hassan estime sans doute en avoir assez dit. Il regarde ostensiblement ailleurs, l'air absent.

« Rien à son sujet », lâche-t-il, les yeux fixés au loin.

A ce moment Nick revient, l'air agité.

« Maggie, il faut que je te parle un instant.

– C'est inutile, intervient Hassan. Je viens de lui annoncer moi-même la nouvelle. »

Nick masque sa surprise, prend un siège et s'assoit.

« Les soldats israéliens sont en route pour Genève, poursuit l'infirme, les yeux brillants. Et les martyrs palestiniens s'apprêtent à quitter le Liban pour Israël où ils seront pris en charge par la Croix-Rouge et recueillis par différents pays.

– Combien de soldats israéliens seront échangés ce soir ? »

Je touche presque au but. D'un mot, d'un seul il peut réunir les morceaux du puzzle, redonner un sens à ma vie. Pitié pour une fois, Hassan ! Pitié pour un enfant innocent ! Non : en fait c'est pour moi que je demande grâce. Qu'il me soit permis de retrouver mon identité au bout de toutes ces épreuves.

– Six Israéliens seront relâchés contre mille trente-quatre Palestiniens et d'autres Arabes.

– C'est ça, Nick ? dis-je en fixant la table pour éviter les yeux d'Hassan qui m'épient.

– Ça correspond à ce qu'on vient de me dire », fait-il à mi-voix.

Je suis incapable de protester. Mon silence passe pour une sorte de résignation tacite. Hassan se remet dans son fauteuil, signifiant par là que l'entretien est terminé. Grimaçant de douleur, il se cale sur son siège et pose ses mains sur les roues. Au moment où il s'apprête à se propulser dans la maison, il se retourne.

« Nous ne sommes pas des barbares, mademoiselle Sommers. Nous ne faisons que nous battre pour notre patrie. »

Ringler m'attrape le bras.

« Viens, Maggie. N'insiste pas. »

Hassan est sur le seuil, il va disparaître.

« Nombreux sont ceux qui ont perdu leur père, leur frère, leur fils, leur fille, ajoute-t-il. Il n'y a rien là de bien nouveau. »

Cette fois, c'est trop, je ne peux plus me contenir.

« Mais si seulement j'avais la certitude qu'il est mort, je pourrais trouver la paix ! Rester dans l'ignorance, c'est une vraie torture ! Je vous en supplie, si vous savez quelque chose, dites-le-moi, que je puisse continuer... »

Je m'enfouis le visage dans les mains. Mais je n'ai même pas besoin de lever les yeux pour savoir qu'il n'a pas l'intention de me répondre.

Au studio, les téléphones sonnent sans arrêt. Dick Swanson, un vieux de la vieille qui affecte souvent l'air blasé et cynique du journaliste qui en a trop vu pour s'émouvoir de quoi que ce soit, se démène comme un beau diable et vibre d'enthousiasme. Ringler et lui s'entretiennent avec ABN à New York, avec l'état-major israélien et le ministère de la Défense. Voici une heure, nous avons reçu confirmation de la nouvelle. C'est bien ce soir qu'aura lieu l'échange de mille trente-quatre prisonniers palestiniens contre six soldats israéliens, ceux qui se sont fait prendre il y a neuf mois dans la zone contrôlée par la Finul.

Myriam Rabaï, la mère de l'un d'eux, l'une des femmes qui s'est le plus battue pour obtenir cette libération, a accepté de se faire interviewer au studio dans un quart d'heure, avant son départ pour le camp d'aviation militaire où elle va accueillir son fils.

Dick raccroche et se penche vers moi.

« Il faut qu'elle t'explique comment elle a vécu ces neuf mois : depuis le moment où elle a appris qu'il s'était fait prendre jusqu'à aujourd'hui, quand elle a su qu'on allait le libérer. Il faut qu'en Amérique, chaque homme, chaque femme, chaque enfant ressentent sa douleur et sa joie, que chacun s'identifie. Surtout pas de politique, hein ? De l'émotion, rien que de l'émotion ! »

Ringler me contemple avec la même expression que je lui vois depuis mon retour en Israël lorsqu'il est question de prisonniers et d'échange : un air de profonde pitié.

« Maggie, murmure-t-il, tu crois que tu vas tenir le coup ? Tu te sens la force de faire ce reportage ce soir ?

— Ce n'est pas trop te demander ? » renchérit Dick, comme s'il se souvenait brusquement.

Je n'ai pas le temps de les rassurer, de leur expliquer que, si j'avais laissé tomber mon boulot, j'aurais craqué depuis longtemps.

On vient de faire entrer Myriam Rabaï dans le studio. C'est une femme avenante d'une cinquantaine d'années, une survivante de Treblinka. Ses yeux ont cet air profondément las de ceux qui ont trop souffert, mais on sent chez elle un feu, une détermination que rien ne peut abattre. Elle s'assoit sur le canapé, les mains croisées sur les genoux, calme et attentive.

« Bonjour, madame Rabaï, dis-je en prenant place en face d'elle. Je suis très heureuse que vous ayez accepté de venir. Je me réjouis de la bonne nouvelle que vous avez reçue. »

Elle sourit et remet en place une mèche de ses cheveux roux qu'elle a noués en chignon sur la nuque.

« Je vous ai reconnue rien qu'à vos dents, dit-elle en regardant fixement mon ventre. Vous avez des dents merveilleuses. »

Coriace, presque agressive. Et pourtant je la sens vulnérable.

« Merci, dis-je. Vous êtes prête ? On peut y aller ? »

Nick a déjà braqué sa caméra sur elle. Moi, je suis en profil perdu.

« Je suis prête », répond-elle et déjà ses yeux brillent à l'idée qu'elle va raconter son histoire.

Sa douleur, je la partage. Son épreuve, je la connais. Mais elle est presque terminée : son fils sera là ce soir.

« Qu'est-ce que vous avez éprouvé en apprenant que Dani, votre fils, avait été capturé ?

— C'est comme si l'on m'avait tuée », dit-elle simplement.

Une sensation qui m'est familière, qui ne cesse jamais, qui me mine et me vide comme si je mourais encore et encore.

« Qu'est-ce qui vous a permis de tenir, de conserver un peu d'espoir ? »

Elle sourit tristement.

« Un jour, j'en ai pris mon parti. J'ai tourné sa photo contre le mur et je me suis juré de ne plus la regarder tant qu'il ne serait pas rentré. Je lui parlais, je lui disais combien j'étais inquiète. Je lui ai promis de ne plus pleurer, de me battre pour obtenir sa libération. Et j'ai commencé mes démarches auprès des autorités israéliennes. J'ai même proposé à Abou Ibrahim de m'échanger contre Dani. »

Je suis au courant du combat qu'elle a mené, mais à présent j'ai presque peur d'en connaître les détails. Je préfère m'en tenir à des généralités et prendre mes distances vis-à-vis de l'heureux dénouement.

« Ce sera bientôt fini maintenant, dis-je en m'approchant d'elle. Vous arrivez à y croire ?

– Oui, répond-elle, non sans une certaine réticence. Mais mon cœur ne se réjouit pas encore. J'attends qu'il soit là, que je puisse le toucher. »

En l'écoutant, je réalise que c'est ce jeu absurde, ce numéro de qui-perd-gagne consistant à manipuler les émotions d'autrui pour les transformer en spectacle qui me permet de ne pas sombrer dans la folie. C'est mon propre drame que je revis encore et toujours, dans lequel je m'investis au point que de moi il ne reste plus rien – si ce n'est cet enfant, le nôtre.

L'interview est terminée. Nick paraît satisfait : les images sont bonnes, les réponses poignantes à souhait. Dick ramasse les papiers et le matériel dont nous aurons besoin à l'aérodrome pour couvrir l'échange de ce soir. Myriam se dirige lentement vers la porte. Avant de sortir, elle se ravise et se tourne vers moi.

« Je vous admire. Nous vous admirons tous ici.

– Pourquoi ? dis-je, à demi surprise.

– Parce que vous avez choisi de rester, de demeurer avec nous malgré votre malheur. »

Mon malheur : j'ai l'impression qu'on me plonge un couteau dans le cœur. A chaque fois qu'on prononce ce mot, ma vie s'arrête.

« Comment se fait-il que vous soyez au courant ?

– En Israël, c'est comme ça, répond-elle simplement. Il n'y a pas de secrets. »

Dick me prend le bras pour attirer mon attention. Elle en profite pour s'en aller sans que je puisse poursuivre cette conversation.

« Gidon te demande au téléphone. »

Mon cœur bat la chamade. Je m'élance vers l'appareil, sans même prendre le temps de dire au revoir à Myriam.

Le souffle court, je m'empare du combiné.

« Gidon ? »

Je l'entends inspirer profondément.

« Maggie, je ne sais pas si c'est une très bonne chose d'aller faire ce reportage là-bas, ce soir. Tu risques de ne pas pouvoir le supporter.

– Je me suis dit que si tu appelais c'était peut-être que... »

Un grand soupir à l'autre bout de la ligne.

« A quoi bon te bercer d'espoirs, Maggie ? Tu te fais du mal, c'est

tout. Je voulais savoir si tu ne présumais pas de tes forces et te dire
que si tu as besoin de moi je suis là. J'y serais bien allé mais...

– Ne te tracasse pas. Aucune nouvelle, alors ?

– Écoute, je ne voudrais pas qu'il t'arrive quoi que ce soit. Ni à toi
ni au bébé. Pour nous, vous êtes d'une importance capitale, tous les
deux. »

Un enfant communautaire, propriété de tous ceux qu'Avi s'est
« appropriés », en quelque sorte. Il n'y a que lui qui ne peut
participer à l'événement. Indisponible, pour l'instant.

« Dick m'a dit que tu te sentais capable de le faire, mais je voulais
en être sûr. »

Malgré les bonnes raisons que j'ai de ne pas y aller, c'est
néanmoins ce qui me semble le plus logique.

« J'irai. Je veux y aller. Je ne tiendrai peut-être plus très
longtemps. Mais pour le moment, je me sens d'attaque. »

A peine ai-je raccroché, alors que je viens de convaincre Gidon que
je ne flancherais pas, que je craque. J'éclate en sanglots. Des sanglots
qui me font mal dans tout le corps. Je me cache le visage dans les
mains. Nick s'approche de moi. Gentiment, il fait ce qu'il peut pour
me consoler. Il comprend, il compatit.

« C'est à cause de Myriam, de cet échange. Le contrecoup... Mais,
tu verras, ça se passera bien.

– Gidon a peut-être raison... Non ! Dis-moi où l'on va, dans
l'ordre. »

Je me suis reprise à temps.

« D'abord au ministère de la Défense à 11 heures. Ensuite, on
nous emmène avec la presse étrangère à l'aérodrome de Ramat
David. Tu sais, Maggie, ça te ferait du bien de te laisser aller comme
ça plus souvent.

– J'essaie bien quelquefois mais je n'ai jamais assez de temps. On
est toujours tellement débordés, dis-je en souriant à travers mes
larmes.

– Il faut reconnaître que c'est bien le seul événement étranger qui
fasse si souvent la une des infos. »

Silence. Nick meuble la conversation.

« Tu es complètement décoiffée. Vu la façon dont je te cadre, je te
suggère un petit coup de peigne... »

Jamais je ne me suis sentie aussi seule, aussi abandonnée qu'avant
le retour de ces six soldats israéliens.

Tous les correspondants étrangers en Israël font les cent pas sur le tarmac de l'aérodrome militaire de Ramat David situé au nord du pays. De gigantesques projecteurs sont braqués sur trois jumbos d'Air France qui brillent sous les sunlights. Sur les trois carlingues, on a collé de grandes croix rouges. Les appareils sont rangés en bout de piste. Ils paraissent irréels, quasi surréalistes sous le ciel étoilé.

Il est minuit et l'échange des prisonniers va commencer d'une minute à l'autre. On attend l'arrivée de trois autocars à bord desquels les Palestiniens ont quitté le camp d'Ansar au Liban où ils étaient détenus. C'est la première « tranche » d'une manœuvre compliquée qui s'achèvera par la libération des six soldats israéliens.

Parmi les correspondants, l'atmosphère est détendue, bon enfant. On plaisante, on s'apostrophe. Les journalistes se passent des thermos de café. Je me sens complètement étrangère. Je n'ai aucune envie de participer à la gaieté ambiante. De temps en temps, je jette un coup d'œil aux familles qui attendent, anxieuses, de l'autre côté de la barrière. J'aimerais bien être à leur place, en train de compter comme elles les minutes qui les séparent de la fin du cauchemar.

Dick est à côté de moi, les mains enfoncées dans les poches de son pantalon kaki. Il a les yeux rivés sur la grille qui entoure l'aéroport.

« Quand les Palestiniens arriveront, ils monteront en avion et décolleront aussitôt. On est bien là pour quatre heures parce que l'avion qui transporte les Israéliens ne partira de Genève qu'une fois que ces trois-là auront pris l'air. Ça fait donc deux séquences.

– Combien de Palestiniens exactement partent d'ici?

– Environ trois cent cinquante. Le reste quitte le Liban par bateau.

– Attendez, crie Nick qui se précipite vers nous, hors d'haleine. Je viens d'apprendre que les Israéliens arriveront dans deux avions séparés : trois dans l'un, trois dans l'autre. Ce qui fait trois séquences au lieu de deux et quinze minutes de retard supplémentaire entre les deux dernières. »

Soudain la foule se tait. Là-bas, les cars arrivent et franchissent la grille.

« Reste là, m'ordonne Dick. Et mets-toi ce truc dans l'oreille. Au cas où l'un d'eux ferait une déclaration, tu entendras la traduction simultanée. »

Qui ça intéresse? me dis-je en me glissant le petit bidule dans l'oreille. Voilà des années qu'ils répètent tous la même chose. Ce soir, leurs slogans révolutionnaires ou leurs proclamations patriotiques n'ont pas plus de sens que les déclarations des Israéliens qui promettent régulièrement de trouver une solution pour régler la question des territoires. J'y suis d'autant plus indifférente que je suis devenue moi-même une victime de ce combat et que je dois faire face à l'adversité.

Ringler se fraie un chemin à travers la foule, caméra pointée dans la direction des cars. Le fait d'être enceinte présente indéniablement certains avantages : en tant que journaliste en tout cas, ma place est assurée. Personne n'ose me pousser ou me piquer l'emplacement que j'ai trouvé.

« Quand tu veux, Sommers ! »

Et je commence mon laïus, caméra cadrant ma tête et mes épaules en plan rapproché.

« Ici Maggie Sommers qui vous parle de l'aérodrome de Ramat David en Israël où le fameux échange de prisonniers va avoir lieu : mille trente-quatre Palestiniens contre six Israéliens... »

J'ai la nette sensation de devenir complètement givrée.

« Les Palestiniens descendent des cars. Ils portent des survêtements vert et blanc tout neufs. Au fur et à mesure qu'ils se retrouvent l'un après l'autre sur la piste, les autorités de la Croix-Rouge leur coupent leurs menottes en plastique. Les prisonniers entonnent le chant de combat de l'OLP. Le poing tendu, ils défilent et se dirigent vers les avions qui les attendent... »

Soudain, je ne me fais plus aucune illusion sur la suite.

« Parmi les prisonniers qui sont libérés cette nuit, figurent six femmes, également membres de l'OLP, qui ont été capturées pendant la guerre au Liban et qui vont embarquer dans les avions en même temps que leurs trois cents compagnons. Quant aux autres détenus, ils quittent le Liban par le port de Jounieh. Dès que cette première phase sera terminée et que les jumbos auront pris l'air, les trois premiers prisonniers israéliens arriveront dans un appareil spéciale- ment affrété par la compagnie Swissair. Les trois autres suivront dans un avion de la même compagnie. »

Colère, chagrin. De toutes mes forces, je refoule les larmes qui me montent aux yeux, lorsque soudain j'entends une voix dans mon oreille droite. On va traduire quelque chose. Apparemment, Dick a reçu la même information car il me fait signe de m'approcher d'une des femmes qui vont prendre place dans l'avion. Elle veut faire une déclaration à la presse.

« Je m'appelle Leïla. J'ai été capturée à Beyrouth, un RPG à la main. J'ai participé à des opérations militaires contre Israël. Mon mari s'est fait tuer sous mes yeux le jour où je me suis fait prendre. Et mon enfant est né en captivité, dans une geôle israélienne. On m'a condamnée à quinze ans de prison. A présent, je quitte ma patrie pour aller en Libye. »

Et tandis que je répète en anglais ce qu'elle vient de dire, je l'aperçois qui s'élance vers l'avion, courant vers la liberté. Elle se retourne, la tête haute, l'œil ardent. Certes, nous sommes différentes : elle est passée d'Amman à Damas, d'un camp d'entraînement dans la plaine de la Bekaa à une prison libanaise. Mais nous avons un point commun. Nous ravalons notre chagrin, pour n'offrir au monde qu'une image fière et digne.

« Coupez! hurle Dick. On va essayer d'obtenir une déclaration du chef d'état-major. »

Je m'approche du général Ehoud, traînant derrière moi le câble du micro. Le vacarme des réacteurs couvre tous les autres bruits.

Les mains en porte-voix, Dick me crie quelque chose qui se noie dans le brouhaha de la foule et le hurlement des moteurs : le second jumbo roule doucement sur la piste.

« Vas-y maintenant! Avant qu'un autre lui mette le grappin dessus! »

Chaïm Ehoud, que la presse a surnommé « l'homme de marbre », regarde les Palestiniens embarquer dans le dernier avion. Le visage tendu, il contemple le résultat de neuf mois de négociations ininterrompues. Au moment où je lui tends mon micro, une bourrasque soulève ma jupe.

« Contente de vous voir, général Ehoud!

– Bonjour, Maggie, fait-il avec un sourire un peu contraint. Comment allez-vous?

– Bien, merci. Pourriez-vous nous dire quelques mots, nous décrire ce que vous ressentez en ce moment, en voyant tous ces Palestiniens qui vont retrouver la liberté en échange de six soldats israéliens seulement? »

Il ne répond pas immédiatement, bien que son visage soit éloquent.

« Je suis très satisfait, déclare-t-il après s'être raclé la gorge, ce qui ne change pas grand-chose à sa voix rocailleuse. Je considère qu'ici, en Israël, il est de notre devoir de récupérer sains et saufs tous les soldats que notre gouvernement a mobilisés. Même si le prix à payer est élevé.

– Précisément, à propos de ce prix, s'il y a débat ou controverse, que répondrez-vous à ceux qui risquent de vous reprocher d'avoir relâché trop de terroristes et d'assassins en échange d'une poignée d'Israéliens ? »

S'ils avaient libéré tous les détenus en échange d'un seul Tat Alouf, me serais-je posé des questions, aurais-je émis la moindre objection ? Ou bien me serais-je précipitée pour aller moi-même ouvrir toutes grandes les portes des prisons ?

Ehoud ne semble guère s'émouvoir.

« Je tiens à répondre à ceux qui nous critiquent. Que feraient-ils s'ils avaient le pouvoir de décision ? Se résigneraient-ils à annoncer aux soldats d'Israël, à leurs parents, à leurs épouses, à leurs enfants qu'ils restent en prison ou dans des camps terroristes ? Qu'il n'y a rien à faire ? Nous avons déjà procédé à des échanges. Nous considérons que c'est la meilleure solution et nous procéderons de même à l'avenir. »

Je laisse pendre mon micro au bout de son fil en attendant que Ringler et Swanson m'aient rejointe. Ehoud se penche vers moi.

« Maggie, je suis navré de ce qui est arrivé. »

Je le regarde à travers mes larmes. Il me considère, l'air ému et attristé.

« La vie est bizarre. Quand tout va bien, on souhaite qu'il reste sain et sauf. Et puis, tout d'un coup, on apprend qu'il est peut-être mort ou prisonnier. Et on ne souhaite plus que la prison. »

« Tu étais formidable, Maggie, s'écrie Ringler en m'embrassant. Vraiment formidable !

– On a trois heures de battement, ajoute Dick. Il paraît qu'il y a un buffet pour la presse dans l'un des hangars : du café chaud et des gâteaux.

– Merveilleux, dis-je, sarcastique. Si je comprends bien, on va fêter ça. »

Dick me prend par l'épaule.

« Allez, viens, Maggie. Tu ne vas pas rester debout pendant trois heures. »

Je me laisse entraîner vers le hangar. On va bouffer, discuter de cet événement spectaculaire et attendre avec les autres que commence la seconde phase de l'opération. Après quoi, je n'aurais plus qu'à réintégrer mon hôtel à Tel-Aviv et à pleurer jusqu'à ce que le sommeil ait pitié de moi. Pour changer.

Le soleil pointe derrière les collines du Golan. Le jour se lève quand le bruit court que le Boeing de la Swissair, celui qui transporte les trois premiers Israéliens, survole Ramat David. La tête appuyée sur l'épaule de Ringler, j'aperçois Dick qui se précipite vers nous. Il me tend un gobelet de café.

« Ils arrivent, Maggie! s'écrie-t-il tout excité. Allez, debout, en piste! »

Les familles des soldats s'approchent, les yeux rivés sur l'appareil qui entame sa descente. Quelques applaudissements éclatent çà et là. Des exclamations de joie, des hourras fusent. Il atterrit. Les pneus fument. Le Boeing 707 roule sur la piste et s'immobilise. Les gens s'élancent vers l'avion. Dick me tend le micro et Ringler me clipe le câble autour de la cheville pour qu'il ne risque pas de se débrancher. Les familles sont déchaînées : on rit, on bat des mains, on siffle. La police militaire s'efforce de tenir tout le monde à distance, empêchant les gens de prendre l'avion d'assaut.

Je me tourne vers Dick, je lui crie que je n'y arriverai jamais et je lui passe mon micro.

« Mais si! hurle-t-il en me le redonnant.

— Non, je ne peux pas! » Je crie. Les larmes ruissellent sur mes joues.

« Maggie, regarde, s'écrie Ringler. La porte s'ouvre. Vas-y, avance! » Mais je suis trop occupée à me battre contre Swanson pour y prêter attention. Soudain, j'aperçois Myriam Rabaï à côté de moi.

« Mon fils est à bord », s'exclame-t-elle, le visage rayonnant.

Swanson s'interpose entre nous.

« Allez, viens, Maggie, on va faire une interview exclusive de Dani Rabaï. Avance! »

Et c'est elle, cette femme qui a surmonté l'insurmontable, qui me prend la main et qui me guide. Pour elle, c'est la récompense ultime. Mieux encore que d'avoir survécu à l'enfer des camps. Je me faufile dans la cohue et me place au pied de la passerelle. Le premier soldat apparaît : on dirait un enfant. Guère plus de dix-huit ans, il fond en larmes et tombe dans les bras de ses parents. C'est le tour du second, un grand blond. Sa femme l'étreint et lui tend un bébé – une petite fille – qui de toute évidence est née pendant sa captivité. C'en est trop, je sens que je ne tiendrai pas le coup.

« Parfait », me dit Ringler, l'œil fixé sur l'objectif. Il sait que je souffre. Il voit mon visage plein cadre, les traits tirés, la mine brouillée. J'ai l'impression de me mouvoir dans du coton. Le troisième soldat descend lentement les marches, abasourdi par le tohu-bohu. C'est le fils de Myriam, Dani Rabaï. La ressemblance est frappante : mêmes cheveux roux, même mâchoire volontaire. Je m'approche d'eux, micro tendu, et je capte la fin d'une prière d'action de grâces que Dani récite, heureux d'être de retour en Israël, sain et sauf.

« A toi de jouer, Sommers », me lance Dick d'une voix que je ne lui connais pas, cassée par l'émotion.

J'attends que les embrassades aient pris fin. Dick me fait signe. Comme une bête de cirque, je réponds au quart de tour : sourire éblouissant, voix complice.

« Myriam, vous m'avez dit tout à l'heure que vous attendiez de voir votre fils pour vous réjouir vraiment. Pouvez-vous me dire ce que vous ressentez maintenant ?

– Une joie extraordinaire ! Je savais qu'il reviendrait. Mon fils chéri ! Il a l'air en pleine forme, non ?

– Dani, dis-je en lui tendant mon micro, quel effet ça vous fait d'être de retour en Israël ?

– C'est impossible à décrire. Il faut le vivre pour comprendre.

– Comment se sont passés ces neuf mois ? »

A côté de nous, une femme agite un tambourin tandis que d'autres frappent dans leurs mains et dansent en formant une ronde.

« J'ai su ce que c'était que l'isolement. Et j'ai compris que mon pire ennemi, c'était moi-même.

– Qu'est-ce qui vous a empêché de sombrer dans la folie ?

– Seuls mes souvenirs m'ont permis de rester en vie. Et puis je pensais à ma mère, aux démarches qu'elle faisait pour ma libération.

– Comment étiez-vous au courant ?

– Parce qu'Abou Ibrahim me l'a annoncé. Il m'a dit qu'elle faisait exactement ce qu'il espérait : obliger les Israéliens à procéder à un échange.

– Et vous l'avez vu, Ibrahim ?

– Oui, je l'ai vu.

– Alors ?

– Eh bien, quelquefois, dans les livres, on dit que tel ou tel personnage a un éclair de folie dans les yeux. C'est exactement ça.

– Il vous a parlé ?

– Uniquement pour me dire que l'un des nôtres était mort en captivité. Pour que je m'estime heureux d'avoir la vie sauve. »

Myriam blêmit. J'ai l'impression de plonger dans un abîme d'eau glacée.

Je suffoque, je frissonne. Néanmoins, péniblement j'articule : « L'un des vôtres ? Lequel ? »

Visiblement ma question le prend au dépourvu. Il est désorienté. Il craint d'en avoir trop dit. La sécurité de l'État avant tout. Il ne parlera plus.

« Lequel ? Son nom ? »

Cette fois, j'ai hurlé. Swanson et Ringler sont là. Ils me soutiennent. Je suis à bout.

« Je suis désolé, déclare Dani qui s'appuie sur sa mère. Je ne sais pas. Ils ne nous l'ont pas dit.

– Dani, intervient Myriam, le suppliant de faire un effort, soudain plus inquiète pour moi que pour son fils, l'un de nos soldats est mort ?

– Je ne sais pas. Il a seulement dit que l'un des nôtres était mort. Rien de plus. C'était peut-être pour me faire peur, pour que je me montre coopératif... »

Le second avion, un autre Boeing 707 de la Swissair, tourne autour de l'aérodrome.

« Je suis épuisée, dis-je à Swanson. Je n'en peux plus. D'ailleurs c'est peut-être mieux d'être fixée. Comme ça, c'est fini, maintenant.

– Demande à Ehoud, répond-il, les larmes aux yeux. Force-le à te dire ce qu'il sait. »

Chaïm Ehoud est en grande conversation avec Yariv, le ministre de la Défense. Tous deux se tiennent à l'écart de la foule, entourés de leurs plus proches collaborateurs.

Je me protège les yeux car on vient de rallumer les puissants projecteurs qui éclairent la piste. J'aperçois vaguement le deuxième appareil qui entame sa descente.

« Général Ehoud, pouvez-vous m'accorder un instant ? »

Nick me soutient tandis que Swanson manœuvre pour se poster à côté de Yariv. Ehoud me jette un coup d'œil et hoche la tête.

« Laissez-les au moins sortir de l'avion, je vous en prie.

— Mais d'après l'un de ceux qui sont déjà arrivés, il y aurait eu une victime en prison. Un Israélien serait mort en captivité. C'est vrai ? »

Son visage se durcit. Nick joue des coudes, passe derrière Yariv pour se trouver pratiquement nez à nez avec le général.

« La famille doit être informée en priorité. La famille, vous comprenez ? Je ne peux pas donner ce genre d'informations à la presse. »

A nouveau le vacarme assourdissant des réacteurs.

« Mais je ne suis pas seulement journaliste ! S'il s'agit d'Avi, je dois être au courant. J'ai le droit de savoir ! »

Le ministre de la Défense nous tourne le dos. On amène la passerelle au pied du Boeing.

« Il y aura une conférence de presse dans le hangar n° 3 dès qu'ils seront sortis de l'avion », déclare Ehoud, mécaniquement.

Les mots de Myriam me reviennent en mémoire.

En Israël, c'est comme ça, il n'y a pas de secrets.

Sauf quand il y en a.

« Dites-le-lui, insiste Ringler. Si c'est vrai, dites-lui ! »

La patience d'Ehoud est à bout. Ses yeux brillent de colère contenue.

« Dois-je accorder foi aux déclarations d'un assassin qui me fait savoir que l'un de mes hommes est mort ? interroge-t-il d'une voix altérée. Comment voulez-vous que j'annonce ça à la presse sans en avoir confirmation ? »

Ehoud avait raison. La vie est bizarre. En arriver à souhaiter qu'un autre ait trouvé la mort pourvu qu'Avi ait survécu !

Il ne me reste plus rien. Je ne peux même plus me réconforter en me disant qu'Israël est un peu devenu ma famille. Je suis inconsolable. Ici, j'aurai aimé plus que je n'ai jamais aimé ailleurs. Ce souvenir-là, personne ne pourra me l'arracher. Les yeux de Ringler lancent des éclairs. Il n'a pas lâché ma main. Je sens son étreinte, possessive, rassurante. Dick est d'un blanc crayeux comme si, d'un coup, il cédait à la tension accumulée. On dirait qu'il va cogner quelqu'un pour se libérer de la rage qui l'habite. Soudain, un grand calme se fait en moi. Un calme terrible, une paix atroce. Je fais partie des victimes. Je rejoins les rangs de ceux qui attendent leur vie durant. Joe Valeri. On prend les mêmes et on recommence. Sauf que maintenant, je suis habituée. Je suis déjà passée par là. La porte de l'avion s'ouvre. Les secondes passent. Puis deux soldats descendent la passerelle ensemble. Ils s'appuient l'un sur l'autre. Les familles se jettent sur eux pour les embrasser. Un troisième apparaît. Il pleure en apercevant une jeune fille qui se précipite vers lui et qu'il soulève dans ses bras. Pas de victimes. Six de promis, six de livrés.

Brusquement, les journalistes israéliens s'élancent vers l'appareil, suivis par les correspondants étrangers perplexes. Pourquoi toute cette agitation à la porte du Boeing? Les flashes crépitent, les caméras sont braquées sur les marches.

Il descend lentement, le torse très droit. Sa pâleur n'enlève rien à sa beauté. Au pied des marches, il se tourne pour saluer son chef d'état-major qui le serre dans ses bras et lui flanque de grandes tapes dans le dos. Poignée de main avec Yariv qui éclate de rire. Visiblement, le ministre n'en revient pas. Ensuite, il se tourne de tous côtés sans plus prêter attention aux applaudissements, aux cris de joie de la foule.

Je ne suis qu'à deux mètres de lui. Curieuse sensation de lévitation : l'impression que mon corps quitte le sol. Je ris, je pleure en même temps. Il avance la main gauche pour me toucher la joue, comme pour s'assurer que je suis bien réelle. Je donne libre cours à mes larmes. Sa bouche efface tous les souvenirs, toute la douleur de ne pas l'avoir eu près de moi depuis de si longs mois.

J'ai vaguement conscience que, derrière moi, on s'agite, on rit. A nouveau des flashes. Je ferme les yeux. Et quand je les rouvre, je me retrouve devant une forêt de micros. Il me tient contre lui. Avec un grand sourire, il répond aux questions qui fusent de partout. Moi, je suis incapable d'articuler un mot.

« Quel effet ça vous fait de vous retrouver en Israël, général Herzog? lance un reporter.

— C'est fantastique, répond Avi.

— Comment était-ce, là-bas? »

Avi hausse les épaules. Un petit sourire moqueur : « Intéressant, lâche-t-il en me serrant encore davantage contre lui.

— Qui vous a capturé? »

Géniale comme question. Est-ce que j'en pose de pareilles, moi?

« Le Conseil révolutionnaire d'Abou Ibrahim.

— Comment se fait-il qu'il vous ait libéré alors qu'il avait promis de ne relâcher que six Israéliens?

— C'est une décision que je n'ai pas discutée. »

Rires dans la foule.

« Les Syriens ont-ils exigé d'autres contreparties en échange de votre libération?

— Je ne peux rien dire à ce sujet. Les Syriens ne m'ont jamais consulté durant les négociations.

— Comment vous a-t-on traité? »

Avi se penche vers moi, effleure mes lèvres.

« Je t'aime », murmure-t-il.

Éclairs des flashes.

« Leurs médecins sont très compétents. Mes ravisseurs étaient moins aimables, mais je suis en bonne santé. »

Il m'embrasse de nouveau.

« Tu es enceinte jusqu'aux yeux! C'est moi qui t'ai fait ça? »

Je suis toujours incapable d'ouvrir la bouche.

« Comment ça s'est-il passé? Comment avez-vous été capturé? »

Toutes ces questions me paraissent absurdes.

« Je ne me rappelle pas grand-chose sinon que je conduisais, qu'il y a eu une explosion. Ensuite je me suis réveillé dans un hôpital où fort peu de gens parlaient hébreu. »

Rires de l'assistance.

« Tu m'as tellement manqué. Si je suis en vie, c'est grâce à toi », me chuchote Avi.

« Pensez-vous que la guerre au Liban serve à quelque chose?

— Ce n'est pas à moi de le dire, répond tranquillement Avi.

— Est-ce que Maggie seulement aura l'exclusivité de votre récit? » lance un petit malin planqué dans les derniers rangs.

Avant de répondre, mon général me regarde et sourit.

« L'exclusivité, elle l'a déjà. »

Dick Swanson est juste devant nous à présent. Il me fourre son micro sous le nez tandis que Ringler me filme, des pieds à la tête, cette fois.

« Maggie, dit-il. C'est un moment extraordinaire pour toi. Les millions de téléspectateurs qui te connaissent et t'apprécient voudraient savoir ce que tu éprouves en retrouvant Avi Herzog. »

Pour la première fois depuis des années, j'ai le privilège de me trouver de l'autre côté du micro. Et il faut que ce soit précisément lorsque je suis incapable de prononcer le moindre mot!

« Qu'est-ce que tu ressens? » insiste Dick en s'approchant encore.

Silence total. Tout le monde attend ma réponse. Je regarde Avi. Finalement, il n'y a qu'une chose dont je sois sûre.

« Ce que je ressens? Eh bien, dis-je très doucement, je ne souffre plus. »

Remerciements

Je tiens à remercier ici tous ceux qui n'ont ménagé ni leur temps ni leur peine pour m'aider et sans qui ma vie manquerait de sel. Ils ne sont pas cités par ordre alphabétique mais plutôt suivant l'ordre dans lequel ils ont fait leur apparition dans mon existence.

Meredith Victor, ma fille, mon amour, mon souvenir.

Dmitri Nabokov,

Lucy Jarvis,

Walter Weiner,

Dr Serge Krupp,

Michel Alexandre,

Jean Rosenthal, à l'origine de tout,

Thérèse de Saint Phalle,

Brigitte Jessen,

Jacques Bodenheimer,

Bernard Mocquot,

Elaine Markson, qui m'a sortie des tranchées et de mes retranchements,

Gerl Thoma,

Dr Pierre Magnenat,

Abigail Moss,

Lawrence P. Ashmead, pour sa bienveillance, sa patience, son humour, sa clairvoyance et qui m'a appris qu'en faisant vite on fait parfois bien,

John Michel.

Cet ouvrage a été réalisé sur
Système Cameron
par la SOCIÉTÉ NOUVELLE FIRMIN-DIDOT
Mesnil-sur-l'Estrée
pour le compte des Éditions Stock
le 19 septembre 1988

Imprimé en France
Dépôt légal : septembre 1988
Nº d'édition : 552 – Nº d'impression : 10386
54-05-3761-03
ISBN 2-234-02120-0

54-3761-1